人生劇場

桜木紫乃
Shino Sakuragi

徳間書店

人生劇場

目次

題字　畑田崇生
装幀　田中久子

一章　鉄の町

赤い海を滑り、貨物船が港へと近づいてくる。噴火湾《ふんか》から港へ入ってくる船は、対岸から延びた防波堤を抜けると、急に大きく見えた。

海は本当は青いものらしい。しかし猛夫《たけお》がいま坂の上から見ている室蘭《むろらん》港の海は、日本軍か、それとも日鐵《にってつ》様の偉い人が染めろと命じたのか、いつもいつも赤い色をしていた。

雲が出れば雲も赤い。猛夫は青い空など生まれてからただの一度も見たことがなかった。製鉄所の煙突からは今日も鉄の粉が吐き出され、風にのって何もかもを赤く染めよと飛んでゆく。赤い町の赤い坂が赤い海まで続いている。潮と鉄で真っ赤になった屋根には一羽のカラスもとまらなかった。

四月四日に北海道室蘭全域に敵襲警戒警報が出され、五月には隣町の幌別《ほろべつ》が潜水艦からの砲撃を受けたばかりだった。軍需工場の町には、軍人職人商人をはじめ山師《やまし》や女郎、騙《だま》したり騙されたりの末に流れ着いた者、わけもわからぬまま大陸から連れて来られた者、借金の形《かた》に売られてきた者、あらゆる人間が湧いては消えるを繰り返し、ひしめきあって暮らしている。

猛夫の母親タミは津軽《つがる》の小作の家に生まれた五女で、先に室蘭の魚屋に嫁いだ長姉《ちょうし》のカツを頼って十の年にやってきた。

タミは食堂を手伝っていた十八のときに、姉の勧めでひとりの蒲鉾《かまぼこ》職人と所帯を持った。タミより七つ年上の男が天涯孤独と聞いた姉のカツは「舅 姑《しゅうとしゅうとめ》に仕えなくていいなんてのはお前、神様みたいな人だ」と言って喜んだ。

タミもまた子だくさんの家に生まれた五女だったので、ふたりの暮らしは貧しいものの、親族にまつわる苛は故郷の誰より軽いものだった。

妊娠がわかり、さて籍を入れるとなったときに、男の戸籍が室蘭にないことが判った。タミはあと半年を待たずに生まれてくる腹の子の父親が、どこの馬の骨か知れぬ、もしや罪人の出であったらどうしようと思ったのだが、苦労して戸籍を取り寄せたところでそれも杞憂《きゆう》に終わった。聞けば男はもともと越後《えちご》衆の宮大工のひとり息子だった。早くに妻を亡くした父親は、全国を回る仕事ゆえ子育ては出来ぬと、縁戚で子どものいない老夫婦に我が子を託した。

タミは昭和十一年の七月に蒲鉾職人新川彦太郎《しんかわひこたろう》の妻となり、十一月に長男の一郎《かずろう》を、二年後の昭和十三年八月に次男の猛夫を、更《さら》に二年後に三男康男《やすお》を――そして、太平洋戦争勃発《ぼっぱつ》の翌年に四男利夫《としお》を産んだ。

乳を飲ませているうちに次の子が腹に入るので、二年に一度の出産をするその身はいっときも休まることがなかった。タミは次から次へと生まれる男児四人を育てるので手いっぱい。蒲鉾職人の賃金だけでは増えてゆく家族を養うのは無理だと判断した彦太郎は、港湾の労働者を抱える商業地域に魚屋をひらいた。

長男の一郎が近所の悪童たちを束ねて母の目の届かぬところへと遊びに行った。猛夫にとって兄のいない時間は、遠慮なく石蹴《いしけ》りも出来たし口笛も吹ける心穏やかな時間だ。猛夫が神社からほど近い坂の途中にある石塀に座り、赤い港に入ってくる貨物船を眺めていると、弟の康男が寄ってきた。母親の背には去年生まれた利夫がくくりつけられており、坂の下で魚屋を営んでいる父は、商品が売り切れるまで戻らない。

長男の一郎も次男の猛夫も父親似の鼻筋の通った顔立ちをしているが、康男はタミ似の丸顔だ。体型も「港のカマス」と陰口をたたかれるタミにそっくりで、樽《たる》のようだった。

「あんちゃ、あんちゃ」

「あっちいけ、馬鹿」

いつも自分が一郎にされているとおり、傍《かたわ》らにあった木の枝でぴしりとその頭を打った。枝は思ったより硬く、運悪く振り下ろした枝先が康男の唇をかすめた。泣き出した口からぽたぽたと血が滴《しただ》り落ちる。

ああ、このままでは母に告げ口されて、またこっぴどく叱《しか》られる。

猛夫は勢いをつけて塀から飛び降り、港に向かって走り出した。弟の泣き声が遠ざかり、聞こえなくなる。

ほとぼりが冷めるまで港で貨物船を見て過ごすことに決めた。

曳《ひ》き船《ふね》が大型貨物船を着岸させた。鉄工場がひとつ増えたかと思うほど大きな船だ。曳き船の船頭が大きな声で着岸を報《しら》せる。太い縄の輪がビットにかかる。ひとつ、ふたつ。船の鼻先から錨《いかり》が下りてきた。

船着き場がいっそう騒がしくなる。男たちが元の色さえわからないようなシャツを着て往来する。猛夫は港で港湾作業員を見るのが好きだった。

誰もが忙しく働いている。休み時間に煙草《たばこ》をふかしている作業員からあめ玉をもらうこともある。

自分もいつか港で働いてみたいとぼんやり考えているところへ、喧噪《けんそう》に混じって聞き覚えのある声がした。

「タケ、馬鹿タケ」

兄の一郎が悪童仲間を連れてはやし立てるように近づいてくる。身を硬くして、左右どっちへ逃げようかと考えた。猛夫がこの世で最も嫌いなものが兄の一郎だった。

母親からは一緒に遊ぶようにと言われているが、背丈もなく非力な猛夫は常に兄たちの足手まといだった。弟の面倒をみるよう母に言いつけられた一郎も、難題を与えてはふるい落としにかける。

「タケの馬鹿タケ」

一郎の仲間が一緒になって合唱する。

「お前、康男の顔殴ったべ。今晩は飯抜きだってよ。ざまあみろこの馬鹿」

一郎が猛夫を殴って怪我をさせてもなにも言わない母だった。なのに猛夫がちょっとでも癇《かん》癪《しゃく》を起こすとすぐに飯を抜く。

悪ガキ仲間のひとりが「浜に行くべ」と言い出した。岸壁を過ぎて港の入口近くまで行けば浅瀬の浜がある。鉄工場や道路工事で死んだ人間が埋められているという噂もあった。町は常に人の出入りがあり、いっときも休まぬ日鐵の炎は三百六十五日変わらず天を燃やしていた。

「そうするべ」

ほっとしたのもつかの間、猛夫の着ていた綿シャツの襟首《えりくび》が引っ張られた。お下がりのそのまたお下がりは、伸びに伸びなかなか体が持ち上がらない。

舌打ちのあと、一郎が「お前たち手と足を持て」と怒《ど》鳴《な》った。

猛夫のちいさな体がふわりと浮いた。悪ガキたちに手足をつかまれ、岸壁の上でブランコのように前後に揺れる。

錨を下ろした船の舳先《へさき》、赤い岸壁、赤い海が猛夫の視界を前後に行ったり来たりする。

「それ」

一郎のかけ声で、猛夫は空を飛び真っ赤な海に放り投げられた。

「馬鹿タケぇ、泳ぎのひとつも覚えてこいやぁ」

笑い声を聞いたあと、嫌になるほど臭《くさ》い水を飲み両手両足を動かした。

水を掻《か》くたびに手足が重たくなる。岸壁にはりつくバカ貝ははっきりと見えるのに、そこまで泳いで行ける自分はいない。油と鉄のにおいが口の中いっぱいに広がり、ああもうだめだとあきらめかけたところで、体が浮いた。

曳き船の船頭が、大きなタモで猛夫を引っかけ引き寄せた。

「おう、活きのいいでかい魚が捕れた」

船頭は笑いながら猛夫を岸壁へと持ち上げた。引き上げられてようやく、恐ろしさがこみあげてきた。猛夫は精いっぱい息を吸い、腹の水を吐いた。赤い海水が岸壁に丸いシミを作った。

赤鬼そっくりな船頭は、濡《ぬ》れ鼠《ねずみ》の猛夫を首に提げた手ぬぐいでがりがりと拭いたあと、家はどこかと訊《たず》ねた。猛夫は頑《がん》として言わなかった。兄に海へと放られたことも、見知らぬ大人に助けられたことも、泳げなかったことも、なにもかもが恥だった。

「なんだ、溺れた怖さで家も名前も忘れたか」

「タケオだ」

「タケオっちゅうたらお前、魚屋の彦太郎んところのせがれか。そういや鼻筋が父親によう似とるな。嫁さんは細目のカマスだべし」

「かあさんはカマスじゃねえ」

思わず怒鳴った。なんで父の名や母のことまで知っているのか。顔をしかめて泣くのを我慢したところで「やっぱしな」と身元がばれた。

「こりゃ俺も今日は、いいことしたべ。ほぉ、もしかしたらさっきのガキ大将が兄貴か。この辺じゃ知られた悪ガキだべ。弟を海さ投げ込むなんて、ろくてないやつらだ」

猛夫の表情はますます硬くなる。身元が知れたばかりか、実の兄に辱《はずかし》められていることまでがばれてしまった。

「ほれ、うんとかすんとか言えや。彦太郎のとこだったら、ちゃんと送っていくべ」

「いらねえ」

濡れた服から鉄錆《てつさび》と油のにおいがする。ゴム短靴《たんぐつ》は水中でもがいたときに脱げてしまった。つま先に穴が空いていたものの、冬までは履き続けないといけなかったのに。

猛夫は立ち上がり、砂の詰まった爪先を蹴って走り出した。

兄よりも先に家に着き、誰にも見つからぬよう着替えられるだろうか。

猛夫の名を呼ぶ船頭の声が、通りまで追ってくる。

本輪西《もとわにし》駅まで走ったところでさっきの船頭がひょいと後ろから猛夫を担《かつ》いだ。

「こんなんで戻ったらおめえ、まぁたあの悪ガキどものいいおもちゃだべ」

脇に抱えられ足をばたつかせるも、毎日貨物船のロープを相手にしている男にはなんの効果もなかった。

仕方なくおとなしくしていると「生きてっか」と陽気に訊ねてくる。

男がくぐった暖簾《のれん》は猛夫の伯母《おば》、カツが経営している駅前食堂だった。食堂の隣は港湾関係の客を相手にした松乃家《まつのや》旅館だ。昼間は食堂、夜は旅館で芸妓《げいぎ》の手配や酒の世話をしている伯母は、母とは違ってすらりとした美人顔で、同じ親から生まれたとは信じがたい。

カツには商才があり、幕西《まくにし》の置屋から身請《みう》けしてもらった夫の魚屋から始まり食堂へと商売の幅を広げたという。夫亡きあとは本輪西駅前の建物を買い取り、旅館の女将《おかみ》にまでなった。

「おいおカツ、おめえんとこの甥《おい》っ子連れてきたべ。俺に酒一杯と、こいつになんか着るもんを貸してくれ」

「なしたのさ、その汚いのは。あれ、猛夫かい」

「彦太郎んとこの次男坊だべ。上の坊主に海さ投げられて、こったらことになってんのよ」

「海さ投げられてって、こんなこんまい坊主、まだ泳ぎもろくろくできないだろうに」

伯母の声は母よりずっと湿っており、柔らかかった。猛夫はただ下を向いているしかなく、自分に向けられた哀れみの視線から逃れることばかり考えていた。

カツは男に升酒をひとつと塩を出したあと、店の奥に引っ込んだ。

「待ってろ、ここの女将はなんでも持ってるから」

塩をぺろりと舐《な》めて升酒をあおる男の左の二の腕に「△〇▽」の彫り物があった。猛夫の視線に気付いた男が「これか？」と顎《あご》をしゃくる。

「どこでおっ死《ち》んじまうかわからんからな。ひと目で俺だとわかるように釘《くぎ》一本で彫ったんだ。その釘も今頃兵隊の鉄砲の弾だ。これがあれば誰かが港湾の角二《かくじ》が死んだって言ってくれるべ」

涼しい顔で「この顔が潰《つぶ》れてもよぅ」と言うので、それ以上訊《き》けなかった。

「タケ、おいで」

カツがしっかりとなでつけた襟足を整えながら、木桶《きおけ》に湯を溜《た》めてやってきた。

「いやあ、臭い。こんなんで家に帰ったら、お前がタミに叱られるんだろうさ。一郎は目に入れて育てたけんども、康男に利夫と続けば次男坊なんてのはその辺の草みたいなもんだ。ひとりくらいあたしのところにも分けて欲しいもんだよ」

「彦太郎んとこ、四人目も男だったってか」

「そうさ、貧乏人のくせに子どもだけはよう出来る。あの女の腹は、いったいどうなってんだか。商売が軌道に乗って、誰かこっちに寄こしてもなんとかなるからって、津軽の里に手紙ば出したっけ、やってきたのはあの器量なしときたもんだ。いくら女郎にはしないからって書いたたってよ。売り物にはならんべと思っての厄介払《やっかい》いとはっきりわかったわ。あれから里とは音信不通だ。いっぺん女郎をやったあたしは、親からなぁんも信じてもらってねえってことだった。二年にいっぺん、タミのお産扱いをするけんど、毎度犬みたいに軽いんでびっくりする」

「それを言うなら、彦太郎のほうがえれぇ太い奴ってことだべよ」

「人間、なにかひとつくらいはええとこがあるってことだ」

カツは港湾の角二と名乗る男とひらひらとした笑いを交わしながら、裸ん坊になった猛夫の体を丁寧《ていねい》に拭《ぬぐ》った。

カツと十五も年の離れたタミは、会ったこともない長姉を頼り室蘭の本輪西までやってきたのだった。ひと目見たカツが「はあ、こりゃどうするべ」とタミの器量を嘆《なげ》いたことを、ひどく根に持っており、ふたりの仲は傍目《はため》にも決して良いとは言えなかった。

「さあ、これでよし」

最後に手のひらまで隠れそうな大きな浴衣《ゆかた》を着せられ、袖をまくり腰を端折《はしょ》って帯を巻いた。

「タケ、下穿《したば》きがないのはすぅすぅするだろうが、しばらく我慢だ。いま隣に持ってって洗ってもらうからな」

駅前には数軒の旅館があったが、カツの経営する「松乃家旅館」も「カネマツ食堂」も、砲撃や火災をまぬがれた。戦局が、発表されるよりも不利であるのはみな気付いているが、口に出すことは出来なかった。商売はおろか「アカ」の烙印《らくいん》を押されたら、命も危うい。

旅館の下働きに猛夫の衣類を預けて戻ってきたカツが、たくあんを数枚皿にのせて角二の前に出した。

「こんなもんしかないけど。配給だって雀《すずめ》の涙だ。山のほうさ行って食えそうなもんを探すけんども、そんなとこで出くわすのは青大将くらいでよ」

「おれぁ酒があればなんも要らねぇな」

「そんな客ばっかりだったらいいんだけども。不思議と酒はどこからともなく流れてくるのよなあ。お殿様がいるからだろうさ」

カツの言うお殿様とは、港湾一帯を開発した一族の当主である。明治の初めに開拓団の一員として入った一家の主《あるじ》だ。

「幕西はもう火が消えたようなもんだべ。男どもは戦地か製鉄、タコに石炭担《パイスケ》ぎにアカ、みんな、おなごどころじゃあなくなってるわ。あたしは早くに身請けしてもらって、ほんとに良かった」

「その旦那が、まさかなあ」

「女房になんもかんも遺《のこ》して、ひとりさっさと逝《い》っちまうとはねぇ。おかげでしばらくは、女郎上がりが年寄りの夫をやり殺したって言われたもんさ」

ひとり椅子に腰掛けて大人の話を聞いている猛夫にも、町の者が旗を振って出征を喜ぶほどいい状況ではないことだけはわかる。

寡黙な父にも、小言の止《や》まぬ母にも、むやみに弟をいじめる兄にも、自分がいまここで味わっている安堵《あんど》を知られませんようにと祈った。

角二とカツしかいない食堂の片隅に、製鉄所の金属音が響いてくる。赤い町の、赤い音だった。生乾きの下穿きとシャツ、半ズボンを身につけ、送ってゆくと言ってきかぬカツを振り切って外に出た。

「いいかタケ、一郎があんまりなことやったら、迷わずこのカツおばちゃんのとこに来い」

猛夫は、優しくしてくれるカツに甘えていることが親やきょうだいに知られるのをなにより恐れた。

何くわぬ顔で家に戻ってから、一郎のいじめはいよいよひどくなった。

八幡神社の階段で、一郎の谷側にいてはいけない。うっかり兄の手の届くところにいると、簡単に突き落とされそうになる。

赤い雲の下、タミの言いつけで焚《た》きつけに使う木切れを集めているときだった。一郎が八幡神社の裏手で猫を一匹見つけてきた。ふかふかの毛がやわらかな、茶虎の子猫だ。

一郎が猫の後ろ首をつかみ、木切れを集めていた猛夫の目の前にやってきた。

「馬鹿タケ、こいつを殺せ。とうさんの店の魚に手をつける、悪いやつだ。戦争行って敵兵を殺す練習だ」

いつもは一郎が八幡神社の境内《けいだい》にたたきつけて殺している。猛夫は、血だらけになった猫を何度か土に埋めた。猫が不憫《ふびん》なのではなかった。見つかって自分のせいにされるのが嫌だった。

一郎が猛夫の胸元に子猫を投げつけた。毛のせいでそうは見えないが、痩《や》せこけた猫だった。放っておいても長くは生きていないだろう。そんな猫を殺せという兄の心の在処《ありか》がわからない。

猫を殺したあとは、自分が兄に殺されるのではないか。ただの想像とも思えない現実味にぞっとする。

猫を抱いて母のところへ行けば、疎ましがられるだろう。言いつけても猛夫の言葉を信じることなどないのだ。母の頭の中には、長男と四男しかいない。このままでは兄が猛夫をいじめることに、新たな理由が生まれてしまう。

「わかった」

猫を手に八幡神社の階段を下りようとすると、甲高《かんだか》い声で一郎が呼び止める。

「どこ行くんだ、俺の目の前で殺せ。戦争さ行く練習だべ、早く殺せ」

「境内を汚したら、かあさんに叱られる」

かあさん、のひとことで一郎がわずかに怯《ひる》んだ。呼び止められるのも聞かず、急いで階段を駆け下りる。逃げるときの足だけは速かった。

最近は猛夫が全力で走ると、一郎も追いつけない。今のところ兄から逃げる手立ては走ることだった。

ちゃんと殺せよ、という間の抜けた声が背後から聞こえてくる。無理難題を振り切ったものの、言いつけどおり兄と戻らないことでまた叱られるのだろう。

猫を抱いて駅前まで走った。走る方法は走りながら覚えた。つま先を蹴って、できるだけ遠くに早く着地して、また蹴る。覚えてしまえば面白いほど速く走ることが出来た。

駅前まで来れば、小路やカツの食堂、旅館と逃げ込む先はある。潮と鉄のにおいに鼻の穴までひりひりさせながら、呼吸を整えた。

食堂の暖簾はまだかかっていなかった。旅館の裏に回り込むと、焚きつけに使う木切れや薪《まき》がひとかたまりになっている。勝手口の向こうには竈《かまど》があった。猛夫はまだ斧《おの》が入れられていない古い木桶を手に取り、中に猫を入れた。

木桶の腹のあたりに鮭《さけ》の目玉ほどの穴が空いていた。

旅館の周りをうろついていると、細い川を見つけた。幅は猛夫の胴ほどしかないが、深さはまあまあるようだ。猛夫は木桶が浮かぶかどうか確かめる。桶の底では猫がぐったりと横になっていた。

「痛い目に遭うより、こっちのほうがなんぼかいいべ。海さ出て溺れる前に、ちゃんと死ねよ」

兄の手で境内にたたきつけられるのと、猛夫が言うことをきくのと、木桶に揺られながら息絶えるのでは、同じ結末でもずいぶんと違う気がするのだった。撫《な》でた猫の腹に、拳大《こぶしだい》の石ころに似た硬い塊が触れた。この猫は、殺さなくても死ぬのだ。

ぷかぷかとあちこちに引っかかりながら、そのたびにくるりと向きを変えて木桶は下流へと流れてゆく。猛夫は木桶が見えなくなるまで水縁《みずべり》に立っていた。

いまごろ兄は猛夫の悪口を母の耳に吹き込んでいるころだろうか。康男も自分に火の粉が降りかかるのを防ぐために、部屋の隅でじっとしている。家に戻ったところで、今日も猛夫の居場所はない。

駅前通りに出ると、変わらず赤い港に大きなタンカーが入ってくるのが見えた。角二はまた曳き船に乗っているだろうか。カツの食堂の前で待っていたら、また会えるかもしれない。会って話すことはなにもないが、自分に起こる不条理に名前を付けてくれそうな大人は、いまのところカツか角二しか思い浮かばなかった。

曳き船が港に着くか着かぬかというところで、食堂の暖簾を出しにカツが出てきた。軒先《のきさき》に腰を下ろしている猛夫を見つけると「おや」と言ったきり、しばらく顔を見ていた。

「また、一郎にやられたかい」

猛夫は首を横に振る。「まあいいわな」と言って、かさついた白い指を猛夫の頭にのせた。カツが母タミの姉というのは本当だろうかといつも思う。

さっき見送った子猫のことで感傷的になっている自分を恥じているのだが、猛夫の裡《うち》ではまだ言語化は難しく、ただ不機嫌にむっつりと下を向くしかなかった。

襟を軽く抜いたカツの着物は、タミの着方とは違い、喉の下のくぼみで交差する。木綿の浴衣にもんぺを穿いた母は背中に赤ん坊をくくりつけ、胸をはだけていてもどこか男のような無骨さを感じる。対してカツは今にも鼻歌を歌いそうな気怠《けだる》さを漂わせている。

「なんか腹の足しになるものでもと思うけんど、あいにく子どもが喜びそうなもんはないねえ。飽きちゃいるだろうけど、芋でも食べるかい」

自分でも卑《いや》しい心もちに気付いているのだが、芋のひとことについカツの目を見た。カツはふっと目尻に皺《しわ》を寄せた。

「このご時世、腹が減ってない人間のほうが少ないわなあ。四人もいる男兄弟の二番目ってのは、いちばん割を食うんだ。生まれた順番ってのは自分じゃどうにもならない。津軽の貧乏小作の家で一番上に生まれた女なんてのは、畑の作物みたいなもんでよ。米は半年でどうにかなるし、林《りん》檎《ご》も秋には律儀《りちぎ》に実を付けるけんど、人間様は十年経たないと売り物にはなんねえのさ。十年で売れればまああいいほうだ。売られたあとも生き残れるかどうかは器量と頭の回転だべ」

カツに促《うなが》され、薄暗い食堂に入った。ここに居れば、と猛夫はほっとして四角い椅子によじ登った。

「ほらよ、こんなもんしかないけど、召し上がれ」

耳の奥で、何度も繰り返された「召し上がれ」だ。猛夫にそんな言葉で接してくれる大人はカツしかいない。

「どうした、芋は飽きたか」

首をぶんぶんと横に振った。斜めに切り分けた痩せたふかし芋を手に取り、急いでかじりついた。こんな旨《うま》いふかし芋を、猛夫は知らない。

脳裏に残る猫の姿も、兄の仕打ちも胸から薄れたところでカツが言った。

「どうだい新川彦太郎のとこの次男坊よ。このカネマツ、松乃家旅館の跡取りになってみる気はないかえ」

何を言われているのかまったく理解できなかった。猛夫の瞳をのぞき込むようにしてカツがもう一度言った。

「うちの息子になんねえか、って訊ねてるんだよ」

「なんでだ」

本輪西八幡の横にある粗末な家には、両親と長男から赤ん坊の四男坊までが毎日泣いたり騒いだりしながら暮らしている。自分ひとりが居なくなったところで、なんの変化もなさそうな家だ。けれど、カツの言葉にあっさり頷《うなず》いてはいけないような気がしたのも正直なところだった。

「なんで俺が、おばちゃんのとこの息子になるんだ」

カツは白い首をわずかに傾《かし》げて「なんでかのう」と歌うように言った。

「あたしはとうとう、ひとりの子どもも産めんうちに亭主に死なれてしまった。この先も、子どもなんぞ持てないべ。お前は貧乏人の倅《せがれ》のくせに、底意地は悪くない。いつも困った顔をして、この先のことを考えてる。その困った顔が気に入ったのかもしれんわ」

機嫌よさそうに引き延ばされた語尾に馬鹿にされたような気がして、芋の尻尾《しっぽ》を口に突っ込みわしわしと噛《か》んだ。

「芋でよければ、まだあるぞ」

食い物で釣られるのは嫌だ。首を振る。カツは猛夫の頭をひと撫でしたあと「おんや」と両手でその髪の毛をかきわけた。

「タケ、お前の頭にでぇっけぇハゲができとるわ」

「ハゲ?」

「おう、犬ころの目玉くらいのハゲだ。これじゃあタケオじゃなくてハゲオだべ」

馬鹿タケにハゲがついてきたら、もう目も当てられない。うまく言葉にはできない恥ずかしさが血になって猛夫の全身を巡る。

「この栄養不足じゃあなあ。どうせ一郎にご飯ちょろまかされてるんだべ。あれはこの辺でも知られた悪ガキだ。手癖は悪いし平気で嘘《うそ》をつくなんざ、ろくな人間にならんだろうねぇ」

兄がなにをしてそんなに悪く言われているのかを知らないが、猛夫にとっては人目につかぬところで無理難題をふっかける暴君である。

「あたしは一生忘れんよ、タミがあの子を産んだときの顔をな。勝ち誇った女の嫌な顔だった。何が何でも勝たねばならん姉に勝った瞬間だ。手の中で丸めるようにして育てた長男坊がどんな性分でも、母親ってのは可愛《かわい》いもんなんだべなあ」

真意がつかめず黙り込むと、カツの指先が猛夫のハゲをつついた。つるっぱげの小坊主みたいになったらどうしようか。帰りは八幡様に寄って、手でも合わせるほかないのかもしれぬ。

唯一の手立てが神頼みであるのは、弟たちが生まれる前に必ず父彦太郎が八幡様にお参りをする姿を見て知った。普段はそんな暇もなく、夜明けからとっぷり日の暮れるまで物言わず働きづめの父親が、人間に見えるひとときだった。

なあタケ、と隣の椅子に腰掛けたカツが独り言に似せて胸の澱《おり》をとろとろと垂らし始めた。

「お前を取り上げたときな、なんじゃ不思議な気がしたんだわ。寅《とら》年の真夏に、ポンッと鉄砲玉みたいにして出てきたお前は、やけに図太い顔でな。お産じゃって呼ばれて駆けつけて、あたしの用意も間に合わないくらいの早さで、この手にポンッとのっかったんだ。落とさないようにするのが手いっぱい。まったく面白いくらいでよ。タミもたいして苦しまないもんだから――」

産声《うぶごえ》を上げた次男坊をカツに任せ、そばで泣いていた長男を先に抱いたという母の話は、子どもも心にも腑《ふ》に落ちた。

「あたしの子じゃないかと、思ったんだわ」

心さびしく納得しながら、そんな話を猛夫の耳に入れるカツをほんの少し憐《あわ》れんだ。


カツの近くにいるとほっとすることには理由があったのだった。猛夫もなににつけ自分がカネマツ食堂にやってくる意味を知って安堵する。自分はただ逃げているのではない。カツが生まれたばかりの自分を手に取り、自分の子ではないかと思ったという言葉は、生まれついた家に居場所のない猛夫をいっとき幸福な気持にした。

猛夫にとって、生まれて初めての肯定《こうてい》だった。竈の火熾《ひおこ》しを必死でやっても、焚きつけを兄より集めても、弟の面倒をみても、ただのひとつも褒《ほ》められたことがない。

口から先に生まれてきたと言われるくらいおしゃべりな一郎とは違い、なにをするにも黙っているので、愚鈍《ぐどん》の扱いだ。ついた名前が「馬鹿タケ」だ。「馬鹿」の意味はしつこいくらい一郎が繰り返した。

カツが食堂の椅子を並べ直し、台拭きでテーブルを拭き始めたときだった。開け放した食堂の入口に「カツさん」と言って飛び込んできた男がいた。

「カツさん大変だ、角さんが」

「角さんがどうしたんだい」

ふたりの短いやりとりで、角二が港湾で事故に巻き込まれたことを知った。慌《あわ》てふためく男は角二と同じ曳き船の作業員らしい。とにかく早くと急《せ》かされたカツが、猛夫の手を取り店先から飛び出した。

赤錆を薄めたような雲が海を覆っている。駅を過ぎれば、大きな貨物船が自分たちを見下ろしている。曳き船の近くに、人だかりが出来ているのが見えた。

カツの足が止まった。

「カツさんなにしとる、早く」

前を走る男が余裕のない仕種《しぐさ》で自分たちを急かす。

下駄の鼻緒が切れたのかと足元を見るが、そうではないようだ。猛夫はおそるおそるカツを見上げた。白い顔に、閉めようにも閉まらない口がぽっかりと穴になって見えた。

赤い砂でざらつく岸壁から一歩一歩、下駄を剝《は》がすようにして、カツが人だかりに向かってゆく。どんどん猛夫の手を握る力がつよくなってゆく。

「早く、カツさん」

案内の男のひと声で、人だかりがすっと二つに分かれた。

むしろに仰向《あおむ》けに横たわるのは角二だった。見覚えのある赤鬼だ。酒飲みのやさしい赤鬼は目を閉じてカツを待っていた。

むしろの端っこに両膝《りょうひざ》をついたカツが、声なく角二を見下ろしている。猛夫はカツと同じ目の高さから角二を見た。肩から先の両腕が失われている。切り口はぼろ雑巾《ぞうきん》のようだ。角二の両肩から、赤い砂が流れていた。

誰かが近くで「さっきまで息あったのによう」と洟《はな》をすすった。

カツの到着を見届けた野次馬が、ひとりふたりとその場を去って行く。呼びに来た男がぽつりと「間に合わんかった」とつぶやいた。

「なして、こんなことに」

カツがやっと口を開いたのは、角二の遺体が食堂の奥にあるまかない部屋に運び込まれたあとだった。仲間が数人、角二の腕に布を巻いて血を止めた。もう流れる血もない角二は、赤鬼から青鬼に変わっていた。

猛夫は人間の死体を生まれて初めて見た。死体を取り巻く人間がそれぞれの思いを抱いて泣くのを見た。仲間のひとりが首に提げた手ぬぐいで目を拭いながら言った。

「俺らぁいっつもロープば肩さ引っかけてわんさわんさ運ぶべ。あんだけ慣れてる角さんでも、引っかけるまでは命がけさあ。いつもどおりやってたはずなんだ。けんどもよぅ、魔が差したとしか言えんわぁ。なんの間違いかいきなり巻き取りになっちまってよ。ロープに腕もがれて、こんなんなっちまった」

誰かが「腕、すぽーんと飛んでった」とつぶやいた。猛夫は角二の腕が赤い海に飛んでゆくさまを想像した。

カツが「天涯孤独」という言葉を漏らしたのは、枕通夜となった夜のことだった。角二の仲間に頼み、魚屋の彦太郎に次男坊の猛夫を二日三日、慰めに預からせて欲しいと言付けた。

その日の夜、店を終えた彦太郎が食堂のまかない部屋にやってきた。

「義姉《ねえ》さん、大変だったなあ」

角二の頭近くにある香立てに線香を立てて、ひととき手を合わせたあと、彦太郎がカツに向き直った。

「タケなんぞがなんの役に立つかね、義姉さん」

「いいんだよ、あたしはタケが居てくれて助かってるんだ。この子は賢《かしこ》い子でさ、余計なことはなんも言わない。彦さんもいい息子を持ったもんだよ」

「何か手伝いが欲しいなら、上の坊主のほうがなんぼか役に立ちそうなもんだけどもな」

カツはふっと口元をゆがめて「いいんだってば」とうつむいた。

「明日の通夜には、タミを寄こそうか。あれも赤ん坊背負ったり、ちょろちょろしたのを連れてだから、却《かえ》って邪魔になるかもしれんけども」

「タミは子どもの面倒だけで手いっぱいさ。あたしには旅館のほうに人手があるんで心配しなくていいから」

彦太郎は部屋の隅で膝を立てていた猛夫の前までやってくると、坊主頭を軽くはじき「ちゃんと手伝いするんだぞ」と言って帰った。父親の顔を真正面から見ることは滅多になかったので、ただ不思議な気持でその背を見送った。

線香のにおいが充満する部屋は、夜中には来客もなくなりカツと猛夫のふたりだけになった。眠くてうとうとしていると、カツが丹前《たんぜん》に猛夫をくるんで抱き上げた。うっすらと目覚めているのだが、誰かに優しくされていることが嬉《うれ》しくて、眠っているふりをする。母とも父とも違うにおいに包まれて、同じ部屋に角二の死体があることを忘れた。

「角さん、また明日来るからね。さびしいだろうけど、待っててちょうだい」

もう声も命も持たない角二にそう言うと、カツは松乃家旅館の奥にある自室へと猛夫を運び、布団を敷いて寝かせた。

いいにおいがする畳部屋で、綿の感触が柔らかな布団に横になった。猛夫が経験したことのない贅沢《ぜいたく》だった。父が自分を無理に連れ帰らなかったことが嬉しくて、胸に丹前の襟から漂ういい匂いを溜めた。

今ごろ、兄弟たちはみな小便くさい布団を繋《つな》げて転がっているだろう。父と母は声を潜め、ぼそぼそとなにを話しているだろう。

カツが横になる気配はなかった。いつまでも鏡の前で髪を梳《す》いている。つげの櫛《くし》がカツの髪を滑り、ときどきぷつんと音を立てた。そのたびにカツは櫛から髪の毛を引き抜いて鏡台に置く。

櫛の気配が乱れるたび、カツが洟をすする音がした。

角二の葬儀には港湾の仲間や親方、黒い髪をぴしりと結い上げた女たち数人がやってきた。美しい女たちのうち、年かさのある女が最後まで食堂のまかない部屋に残った。酒の後始末をしているカツと、ぽつぽつと会話を続ける。

猛夫は小さな箱に入った角二に触れようか触れまいか迷いながら、女たちの話を聞いた。

「カツよ、お前もつくづく男運のない女だねぇ」

「ねえさん、そりゃあ持って生まれたもんだわ。仕方ないさ」

で、とねえさんと呼ばれた女が着物の襟を直し、居住まいを正した。

「カツよ、ご存じのとおり年が明けたらわっちらも廃業だわ。お前は人の好《い》い魚屋に身請けされたもんのすぐに死なれて、あのときは気の毒だった。商売が大きくなったのは、お前さんの生まれ持った器量かもしれんなあ」

「誰も先のことなんてわかんないしねぇ」

「そんなこんなで、わっちは札幌《さっぽろ》へ流れようかと思うのさ。うちの女の子たちは、できるだけ里へ帰すつもりだ。帰りたくないっていうのは、一緒に札幌に連れて行こうかと思う。女、身ひとつ、どこへ行ったって食べるくらいはできるしな」

「ねえさん、室蘭から出て行くってかい。さびしくなるねえ。あたしが売られてきたときに、いちばん優しくしてくれたのがねえさんだったっけなあ。幕西で死ぬもんだとばっかり思ってたけど、身請けしてもらえるならさっさとここから出ろって言ってくれたのもねえさんだ。身請けが決まってからはやっかみもひどくて泣いてばっかりだったけど、あんときもねえさんだけは優しかったなあ」

女ふたりの思い出話は、どこか湿っぽく華があって、かなしかった。

「カツよ、旅館のほうの商いはどうなんだい」

「軍や、港湾の偉いひとたちがときどき宴会やってくれるのさ。旅館ったって、貸間とそんなに変わらんよ。女を呼べって言われたら、嫌でも声をかけないといかん。いつも流れもんの女給に何人かあたりをつけてる」

「男は、威張《いば》らせておけばなんとかなるけどねえ」

「この戦争は、負けるんじゃないのかねえ」

「大きな声で言うもんじゃないよ」

「だけどもねえさん、聞いたところでは、召集されて戻って来られたのは帽子とか髪の毛数本とか、そんな話ばっかりだ。なのに軍服も汚さないで女抱いてる軍人が、あたしらの鍋釜からかんざしの果てまで溶かして鉄砲玉にしてる。おかしな話だ」

シッとねえさんが口に人差し指をあてた。

「やめれ、カツ。お前がそんなことを言えば、わっちも言いたいことが山のように湧いてくる。いまは文句言わずに体を動かすときだ。女はいましなきゃならんことを間違っちゃ命取りなんだ。鉄砲持って走れるわけじゃなし。そこんところは、お前もよくわかってるだろう」

ほんの少しの沈黙のあと、ねえさんが声を明るく変えた。

「ところで、お前の旅館で下働きは入り用じゃないかい。津軽《つがる》のほうから買ったこんまい子がひとりいるんだけども。仕込みでいろいろやらせていたけどもよ、営業停止がいつまで続くかわからん。わっちは札幌に出るし、そんな子どもみたいなのを連れてったところで、いいこともなかろう。お前のところで面倒みてくれたら、安心して置いて行けるんだけども」

「こんまい子って、いくつなんだろ」

「十か十一だろう。親もよくわかってないのさ。子だくさんで誰がいくつかなんて」

「ねえさんにはたんと世話になったから、あたしでよければ面倒みるよ」

ねえさんは、再び骨になった角二に手を合わせて帰っていった。

「タケ、お前そんなにつまんない顔をしてさ。困ったね。やっぱり兄弟のいるところがいいのかい」

そんなことは思ってもみなかったので、驚いて言葉も出てこない。必死で首を横に振る。カツは猛夫の様子をどう受け取ったものか、さびしそうな顔で「うん」とひとつうなずいた。

「おなごはなあ、何年もしないうちにさっさと女になっちまうからなあ。あたしは、いっぺんでも男の子を育ててみたかったよ」

カツがひどくちいさく見えて、猛夫は立てていた膝を畳に折りたたんで正座した。

「お前、自分の家に帰りたいのかい」

返事が遅れたのはカツの言葉の意味を小坊主なりに考えてしまったからだった。帰りたいのかと問われて、すぐに首を横に振れば媚《こ》びていると思われはしないか。縦《たて》に振ればまっすぐ受け取られはしないか。

言語化できる言葉も持たず、できるだけ兄やその友人たちからいじめられずに済む方法を探っていたのだったが。

「帰りたいのかい」

カツにもう一度訊ねられて、猛夫は「わかんねえ」と答えた。あのごみごみとした家に帰りたいわけはないし、かといってこのままカツのそばにいれば兄のやっかみがひどいのではと、頭に浮かぶのはそればかりだ。

美しい眉尻《まゆじり》を下げた伯母がひどくさびしげに見えて、猛夫は言いわけがましくもう一度「わかんねえ」とつぶやいた。自分が決めていいことなのかどうかがわからないのであって、ここに居たいかどうかを問われて迷っているわけではないのだ。言われていることはわかるのに、気持を伝える言葉を持たないことに子どもながら忸怩《じくじ》たる思いを抱いている。

「まあ、物心なんてものがついてからでは、遅かったかねえ。いくら産めよ増やせよったってさ、こうポンポンと男ばかり四人もこさえて、同じ親から生まれたってのにタミとあたしは正反対だ。お前のお産は特に軽くてさ、タミも産んだ気がしなかったのと違うかねえ。いっそ赤ん坊のときにもらっておけばよかった」

誰かが自分を欲してくれているというだけで、猛夫の心は晴れた。カツに嫌われていないことは、心をつよくしてくれる大切な要素だ。赤ん坊のときにもらっておいてくれればよかった、と思うのだがうまく言葉にはならない。できればずっとカツのそばにいたい。

やっと「帰るの、いやだ」と言葉になった。

カツの唇の端がきゅっと上を向いた。

「ありがとうよ、タケ。昨日も今日も、お前がそばにいてくれたお陰でなんとかしのげた。ちょっとはおっかさんの気持になって、強くならなきゃなんて思うことができたんだ。いいもんだね、子どもってさ」

その日ひと晩の添い寝からしばらく、猛夫が松乃家旅館のふかふかとした布団にもぐり込むことはなかった。

戦火は鉄の町をいっそう過酷に包み込み、いつもどこかで人が死んだ。家の軒先には鉄の粉のにおい、線香のにおいが漂っていた。

猛夫には、兄の一郎からいびられながらの毎日が戻ってきた。もしかしたら母は一郎がやっていることを知っているのかもしれない。父もまた。

それでも猛夫には、思いを伝える言葉も機会も、与えられなかった。


事態が大きく変化したのは翌年の春のことだった。

もう負け戦であることは、製鉄所から聞こえてくる音や軍人たちの無理やりな態度、いっそう厳しくなったアカ狩りで、町の誰もが気付いている。

生活は苦しくなる一方だというのに、タミの腹は休むことなく大きくなった。

明け方、父が「一郎、猛夫」とふたりを揺り起こした。目覚めのよい猛夫だけが飛び起きる。

横では一郎が薄目を開けて、再びきつく目を閉じた。兄に構わず猛夫がひとり彦太郎のところへ近づくと、タミが腹をさすりながら唸《うな》っている。

「猛夫、松乃家のおばちゃんを呼んで来い。はやく、走ってけ」

暗い空に赤々と製鉄所の火が突き刺さっていた。坂の下へ向かって、駅の前まで、猛夫は全速力で走った。一年でずいぶんと体も丈夫になり、大人も追いつけないすばしっこさで走る猛夫は、「ムササビ」と呼ばれている。

旅館の裏手にまわり、カツの寝起きしている部屋の窓を叩《たた》いた。察していたといわんばかりに、身支度をしたカツが窓から顔を出す。

「タケ、こんな時間にご苦労さん。さあ、おばちゃんと走ろうか。今度はどっちだろうねえ」

道を急げばカツが「ちょっと待っとくれ」と息を切らし、神社の階段をよろけながら上る。自分の息はちっとも上がっていないのにと猛夫は不思議に思いながら、カツの手を取り家へ急いだ。

カツが到着すると、彦太郎が湯を沸かして戸板を屏風《びょうぶ》代わりに仕立てており、お産を前にしたタミが見えぬようにしてあった。ふうふうという息づかいばかりが響いてくる。

「タミ、どうだ、そろそろいきみたいか」

「ねえさん、もう少しだわ」

戸板のこちら側で、父の指示どおり弟の康男と利夫が騒がないよう面倒をみる。一郎は竈に薪を入れては、団扇《うちわ》で扇《あお》いでいた。

「よし、タミ、いきめ。それ」

立ち上る湯気を緊張が斬ってゆく。彦太郎がついたての前で、湯桶と手ぬぐいを持って待っている。

「よし、いいぞタミ、そのまんま力を抜け」

赤ん坊は弱々しい産声をひとつあげたあと、木切れで石をひっかくような声で泣き始めた。彦太郎が身を乗り出してついたての向こうに声をかけた。

「義姉さん、どうかね。また男かね」

「彦さん、今回は賢そうな女の子だ。おめでとうさん」

カツの言葉に彦太郎の肩がひゅっと持ち上がった。

「それにしてもタミはお産が軽いねえ。赤ん坊を産むために生まれてきたような、いいおっかさんだ」

「ねえさん、それどういう意味だべ」

おおよそ赤ん坊を産んだばかりとは思えぬぴりりとした声が辺りに響いた。彦太郎が、なにか言いかけると、タミがいっそう険《けわ》しい声になった。

「赤ん坊を産むために生まれてきたって、それどういう意味だ。わしは牛や馬とは違う」

「タミ、赤ん坊産んだばかりでそんなに怒鳴るもんでないよ。せっかく待ちに待った女の子だっていうのに」

「あんたには、わしの気持なんかこれっぽっちもわかんねえんだ。いつもいい匂いさせて、いいもの着て、うまい飯食って。同じ親から出てきたっていうのに、器量がなんぼのもんだってさ」

カツがひとつ大きくため息を吐《つ》いた。彦太郎が湯桶を差し出す。赤ん坊がカツの手で産湯をもらい始める頃には、戸板のついたては外れていた。

一郎は早起きが響いたのか、板の間の縁《へり》で仰向けになって寝ている。猛夫と弟ふたりが這《は》いながら湯桶の前へと近づいた。口の達者な康男が「わあ」と声を上げた。

「女だってよ。ちいせえなあ。あんちゃん見てみろ、ちんぽがねえ」

カツに「こら、お前たち」と叱られて、野次馬はさっと元の場所へと戻った。

妹が生まれたということが、自分たち家族にどんな影響を与えるのか、猛夫にはさっぱりわからなかった。カツのひとことに声を険しくしていたタミも、じきに機嫌を直して「さっきはすまんかった」と謝っている。

タミがひと眠りしているあいだ、彦太郎とカツが土間の竈で話し始めたので、一郎も目が覚めたようだ。

「彦さん、よかったなあ。初めての女の子だ。これでタミも気持穏やかになるべさねえ」

「ありがとう、義姉さん。男ばっかしだとやっぱり家の中も殺伐《さつばつ》として、なんだか騒がしいばかりでいいことない。戦争が長引けばみんな国に取られてしまうもんを産んで育てるのも、なんだか。これでタミも少しは穏やかな顔になるだろう。いつも心配かけてすまねえなあ」

「その戦争だって、いつか終わるさ。町がおかしな具合になってきたのは、そういうことだ。女のかんざしで鉄砲玉作ってる国が、勝てるわけないさ。大声じゃ言えんけどな」

土間に立った一郎が大人の背に向かって、きんきんとした声で言った。

「男ばっかり四人もいるから、休む暇もねえんだ。かあさんが、間引けばよかったっていつも言ってる」

彦太郎が「お前は意味がわかって言ってるのか」と低く唸った。カツもあきれ顔で一郎を見る。

「男ばっかり四人も要らないって、かあさん毎日言ってる」

「一郎、大人の話に口挟《はさ》むな。おばちゃん、いちばん兄貴のお前がそんなことを言うのを聞くのは嫌だ。大人には大人の話があるんだ。兄弟は仲良くしないばいいかんべ」

それでもなにか言おうとした一郎に、彦太郎が拳を振り上げた。

殴られるのが嫌だったのか、一郎は「うるせえ」と言い残し、戸口から逃げた。猛夫の耳に「男ばっかり四人も要らない」という言葉が残った。ああ、だからなのかと納得する。

母親から、あまり好かれてはいないようだという気づきはあったのだった。なぜそうなのかわからなかったが、四人だと多すぎるのだとすれば、自分がザルの目から振り落とされるひとりであることは間違いなさそうだ。

別段、かなしくはない。かえって、霧が晴れて視界がはっきりした。

邪魔者――それが猛夫が感じた自分の「居場所」だった。

妹が生まれた日から、猛夫は本輪西駅前の松乃家旅館女将、カツの元で暮らすことになった。

「さあ行くよ」とカツに背を押されるまでのあいだに、父とカツがしていた会話のひとつひとつを、猛夫は忘れない。

何があっても決して口を挟んではいけない、大人の話だった。

「彦さんよ、こんなときに何だけれどもさ。あんたとタミさえよかったら、次男坊の猛夫をあたしに預けてはくれんかね」

「義姉さん、なしてまた急にそんなことを」

「さっきの一郎のあれ。せっかくの新川家の長男坊があんなことを言ってるようではな。いや、あんたらの子育てを責めてるわけではないんだわ。タミがあたしのことをよく思ってないことも知ってるさ。うちの手伝いをさせてたときも、客あしらいの下手な卑屈《ひくつ》なおなごと思ってた。だから、あたしにできなかったような暮らしをすれば、少しは気も晴れるかと、あんたと祝言《しゅうげん》あげさせたけどもさ」

「そんな、義姉さんが思ってるほど根性の悪い女じゃないんだ」

「根性が悪いとは言ってない。話は最後まで聞いてちょうだいや」

「すまんかった」

「いまのタミには、赤ん坊も含めて五人の子どもの世話は無理だ。言っちゃあなんだが、あんたも少しは考えないと」

「義姉さんに預けるってのは、どういう意味だべか」

「なんも、すぐにうちの子にしたいって言ってるわけじゃない。来年には学校さ上がるっていうのに、なんの支度もしてないんだべさ」

「近所のねえさんたちがいろいろ持ってきてくれてるようだけども」

「いくら次男坊だからってあんた、それじゃあタケがあんまりにも可哀そうだ」

彦太郎はそれきりなにも言い返さなかった。

本輪西八幡の石段を下りる際、赤い月を見上げてカツが言った。

「タケ、寒くないか。それにしても、いい月が出てるなあ。したけど、ここの月はどうしてあんなに赤いべなあ。お前のかあさんとあたしが生まれた津軽《つがる》には、もっと白いすべすべした月が昇ったのになあ。おばちゃんもいつか鉄の煤《すす》のない町さ行きたかったけども、それもかなわんわ。けどお前がいればまた、楽しかろうなあ」

カツは鼻歌のようにそう言うと、疲れた疲れたと言いながら猛夫の手を取り石段を下りた。見たこともない白い月より、ずっとすべすべとした手だった。

赤い月を見ながら、夜明け前からのことを思い返す。妹が生まれた日、家からはじかれるようにして出てくる自分と、父と母、兄と弟たち。確かな繋《つな》がりなど、どこを探せばあるのかと問うてみたくなる一日だった。

一段下りるたびに孤独は増すばかりなのだが、不思議とその孤独にも収まる場所があるらしい。カツの手から伝わり来るぬくもりもまた、似たような気配だった。

戦時物資統制下、配給に頼る衣食住は貧しさを極めていたが、その日腹に入れるものをどうにかかき集め、カツは猛夫と旅館を守った。国民学校に上がる猛夫のために針を持ち、国民服の丈を詰め、胸には名札を縫い付けた。

新川猛夫　昭和十三年八月一日生　A型

名字は兄と同じでも、住所は松乃家旅館だった。学校に上がるという楽しみは爪の先ほどもなかったが、カツが嬉しそうにしているのは猛夫にとってささやかな慰《なぐさ》めになった。

入学式前夜、カツは猛夫と下働きの女中たち二人とともに、ささやかな膳を囲んだ。芋と雑魚《ざこ》のすり身汁という膳を、カツはしきりに申しわけながっていたが、猛夫はもちろん、中年の女とまだ年端《としは》もゆかぬ幼な顔の女中もカツに頭を下げた。

おっとりとした物腰の中年はトキといい、新入りの幼な顔は駒子《こまこ》といった。トキは、カツが見込んで先代から譲り受けた仲居だという。

旅館を任せておいても心配のない仲居がひとりいることは、カツにとってもどれだけありがたいか知れず、名前も呼び捨てにはせずおトキさん、と「さん付け」だ。

駒子は、角二の葬儀の際に「ねえさん」と呼ばれた朋輩《ほうばい》から託された、津軽から売られてきた少女だった。挨拶《あいさつ》と礼は丁寧だが、無駄口もたたかぬ様子は決して明るい印象を与えるものではなかった。カツは駒子の寡黙さを、若くしてひとには語れぬ苦労を知っているせいなのだと言った。

猛夫が布団に入ってから眠るまで、カツは枕のそばでいろいろな話を聞かせた。自分が津軽から売られてきた日のこと、岬から何度も身を投げようと思って暮らした日々のこと、まだ戦争が自分たちから生活を奪う前に、通い詰めてくれた年かさの魚屋の女房になったこと、幕西上がりと言われ、何度も嫌な目に遭いはしたが、夫はとてもいいひとだったこと、病気で亡くなる前に、今後もカツがひとりで暮らせるよう、隣近所に頭を下げて歩いたひとだったこと。猛夫にわかるかどうかなど気にするふうもなく、カツのひとり語りは続いた。毎日カツの話を聞いているうちに、猛夫はずいぶんと長くこの伯母とふたりで生きてきたような気持になった。

翌日、晴れ着を着て猛夫と連れだったカツは、入学式に訪れた誰もの目を引いた。もんぺと割烹着《かっぽうぎ》という母親が多いなか、絵羽織まで着ている女は日本製鐵か、港湾をまとめる音羽《おとわ》家の筋か、役職のある家の奥方だ。

ぴしりと着物を着こなすカツはそれでも、どこかひと目を引いてしまう自分を恥じてでもいるように身を縮めていた。

いっぽう猛夫は、新入学の学童のなかでもっともちいさかった。いつもこんまい子だ、と言われてはいたが、実際に自分の体格が上背《うわぜい》のある父に似なかったことがはっきりとした。がっかりした気持の横に、母のことを好いてはいない自分がいた。

近所から借りてきたバリカンで丸坊主になった猛夫の頭のあちこちに、大小のハゲが見つかった。髪を刈り終えたカツは、ハゲのひとつひとつに舐めた指先で円を描き歌った。

ここから何が生えるやら
あたしにちょいと見せとくれ
おまえの昨日　おまえの明日
おまえのかわいいはげあたま

涼しくなった頭に、春の海風が寒いほどだった。もらい物の学童帽は猛夫の頭には少し大きかったが、満足な詰め襟《えり》を着ている新入生など数えるほどしかいない。しっかりと新品の洋服を着ているのも、決まって製鉄か港湾会社員の子女だった。

入学式から戻る道すがら、なにを思ったかカツが八幡様に寄っていこうと言い出した。お前の背丈がもっと伸びるようにお祈りをしよう、というのだ。神社に寄れば、すぐそばに生家がある。毎日家のすぐ前を通って通学するのさえ、兄に会いはしないかと気が重いのに、こんな姿を見せたらまたやっかみでねちねちといじめられそうな気がして黙った。

カツは猛夫の返事を待たずに、どんどん八幡様の石段を上ってゆく。白い足袋《たび》のかかとに急かされながら、仕方なくついて行った。

鳥居をくぐる際にはしっかり二礼して境内へと入ってゆく。手が届くくらい近い場所に生まれたというのに、猛夫はそんな決まりも知らなかった。同時に、カツとタミは同じ親から生まれ出《い》でても、まったく違う人間なのだと思った。

「戦争が終わって、無事日本が勝利をおさめましたら、たんとお賽銭《さいせん》をはずみます。いまはどうかご勘弁ください。どうかうちの猛夫の背丈をいまいちど足してくださいまし。なにとぞ、なにとぞ」

そう言うと、長いこと手を合わせて頭を下げ続けた。猛夫もカツの腰までも届かぬ背を折って八幡様に自分の背丈が伸びるよう祈った。

猛夫が恐れたとおり、カツはタミに入学の晴れ姿を見せに行こうという。

「俺、行きたくねえ」

正直に、いまの気持を言えるようになった。毎日温かい布団で眠れることで、裡に在る嫌な記憶を過去のものとして眺められる。

「なに言ってんだよ、親に入学の報告するのは当たり前じゃないか。お前を産んだかあさんに、ちゃんと明日から学校に通って勉強がんばるって報告しなけりゃ」

「かあさんは、俺のことなんかどうでもいいんだ。俺、行きたくねえ」

カツは一瞬ひどく慈悲深《じひぶか》いまなざしを浮かべたが、すぐに見たこともないきつい顔になった。

「だったらタケ、お前は余計にその姿を見せたらいい。お前は、新川の家じゃどうでもいいと思われてたかもしれんが、このカツが育てると決めたからには、堂々としていてもらわないとあたしが恥ずかしいよ」

猛夫の手を摑《つか》むと、ずんずんと生家へ続く細い道を下って行った。日当たりのいいところでは、福寿草が黄色く半開きになっていた。冬を越したクマザサが着物の裾や白足袋を汚すのも構わぬカツの姿は、どこか鬼気迫るものがあって、従わぬわけにはいかなかった。

粗末な表札の前で、家の中へ聞こえるようにと声を掛ける。

「ごめんくださいよ、カツだけども誰か居るかね」

ほどなく滑りの悪い戸が中から開いた。現れたのは、赤ん坊を抱いたタミだった。

髪に櫛も入れず顔に落ちてくる後《おく》れ毛《げ》を手の甲でよけるタミは、姉の顔を見上げたあと視線を下へと移した。瞳の濁《にご》りはいつもながら、しかし猛夫の晴れ姿は、母の目には映ってはいないようだった。

「ねえさんどうした、そんないいもん着くさって。非国民は槍《やり》で突かれるぞ」

「お前なにを言ってんだ、今日は猛夫の入学式だべ。しっかりかあさんに晴れ姿見せてやろうって、寄ったところだ。あんまりひねくれたこと言うもんじゃねえよ」

タミは猛夫に視線を戻し「ああ、そうか」と言い放ったのみで、ふたりには家に上がれとも言わなかった。

赤ん坊を取り上げてくれたカツに、付けた名前さえ報告しないタミの心の中をはかることは出来ない。ただ、おかしな敵意が在ることを、カツはもうずっと前から気づいているらしかった。

カツはふっと息を吐いて、赤ん坊の名前を訊ねた。タミはそのときだけは愛《いと》おしげに抱き上げて「照子《てるこ》だ」と告げた。

「やっと授かったおなごだ。彦太郎もねえさんも、だあれもわしのことなんか見えないみたいにしてるけども、この子だけはわしのことを好いてくれる」

「そうか、照子か。いい名前だ。なんもかんも、新川の家を照らしてくれる明るい名前だなあ」

だけどもよ、とカツは続けた。

「だあれもタミのことが見えないと思うのは間違ってるぞ。お前は五人も子を産んだ立派なおっかさんだべ。しっかりすれ。母親が笑わねえと、みんな笑わん子に育ってしまうべ」

いつ子どもを産んだのかと思うくらい、タミの体型は変わらない。カマスと言われたその体にむすっとふくれっ面《つら》をのせて、タミが吐き捨てるように言った。

「猛夫もうちの子だって言うなら、一週間に一度くれえこっちに戻してくれんかな」

「お前、なに言ってるんだ。手が回らないだろうと思ってのことだっていうのに」

「自分が松乃家旅館の子どもだと、この馬鹿が勘違いしたら大変だべ。週に一度くれえ、うちの子だって思いだしに戻るのが、筋だべ」

「タミよ、お前の卑屈《ひくつ》さにはもう反吐《へど》が出そうだ。赤ん坊産んで気が立ってると思って堪《こら》えてたがのう。それが、お前んとこの子を五人も取り上げたあたしに言う言葉か」

カツが珍しく声を荒らげた。猛夫にとってはそれはそれは怖いやりとりだった。しかしタミも負けてはいない。更に口汚く返してくる。

「赤ん坊取り上げる腕は、幕西で覚えたことだべさ。ねえさんは赤ん坊だろうが男だろうが、床《とこ》に関わることは、たいした上手《うま》かったってここいらのばっちゃんがみんな言ってるわ」

そして、戻すときは土産《みやげ》のひとつも持たせてくれと捨て台詞《ぜりふ》を吐いて戸を閉めた。

カツを見上げると、目元が怒りで赤く染まっている。目の前ではっきりとした仲違《なかたが》いを見たのは初めてだった。

母が自分を好いてはいないことは、自分の想像だけならまだ救いがあったのだ。場面として現実に見てしまったあとでは、心にもうなんの取り繕《つくろ》いもできなくなった。

坂を下りてゆくカツの足取りは、はっきりとわかるほど重そうで、ときどき吐くため息が冷たい海風に紛《まぎ》れてゆく。身請けされ、故郷の妹が幼くして売られていくよりは、と呼び寄せた果ての現実だった。

石段の両脇にも、福寿草が色を添えている。カツはときどきしゃがみこんでは、顔を出したばかりのふきのとうを摘んで手ぬぐいに包んだ。

「なあ、タケよ」

ひと足ごとにカツのため息が重たくなってゆく。

「なした、おばちゃん」

「タケよ、戦争はどこにでもあるなあ。国と国が戦ってるあいだに、みんな貧しくなっちまったなあ。こんどは親きょうだいといがみ合わんと釣り合いが取れんときた。つくづく不思議だと思わんか」

なにか言えば、それが母親に対する疑問でも怒りでも、いずれにしてもカツを傷つけてしまうのではないか。言語化できずとも、猛夫の内側ではめまぐるしく何かが動いている。

「タケよ、お天道様は、いったいなにをお考えだべなあ」

猛夫はお天道様よりカツを信じようと思った。実の妹にどんなになじられても呼ばれたらお産扱いに走ってゆく女の性根には、どんな人間もかなわぬ情がある。

しかし傍らで「だけど」とも思った。

「なあおばちゃん、なして俺だけ面倒みてくれるんだ。俺ばっかしいい思いすっから、かあさんがああして怒ってるんでないべか」

「おばちゃんにも、よくわかんないなあ。きっとお前だけ贔屓《ひいき》したいんだべ。お前だけしかめんこいと思えないんだから仕方ないべよ。おばちゃんは神様仏様じゃないからなあ」

カツが猛夫の神様じゃなかったら、いったい誰が自分を救ってくれるのだろう。角二はもういない。

「週にいっぺん、家に帰らないばいかんのか俺」

「帰りたくなかったら、それはそれでいいべ。会いたいきょうだいがいれば、たまにお前が呼んでやりな」

「いねえよ、そんなの」

正直に口にしてしまえば、とても楽になった。心が軽くなる、というのはこういうことかと頭上を見上げた。カツの微笑《ほほえ》みの上に、重たく熟《う》れた赤い空があった。


すばしっこさに磨きをかけて、新一年生となった猛夫には友人も出来た。製鉄会社社員の息子滝男《たきお》と、市場で活魚の生け簀《いす》を持つ家の鯉太郎《こいたろう》だ。鯉の滝のぼりだ縁起がいいと、おかしな持ち上げ方をしたのは鯉太郎の父だった。全員が上背のない三人組は、誰が親分子分というのがないのが、兄の一郎の交友とは違うところだ。市場へ行くと、鯉太郎の父がなにかしら駄菓子をくれるのも楽しみのひとつだった。

一郎とは、学校でもあまり出くわすことのないよう細心の注意を払いながら過ごしている。校内一斉清掃や校庭での乾布摩擦《かんぷまさつ》で三年とすれ違うことはあったが、一郎も校内では弟をからかうことはなかった。気をつけるのは下校の時間帯だが、それも滝男と鯉太郎の三人で走って坂を下りればいい。チビだが足の速いのが自慢の三人だった。

週に一度の「里帰り」は、カツの意地で続いている。土産は芋であったり、どこから手に入れたものか白米の握り飯が家族の人数分であったりした。

猛夫の土産を見るたびに、母のタミは「ふん」と鼻を鳴らした。タミが自分の母親であることが残念で、ただ下を向くしかない猛夫の周りを康男がちょろちょろし、ちょっとでも親の目が届かぬときは一郎が足を引っかけたりパチンコで小さな石を飛ばしてきた。

たったひと晩だと思うことに決め、体調が悪いと言えば行かずに済むことも覚えたのは三か月も経ったころだった。

戦局の悪化は小声で広く囁《ささや》かれていたが、表だって口にすれば「非国民」となり、噂が町を走り回る。本輪西の松乃家が噂の中心になることだけはするなと、カツがふたりの女中にきつく言いつけた。

風のぴたりと止まった夏日、室蘭を囲む山の端から敵機が飛来し、空襲警報が鳴り響く町に連打の爆音が響く。

旅館の裏手の小道を走り抜け、裏山の斜面にある横穴の防空壕《ぼうくうごう》に走り込む。カツと女中のトキ、駒子と猛夫の四人が入ると、身動きもとれないような小さな穴である。

戸板で入口を塞《ふさ》ぐと、薄暗い空間には土と女たちの汗のにおいが満ちた。カツは手探りで足元のむしろを剝ぎ、蠟燭《ろうそく》とマッチを取り出す。トキは肝《きも》の太い女で、震えるカツの手をそっと包みマッチを受け取る。

駒子はお下げ髪に被《かぶ》った防空頭巾がずれたまま、ただ震えていた。猛夫はじっと外で響く爆音に耳を澄ませた。

翌日七月十五日、朝九時三十六分——

室蘭全域に艦砲《かんぽう》射撃が開始された。十時三十分には砲撃終了。湾にいた軍艦が集中攻撃を受けた。すり鉢状の町と湾、日本製鋼所室蘭製作所、日本製鐵輪西製鉄所、湾内の軍艦が次々と黒煙に包まれ破壊された。わずか一時間足らずのあいだに、八百数十発の砲弾が雨のごとく降り注ぎ、軍需施設を抱えた町は壊滅状態となった。

爆撃音が去ったあとの町は火の海となっていた。穴から這い出たカツが呻《うめ》いた。

「なんだあ、これは」

トキが続き、そして猛夫の手を取って駒子が穴から出た。十メートル先の防空壕が崩れ落ちて、石と石の間から腕が二本飛び出ており、肘《ひじ》から向こうは潰れていた。

宙を掻《か》くように伸ばされた両腕が、いったい何を摑もうとしているのか。日常のない日々の中では、驚くことも悲しむことも、すべてが後回しになった。

トキが男のような太い声を上げて泣き、カツは呆然《ぼうぜん》と空を見上げていた。猛夫は駒子が握る手がどんどん冷たくなってゆくのを感じながら、なにを思えばいいのかわからず女たちの様子を見ていた。

血のにおいが漂う町には、あちこちにすすり泣きと痛みを訴える声が湧いては去ってゆく。湾の反対側にどれだけの敵艦がやってきたのか、すり鉢に住む者には知る術《すべ》もなかった。

鉄の町が死んだ日、国も揺らいだ。島国は、海縁《うみべり》すべてを守り切れるだけの戦力などとうになかったのだ。軍需工場を抱えた北の町には、ただただ死臭が漂うばかり。湾の向こう側は、工場だけではなく町ごと燃えているように見えた。

砲撃の音が止《や》んで数日のうちには腕や脚、人間の体の一部を乗せたトラックが、海岸に掘った穴に向けて走った。人間の手で葬られ、両手を合わせてもらえる仏はまだ幸せだった。

駅前旅館はこのたびもぎりぎりのところで砲撃を免《まぬが》れた。湾の対岸に広がる輪西地区や工場地区では、死者を把握《はあく》出来ないほどだという噂が流れてくる。

小学校の体育館は、焼け出された者や家を失った者、家族を探す者でごった返した。旅館にも負傷した軍人が運び込まれ、トキと駒子はなんの知識もないままに包帯を取り替える。体に傷を負ったり腕や脚を失った人間はみな、水を欲しがった。

猛夫に言いつけられたのは、飲み水を運ぶ仕事だった。あちこちから「水を」、「喉が渇く」という声がする。畳一枚に一人が寝かされ、けが人のあいだを縫って猛夫が水を運ぶ。カツがこっそり隠していたヤカンが役に立った。

もう誰もここにヤカンがあることを咎《とが》めなかった。猛夫は汗を流しながら、ポンプから水を汲《く》んでは怪我人に配り歩いた。

くたくたになって、カツとふたり寝室に戻った。

「もうどこを探したって撃つもんなんか残ってない。このまま戦争が終わりゃあいいねえ」

「終わったら、どうなるんだ。敵兵に食われるのか」

「誰がそんなことを」

「学校で、みんな言っとった。敵兵は、人間の肉も食うやつらばかりだって」

「食ったって、旨くないべ。みんなガリガリで骨と皮だ」

「俺たちなんか食ったって、ちっとも旨くないって言えばいいかな」

カツがかすれた声で笑った。いつまでも絶えないのではと思うくらい長く笑ったあと、静かに言った。

「タケ、このカツに任せておきな。おばちゃんがついていれば、お前が食われるようなことはないから。どんな敵兵だって、巧《うま》いことなだめてみせるさ。あたしには、食われる前に打つ手がひとつ残ってるんだ」

どうするんだ、と問うてもカツはひらひらと笑うばかりだった。


夜、布団に入った猛夫の横で、カツが小声で歌を歌った。

わたしゃ　元から女郎じゃない
親の辛苦の　そのために
廓《くるわ》に売られて　きたわいな

その節回しは明るいのに、カツが歌うとどこか湿っぽくさびしい歌になる。猛夫の耳には最後の「廓に売られてきたわいな」が残り、何度も眠るまで繰り返された。

翌朝目覚めると、身支度を整えたカツが「坂の上へ行ってみよう」と言い出した。

「早い時間なら、いいだろう。お前の父さん母さんやきょうだいたちがどんなことになってるか、様子を見に行かなけりゃ」

負傷兵に水を配っているあいだも、カツのそばで眠る日々の中でも、親やきょうだいを恋しく思ったことなどなかった。空襲のお陰で、週に一度帰らずに済んでありがたいとさえ思っていた生家に、なぜ。

猛夫の疑問が顔に出たらしい。カツが柔らかな笑みを浮かべた。

「タケ、こういうのは大事なことなんだ。この先なにがあっても、実家への礼儀だけは忘れたら駄目だ。その先にどんな悔しいことがあっても、産んでくれた親には礼を尽くせ。お前はそれができる子だから、おばちゃんが育てようと思ったんだ。あの家で育ったら、なんのありがたみもわからんようになってしまう。タミがもう少し柔らかな女だったらと思うけども、あたしがこっちに来てから生まれた五番目のおなごが、いったいどんな育ち方をしたのか見当もつかなくてなあ。おそらくなにか、嫌なことがたくさんあったんだろうよ」

それでもさ、とカツが続ける。

「お前を産んでくれたおっかさんだから。お前だけはひねくれたり横道逸《そ》れたりしないで育ってくれたらいいなと思ったのさ」

幸い坂の上は襲撃を免れ、新川の家はみな無事だった。商店街が息を吹き返すにはまだ少しかかりそうだが、彦太郎もタミも、きょうだいたちも、狭い家で身を寄せ合い、具の少ない汁物をすすっていた。

今日ばかりはタミも、カツが見舞いにと持ってきた芋をありがたそうに受け取った。猛夫が殊勝《しゅしょう》な態度の母を見るのは初めてだ。

「タミもみんなも、無事でよかったわ。旅館のほうは負傷兵でいっぱいになってる。製鉄所のあるほうじゃ、ごっそり人が死んだそうだ。生きてるだけでもうけもんだ」

「うちは、彦さんが子どもたちを束ねてくれて、なんとか全員生き残ったわ。ねえさんも無事でなによりだ」

工場のある地域では、兵隊も民間人もなく砲弾を浴びたという。すり鉢の町で死んだ民間人の多くは、山の斜面に掘った防空壕や家の下敷きになった。

旅館で預かっている負傷者も、ひとりふたりと命を落とした。そのたびにトラックがやってきて遺体を運んでゆく。身元がわかっていれば連絡の取りようもあると託すのだったが。生きているうちから腐ってゆくような暑さの中では、自分たちがチフスで死ぬことのないよう気をつけるのが精いっぱいだ。

八月十五日正午——日本は無条件降伏した。

カツもトキも駒子も、さばさばとしたものだった。

「さあ、これでもう弾が飛んでくることはなくなった」

敗戦国の人間はもう、非国民でもなんでもないのだとカツが言えば、トキが追うようにして

「死なずに済んだ命を大事にすればいい」と駒子に言い含めた。

その後、町には進駐軍がやってきて、教科書は海苔《のり》を貼ったみたいに真っ黒になった。猛夫の背丈はさっぱり伸びなかったが、そのぶんすばしっこさは増し、再開された運動会では毎回リレーの選手にも選ばれた。

底意地の悪い兄から逃げる術にも長《た》け、小学校に上がった弟の康男も仲間に加わるようになった。物がなければないなりに、元の軍需工場の町には進駐軍からの施《ほどこ》しもある。チョコレートをもらい、ガムをもらい、キャラメルの味も、すべてもらい物で覚えた。

タミは照子に続き、昭和二十三年に和子《かずこ》を産み、二年後の二十五年に末の子と決めた須江《すえ》を産んだ。

猛夫は十二歳、小学校六年生。週に一回の生家参りはサボりがちになった。

カツは進駐軍を受けいれ経営も立て直し、ひとり息子と紹介するたびに顔をほころばせる、猛夫に甘い旅館の女将である。

旅館はトキと駒子が支えており、気働きのある宿として評判がよかった。軽い食事なら隣の食堂でカツがまかない、旅館は板前を雇わず仕出しで酒をつけた。肩肘《かたひじ》張らずに済む宿には、ときどき長逗留《ながとうりゅう》の客もいる。

猛夫は走って帰宅し、学童鞄《かばん》を自室に放り投げた。今日は戦争中に肥え太った屋敷の池から鯉をすくって来る予定だった。なにか腹に入れるものはないか、と食堂の勝手口まで来ると、厨《ちゅう》房《ぼう》でカツの声がする。客と話しているようだ。

いつもなら「おばちゃん」とその場に割ってゆくのだが、ふと足が止まった。客は男だが、なにやら込み入った話でもしているのか声が低い。いつもならカラカラと陽気に会話を受けているカツも、声を落としている。そっと、戸口のそばに立った。

——いま駒子を手放せば、うちは商売が立ちゆかなくなってしまうよ。

——そんなこと言われたってよう女将さん、うちにもうちの事情ってのがあるんだ。

——事情ったって、どうせ借金なんだろう。駒子は津軽の親が幕西に売り飛ばして一度は金をもらったはずだ。女郎にならずに済んだのをいいことに、今度は叔父《おじ》が現れた。またどこかに売り飛ばす気なんだろう。

——女房に死なれて、俺も体が悪いんだ。五人いる子供たちはみんな奉公に出した。駒子は兄貴のとこの長女だし、兄貴からもよろしく頼むって言われてんだよ。毎年馬鹿みたいに物価も上がってるし、俺だって子供らの毎月の仕送りだけではなんとも。

——あんた半年前もおんなじことを言って、あたしから千円持っていったんだよ。覚えていないってかい。駒子を返せなんてどの口が言ってんだ。駒子より先に、あたしに千円返しなさいよ。

——女将さん、駒子さえ渡してくれたら、千円くらいすぐに返せるんだわ。

カツが声を荒らげた。

——馬鹿なことを言うんでないよ。姪《めい》っ子を金にすることしか考えていない馬鹿のところに、誰が渡すかい。

へへっと、男が嫌な笑い声をたてた。

――したけどよ、駒子が札幌に出たいって言ってんだから仕方なかんべよ。

――そんなことあるわけないべ。

カツの反撃が弱まった。猛夫はするりと厨房の戸口をまたいだ。

「おばちゃん、腹へった」

「おかえり、タケ。いまご飯を握ってやるから、ちょっと待ってな」

会話が中断したのを苦く思ったのか、男の舌打ちが聞こえる。食堂の椅子に座った小柄な男がちらりと猛夫を見た。無精髭《ぶしょうひげ》に作業服、そして傍らに松葉杖。走らせた視線の先に、膝のあたりで丸めて縛ったズボンがあった。

駒子を連れて行く気でやってきた男だと知ったあとは、挨拶もする気にはならない。猛夫はそっぽを向いて、できるだけ男が視界に入らぬようにした。

カツが拳ほどもある握り飯に塩をまぶして猛夫に渡す。

「さあ、これを食べてしっかり大きくなりな」

男がよろけながら立ち上がり、松葉杖にしがみついた。脇に据えて、ひょいと一歩前に出る。

「そしたら女将さん、詳しいことは駒子に聞いてやってくれ。駒子の気持が固まったら、なぁに千円なんかすぐ返せる」

男はそう言うと、店を出て行った。

「タケ、これ撒《ま》いてきな」

カツが猛夫の手に塩をひとにぎり摑ませた。猛夫はすぐに店の前へと走り出て、男が去った方角へ向かって手の中の塩を撒いた。

握り飯を腹に入れ、虫取り網を片手に神社下の集合場所まで走る。台風が去ったあとの町には、折れた木々や気ぜわしく散った葉が敷かれていた。

いつもの仲間で、予定どおり狙いを定めた家の庭に忍び込んだ。湾を見下ろす小高い場所には、戦争で儲《もう》けたものを手放さず済んだ家がいくつか残っていた。

大きな庭には池があって、そこには鯉がうようよと泳いでいる。情報は製鉄会社に勤務する父親がいる滝男が持ってくる。そして掬《すく》った鯉を売る先は、魚屋の息子の鯉太郎が斡旋《あっせん》する。三匹取れば、ひとり一匹ずつの儲けというわけだった。

木の陰に隠れ、池にパンくずを落としては寄ってくる鯉を掬った。錦鯉では足がついてしまうので、黒い背の五十センチ前後のものを選ぶ。高値を付けてもらわねば、危険を冒している甲斐《かい》がない。

守備よく三匹を捕まえたところで、それぞれの虫取り網に入った鯉を抱えて走った。

鯉を持ってゆくと、前歯のない魚屋の親父《おやじ》が「大漁だ」と喜んで一匹につき十円を寄こした。

「また頼んだぞ。おめえらの親父には黙っておくべ。俺ぁ、これでも慈悲深いからよ」

ひとり十円ずつ手に握り、今日の商売に満足した。

「あの歯抜け親父、どこから持ってくるか知ってるな」

同じ魚屋を営む父を持つ鯉太郎が言えば、滝男がそれに返す。

「湾で鯉が釣れるわけもねえし。鯉なら買ってやるって言うには、理由があるんだべ」

一匹十円と買いたたかれながらも、いい小遣い稼ぎだった。大事なのは、根こそぎ持って来ないことだ。毎日数えてでもいない限り、三匹くらい居なくなってもばれないような池を選んでいるのだ。

滝男も鯉太郎も、駄菓子屋に寄って行くというが、猛夫はひとりで旅館に向かって走った。夏の終わりの潮風が、山の上から湾へと滑るように流れてゆく。

猛夫の脳裏には盗んだ鯉を安く買いたたいた歯抜け親父の「慈悲深いからよ」のひとことがこだましている。泥棒の上前をはねる人間に慈悲なんぞあるかと思うのだが、手に握った十円はそんな怒りも吹き飛ばしてくれる。祈っても泣いても、金は砲弾のように空から降ってはこない。実家の母があんなに卑《いや》しい目をするのも、長兄の一郎が親に隠れてカツのところに小遣いをせびりにやってくるのも、みんな貧乏が悪いのだ。

そして今日は別の思いも加わり、より複雑な心もちだった。駒子が札幌に行きたがっているというのは本当だろうか。もし本当だとしても、カツがそれを許すだろうか。働き者の駒子がいなくなれば、旅館は困るに違いない。

猛夫は旅館の台所へ行き、夏大根を洗っている背中に向かって言った。

「駒子、松乃家をやめるって本当か」

大根を洗う手を止めて、駒子が振り向いた。驚いた様子もない目元には、今まで見たこともない大人びた気配が漂っている。駒子は大根から手を離し、前掛けで軽く拭った。

「ここをやめるって、本当なのか」

「なんでタケがそんなこと知ってんだ」

津軽なまりの抜けない少女のひどくのんびりとした問いは、片脚の男の後ろ姿に重なり猛夫を息苦しくする。

「さっき、食堂に変な男が来てたから」

「ああ、七郎《しちろう》おじさんかい」

駒子の眉尻が下がった。

「おじさん、また女将さんに借金しに来たんだべかねえ。困ったもんだ。またお給金から返さねばなんねえ」

「なんであんなやつの借金を駒子が返さないといかん。おかしいべや」

「おかしくても、借りたもんは誰かが返さんばいけないべ。室蘭に来るときも、おじさんのつてで来たのさ。親のところにはまだ下の子がいっぱいいるしよ、わしが働いてなんとかなるなら、働くしかないべ。それが産んでもらった恩返しだべ」

猛夫は手の中にある十円をきつく握りしめたあと、駒子の荒れた手に押しつけた。

猛夫から渡された十円をまじまじと見たあと、駒子の目から涙があふれた。

「お前を売った親に、なんの恩返しがいるんだ馬鹿。お前を売ってしばらく食えたんだべ。それでじゅうぶんだべ。売ったあとまでついてきて、まだ金寄こせなんて、おかしいべ」

駒子はしばらく黙って手のひらの十円を見ていた。気が遠くなるくらいの沈黙が土間に流れた。

開け放した勝手口の向こうを、トンボがひらりと横切ってゆく。

「だけどよう、タケ」駒子は涙を拭い、猛夫に手の中の十円を突っ返す。

「わしはおなごだから、仕方ないんだ。おなごはただ働くしかねえのよ」

「俺ぁ頭は悪いけども、すぐ借金返せるような働き口が、まともでないのはわかる」

卑しい目をした男に、駒子を連れて行かれてはならぬ。それしか考えられなかった。

駒子はその秋、カツに借りた三千円を渡し、叔父と縁を切った。

二章　修業

昭和二十九年、年明け。猛夫《たけお》は高校へは進学しないことを告げ、何度もカツを泣かせた。

太平洋の寒風が山の上から吹き下ろしてくる。海から崖を這《は》い上がり、風は束になり町を通り抜けて湾へと下りる。

二月、ときおり狂ったように吹き荒れる雪が、吹きだまりを作っていた。ラジオからはマリリン・モンローが来日したというニュースが流れてくる。一郎《かずろう》が好きだというアメリカの女優が日本にやってきて、あの馬鹿な兄はまた自分の女のように人に話して聞かせているのだろう。

猛夫は旅館の玄関前にできた吹きだまりの雪を崩し、道路脇に積む。寒風は続いているが、気持は景色ほど寒くもなかった。玄関からカツが顔を出す。

「タケ、そんな薄着で雪かきしたら風邪ひくから」

「なんもだ、おばちゃん。このくらいやらないとバチあたるべ」

「お前また、そんな他人行儀なことを」

悲しげにそう言うと、雪かきはもういいから中に入って温まれと続けた。カツは猛夫が進学をしないと告げたころからめっきり痩《や》せてしまった。猛夫はカツをそれほどまで気に病ませてしまったかと、ときどき自分を責める。

吹きだまりは、高いところでは人の背丈ほどもあった。風に運ばれ吹き付けられた雪は、砂漠の砂に似た鋭い峰を走らせ、風のかたちに成長してゆく。雪を切り崩すとき、猛夫はほんの少しだが自身の弱い心根に触れるような気がした。

おおかたの雪を寄せて、猛夫は中学になってから与えられた部屋に戻った。この部屋で過ごした三年間も、春で終わる。勉強机と布団で隙間《すきま》もなくなる三畳間は、もともと布団部屋だったが、実家では一生与えられない空間と時間だった。

あと一か月もすれば中学の卒業式が待っている。そのあとはすぐに、札幌《さっぽろ》の理髪店に奉公に入ることになっている。カツのそばを離れるさびしさよりも、赤錆《あかさ》びた町を出て行くことへの期待が勝《まさ》っていた。

汗をかいたシャツを取り替え、セーターを着なおして茶の間にゆくと、カツが帳面付けをしていた。鼻の先にひっかけた老眼鏡を外して、七輪の上から鉄瓶を取ると湯飲み茶碗に黒糖を入れ湯を注《そそ》いだ。

カツはため息をひとつ吐《つ》いて、もう何度も繰り返されたひとことを口にする。

「そんなに旅館の仕事が嫌か、タケ」

「そういうわけでないって、何度も言ったべ」

「じゃあ、なんでわざわざ床屋の修業をするなんて言い出したんだ」

「角の床屋の親父さんが、格好良く見えたんだ」

「あれは、仕事のときはああだけども、女遊びばっかりしてるろくでなしだ」

「俺は、職人ってのになってみたいんだ」

カツのため息は何度も猛夫の気持を撫《な》で、心の表面を冷やしてゆく。実際のところは、父親の彦太郎《ひこたろう》に一本釘《くぎ》を刺されたことが尾を引いているのだった。兄の一郎が定時制高校に通いながら魚屋の修業に出たのが二年前。家から出て、住み込みで岬に近い輪西《わにし》に暮らしている。

一郎が朝から魚屋の仕事をして夜は高校に通っていたのも、半年ほどだった。繁華街の夜は勉強よりも楽しいことが列を成していて、手元に少しでも金が入ると家計を助ける約束もぼやけてかすみ、果たされなくなった。

受験勉強も追い込みに入った秋のこと。すり身を作って売っている父の店先を通りかかった際、できたての天ぷらをひとつ受け取った。

「タケ、お前はなんぼ松乃家《まつのや》に世話になったかしれんが、それはおばちゃんの厚意ってもんだ」

「こうい、って何だ」

「親切ってことだ」

勉強嫌いな猛夫がカツの勧める高校を受験するには、教科書を最初から読み直し丸暗記するくらいしかもう打つ手はなく、それも億劫《おっくう》になっていたところへの彦太郎の言葉だった。

「うちは長男の一郎でさえ定時制で我慢してる。お前がいくら行きたいと言っても、普通高校にやるわけにはいかん。おばちゃんはお前の親ではないんだ」

一郎が猛夫に輪を掛けて勉強嫌いだということを、この父はすっきりと忘れているのではないかと驚いた。

「長男に倣《なら》って、お前も奉公に出れ。お前だけ高校に行けば、弟や妹たちが妬《ねた》むから」

さんざん猛夫を馬鹿だの間抜けだのと言っていたきょうだいたちの手前、進学はかなわぬという父の理屈もおかしかったが、なにより一郎からの仕送りをあてにしていたと思われる口ぶりに言葉を失ったのだった。

「中学まで面倒みてくれたおばちゃんにはしっかり礼を尽くしてな。学校終えたら、今度は産んでくれた親のことを考えるのが子の務めだ」

仏教儒教といった面倒な単語がこぼれ落ちるも、猛夫の耳にはそんなことは届かない。次は次男坊の稼ぎをあてにしていることを暗に伝えられたのだった。猛夫の目も見ずにそんな言葉を並べる父を見てがっかりしたのは当然として、逆に進学しなくてもいい理由を見つけられたのは幸いだった。

「奉公するったってとうさん、俺は中学三年間バレーボールと走ることしか能がなかったぞ」

言いながら、同じ奉公に入るなら角の理髪店のように白衣を着て刃物を持ちたいとも思った。朝から晩まで魚の鱗《うろこ》とぬめりに付き合うよりは、同じ刃物を持つにしても、毎月伸びる人間の髪の毛を切り、髭《ひげ》を剃《そ》るほうが格好がいいように思えたのだ。

魚屋にならないといけないのかと問うた。少し間を置いて「いいや」と父が答えた。

「魚屋は、一郎が一人前になったら任せるつもりだ」

「そしたらとうさん、俺は床屋の修業に出る。おばちゃんにもそう伝えるから」

受験に向けた勉強をやめる口実として「床屋の奉公に出る」ができた。猛夫に「進学はしない」と告げられたカツは、三日も口をきかなかった。育ててもらった恩を口にし、なにより自分だけ高校に行くわけにはいかないのだと頭を下げ続けた。半月も経つころには、泣きながらカツが折れた。

「そうしたら、奉公先は少しでもいいところを探そうかね」

カツは、地元にいるより札幌に出て、どんどん新しい技術を学んだほうがいいだろうと言った。そうすれば、一日でも早く独立が出来るだろうと言うのだった。遊びに精の出る兄の一郎の噂はとっくにカツの耳に入っていた。このまま室蘭《むろらん》にいても、猛夫にとっていいことはないと、カツのほうが腹をくくったのである。

カツは七輪の炭をつつきながら、ぽつりと言った。

「やっぱり、駒子《こまこ》を嫁になんか出すんじゃなかった。みんなどんどんいなくなってしまうよ」

トキとふたりで松乃家の隅から隅まで磨き上げ、朝から晩まで働いていた駒子は一年前に札幌の商売人の嫁になった。ゆくゆくは津軽《つがる》の親も呼び寄せて面倒をみようと言ってくれたのだという。カツは祝言《しゅうげん》も挙げずに嫁に行った駒子を、最初は「恩知らず」と悔しがっていたが、なんのことはない、ただ寂しいだけだったのだ。毒を吐くたびにトキに慰《なぐさ》められ、泣けば手ぬぐいを差し出されていた。

カツの慰めは、駒子に手紙を書いて猛夫の奉公先としていいところを紹介してもらうことにすり替わった。

黒糖湯のおかわりを頼んだ猛夫から湯飲みを受け取りながら、カツが言った。

「駒子から返事が来たんだ」

へぇ、と応える。札幌には去年バレーボールの大会で一度行った。まっすぐ整備された道が遠く山の麓《ふもと》まで続く、見たこともない都会の景色があった。

カツが連絡してあったらしく、地味な着物姿の駒子が応援に来てくれた。結果はふるわなかったが、旨《うま》いカステラをカツへと預かって帰ってきた。

「駒子の旦那が探してくれたようでさ。弟子を取り慣れている大店《おおだな》がいいだろうってことになったようだ。ちゃんと寮もあるし、何人も新弟子が入る店だから、お前もさびしくないだろう」

頭の良さをひけらかすような奴とは相容《あいい》れないが、中学を出てすぐに理髪店の弟子になるくらいの人間なら、うまく付き合えるかもしれない。「わかった」と頷《うなず》くと、自分から言ったくせにカツがまた口をとがらせ「なんだ、気に入ったってかい」とがっかりした顔になった。

最近のカツは愚痴《ぐち》っぽくていけない。あれほど働き者だった伯母が、猛夫が奉公に出ると言ってから食堂を人に貸すと言い出したので驚きだった。

「タケよ、床屋の腕磨いたら、お前もいつか独立するんだろう。職人ひとり作るのに十年は必要なのはどの世界もおんなじだ。もし店を構えるときは、本輪西《もとわにし》の駅前食堂を改装するから、しっかり修業して戻って来い」

「まだ行ってもいないうちから、おばちゃんは気が早すぎる」

「人間、年を取ると焦《あせ》るばかりなんだ。一日が短くてな。なんか、あっという間にしわしわになって、歩けんようになる気がするんだ。気が早くなるのも当然だ」

甘い黒糖の匂いに鼻をくすぐられながら、猛夫は実家の親きょうだいのことを考えていた。果たして、修業を終えて一人前になったところで、自分はどこの家の人間なのだろうという疑問が湧く。都合よく勉強をせずに済むほうへと流れて行けるのも、父が進学を許さなかったからだ。

彦太郎とタミは、カツが何度足を運んでも、猛夫を養子に出すことには首を縦《たて》に振らなかった。「貸してやってる」というタミの言い草にはカツも腹を立てていたが、実家というのはそういうものだろうと思うようになった。

けれど、果たして、と思う。

カツは猛夫になにひとつ要求しない。ただ、可愛《かわい》いひとり息子のようにして育ててくれた。金銭的に大きく裕福ではないにせよ、愛情だけは充分伯母から受け取ってきたのだった。しかし、猛夫の将来の鍵を握っているのは、八幡様のそばで身を寄せ合って暮らしている貧しい実家だった。猛夫以外の誰も引き取ろうという話が出ないまま、結局養子縁組の話はいつまで経っても実現しなかった。

なあおばちゃん、とカツに湯飲みを返した。なんだい、とカツが首を傾《かし》げる。

「おばちゃんはなんでずっと俺の面倒をみてくれたんだ。俺、兄貴に言われたことがある。お前はえこひいきに慣れきってるから、ろくな人間にならんって」

カツは口をあけてしばらく猛夫の顔を見たあと、笑い出した。

「お前なにを今さら。ろくな人間なんて、あたしを含めていやしないんだよ。みんな親を捨てたり捨てられたり売られたりして、しょっぱい川を渡って来たんだから」

「俺は、ひとりだけ甘やかされてるってことを、八幡の家に行くたびにネチネチ言われ続けてきたんだ」

「誰が言った、そんなことを」

猛夫の脳裏には舌打ちをする母の顔が浮かんだ。言わずに済んだのは、カツがからりと笑いながら言い放ったからだ。

「悪いことをすれば尻を叩《たた》き、成績が悪ければ怒鳴《どな》り、人の道に外れそうになったら襟首《えりくび》を摑《つか》まえてこんこんと言って聞かせた。お前はあたしに、甘やかされて育ったと思ってるのかい」

「八幡の家にはひとり部屋を持ってるきょうだいはいないし、飯だって腹いっぱい食ってるようでもないし、とにかく俺だけが離れていい思いしているのはいつも気が咎《とが》めてた」

正直なことを口にして少しは気が晴れたのだが、カツの気持まで思い至らないのは猛夫の幼さである。カツはそんな猛夫を窘《たしな》めるわけでもなく、ただ炭をつついて微笑《ほほえ》んでいる。

「卒業式には、晴れ着を着ようかねえ。たまに出さないと、樟脳《しょうのう》くさくてかなわんし」

炭が跳ねる音のあと、カツがしみじみとした口調で「札幌かあ」と語尾を伸ばした。

「遠いっちゃ遠いし、近いっちゃ近い。けどよタケ、毎日会えないなら、おばちゃんはお前がどこに行っても同じだわ」

諦《あきら》めのにじむ声は少し湿って、カツらしくもない。

「札幌でなにかあったら、すぐに駒子に連絡するんだぞ。あの子ならちゃんと相談を聞いてくれるだろう。旦那もしっかりした人のようだし」

　そして、奉公先には挨拶《あいさつ》のため自分も行くと言うのだった。

「俺ひとりでも行けるって」

「いや、世の中そういうもんではないんだ。お前の後ろにはちゃんと挨拶できる人間がいたってことを、伝えておかねばならんのさ」

　そんなもんかと思いながら、口の中に残る黒糖のざらつきを舌に集めた。

　どさりと降った雪も解け出し、いよいよ猛夫が卒業と同時に室蘭を発《た》つ日も近づいてきた。港湾関係の宿泊客が増え、松乃家もトキひとりではさばききれなくなり、中学を出たての女の子を下働きで雇うことになった。

　理髪店の寮は狭いので、私物は最小限という電報が届いた。カツは「最小限」と何度かつぶやき、風呂敷ひとつくらいいいだろうと言って木綿の一反風呂敷を持って猛夫の部屋にやってきた。

「タケよ、いっぺんふたりで八幡様の家に行ってみるかね。お前が奉公に出ることは向こうにも伝えたとはいえ、それだけではけじめにはならんだろうよ」

「このあいだ、店先でとうさんには伝えてある。家に行ってわざわざまた言う必要もないと思うけどな」

「いや、なんもしてやれなくたって、親は親だ。同じ町に暮らしていて、旅立ちを前にそれはないべ」

　正直カツがなぜそんなにも妹夫婦に義理だてするのかわからないのだが、行くと言い出したらなかなかそれを覆《くつがえ》すのは容易ではない。猛夫は仕方なく「わかった」と返し、さして多くもない着替えや荷物を広げた一反風呂敷に並べた。

カツに促《うなが》されしぶしぶ訪ねた生家では、板の間に座布団も敷かずに正座し「奉公先では一人前になるまでがんばります」などと、棒読みの挨拶をした。末っ子の須江《すえ》から和子《かずこ》、照子《てるこ》と女三人。康男《やすお》、利夫《としお》と男が二人、両親の横にずらりと並んだ。猛夫にとってはみな余所《よそ》の子のようだった。頭を下げると、向こうもしらけた顔で猛夫を見る。一郎に「次男坊の猛夫はバカ」と教え込まれたきょうだいたちだった。よそよそしい挨拶を終え、猛夫はさっぱりとした気分で八幡神社の階段を下りた。


その年の春に札幌の笠井《かさい》理容室が取った新弟子は二人だった。

親代わりに付き添いでやってきた粋筋《いきすじ》とわかる女を見て、親方も気をよくしたのか「一人前にして帰す」と大見得を切った。同じ日に弟子に入った帯広《おびひろ》の農家の末っ子、佐々木忠司《ささききちゅうじ》も風呂敷ひとつで笠井理容室の寮にやってきた。

カツが室蘭に帰ったあとに案内された寮は、北海道大学から北側に歩いて十分の場所にある古い民家だった。

新弟子ふたりを入れて、合計十人の職人が木造二階建ての家に詰め込まれていた。上は二十五から下は十五。中学を出て理髪師として一人前の職人になるまでを、この寮で過ごすという。新弟子は三年間奉公をしながら通信教育を受け、インターンを経て国家試験を受ける。新弟子がふたりなのは、この春にひとり職人が独立して店を構えたからだった。

新弟子には玄関脇の三畳間が与えられた。共同で使うという。

「狭いなあ。なんだか鶏小屋みたいだな」と、佐々木忠司がつぶやいた。

「親方、いい人みたいでよかったな」猛夫が返した。

「俺、一人前になったら帯広で店開くって約束してきたんだ。早く仕事覚《うま》えないと」

忠司と呼んでくれと、気のいい弟子仲間が言った。この男となら上手くやれそうだと、狭い部屋のささくれた畳の上であぐらをかいた。

六時を過ぎて、二軒の店に配属されていた弟子たちが次々に寮へと戻ってきた。兄弟子が六人、姉弟子がふたりいる。みな、疲れているのか玄関先で猛夫と忠司が腰を折って挨拶をするのを半分も聞かずに二階へと上がってゆく。腰の曲がった寮母が飯の支度をしながら教えてくれたのは、今の弟子たちはみな辛抱強いということだった。

「いちばん年かさの兄さんはもうそろそろ独立なんだべけど、親方がもう少しって頼み込んでるわけさ。北大《ほくだい》の店を任せられる職人に辞められたら困るべし。あんたたちも、本店と北大の店に割り振られるわけだべ。どっちがどこさ行くのかもう聞いたかい」

ふたり同時に首を横に振った。寮母はそうかそうかと頷き、ふたりの鼻先を指さした。

「お前さんは本店、お前さんは北大店。決まりだ。気張っておいで」

翌朝、まだ夜が明けきらぬうちから起こされ、寮の廊下を拭き、便所掃除を終えた。ひとりふたりと起きてきて台所の横にある大きなテーブルで朝飯を食べてすぐに二階へ戻ってゆく。聞けば、店に出る準備だという。いったいなにをしているのかと寮母に訊《たず》ねた。

「ここの子たちは店に出る前にしっかり筋肉を起こしてから出るんだよ」

「おばちゃん、筋肉を起こすってどういうことだ」

「体が自由に動いて、ぶつかっても腰がよろけないように足腰を鍛《きた》えるんだ」

理髪店の職人が足腰や筋肉の鍛錬《たんれん》をしているというのがにわかには信じがたかったが、みなよく見れば白衣の上からでも肩甲骨の位置がわかり、やけに尻と太ももがしっかりとしていた。寮母が言うには、人の顔や首筋に刃物をあてる者は、腹が減ったり人にぶつかったりしたときに体をぐらつかせることがあってはならないのだという。

「想像とは違う」と言って寮母に睨《にら》まれたのは忠司のほうだった。猛夫も口から出かかったものの、そこは末っ子に生まれた忠司の無邪気さが勝った。

年かさの一番弟子が号令をかける。

「今日もしっかり自分の仕事をすること。いいか」

一斉に「はい」と返す。猛夫が初めて見た職人たちは、まるで幼いころに見た軍隊だった。

交差点で、本店へ向かう列と北大店へ向かう列に分かれる。車が通るたびに砂埃《すなぼこり》が舞い、うっかりすると轢《ひ》かれそうになる。猛夫の前を歩くのはおかっぱ頭の姉弟子、先頭には支店長を任された大兄弟子がいる。

門を入った大学の構内にはいくつもの建物が並び、まるでひとつの町のようだった。眼鏡《めがね》をかけた学生服姿や伊達《だて》の薄着で半袖に下駄《げた》を突っかけた若者、ぱっと見はどんな仕事をしているのかわからない大人たちがぞろぞろと歩いている。

椅子が並ぶ鏡前《かがみまえ》には、ホーローの痰壺《たんつぼ》や整髪料、泡立てのカップが並んでいた。新人の猛夫に与えられた仕事はコンクリート床の毛掃《けは》きと蒸しタオル届け、痰壺洗いやタオル洗い、兄弟子姉弟子が面倒くさがること全般だった。新人は兄弟子たちが接客している椅子と椅子のあいだをちょろちょろとネズミのように出たり入ったりしなくてはいけない。

ひとつ言いつけられたら次からは声を掛けられずともやれと言われるが、初日からそんな芸当にはたどり着けない。

客はひっきりなしにやってきて、整髪と髭をあたって帰ってゆく。現金払いもいれば台帳に付けて月末払いの客もいる。金の管理は北大支店の二番弟子である姉弟子のシマ子の役目だった。

幼いころから伸び悩んだ猛夫の背丈は、一メートル六十センチに届かぬままぴたりと止まっている。シマ子は猛夫を真っ先に「チビ」と呼んだ。

レジで会計仕事を済ませたシマ子が、毛掃きの箒《ほうき》を手にした猛夫の足を引っかけた。つんのめって床に突っ伏すと、コンクリートの床で肘《ひじ》をすりむいた。近くの椅子を担当していた兄弟子がドスの利いた声で「ばかやろう」と吐き捨てる。

「新人かい?」と縞模様《しまもよう》の刈り布を巻かれた客が言った。「ええ、今日からで」と兄弟子。

「お前さんも、五、六年前はこんなだったたっけねえ」

「いや、どうも」

変にしらけた空気が椅子の周りに漂った。

昼飯は寮母に持たされた器からひとりふたつの握り飯をもらうことになっていたが、入れ替わりで最後に器を開けると、もう中には飯が数粒しか残っていなかった。先ほどの仕打ちもあって、シマ子には訊ねることができない。思い切って支店長に訊ねてみたが、返ってきたのは「おばちゃんが人数間違ったんじゃねえか」だった。

北大店はきっかり五時には営業を終える。全員で店内清掃をする際も、猛夫は床に近い仕事ばかり与えられた。毛掃きとは違う箒で店内をもう一度しっかりと掃き、スリッパの底を雑巾で拭く。刈り布、剃り布に付いた細かな毛を一枚一枚点検する。ひとつ終わればまたひとつ言いつけられる。気づけば二番弟子がぶらぶらと鏡前で自分の髪をなでつけたりしているのだった。視線をあてると「なに睨んでんだ」とすごまれる。

猛夫は翌日から、耳をすまし目を凝《こ》らすことを己《おのれ》に命じた。兄弟子の手元だけを見る。刈り布を外す気配がしたらすぐ箒を持って走る。椅子を倒したときは蒸しタオルの準備をする。椅子がすべて視界に入る場所を見つけ、ひたすら鏡に映る職人の仕事と手順を頭にたたき込んだ。

一週間、忠司とふたり部屋に戻ると泥のように眠った。通信教育の教科書は送られてきたが、開く気はしない。お互い、えらいところに来てしまったと思っているに違いないのだが、口にすればもっとつらくなりそうでただ黙った。

清潔第一の現場では、二日に一度銭湯に通うことが決められており、白衣の下は白いランニングシャツ、ズボンは黒と決まっていた。

洗濯物干し場は寮母が寝起きをする部屋の縁側で、自分で洗っておきさえすれば干してくれることになっていた。

日曜の夕方、洗濯物を取り込みに来たシマ子がすれ違いざまに吐いた言葉に深く傷ついた。

「チビのサルマタは、洗っても臭《くさ》い。年寄りの饐《す》えたにおいがする」

それを聞いた寮母が猛夫の下穿きを取り込みながら、においを嗅《か》いで「なんもだいじょうぶだ」と言ったことで二度傷ついた。

その日、夕食時に間に合うよう寮に戻った忠司に、俺は臭《にお》うかと訊ねたが「いいや」と返ってくる。

「シマ子ねえさんが、俺の下穿きは洗っても臭いって言うんだ」

「俺、猛夫のこと臭いと思ったことはねえぞ。ここに入る前、親がワキガかどうか訊ねられたけど、うちにはそういう人間はおらんって言って奉公が決まったとは聞いたけどもよ」

「俺はほかのきょうだいと一緒に育ったわけじゃないから、親きょうだいが臭いかどうかなんてわからないんだ。なんか言われると気になってよ」

「シマ子さんも、顔と同じできついのう」

忠司も本店ではしょっちゅう兄弟子に足を引っかけられると言って笑った。猛夫は自分もこんなふうに笑い飛ばせればいいのにと、少し気が塞《ふさ》いだ。

その夜、猛夫の苛立《いらだ》ちは布団で温まった体の内側で持ち上がり、下穿きの前を膨《ふく》らませた。眠っているあいだに出たら、また汚れてしまう。忠司がいびきをかき始めたあと、シマ子の泣き叫ぶ様子を思い浮かべながら擦《こす》ると、あっさりと果てた。女の底意地の悪さに欲望をひっかけてやったと思うのもつかの間、どうにも説明のつかない落ち込みが猛夫を襲った。

便所に始末したちり紙を捨てに行くと、建物内にかすかに女の声が響いてくる。気のせいかと耳をすませた。夜の底から、やはり女のなびく声が細い糸のように聞こえてくる。声の元を探そうと思うでもなく、たぐり寄せてゆくと、二階の奥だった。

猛夫の喉を波打たせながら唾《つば》が落ちて行く。足音を立てぬよう二階まで上がったものの、音を立てずに戻るにはどうしたらいいものか、はたと考えてしまうくらいに、迂闊《うかつ》な行動を悔いた。

塵《ちり》も沈み、空気が床に積もったような、誰もが寝静まっているはずの建物だ。いま起きているのは猛夫と二階の奥の部屋が与えられた姉弟子のシマ子のふたりかと思うと、先ほどの妄想《もうそう》に責められてでもいるようだ。

不意に細い声が止《や》んだ。猛夫は慌《あわ》ててつま先をひとつひとつ立てながら階下に戻った。

意地の悪いシマ子が夜中にひとりで泣いていると思うと、日ごろのいじめにもなにか理由があるのかと勘《かん》ぐってしまう。

玄関の横まで来ると、二階の部屋のドアが開く音がした。足音の長さからいって、奥の部屋だ。やけにのしのしと堂々とした足音だった。猛夫は咄嗟《とっさ》に階段の死角に身をかがめた。

便所のほうへ向かう背をそっと見た。シマ子の部屋から出てきたのは、背中の大きさからいって北大店の支店長を任されている大兄弟子だった。鍛え上げた尻はステテコの上からでもよくわかり、小窓から漏《も》れる月あかりが筋肉の影をつくる。

兄弟子は便所から出て台所に寄り、水をコップ三杯飲んだあと二階の自室へと戻った。

猛夫の心臓は精を放ったときよりはるかに速く打った。シマ子の部屋で、なにがあったのかを想像すると、再び下穿きの中がもやもやとしてくる。大事な下穿きを臭くしてはかなわない。シマ子から言われたひとことを思いだし、急いで妄想の芽を摘んだ。

翌日から、猛夫の視線はいつの間にか兄弟子とシマ子を追うようになった。毛掃きの際も、蒸しタオルを渡す際も、気づけばふたりの様子を窺《うかが》っている。手が遅くなるのも当然で、一日に十回はすねを蹴られたり小突かれたりが続いた。

見たところ兄弟子もシマ子も仕事中に限らず、昼休みを取る際も仕事以外の関わりを匂わせることはなかった。そうなると余計におかしなところを探してしまう。集中力を欠いた一日が終わり、さんざん叱られたあとはもう昨日のことは忘れようと努めた。

六月に入ったというのにまだ肌寒い日曜の朝、忠司が言った。

「猛夫、最近ぜんぜん洗濯しないっておばちゃんが心配しとったぞ。同じもん穿いてたらさすがに臭うべ」

「同じもんは穿いてない」

「そんなに何枚も持ってんのか、すげえ」

こんなときあっさり話題を終えられる忠司の気心をありがたく思いながら、もうそろそろ新しい下穿きを買いに行かなくてはと焦っていた。

シマ子に下穿きの臭いのことを指摘されてから、猛夫は下着の洗濯をしなくなった。穿いて汚れたら捨てることに決めたのだ。

できるだけ捨てるのを引き延ばそうと裏表前後と工夫はしても、一週間が限界だった。下穿きは、若い体から出る脂《あぶら》や汗で一週間も経つと醬油《しょうゆ》で煮染《にし》めたような色になった。生活のすべてをカツやトキ、駒子に守られていた頃には想像もできなかった色だ。

日曜は、寮母が前夜に用意してくれた朝飯以外の食事は、外で済ませるか買ってきたものでまかなわなくてはいけない。下着を買いに行けるのも、今日しかなかった。

寮母から仕入れた情報によれば、大通りまで歩けば丸井今井《まるいいまい》があるという。室蘭にあったものよりも数倍大きいと言われても想像がつかなかったが、とにかくそこへ行けば下穿きが買える。

猛夫は財布を尻のポケットに入れて、寮から出た。雨脚が思ったよりもつよく、玄関にあったこうもり傘を拝借する。財布の中には数えれば千円ほど入っている。これが猛夫の全財産だった。笠井理容室からはまだ、小遣い銭をもらえるほど働いてはいない。

支店の見習いで極端に情報のない猛夫は、本店に通う忠司から「俺たち、どうやら三か月は音を上げるかどうかの試用期間らしいぞ」と聞いてがっかりしたばかりだった。

傘にあたる雨音が強くなったり弱くなったり。三十分も歩けば着くと言われた大通りの百貨店には一時間経ってもたどり着けなかった。いいかげん腹も空いて、倒れそうになりながら公園の水飲み場で腹いっぱい水を飲む。

いったいどこにあるんだ、と途方に暮れて見上げた雨空の一角に、「井」の文字を見つけたときは腰から崩れ落ちそうになった。猛夫は腹の水をちゃぷちゃぷ波打たせながら、近すぎて見つけられなかった百貨店へと入った。

着飾った女たちとすれ違うたびに甘い匂いがする。甘い匂いを嗅ぐたびに、自分の肩を持ち上げては腋《わき》が臭くないかどうかを確かめた。

どこからこんなに人が湧いてきたのかと思うくらいの人出だ。まるで祭りの会場だと思いながら、黒い服に百貨店マークのネームプレートを着け、ゆるやかに辺りを見回している長身の男に訊ねた。

「男もんの肌着売り場は、どこでしょうか」

毎度兄弟子の練習台になっている頭髪だけはしっかり刈り込まれているが、身につけた服は決して清潔とはいえない。猛夫を責めるでもいぶかしむでもない視線が落ちてくる。憐《あわ》れみだとは思いたくなくて、目だけはそらさぬよう気をつけた。

「紳士の肌着売り場でよろしゅうございますか」

思わず二度三度と頭を振った。他人にこんな丁寧《ていねい》な受け答えをしてもらったのは初めてだ。教えてもらった売り場へたどり着くまで「よろしゅうございますか」が耳から離れなかった。

女の匂いばかりが気になる階を抜けて、少し落ち着いた気配のするフロアに出た。猛夫には一生縁もなさそうな背広をぴしりと着こなしたマネキンがポーズを決めている。

背広、ネクタイ、ワイシャツ、どれも高級そうで気後《きおく》れしながら、奥まった場所に肌着の売り場を見つけた。猿股《さるまた》とランニングシャツをひと組買うと、急に財布が軽くなったような気がした。

便所の個室に入り、急いで猿股とランニングシャツを替える。

おそるおそる臭いを嗅いでみた。酸っぱく生臭く、シャツでこれだけなのだから下穿きは臭いを嗅ぐどころかもう手にしているのも嫌で、個室から出てすぐにゴミ箱に捨てた。今日買ったものも一週間後にはまた煮染めたような色になると思うとうんざりする。もうひと組替えを買いたいが、急激に軽くなる財布に耐えられなかった。

開襟《かいきん》シャツの襟もひどい汚れだった。またシマ子になにか言われると思うと、寮で干すわけにもいかない。帰りに公園の水飲み場で洗って、着干しでも仕方ないかと腹をくったところへ、背後から女の声で「タケ坊」と呼び止められた。

どこかで聞いたことのある声だが、すぐには思い出せない。振り向いて、声の主を探した。

「タケだ、やっぱりタケだった」

水色の紗《しゃ》の着物に塵よけの薄い羽織、しっかりと髪を結い上げた女が丸井の紙袋を手にしてこちらを見ている。瞳とその声にやっと駒子であることに気づいた。

「なしたの、こんなところにひとりで。今日はお店は休みなのかい」

「誰かと思ったら、駒子か。ここで名前呼ばれると思わなかったから、心臓冷えたなあ」

「なんか探し物でもあったのかい」

もう用は済んだのだと言うと、駒子の表情がぱっと明るくなった。

「わたしも用事済んで帰るところさ。せっかく会えたんだし、食堂でなにか食べよう」

駒子に誘われ、財布がさびしいとも言えず百貨店の食堂に入った。

「ライスカレー、食べようよ。ここの、美味《おい》しいんだよ」

値段を見ている猛夫に、駒子が「おごりだってば」と眉を寄せたり笑ったりしている。過去に見たこともないはしゃぎようだ。自分に会ってそんなに嬉《うれ》しい理由もわからず、猛夫は駒子の言うままライスカレーを頼んだ。

「いやあ、なんか少し痩せたんでないの。引き締まったかなあ」

初めて入った百貨店の食堂では、裕福そうな家族連れや奥さん連中がテーブルを挟んでずっと喋《しゃべ》っている。少し鼻にかかった駒子の声は、低くて時々聞き取れない。

「タケがひとりで丸井さんに用事とはねえ。なにか用でも言いつけられたのかい」

「いや、着るもんなかったから買いに来た」

荷物がないことを指摘され、小声で「着替えた」と答える。これ以上質問されてはたまらないので、駒子こそひとりで買物かと訊ねた。

「うちの旦那さんの、夏物の寝間着。好みがはっきりしてるので、選ぶのも楽なんだ」

年の離れた男だと聞いているが、本人には会ったことがない。縁談があると聞いたときにはもう、荷造りを終えて嫁ぐばかりになっていたことを思い出した。

「祝言もあげないで嫁に行かせたの、おばちゃんがずいぶんさびしがってたぞ」

駒子は曖昧《あいまい》な笑みを浮かべて、首を傾げたあと襟を直した。

「結婚、というわけでもないんだわ」

どういうことかと訊ねかけたところへ、ライスカレーがふたつ運ばれてきた。白い皿には白米が、銀色の取っ手付き容器にはカレーが入っている。

「駒子、これどうやって食べるんだ」

「こうやって、ご飯にかけて食べるの」

なるほど、何もかもが気取っていて面白いところだ。空きっ腹に耐えきれず、スプーンでカレーをかけるのもまどろっこしく、ざぶりと皿にすべて流し込む。旨くて涙が出そうだ。駒子が三度スプーンを動かすころにはもうほとんど平らげていた。

「そんなに腹が減ってたのかい」

駒子が自分の皿にあった飯を半分猛夫の皿に移し、ルーをかけた。

礼もそこそこに、もらったカレーを平らげる。最後のひとくちは、駒子が食べ終わるころに合わせるくらいの余裕も出てきた。

「ごちそうさまでした」

両手を合わせ頭を下げた。

「どういたしまして」

駒子が紙ナプキンで口を拭《ぬぐ》い、水をひとくち飲んだ。

「床屋の修業は、どうなの。奉公だから最初はきっと厳しいんだろうなと思ってはいるけど。どうにかでも、がんばれそうかい」

「なんとか、やってる」

「寮も完備で三食付きのまかないさんがいるって聞いたから安心してるんだけども」

「まあな」と返した。

腹もおちつき、ふとさっき駒子が言いかけたことを思い出した。

「結婚ってわけでもないって、どういうことなんだ」

「結婚じゃあないってことだよ」

「だから、どういうことなんだって」

「二号さ」

訊ね返した猛夫に左手の甲を見せて駒子が続ける。

「奥さんは別のひと。わたしは籍を入れない妾《めかけ》なんだ」

そんな言葉をよく女将《おかみ》さんたちが声を潜めて使っていたのは知っている。廓《くるわ》のあった町に育った猛夫にとっては耳慣れた言葉だった。つよく反応しないよう努めたものの、黙り込んだことで却《かえ》っておかしな空気になってしまった。

「やだ、タケにまで軽蔑《けいべつ》されたら、やってらんないよ」

駒子の言葉が急に蓮《はす》っ葉《ぱ》な気配に変わる。

「軽蔑なんか、してない。本輪西じゃみんな駒子は玉の輿《こし》にのったって言われてたから、ちょっと驚いただけだ」

「結婚、ってことにしてくれと頼んだのはわたし。そうじゃないと、また女将さんがあれこれ周りに言われるもの」

「おばちゃんは、知らないのか」

駒子は少し黙ったあと、首を傾げ「どうかな」とつぶやいた。

「女将さんは、薄々気づいているのかもしれない。遠回りに他人を使って紹介したのも叔父《おじ》だったし。いくらかお金をもらったんでしょう。わたしが居場所を移すときはいつもお金が絡《から》むんだ。女だからね、仕方ないんだ」

もう、なにをどう取り繕《つくろ》ったところで動揺は隠せるものでもない。女だからね、という諦めとも自慢ともつかない言葉がふわふわとその場に漂っていた。

「それでもタケの奉公先を見つけてくれて、ちょっとはありがたいと思ってたんだけど」

駒子の表情が曇った。ありがたい奉公先ではなかったと思われるのは避けたかった。猛夫は努めて満足していることを伝えた。

「ずいぶんよくしてもらってる」

「女将さんには、ちゃんと手紙を書いてるのかい」

「いいや、下《した》っ端《ぱ》の弟子だから、毎日へとへとになって寮に戻るんだ」

「そうか、便りのないのは元気の報《しら》せって言うもんね」

それより、と駒子が再び笑顔になった。急に辺りの喧噪《けんそう》が戻ってくる。

「今日は、これからなにか用事あるのかい」

「いいや、またぶらぶら歩きながら寮に戻るだけだ。途中で風呂屋に寄るかもしれん」

「そんならうちにおいでよ。旦那さんは日曜は来ないし。ひと風呂浴びて、うちで晩ご飯食べて帰りなよ」

駒子の上機嫌に引きずられるような格好で、円山《まるやま》にあるという家へと向かった。

大通りより背は低いが、大きな住宅が建ち並んだ静かな土地だ。目立たぬように、けれどしっかりと主張の利いた暖簾《のれん》を夏風になびかせる菓子店や、そば処、寿司屋がある。駒子の住まいは通りから一本中へと入った場所に建つ、小ぶりな平屋の戸建てだった。妾をこんな場所に住まわせるくらいだから、よほどの金持ちなのだろう。

そのへんに座っていて、と言われても大きな応接セットの革張りの椅子が向かい合わせになっていて、いったいどこに座ればいいのかわからない。仕方なく、ひとり掛けに腰を下ろせば駒子が笑う。

「なにが可笑《おか》しいんだ」

「そこ、旦那さんの席だ」

まさか考えた末に腰を下ろしたのが家主の席とは。何もかも格好の悪いこと続きだったが、不思議と寮にいるときのような居心地の悪さはなかった。

昼間から戸建ての家で風呂に入り、誰に急《せ》かされるでもなく久しぶりに落ち着いて体を洗う。駒子から渡されたタオルは新品の上に厚かった。寮で使っている、広げたら向こうが見えそうな、店のお下がりとは大違いだ。

風呂から上がると、駒子が麦茶を出してくれた。こんなにくつろいだのは札幌に出てきてから初めてだ。

「やっぱり、職人の修業ってのは大変なんだろうね。旦那さんは本店のほうに通っているらしいから、顔を合わすことがないんだろう」

それにしても、と駒子の口調がため息交じりになる。

「タケ、ちょっと痩せ過ぎと違うかい。そんなんじゃあ修業どころじゃあないだろう。ちゃんと食べてしっかり休めてるのかい」

丸井の食堂での会話が繰り返され、猛夫も面倒になった。

「寮の飯、まずいんだ。贅沢《ぜいたく》言ってるわけじゃない。なにを食べても味がしなくて」

「寮母さん、年取って舌がボケてんじゃないのかね」

「いや、そういうことじゃない」

どう説明しようかと思いあぐね、結局正直なことを言うしかなくなった。

「姉弟子が、俺のこと臭いって言うんだ。店に出ると、足を引っかけられる」

「タケ坊が臭かったら、ほかの人なんか外歩かれないよ。いったいその姉弟子はなにを考えてんだか」

夜中に交わされる兄弟子とのことは口に出来なかった。みんなも知っていることなのかどうか。ただ、とんでもないものを見てしまったという思いだけが猛夫を責めている。

「洗濯しても着るものが臭いって言うもんだから」と正直に丸井にいた理由を告げた。

「だけど、毎週そんなことをしてたらすぐに給金がなくなってしまうだろう。物価も馬鹿みたいに上がり続けてるし」

「三か月は、見習いで給金はないんだ」

駒子の口からため息が漏れた。そんな話は聞いていない、という。

「けど俺このとおりすばしっこいから、仕事を盗むのも早いんだ。自分の脚を使って、こっそり髭剃りの練習もしてる。さっさと一人前になって本輪西に帰る。そしておばちゃんに楽をさせるんだ」

言ってしまったことで、背筋が伸びる。駒子は嬉しそうに猛夫のコップに麦茶を注《つ》いだ。さっさと一人前になる、という言葉に嘘《うそ》はないし、カツに楽をさせたい気持も本当だ。

「女将さん、その言葉を聞いたらどれだけ喜ぶか。タケが元気でいることがいちばんの慰めだと思うなあ」

そして駒子は、次の日曜もまたここに来いと言うのだった。

「昼ご飯たっぷり食べて風呂に入って、着替えて帰ったらいい。洗濯もしといてあげるから。来週から、日曜日はそうやって過ごすことにしなさいよ」

慈悲深《じひぶか》い微笑みにつられて、ひとつ頷いた。自分にはきょうだいも親もいないから、という駒子の言葉が、長く猛夫の耳に残り続けた。


円山にある駒子の家に通うようになってひと月と少し経った。日曜が来るたびにこざっぱりとした様子で寮に戻る猛夫を、同室の忠司が隣の布団で「毎週どこに行ってんだ」と不思議がる。寮母も瞼《まぶた》の皺《しわ》を持ち上げるようにして、食欲も気力も回復した猛夫の様子を見るようになった。

シマ子の嫌がらせは続いているが、なぜか兄弟子たちまでが、くるくるとネズミのように店内を動き回る猛夫を疎《うと》ましがるようになった。懸命に仕事を覚えようとする気持が一日の終わりに完全に萎《しぼ》む。それでも朝起きて腕立て伏せをしながら心を持ち上げる。

秋風が吹き始めたころのことだった。

日曜の昼から腹いっぱいの飯を食べてひと風呂浴び、サイダーを飲んで昼寝までしていると、寮に戻るのが嫌になる。ただ、そこは猛夫のどこか生真面目《きまじめ》な性分が引き留めており、午後四時には駒子の家を出るようにしていた。いつか暗くなってから帰ろうとした日に、駒子が家の周りに人目がないかどうかを見に出たからだった。

駒子のお陰で下着を捨てずに済み、三日に一度はしっかりと洗濯を終えたものに替えられる。防空壕《ぼうくうごう》からふたりで這い出た日を思うと、世の中はずいぶんと変わった。敗戦国だというのに、札幌はまるで毎日がお祭りのようだ。

風呂上がりに冷えたサイダーを飲んでいるところへ、遠慮なく玄関の戸を開ける音がした。台所にいた駒子が、慌てた様子で飛んでゆく。男の声がする。別に、自分の家にいつ来たっていいではないか、と駒子の驚きに応えている。

茶の間に現れたのは、猛夫の倍にも感じられるくらい上背《うわぜい》のある男だった。年のころは五十に届くか届かぬか。黄色みがかった開襟シャツにぴしりとアイロンがかけられた深緑のズボンを穿《は》いている。ひと目で裕福な人間なのだとわかる清潔さだ。

「室蘭の、きみが新川《しんかわ》猛夫君か」

体の大きさには似合わぬ、優しげな語り口だ。サイダーの瓶をテーブルに置いて、立ち上がり腰を折った。男は駒子を囲っている旦那で、名の知れた運輸会社の御曹司《おんぞうし》だという。名前を六《ろく》条恒彦《じょうつねひこ》といった。

「すみません、主《あるじ》のお留守にお邪魔して」

「いや、気にしないでいい。というか、日曜は本当はここには来ないから駒子の自由にさせてるんだが、今日はたまたま」

男はそう言いながら、駒子にビールを持ってくるよう言いつける。猛夫と一緒にいるときとはまったく違う緊張感が駒子を動かしている。

猛夫君も、と言いかけた六條が、そういえばまだ十六だったなとサイダーの瓶を見て笑う。不思議と悔しさはなかった。六條の物腰には貧乏人を笑うような気配がまったく感じられず、印象のよい男だった。

「松乃家の女将さんはお元気かな」

「春からまだ一度も戻っていないので。たぶん元気にしていると思います」

「女将も札幌に出てくればまた、いい商売人なんだろうに。どこの誰が後添《のちぞ》えの話を持っていっても首を縦には振らなかったらしいな」

そんな話は一度も聞いたことがなかった。難しい顔をしてしまったらしく、六條恒彦が「まあ、おそらく」と、深く椅子に座り直した。

「猛夫君のことがあったからかもしれないねえ。室蘭でしっかり育てるのが、彼女の楽しみだったんだろう。可愛くて仕方のない甥《おい》っ子だもんな。早く一人前になって、独立して喜ばせてやるといい」

駒子がお盆にビールとコップをのせてやってきた。旅館時代にいつも見ていた仕種《しぐさ》だったが、六條の持つコップにビールを注ぐ駒子には、猛夫の知らない熟《う》れた気配が漂っている。なにかいやなものを見た気がして、サイダーを飲み干したあとすぐに席を立った。

挨拶を済ませ玄関に向かう猛夫をすぐに駒子が追ってきた。

「なしたのさ急に。なんも気にすることないのに。旦那さんも、もう少し話したいようだよ」

猛夫自身にも、苛立ちの原因はわからない。自分が毎週のんびり過ごしていた家が、六條の妾宅《しょうたく》であると思い知るのが嫌だった。

「また来週おいで。待ってるから」

猛夫はその日を境にしばらくのあいだ駒子の家に行くのをやめた。

日曜の外出をやめると行くところもなくなり、同室の忠司とふたりで公園や秋祭りの会場などをぶらつくようになった。忠司からはさんざん本店での不平不満を聞き、それを聞いた後ではシマ子の意地悪を口にする気も起きない。結局どちらに配属されても似たような現実が待っていたのだと思うと、六條を恨むのもおかしな話なのだった。

九月末、北上してきた台風が道南で勢力を上げた。停電や家屋倒壊というニュースも出され、猛夫と忠司は窓に板を張り付けるよう命じられた。

忠司とふたり、なにか飛んで来ても窓が割れぬよう窓枠に板をあて釘を打つ。大工仕事は旅館の補修など見よう見まねで覚えたのが役に立った。雨のなか強風にあおられながら金槌《かなづち》をふるうと、忠司が洟《はな》を垂らしながら風に負けぬ大声で言った。

「タケ、お前は大工のほうが向いてたんじゃねえのか」

「うるせえ、お前こそはやく帯広に帰れ」

ふたりとも勇ましく外に出てきたのだった。服が濡《ぬ》れてはいけないと、ランニングシャツにズボンという格好だ。最近は念入りに下穿きを洗い部屋に干すようになったので、穿いたまま洗濯だ、と開き直る。猛夫がそうすると、忠司も真似《まね》を始めた。ふたりの部屋にいつも猿股が干してあるのを見て、寮母が「いま時の新人はわからんねえ」と首を傾げた。

「忠司、釘くれ」

渡された釘を板に打ち込む。中から寮母がふたりを見ている。台風が去ったらすぐに外せるよう、釘の頭を二センチ浮かせて打ち込んだ。

雨に濡れた頭や体を拭き、忠司と笑い合いながら部屋に戻る途中、便所から出てきた兄弟子が忠司に言った。

「忠司、お前は明日、店には出ないでここに残ってれ」

笑い合っていたままの表情を顔に貼り付け、忠司が「ほぇっ」とおかしな声を出す。猛夫は兄弟子の言葉より忠司の顔と声が可笑しくて、大声で笑いたいのを堪《こら》えた。

「明日の朝、親方が来るから。こっちで待ってろって」

「なんでですか。俺、帰りになんも言われなかったんだけど」

「しらねえよ」

雨に濡れた体を拭いて、お互い洗濯場でそれぞれの猿股を洗う。早く乾けとばかりにちぎれるくらい絞った。三畳間の梁《はり》に渡した針金に並べて干すと、いつもイカのひらきを思い出した。

忠司はいっそう「親方に怒られるようなことしてねえんだけどもなあ」と首を傾げている。びくびくする忠司がおかしくて、眠るまで茶化し続けた。

翌朝、皆がそれぞれの店舗へと出勤した。親方が何を告げたのかを知ったのは、忠司が晩飯の際に挨拶をしたときだった。

先に食べて席を立とうとした者、さてこれからとお盆を持った者、狭い食堂におおかたの職人が集っている。

「みなさま、短い間でしたがお世話になりました。今日をもちまして俺、いや僕は帯広に帰ることになりました」

なんでだよ、と声に出したのは猛夫ひとりだった。みなよそよそしいそぶりで動きを止め、再びざわざわと元に戻る。

「なんでだ、忠司。お前ひとつもそんな話してなかったべや」

声を落として訊ねれば、忠司が下手《へた》くそな笑顔を向けた。寮母が、ふたりとも晩ご飯を食べなさいと声をかけた。

猛夫以外は忠司が笠井理容室を辞める理由を知っているということか。誰も、兄弟子すらも忠司に声をかけない。つくづく嫌なところだ。飯は無言で、が決まりだったので箸を持っている間はろくろく話もできない。

ふたりで洗い物を終えて部屋に戻ったところで、忠司がまとめた荷物の横に座り「すまんなあ」と言った。

「なんでそんなことになってんだ、忠司」

「俺の親戚にらいがいたんだと。親方に紹介してくれたおやじさんが、髭をあたりに来て、ぽろっとそんな話をしちまったんだべ。親戚ったって、親父のイトコだかハトコだかって見たこともねえおばちゃんだってよ。なんか、山の奥の施設に入ってんだと」

忠司は「したけど世の中、隠し事なんてのはできるもんじゃないんだなあ」と繰り返す。

「お前が患ってるわけじゃあないのに、なんでだ」

「そういうもんなんだって、今朝親方に言われたんだ。客商売だから仕方ねえって。お前のせいじゃないって言われたってよう、辞めないとならんの俺だべ。親になんて言えばいいんだべなあ。帰すことは今日のうちに電報打っておくからって。そんな簡単なもんなんだなあ、俺なんて」

針金に、二枚の猿股が干してあった。猛夫は黙って忠司のものを手に取り、四つに畳んだ。バリバリとせんべいのように割れてしまいそうな硬さだ。穿くときは手で揉《も》まないと尻が痛いだろう。忠司は渡された猿股を風呂敷の隙間からねじ込んだ。

「忠司、お前帯広に帰ってなにやるんだ」

「わかんねえ、親父がなんて言うかなと思って。どこかに奉公に出るにしても、客商売はもう無理になったな」

「俺、明日からここにひとりなのか」

「今度はお前がひとりでにいさんたちの無理難題を引き受けるんだなあ。すまんなあ」

「そんなことを言ってるんじゃねえよ」

泣いているのか笑っているのかさっぱりわからない声で、ぽつぽつと名残《なごり》を惜しむ。朝のうちに出て行かなかったのは、親方が別れの挨拶くらいはしたいだろうと言ったお陰だったという。

「本当は、みんなが帰ってくる前に出て行こうかと思ったんだけどよ。それもなんだかなあって。あの調子だったら、みんな俺が辞めること知ってたんだべな。なんも知らんかったの、俺とお前だけだった。悔しいけど仕方ないべな。最後にお前にだけは挨拶したいと思って残ったんだ」

猛夫よりもずっと前から、理髪師になるのが夢だったという忠司だ。自分の与《あずか》り知らぬことで断たれてゆく明日があるなどと、猛夫は考えたこともなかった。

「忠司、なんだか納得できねえなあ、俺」

「そんなもん、俺だってできねえよ」

「それでも、出ていかなきゃいけないのか」

「親方がそう言うんだから、もうどうにもならねえんだ。せっかく剃刀《かみそり》の持ち方習ったってのになあ」

さて、と忠司が荷物を持って立ち上がった。

「猛夫、世話になったなあ。またどこかで会うべな。落ち着いたとこで手紙出すからな」

「今日出て行くのか」

「うん、夜行に乗る。そろそろ駅に行くわ。これ以上、ここにはいられん」

荷物と忠司の消えた部屋で、猛夫は少し泣いた。部屋に漂う饐え臭さも、今夜からは猛夫がひとりで引き受けるのだった。なぜ、という思いが拭えないまま夜は更ける。ときどき二階から兄弟子が便所に降りてくる足音が響いた。

湿気《しけ》った布団にもぐり込んでも、さっぱり眠気は訪れなかった。今ごろ忠司はどのあたりだろうかと思ったり、何を思って帯広行きの切符を買ったろうかと考えたり。

もしもクビになったのが自分だったらと想像すると肌がぞくりとし、カツがどんなに悲しむだろうかとも思った。カツの悲しむ顔は見たくない。

忠司の悲劇はひと晩かけて、じわじわと猛夫の内側を湿らせていった。

翌朝、朝飯の台所はいつもとなにひとつ変わらない景色だった。忠司だけがおらず、そのことには誰も触れない。最初からいなかったような皆の素振りに、一睡もできないまま朝を迎えた猛夫は猛烈な怒りを覚えた。

寮母が盛ってくれた飯の茶碗に味噌汁をかけてかき込むが、さっぱり味がしなかった。またた、と思った。寮に来たばかりの頃もこうして食事ができなくなっていた。あのときは、駒子に食べさせてもらったライスカレーが旨かったのでなんとか逃げおおせた。

このたびはしかし、うまく逃げられる気がしない。忠司があっさりと首を切られたことで、自分もいつかそんな目に遭うのではないかという思いが頭から離れないのだ。

猛夫はつまらない意地など張らず、駒子のところへ行ってみようと決めた。

久しぶりにやってきた円山は、街路樹がところどころ幹のところで折れていた。台風の影響はまだそこかしこに残っている。急に来なくなった猛夫のことを、駒子はどう思っているだろう。そこはあまり考えないよう努め、自分にもったいぶりながらぶらぶらと歩いた。

駒子の家の前まで来ると、なにか以前とは違う空気が漂っている。ひと目ではなにがどうとはわからないのだが、季節が変わったことばかりではなさそうだ。

ああ、と気づいたのは「六條」と書かれたちいさな表札がなくなっていることだった。猛夫は呼び鈴を押した。いつもなら中から声が近づいてくるのだが、今日はしんとしたままだ。

いやな予感が通り過ぎる。鍵が掛かった戸を叩き、「駒子」と呼んでみた。

駒子、駒子。

駒子はいつまで待っても出て来ない。その代わり、隣の家から老婆がひとり顔を出した。

「六條さんになにかご用かい」

誰かと問われたので、室蘭時代の奉公先の人間だと答える。

「そうかい。恩のある人たちが、なんも聞かされてないとはねえ」

「なにか、あったんですか」

猛夫の心配は駒子が体でも悪くしたのではないかということだった。言いよどんだ様子の老婆は絣《かすり》の着物の襟元を直しながら、「洞爺丸《とうやまる》に乗ってらしたんだと」と目元の皺を深くする。

洞爺丸といえば、先の台風で函館《はこだて》湾で転覆した青函《せいかん》連絡船だ。店でもしばらくその話で持ちきりだった。千人を超える乗客が嵐の海に投げ出されて死んだと聞いた。

「駒子が、洞爺丸に乗ってたんですか」

「いんや、旦那さんのほうがさ」

老婆は駒子の身の上を知っているらしく、うなだれて首を左右に振った。

「玄関先で大声で喋っていれば多少聞こえてくるわな。ほんとに気の毒なことだったよ」

老婆が言うには、洞爺丸が転覆して六條恒彦の死亡が確認されたとたん、家の者がやってきて立ち退《の》きを告げたのだという。

「いくら日陰のひとだからといったって、いきなりやってきて次の日には出て行けなんて、そんなひどい話があるもんかねえ。後ろ盾《だて》をなくした女ってのは、惨《みじ》めなもんだ。しばらく居座ったらいいんだよって、何度も言ったんだけど。旦那さんがいないのでは用済みだから、と言って、丁寧にあたしなんかにまで羊羹《ようかん》持って挨拶に来てさ」

ひとつ息を吐き、老婆が「室蘭」とつぶやいた。

「室蘭の奉公先で一緒だったのかい」

「はい。いや、自分は奉公先の人間です」

上手《うま》い言葉が見つからず、猛夫は自分の立場に名前がつかないことがもどかしかった。

「もしかして、新川さんというのは、お宅のことかい」

はい、と言うと「あらあら」と老婆が慌てて玄関の中に消えた。駒子の消えた家は、青く高い空の下にあるというのになぜだか寒々しい。あの朗々《ろうろう》とした声を持つ六條が洞爺丸と一緒に海に沈んだと聞いて、つまらぬ思いにとらわれ席を立ってしまったことが恥ずかしく思えてくる。六條が死んだと告げられたときの駒子を想像するだけで、腹の中がうねった。

玄関先に、ぱたぱたと飛び出てきた老婆が右手に持ったものを差し出した。

「新川さんが来たら、って預かったものだ。ただ、新川さんとしか聞いてなかったから、こんな若い男の子だとは思わなかったんだわ。許してね」

猛夫は差し出された白い封筒を受け取り、もう二度と会わぬだろう老婆に丁寧に腰を折った。

「駒子さんね、なんだかすがすがしい顔で出て行かれたんだよ。行き先は教えてはくれなかったけど、それもあの人の気遣いさ。いい人だった。もしこの先会うことがあったら、隣の家の婆《ばあ》さんが案じていたことだけ伝えてちょうだい」

老婆の家から見えぬところまで歩き、急いで封を開けた。

『新川猛夫様
いろいろあって、円山の家を出ることになりました。寮を訪ねようかと思ったのですが、勇気がなく手紙にしました。いつ手にしてくれるかわからないほうが、いまは楽なので。わたしは札幌に出てきてからずっと、室蘭での生活が恋しくて恋しくて仕方なかったんです。だから、丸井さんでタケ坊を見つけたときは本当に嬉しかった。毎週会えるのも、室蘭時代が戻ってきたようで、楽しみでした。旦那さんはもう一度タケ坊に会いたがっていましたが、それも無理になりました。居所がわかるとまた叔父にあてにされるので、新しい働き口を探します。折を見て、室蘭に行ってみます。女将さんにはお目にかかって報告しなくてはと思っています。またどこかで会えたら嬉しいです。体に気をつけて、はやく一人前になれますように。　駒子』

薄い便せんの端《はし》が破れそうなほどつよく握りしめていた。こんな書き置き一通でまた会えなくなっていることと、自由を得た駒子を再び金にしようとする叔父がいること、あっさりと命を落とし駒子を路頭に迷わせた男のことも、すべてひっくるめて殴りたくなる。

なにより猛夫は、駒子が最もつらい日にそばにいなかった自分をつよく責めた。手紙を封筒に戻し、ちいさく折りたたみズボンのポケットに入れた。

盆休みも金がなく室蘭に戻ることが叶《かな》わなかった猛夫だったが、正月には借金をしてでも一度カツに会いに帰ろうと決めた。

十月半《なか》ば、寮母から「最近、頬《ほほ》がこけてきた」と指摘されたことと、猛夫の様子を見に寮に親方がやってきたことで、心身に不具合が起きていることを知らされた。

風呂から戻った猛夫が部屋にタオルと猿股を干しているところへ、親方がやってきて言った。

「猛夫、最近なにかあったのか。寮のおばちゃんが日に日に痩せていくって心配して連絡をくれたんだが」

穏やかな口調だが、眉間《みけん》には職人仕事で刻まれた深い皺がある。心にやましいこともないので、親方の目をまっすぐに見た。

「お前の負けん気が兄さんや姉さんたちの機嫌を損ねてるのは知ってる。そういうなかからいろいろ覚えて、仕事を身につけて行くものなんだがな」

「はい、わかってます」

みんながやってきたことだから、お前も頑張《がんば》れと言われているのだ。親方の言葉は不思議なほど虚《むな》しく響き、猛夫の感情の何をも揺らさない。

シマ子の意地悪や兄弟子との関係をここで口にすればどれだけすっきりするだろう。喉まで出かかるのだが、言葉にはならなかった。

「職人ってのは、明確な目的があって奉公するもんだ。それはわかるか」

「はい、わかっているつもりです」

「北大支店の仕事では、なにがきつい。思った順番でいいから、口に出してみろ」

親方の口調は極めて柔らかく、威圧的ではない態度が猛夫を傷つけてゆく。

「忠司が帯広に帰ったことが、なにか尾を引いているのか。この先お前にはもっときついことが起こるし、弟子仲間がひとりいなくなったくらいで気落ちしていたら一人前になるのは難しいんだぞ」

忠司のことは確かにさびしい思いもしたけれど、親方に諭《さと》されるほどではない。

だいたい、なぜ猿股を干しながら親方に優しく質問され語りかけられているのかがわからない。猛夫は、正直に「訊《き》いてもいいですか」と口に出した。親方の眉間に寄っていた皺がいくぶん浅くなった。

「自分は、どうしてそんな質問をされているんですか。なにか、おかしいことがあったんでしょうか。痩せていくって言われても、飯は食ってるし仕事もちゃんとやってます。兄さんや姉さんに怒られることも少なくなってきました」

親方の肩が下がり、裸電球の下で明らかに瞳の光が減った。

「お前、自分の状態がよく解《わか》ってないのかもしれんなあ」

静かにそう言うと、まず明日は仕事を休めと言った。心外である。部屋を出て行こうとする親方の背中に、なぜですかと問うた。

「お前は、鏡のたくさんある職場にいながら自分の姿すら見えてない。その骸骨《がいこつ》みたいにこけた顔をよく見てみなさい。うちは客商売なんだよ、猛夫。客がお前を見たときに、どんな気持になるかよく考えてみなさい。ひとりだけガリガリの、顔色の悪い弟子が幽霊みたいに鏡に映り込んでいるのを見た客はどう思うか。お前が客なら、どう思うか。よく見て、よく考えなさい」

親方がしきりに鏡で顔を見てこいというので、猛夫は洗面所に行って電灯を点《つ》けた。薄暗い明かりの中、画用紙ほどの大きさの鏡に自分の顔を映してみる。

親方が言うような血色の悪い弟子には見えなかった。地黒の顔に少し上がり気味の直線眉、鼻筋はカツがよく褒《ほ》めてくれたし、目の玉は常にまっすぐ前を向いている。猛夫にとっては、室蘭を出てきたときと変わらぬ自分がそこに映っている。

「俺の顔が幽霊みたいだなんて、親方はいったい何を言ってるんだ」

鏡に向かってなら文句のひとつも言える。日々の腕立て伏せも、梁を使っての懸垂《けんすい》も、どんどん回数が増えている。兄弟子やシマ子も、最近の猛夫にはひどい意地悪もしなくなってきたではないか。

なにより猛夫には、自分の太ももや膝《ひざ》、くるぶしを使って会得《えとく》した腕があった。最初の頃こそ膝にいくつも傷を作ったが、今ではどんなでこぼこの肌にも剃刀を滑らせることが出来るようになっている。

もともと少ない体毛だったが、両脚を使って覚えた剃刀の角度は完璧だ。

ああ早く客の顔に剃刀をあてたい。そして、自分を馬鹿にしていじめたシマ子に目にものを見せてやりたい。

目を開いたまま兄弟子に剃刀をあてられる恐怖も今は遠くにある。猛夫より三年ばかり早く弟子入りした職人の背中に残る、わずかな「逃げ」にも気づけるようになっていた。

剃刀を持ったら、怯《ひる》んではいけないのだ。しっかり研《と》がれた刃ならば、どんな毛もあっさりと肌上になかったことに出来るのだ。剃刀に刃が付くように、猛夫の腕にも技術がつき始めていた。もしも親方が兄弟子やシマ子の告げ口を本気にしているのなら、ここは本気で怒っていいのではないか。

猛夫は台所で寮母と立ち話をしている親方に声をかけた。

「鏡、見てきました。どこもおかしいところなんて、ないです」

今度は親方だけではなく、寮母の眉間にも憐れみの皺が寄った。

「猛夫、今おばちゃんとも話していたところだ。お前が自分のことを今までとなんも変わらないって言うのなら、そうなんだろう。だけどな、お前に見えているお前と、俺たちみんなに見えている新川猛夫には、ちょっと開きがあるんだ」

親方は、猛夫が寝ないで刃物を研いでいることや、ひとりで足腰の屈伸や梁での懸垂をしていることも知っていた。寮母がこの会話を黙って聞いていることにたまらぬとばかりに口を挟む。

「猛夫君、あんたちょっと根を詰めすぎてるんでないか。おばちゃん、ここに来て死ぬ気で腕を磨いて独立していく職人を何人も見送ったけどもさ、その陰で何人もの子たちが泣いて故郷に帰ったさ。あんたはちゃんとご飯食べてるって言うけども、おばちゃん、あんたが便所で吐いてるのを知ってるよ。気が病んでる証拠だわ。見ていて痛々しくてたまらんよ」

「痛々しいって、何がですか」

「何があったか知らんけれども、とにかく顔つきが前とぜんぜん違うんだ」

親方がひとつ息を吐き、諭すように言った。

「猛夫、一度室蘭に帰ってみろ。いっとき親元に戻ることで、落ち着くから。暇《ひま》を出すわけじゃあないから、安心して帰れ。お前はなにも変わっていないと言うが、本当に変わっていないのなら、すぐにこっちに戻って来られるはずだから」

なにやら含みのある言い方だった。猛夫にはどんな言葉もまっすぐには聞こえてこない。誰も彼もを、何もかもを疑っているせいで、親方や寮母すらまともなことを言っているようには聞こえないのだ。

「俺、修業が中途半端なまんま室蘭には帰れないです。そんな格好悪いこと出来ないです」

そしてここはひとつ自分が身につけた腕を親方に見てもらえればいいことなのだと判断した。修業一年目の猛夫が剃刀の基本を身につけていることを知れば、親方だって郷《さと》に帰すなどとは言わないだろう。

「親方、いっぺん俺が覚えた髭剃りの腕を見てもらえませんか」

弟子入り一年目では剃刀の研ぎ方しか教わらない。下働きをしたあと二年目からようやく洗髪を任され、早くて三年目にやっと店で剃刀を持たせてもらえる。

見よう見まねでどれだけ稽古しようとも、一年目二年目で人の顔に刃をあてるなどということはあり得ないと言われてきた。

しかし、取り憑《つ》かれたように剃刀を研ぎ続けているうちに、そんな取り決めは自分が崩してやろうという思いに駆られたのだった。

数秒黙り、親方が「いいだろう」と言った。猛夫は部屋から研ぎに研いだ剃刀を持って台所に戻ると、深呼吸を二度三度繰り返した。石けんを泡立て、額《ひたい》から眉にかけてシャボンをのせると、台所の椅子に座って背もたれにタオルを置き、親方の頭を固定した。

「猛夫、どうした。シャボンが乾いたらただ痛いだけだぞ。はやくやれ」

目を瞑《つむ》った親方に促され、頭を抱え込むように顔剃りの構えを取った。親方の生え際から眉に向かい刃をあてようとするのだが、なぜなのか細かく手首が震えてその先へは進めない。脂汗が額から鼻筋へ流れてくる。

「猛夫、客を怖がらせたら失格だ」

親方が静かに言った。

二日間、狭い部屋で泣いて過ごした。

親方の顔にシャボンをのせたという話が兄弟子にも伝わり、とうとう居場所がひとつもなくなった。みんなが出払ってから、寮のおばちゃんが部屋に握り飯をふたつと味噌汁を置いてゆく。泣きながら腹に入れるが、すぐに腹下りを起こした。小便器には血溜《ちだ》まりが出来る。

こんな自分を見て、カツが嘆かないわけがない。室蘭に戻った猛夫を、きょうだいたちがまた「馬鹿」と囃《はや》し立てるのではないか。タミの冷たい瞳を想像するだけで呼吸が苦しい。

こんなことで、と猛夫は唇を噛《か》む。俺はいったいどうなってしまったのか。思いながらしかし、心の隅では「助けてほしい」と叫んでもいた。

部屋にこもって三日目の昼のことだった。控えめなノックの音が三度聞こえる。起き上がろうとするのだが、うまく頭が持ち上がらない。腕に力を入れるものの、肘で上体を支えることが出来なくなっていた。

戸の外から寮のおばちゃんの声がする。

「猛夫君、具合はどうだい。いま、室蘭からおばさんが来てくれたよ」

室蘭、のひとことに朦朧《もうろう》としていた頭がキュッと絞られたように痛んだ。

戸が開いて、懐かしい声がする。

「タケ、なしたんだお前。もう大丈夫だぞ、おばちゃんが来たからな」

力の入らぬ手で、頭まで布団を被った。なぜカツがここにいるのだろう。こんな姿を見せるために室蘭を出たのではなかったはずだ。

「タケ、誰もお前のこと責めたりせんから、おばちゃんと一緒にいっぺん室蘭に帰ろう。親方はお前のことたいそう買ってた。体を治して、また来てほしいって。おばちゃんはお前が自慢だ。どんな職人さんも体が資本だべ。元気でいないば、仕事なんて出来るわけもないのさ」

悔しさと情けなさの傍《かたわ》らに、うっすらとした安堵《あんど》があった。これでここから抜け出せるということに、猛夫よりも先に肚《はら》の中に渦巻く狡《ずる》い塊が気づいてしまった。

布団を被って泣く。「狡い塊」が体を震わせる。止まらぬ嗚咽《おえつ》を、布団の上からカツが撫でる。悔しい、嬉しい。

布団を離れたカツが、部屋の中の私物を集めている気配が伝わってきた。無言で、猛夫の少ない荷物をまとめて、広げた風呂敷の上に置いている。剃刀や鋏《はさみ》、櫛《くし》が入った道具箱を手にしたカツが静かな声で言った。

「これは大切な職人の道具さ。一生お前を助けてくれるものだ。着るもんの間さ挟んでおくぞ」

ずるずると布団から這い出てきた猛夫を見て、カツが風に似た声で泣いた。

「なんでこんなんなるまで、我慢したべ」

我慢などしたこともない、俺はただ一生懸命仕事を覚えようとしていただけだ。だって、あいつらを早く見返さないとならないから。見返さないと、忠司も浮かばれない。俺にはそれが出来るんだ。

言葉は声にならないまま、猛夫の肚へと落ちてゆく。

カツの流す涙はありがたかった。カツは猛夫をなじったり責めたり、ましてや試したりはしない。性根をたたき直すという理由で、飯を横取りしたり、傷つく言葉を吐いたりはしない。カツの目に映る自分を、やっと想像することができた。ひと目見て涙が出るほどに、いまの猛夫の姿は哀れなのだ。親方が言っていたことは、本当だった。猛夫は狭い部屋の真ん中に膝を突き、深々とカツに頭を下げた。

「おばちゃん、すまん。俺はどうやらおかしくなってるようだ」

カツが手に持っていた開襟シャツを猛夫の肩にかけた。一度カツが持っただけで、シャツにいい香りが移っている。懐かしい場所に引き戻されながら猛夫は、もう二度とここに戻ってくることはないと思った。

カツはいつも忠司が寝ていた場所で紺色の一反風呂敷の四隅を、美しく結んだ。

寮を後にする際、寮母が深々とカツに頭を下げた。

「見て見ぬふりを、したかもしれん。すまないことでした」

室蘭に戻る列車に乗り込むと、カツが駅弁をひとつ猛夫の膝にのせた。お好み弁当と書かれた覆いの文字を読むでもなく目でなぞる。

食い物のほとんどは腹に入れて間もなく体から出て行くし、砂を口に入れているような気しかしないのだが、猛夫はカツを安心させたい一心で弁当を口に運んだ。

駅弁を食べたあとカタカタとレールに揺られていると、今まで覚えたことのない眠気が猛夫の瞼を重くした。いま自分はどこにいるのか、兄弟子たちが客を相手にしている後ろで次の仕事の用意をしなくてはいけないのではないか。うとうとしかけると、すぐに臑《すね》を蹴られるのではないかと、眠気にさえ怯《おび》えてしまう。必死で瞼をこじ開け、車窓を流れるくすんだ緑を見ていた。

「タケ、遠慮せんで寝たらいい。眠気を我慢すると、百倍疲れるぞ」

カツの言葉が睡魔の誘惑ではないと、誰か証明してはくれないか。猛夫は必死で眠気を堪える。

「タケ、安心して眠れ。おばちゃんが見ててやる。誰もお前に近づけたりしないから。もうだいじょうぶだから」

うん、と頷いて、そのまま眠りの底になだれ込んだ。

車両内がざわつき始め、猛夫が目を覚ましたときはもう、室蘭の少し手前まで来ていた。赤い空を見て、「ああ」と思わず声に出る。

「どうした、タケ。少しは眠ったか」

「うん、いまどこにいるのか解らんくらい遠くから戻ってきた感じだ。もう、室蘭か」

「ああ、帰って来たんだ。安心したらいい」

安心しろと繰り返すカツに、何を安心したらいいのかとは問えなかった。心許《こころもと》ない日々に戻ってきたのである。意気揚々と生まれ育った町を出て行ったときとは、なにもかもが違うのだ。

「タケ、しばらくは療養だ。おばちゃん何時間もお前の寝顔を見てたけども、ときどき脂汗流してうなされてた。なんぼおばちゃんがもうだいじょうぶだって言ったって、お前のつらいところはお前がひとりで闘わないといかん。なんといっても、時間が必要なんだ。いまは何も考えるな。ぜんぶ、体を治してからゆっくり考えよう」

ただ頷くしかなかった。カツの言うことは正しい。しかし、帰る場所があることも、目の前にカツがいてくれることも、敗北の証《あかし》であることに変わりはなかった。

松乃家旅館に着くと、玄関先で仲居のトキが猛夫をひと目みて泣いた。

「おかえりなさい、タケ坊」

ただいま、と返せばこちらが泣きたくなる。猛夫は黙って頭を下げた。

出て行ったときとなにひとつ変わらない部屋で、カツに言われるままひと眠りした。眠りに落ちる前に、腹下りも吐き気もないことに気づいた。もしかすると、長い夢かもしれないと思ったが、それならそれで怒鳴られたり蹴られたりしてから目を覚まそうと開き直った。

翌日、カツに連れて行かれた病院で告げられた病名は「栄養失調」だった。

戦時中、機銃掃射に遭った兵士の脚を何本も切り落としたという噂の初老の医師が、妙に優しげな瞳で言った。

「しばらくは消化のいい栄養のあるものを食べて、ゆっくり休みなさい。あと、なにか心にわだかまることがあれば、信頼できるひとに話すといい。自分を責めないことと、なにか楽しみをひとつでも見つけることだね」

心にわだかまることもないし、自分を責めてもいない。そんなことを言ったところで、気の毒そうな視線が返ってくるだけと思い、「はい」と頷いた。

食べて寝て、再び食べて、ときどきカツととりとめもない話をしているうちに、ほとんどの食事を吐かなくなった。腹下りも二日に一度あるかないか。師走《しわす》の声を聞くころにはもう、体力的にはかなり回復していることを自覚できるようになった。

笠井理容室での日々はなんだったのだろうと、胸の痛みを覚えながら思い出すことも出来る。負け犬であることに変わりはないが、カツがよく言う「若いんだから」の言葉をただ信じている。若いことは弱みであり強みでもあった。達観には遠いが、今の状況を受け容《い》れる手助けにはなる。

師走に入り、旅館の掃除を手伝うとカツがことのほか喜ぶのを見て、ぽつぽつと自ら仕事を探しながら建物内を歩くようになった。ひりひりとした理髪の現場を思い出せば、自分のペースで仕事を見つけての窓磨《まどみが》きや床磨きは、成果が見えるぶん愉快だった。

いつ雪が落ちてきてもおかしくない冬空を窓に見ながら、勝手口に近い水道場でブリキのバケツに水を溜めていたときだった。

黒いオーバーを着た男がいきなり引き戸を開けた。立ちすくんでいる猛夫を見て、男も驚いたようだ。そして、空気が急にほぐれた。

「なんだ、馬鹿タケか。お前またおばちゃんの世話になってるのか。床屋の修業も一年保《も》たずにもう帰ってきやがったってか。お前に職人は無理だべ。やっぱり馬鹿はいつまで経っても直らねえなあ」

魚屋の見習いで輪西に修業に出ているはずの長兄、一郎だった。

黒い丈長のオーバー、手には革手袋、ぴしりとアイロンをきかせたズボンを身につけている。まるでどこかの山師《やまし》か女衒《ぜげん》のような風貌《ふうぼう》である。前髪をぬらぬらと光らせた一郎は、とても堅気《かたぎ》には見えなかった。

「なんだお前、床屋の修業に失敗して口もきけなくなったってか」

カッと耳までが怒りに熱を持った。言い返す言葉がないことが悔しい。

「まあ、用があるのはお前じゃねえ。天下のカッ様よ」

遠慮のない仕種でエナメルの靴を脱いで旅館の中へと入ろうとする兄を制し、喉から声を絞り出した。

「お前だって、魚屋の奉公に出たんじゃないのか」

一郎の目がぎらりと光る。

「何が言いたいんだ、てめえ」

「とうさんの魚屋を継ぐために、魚屋の奉公さ出たろう。輪西の魚屋が、昼間っからそんな格好してんのはなんでだ」

一郎は片頬《かたほほ》を持ち上げ、猛夫を見下ろした。八幡様の境内《けいだい》で猫を殺していたころの兄に戻っている。

「お前よう、朝から晩までこき使われてよう、魚一匹売っていったいいくら儲《もう》かると思ってんだ。煙草代《たばこだい》にもならねえ金のために、寝る間も惜しんで働けるか馬鹿野郎。なにが修業だ、俺は親父の駒じゃねえんだ。お前と一緒にすんな」

弟を小馬鹿にすることで何の面目が保たれるのか、一郎が吐き捨てて背中を見せた。

「おばちゃんに、何の用だ」

お、という顔で振り向く一郎がにやりと笑う。

「年の暮れの用ったらお前、決まってるじゃねえか。餅代もらいに来たのよ」

餅代、と語尾が上がる。一郎の軽口は止まらない。

「松乃家には貸しがあるべ。年を越すにも金がかかるんだ。お前にはわからんだろうけどもな」

「おばちゃんに、何の貸しがあるんだ」

へへっと笑ったあと、「お前だべや」と吐き捨てて、一郎がずかずかと廊下を歩いて行った。

バケツに溜めた水を放って、兄を追いかける。慣れた足取りでカツの部屋の前まで来ると、聞いたこともない柔らかな声を出した。

「おばちゃん、一郎です。お邪魔してもいいですか」

中から火鉢をカチリと叩く音がしたと思うと、勢いよくふすまが開いた。

「お邪魔はご免だよ、一郎」

カツが上から下まで一郎の姿を二往復眺めて、珍しく荒い口調になった。

「もう二度と来るなと言ったはずだ。なぜお前の借金の取り立てがあたしんところに来るんだ。言ってみろ、一郎」

「そりゃあ、おばちゃんの妹にもその亭主にも、どこを振ったってそんな金がないからですよ」

兄は悪びれる様子もなく、口を返す。カツの怒りはごもっとも、と言いながら、当たり前のように「仕方ないじゃないですか」と言い放った。

「あたしの妹とその亭主は、お前の親じゃないか。本来ならお前がその親を助けるのが筋ってもんだろう。筋を通せない人間が何を偉そうに金の無心にやってくるんだ。金輪際《こんりんざい》、お前の顔なんか見たくもない。とっとと帰りな」

一郎がふっと息を吐いて余裕を見せる。

「さすがはむかし幕西《まくにし》の遊郭《ゆうかく》でならした女郎だわ。啖呵《たんか》切るのもドスが利いていて、胸がすっとするぜ。妹夫婦から可愛い次男坊を取り上げて、犬猫みたいに撫で回して育てたあげく、ほかのきょうだいには見向きもしないときた。お陰で俺らは、白い飯も満足に食えないまま、こんななっちまった」

カツは怒りを通りこしたのか、急に憐れむようにうなだれたあと、腹に溜まった息がなくなるまで大きく吐き、つぶやいた。

「一郎、お前いっぺん死ねや」

「ああ、聞き飽きたね、その台詞《せりふ》」

余裕綽々《しゃくしゃく》で首を前に折る一郎は、もう立派なやくざ者だった。

三章　別れ

――本輪西《もとわにし》八幡様のご加護も虚《むな》しく、昭和三十年の春、新川《しんかわ》一家がひっそりと町を出た。リヤカーを引いたのは、家長の彦太郎《ひこたろう》と中学三年の康男《やすお》、四男の利夫《としお》。下の三人姉妹をリヤカーに乗せ、タミを歩かせての旅立ちはしかし、数日経つまでカツや猛夫《たけお》に知らされることはなかった。

一家の出奔《しゅっぽん》を知らされた際、カツは泣いたが猛夫は安堵《あんど》した。長男の一郎《かずろう》が作った借金が新川家の台所を脅《おびや》かしたのだった。カツは泣きながら、幼い姉妹が女郎屋に売られなくて良い世の中になったのは本当にありがたいことだと言った。

「ちいさな土地を耕さねば明日もないような暮らしをするより、食えなくなったら出て行くっていう道もあったんだわなあ。あたしの親はなんであのとき、子どもを売ろうなんて思ったかなあ。売った金でいっとき身軽になってもよ、同じ暮らししてたら貧乏は果てしなく続いてしまうべ」

どんなに貧しくても娘を売って金にするのは罪なことだとカツは繰り返し言うのだった。津軽から売られてきた頃の話を聞いて育った猛夫にとって、女は金で右へ左へと動かねばならぬ寄る辺ない生きものだ。

そしてその金を遣うのは、いつも男だった。

暮れに金の無心にやってきた一郎は、ひとりさっさと行方をくらました。カツにけんもほろろに追い返されて、そのまま町を出たらしい。

雪の降る季節に、リヤカーで出奔する親きょうだいはまだ、あの男を身内だと思っているのだろうか。猛夫の胸にわだかまるのは、兄をそんな男に育てたのも父と母ということだった。

自身が室蘭《むろらん》に置いてきぼりになったという気はしなかった。自分は新川家の次男坊だが、カツのもとで育った。あのまま新川の家にいたら、一郎と刺し違えていたかもしれない。踏まれたり蹴《け》られたりしながら、猫のようにひねり殺されるのはまっぴらだ。

「あいつが見つかったところで、借金がなくなるわけじゃなし。とうさんもかあさんも、夜逃げで楽になるのならそれでいいと俺は思ってる」

一家の出奔が話題になった日の夜、猛夫はなんの感情もこもらぬ声で言った。カツから返ってきたひとことは、詫《わ》びだった。

「お前は、おばちゃんがとうさんかあさんを助けなかったことを、恨んではいないのかい」

「なんで俺がおばちゃんを恨まないとなんねえんだ」

「タケだけを自分のとこさ置いて、ほかの子どもたちを見捨てたとは思ってないのかい」

「俺がいつそんなことを言った。おばちゃんは考えすぎだ」

カツはそれでも安堵した表情を見せなかった。新川一家がいったいどこへ向かったものか、借金取りがドスの利いた声で訪ねてきたときもカツは知らぬ存ぜぬの態度を崩さず、見事な啖呵《たんか》を切って追い返したのだ。そんなカツが、猛夫には自分のことを恨んでいないかと訊《たず》ねてくる。人の心はつくづく不思議だった。

正月が明けるころには、猛夫の体調も戻ってきた。毎日の掃除や洗濯、旅館の仕事で体を動かしているのが良かったようだ。

ときおり寮での生活がよみがえっては動悸《どうき》に胸を押さえるのだが、深呼吸をしているうちに収まることもわかってきた。

このまま旅館の仕事を手伝い、カツがいつか望んだように跡継ぎとして室蘭に暮らすのか。親きょうだいが出奔してしまったいま、猛夫の身内はカツひとりだった。旅館を継いでも誰にも何も言われないだろうという、甘い発想が浮かぶたび自身を恥じた。

赤い町に赤い春の風が吹いた。少し湿り気のある海風が、旅館の玄関先に渦を作る。赤い自転車が甲高いブレーキ音を立てては家々の前で停《と》まり、近づいてくる。

朝の廊下拭きを終え部屋に戻る際、胸元に封筒を持ったカツとすれ違った。

「おつかれさん、少し休んだらお茶でも飲みにおいで」

言葉はいつもどおりのカツだが、少し急いでいるふうだ。うん、と返して自室のふすまを開けた。畳の上の日だまりが、ちいさくつよい光を放つ。猛夫は畳んだ布団に背中をあずけ、目を閉じた。駅前の道を往《ゆ》くエンジン音の隙間《すきま》に、どこからともなく響いてくるのは鉄を叩《たた》く音。室蘭にいるのだと知らされながら、未《いま》だ定まらない心が猛夫を責める。

不思議と親きょうだいのことは考えなかった。町を出てゆく情けないリヤカー姿が頭をよぎるときでさえ、一郎が死ねば彼らも楽になるだろうにと半ば他人事《なかひとごと》だった。

猛夫の肚《はら》に重たく沈んでいる悔いは、自分が決めた道を一年保《も》たずに引き返してきたことだ。髭《ひげ》をあたる機会を与えられながら結局、親方の肌に一度も剃刀《かみそり》を滑らせることが出来なかった。言葉にならぬ屈辱感が猛夫を責める。なぜあのとき、震えが起きたのか。なぜだなぜだと問うとき、奥歯がぎりりと鳴り、身もだえする。

「お茶でも」と言ったカツの様子を思い出し、ぱっと目を開けた。なにか、急《せ》いている様子ではなかったか。猛夫は布団から背を離し、立ち上がった。

「おばちゃん、タケだけども」

廊下で、ふすまの向こうに声をかけた。一拍おいて「どうぞ」と張りのある声が響く。猛夫が敷居をまたぐと、カツは背後にある亭主と角二《かくじ》を祀《まつ》った仏壇の小引き出しに白い封筒を滑り込ませて閉めた。

声こそ張りを失ってはいないが、その体は痩《や》せたというよりやつれていた。

「お前さんの好きな、熱めの濃いやつを淹《い》れましょか」

カツは七輪に置いた鉄瓶に触れて「いいとこだ」と急須に茶葉を用意する。いくつもの死を見送り、戦後を生き延び、松乃家《まつのや》旅館を切り盛りしてきた腕は細く、近頃さらに手首も細い。自分しか見えていなかった猛夫の目にも、伯母《おば》の体調がよくないことがわかる。

「おばちゃん、病院に行くべ。今日は顔色もあんまりよくない」

「なに言ってんのさ、お前が帰って来て、調子が悪いのなんか吹っ飛んじまったよ」

「朝飯もあまり進まんようだし、夜中にときどき変な咳《せき》しとるの俺知ってる」

「それならなおのこと、お前がとっとと元気になってくれりゃあ」

俺はもうほとんど元気だ、と言えば「まだまだだ」と返ってきた。

おばちゃん、と少し改まった口調できりだすも、カツは聞こえぬふりをして茶を淹れる。猛夫にとって、松乃家旅館はひとつの砦《とりで》ではあったが、いま逃げ込んでいい気はしない。そのことをどう伝えようか。カツは猛夫の胸の内を知っているように、飄々《ひょうひょう》と湯飲み茶碗に濃い煎茶を淹れて差し出した。

「熱いからね、やけどしないよう気をつけて」

猛夫の気持など聞く気もなさそうなカツの明るさに、今日もまた取り込まれてしまう。猛夫はやるせない思いを湯飲みの中に落として腹に入れる。見れば湯飲みの真ん中に一本、茶柱が立っていた。

「おばちゃん、茶柱だ」

どれ、とカツが七輪から身を乗り出して猛夫の手元を見る。

「お天道様はいいことをしなさる。正直に生きてりゃ、必ずいいことがあるという前触れだ」

「俺に、なんのいいことがあるかよ。修業先から逃げ帰ってきた負け犬だべや」

「負け犬上等じゃないか、タケ。お前にはお天道様のご加護がある。正直に生きてけ。世の中、負けを知ってるやつがいちばん強い。なんでかわかるか」

「負けは負けだろう」

いいや、とカツが首を振った。

「一度の負けは、次に勝つ準備だ。二度負けたら、三度目に勝てばいい。人生、一回勝てばいいように出来てるんだ。まだよくわからんかもしれんけども、男は死ななければ必ず勝てるように生まれてきてるんだ」

痩せ細ったカツが、目ばかりきらきらさせてそんなことを言う。ただの慰《なぐさ》めにしては、おかしな説得力があった。

息を整えたカツが白湯《さゆ》をひとくち飲み、ちらと仏壇を振り向き言った。

「駒子《こまこ》から、手紙が来た。あの子も札幌《さっぽろ》でいろいろあったようだ。まさか旦那があの洞爺丸《とうやまる》に乗ってただなんてねえ」

そしてぽつりと、帰って来ないかねえ、と続けた。

「駒子とタケがいてくれたら、松乃家も安泰なんだけども」

口元に寄った皺《しわ》が、カツの心細さを伝えてくる。今度は猛夫が聞こえないふりをした。

気になるのは、引き出しにある駒子からの手紙だった。いまどこにいるのか、何をしているのか。手を伸ばせば届くところに、駒子の消息がある。

「駒子は、元気でいるのかな」知らぬふりで問うた。

「ああ、未亡人になってお屋敷から引っ越したそうだ。旦那さんの思い出がある家に暮らすのはつらいんだろう。あの子もやっぱり、身内運も男運もないおなごだった。あたしんところに来たことも、みんなみんなお天道様のお導きだったかもしれないねえ」

「駒子は、ずっと札幌にいるつもりなのか」

「気晴らしに、外で働いているって手紙には書いてあったけども。今日か明日にでも、一度室蘭に来いって返事を書こうと思ってる。会えば少しはさびしさも紛《まぎ》れるだろう。ここは駒子の実家みたいなもんだし」

室蘭に居続ければ、会えるかもしれない。駒子はどうやら、カツには事実に嘘《うそ》をまぶして報告しているようだ。猛夫は自分が駒子の嘘の共犯者になったような気持になり、茶柱ごと、一気に喉へ茶を流し込んだ。

ふすまの外に足音がして、トキが「女将《おかみ》さん」と声を掛ける。「はいよ、どうぞ」とカツが言うと、引いたふすまの向こうにトキが膝《ひざ》をついていた。声が漏れていたのだろう、猛夫がいても別段遠慮するふうもない。

「玄関先に、お客さんがお見えです。古いお知り合いだとかで、こちらに来たので挨拶《あいさつ》に寄ったとおっしゃってます」

名前を聞いてカツが「ああ、そりゃ古い知り合いだわ」と立ち上がった。

カツが部屋を出て行った。猛夫は畳の縁《へり》にかからぬよう茶碗を置いた。

立ち上がり、小引き出しをそっと開けた。カツ宛ての封筒が何通か重ねられている。いちばん上の一通を手に取った。差出人は、駒子だ。

玄関先に来ているという古い客人が少しでもカツを引き留めてくれるよう祈りながら、猛夫は駒子の住所を頭にたたき込み、中から便せんを引き抜いた。

『女将さん、ご無沙汰しております。駒子です。

時間ばかり経って、ご報告が遅れましたことお詫び申しあげます。実は昨年九月に夫を亡くしました。洞爺丸に乗って、内地の仕事に向かうところを事故に遭いまして。一夜でまた、身寄りを失ってしまいました。広い家も手放すことになり、今はアパートで暮らしております。ひとりでいると一日がひどく長いものですね。女ひとりで生きてゆく術《すべ》を身につけねばと、習い事をしたり気晴らしに働いたりしております。時期をみて、女将さんにご挨拶に伺います。無沙汰の詫びと、近況でございました。』

カツの体調を案じた一文で締めくくられた手紙は、ひと文字も猛夫に触れられていなかった。さびしさより、駒子の嘘と現在が分かったことに安堵した。

急いで便せんを封筒に戻し、小引き出しに仕舞う。何ごともなかったように、鉄瓶を傾けて湯飲みに湯を注いだ。

床がきしむ音がして、カツが戻ってきた。

「角さんの仕事仲間だった。昔は港で真っ黒になって働いてたけども、今じゃあ建設会社のお偉いさんだとさ。羽振りもいいのか、上等なものを着てたよ」

港でロープに腕をもがれて死んだ角二を思い出した。位牌《いはい》はちいさな仏壇の中だ。

あの男がいなければ、兄や母に頭を小突かれながらの毎日が続いていたのではないか。食堂へ連れて来てくれた男がカツとどんな関係だったのか、今ならば少しだけ察することができた。

「角二おじさんは、いい人だった。人間、死ぬときってのはあっけないもんなんだな。腕に目印を付けて仕事をしてたのに、その腕を持ってかれるなんて」

「角さんは、日本が負けるところを見ないであの世に逝《い》けて、良かったのと違うかね。なんにでも道理はあるさ。そりゃあ残念なことに変わりはないけどさ、なんもかんも運命って思うと、仕方のなさもわかるんだよ」

　ふとカツに、駒子のことを打ち明けてみようかと思った。しかし、亭主を亡くしたことを喜んでいると思われるのは心外だ。さてどうしたものかと思案をしているところへ、カツが言った。

「駒子も、心頼みの夫に死なれたとあってはなあ。女がひとりで生きて行くには、いろいろ越えなきゃならんことがある。年と相談しながら決めなきゃいけない生き方を与えられて、さぞ心細いことだろうよ」

「駒子は、室蘭には戻らないつもりだべか」

「手紙には、一切そういうことは書かれてなかったなあ。いっぺんこっちに来るとだけ書いてあった。挨拶に来たついでに引き留めるより、札幌の暮らしを引き上げて来いと言うつもりだ。さっさと返事を書かないと」

「駒子が戻ってきたら、おばちゃんはどうしたいんだ」

　カツが驚いた顔をして、なにを今さらと眉を寄せた。

「誰もあの子を嫁になんか行かせたくなかったさ。あのやくざな叔父が借金を返すために根回しした縁談だろう。そこの亭主が亡くなったなら、ここが実家じゃないか」

　自信たっぷりに言うのだった。

五月、海霧の湿気がカツの胸に悪さをした。

背中の痛みと咳でとうとう起きているのもつらくなったカツを、猛夫は病院へと連れて行った。

行きつけの医者はカツの胸に聴診器をあてながら「言わんこっちゃない」とつぶやいた。

「なんぼ我慢したいか知れないが、いちどしっかり大きな病院で診《み》てもらえとあれほど言ったろうに。口が酸っぱくなるほど言ったつもりだったが、強情なことだったなあ」

眼鏡《めがね》の奥の瞳は優しげだったが、横に座る猛夫を見るときだけは「覚悟」を強《し》いるように眉間に皺が寄った。

「先生、あたしはどのくらい保ちますかねえ。せめてこのタケが一人前になるまでと思っておりますがねえ」

医者は、大病院で検査を受けろと言っておきながら自分の診立てをするりと口にする。

「なにもしなければ、半年。大きな病院で、腕に自信のある医者ならば手術をするだろう」

猛夫はこの日初めて、カツの病巣が心臓であることを知った。

ゆっくりと歩く帰り道、カツが港に寄ってから戻ろうと言い出した。鉄の色をした春の風に吹かれながら、カツと連れだって歩く。猛夫は自分がまだ十歳にもならぬ子どもに戻ったような気がした。

港の景色は相変わらずで、靴底でジャリジャリと音を立てる砂粒も赤い。輸送船や曳《ひ》き船《ふね》が繋《つな》がれた岸壁で、カツが足を止めて手を合わせた。

両腕を失った姿の角二がむしろに寝かされていた場所だった。

猛夫に気づかれぬよう、カツが毎度ここで手を合わせていたことを思えば胸が痛い。このまま、何もせずにあの世の角二に連れて行かれてはと焦《あせ》る。

「おばちゃん、札幌の病院に入院するべ。俺がなんとかするから」

「なんとかってお前、なにをどうするつもりだい」

口ごもりながら、金とか旅館とか、と告げる。カツは息苦しそうに笑いながら言うのだった。

「旅館はトキさんがいるから、心配はしとらん。自分の病気をなんとかするくらいの蓄えも、ないとは言わん。だけどもよ、タケ。おばちゃんはずっと家にいたいのよ。病院に入ったら、負けのような気がするのよ。お前にはわからんかもしれんけどもなあ」

「いったい何に負けるっていうんだ」

カツはしばらくのあいだ赤い海を見てから、ぽつりと言った。

「自分だ」

「自分だら、負けたって悔しくないべ。なんでそんなに強情なんだ。生きてりゃいいこともある。角二おじさんは戦争に負けた日本を見なくて済んだっていうけど、負けてここまで復興したとこだって、見られなかったじゃないか」

ああ、とカツが頷《うなず》いた。

「お前がそんな生意気を言うようになったところも、見せられなかったなあ」

言うなり軽く咳《せ》き込んだ。背骨の浮き出た背中をさする。見慣れた綿の着物には、背や肩口に布の余りが多くなっている。どんな着物もぴしりと体に貼り付けるように着こなしていたカツを思えば、ここで暢気《のんき》に思い出話をしている場合ではなかった。

「このまま、何にもしないで死なせることだけはしないぞ。俺はおばちゃんに生きててほしい。そんな簡単に死なれてたまるか。おばちゃん言ったべ、男は必ず勝つように出来てるって。一度負けたって二度目に勝てばいいって。そんなの、女だって変わらんべ」

カツがしゃがみ込み、両手で顔を覆った。嗚咽《おえつ》を風がさらってゆく。

「病院行くべ。大きい病院で、出来ることぜんぶするべ。俺が一人前になったところ見てくれや。頼む、おばちゃん」

カツの嗚咽は増し、吸い込む息も苦しげだ。猛夫は自分の言葉に虚《むな》しい思いを隠せない。どうにかしてカツを長生きさせねばという思いから、やぶれかぶれの台詞《せりふ》を吐いた。

「おばちゃん、三年だ。三年生き延びてくれ。俺はちゃんと職人になる。だからおばちゃんも三年がんばってくれ」

よろけながらカツが立ち上がった。猛夫はカツを両手で支える。着物の袖で目元を拭《ぬぐ》ったカツは細い首を垂れ胸を押さえる。

「苦しいねえ。こんなに苦しいとはねえ。胸も苦しいが、お前に三年生き延びてくれと言われることが何より苦しいよ、あたしは」

猛夫はカツに頭を下げた。

「このとおりだ、病院でいま出来る治療をしてくれ。俺は自分の親はおばちゃんだけだと思ってる。頼むから、今回は自分に負けてくれ」

思いが通じたかどうか、カツは「わかったよ」とつぶやいた。

三日後には準備を整え、旅館の帳面をトキに託し、カツは入院した。

猛夫は病室の白いベッドが似合うようになってしまったカツを見て、三年保ってくれるよう祈るしかなかった。

検査の続く入院生活は猛夫にわずかな夢を見させた。これだけ面倒な検査を何日もかけてやるのだから、勝算がないとは言わせない。

貧血で立っているのもやっとのカツをベッドに寝かせ、布団をかけた。狭い病室では、だるまストーブの上でヤカンがしゅんしゅんと湯気を出している。

「タケ、今日も来てくれたのかい」

「ちゃんと旅館の掃除も手伝ってから来てるから、心配ないぞ」

そうかい、と天井を見たカツの瞳が驚くほど澄んでいる。

「あたしの血やら胸の写真やら、ずいぶんと念入りに調べるらしいぞ。札幌の大学病院にお伺いを立てて、手術となればそっちに転院するそうだ」

「札幌なら駒子もいるし、俺もついて行くから心配するな」

「駒子なあ」

カツはそうつぶやき、目を閉じる。猛夫はカツの心細さを感じ取ったが、それはそのまま自分に返ってきた。

「明日また来る。おばちゃんはゆっくり眠れ」

「タケ、明日の何時くらいに来るんだ」

「掃除が終わってからだから、十時には来る」

「そうか、そんじゃあそれまで生きてるよ」

「馬鹿言うなや。冗談言えるくらい元気だったら、しっかり飯食って栄養摂《と》ってくれ」

しばれ乾きの雑巾《ぞうきん》よりもカラカラに乾いた笑い声は、病室を出ても旅館に帰っても、猛夫の耳から離れなかった。

猛夫は晩飯のあと部屋にこもり、駒子に手紙を書いた。

『駒子様
いま、俺は室蘭に帰ってきています。ちょっと体調をくずしてしまい、静養することになった。カツおばちゃんから住所を聞いて、どうしようか迷ったけれども、手紙を書くことにした』

なにを長々いいわけを書いているのかと、自分を叱咤《しった》するも虚しい。破り捨てた便せんの枚数もかさみ、いよいよ紙も少なくなったあたりで腹を決める。

『カツおばちゃんが、心臓が悪くて入院しました。ときどき、駒子の名前が出る。そばにいるのが俺ひとりでは、心細いだろうと思う』

ひとつ大きく息を吸い、吐いた。もう一度吸って吐く。さっぱり楽になった気はしないが、鉛筆を持ち直して続きを書いた。

『駒子さえ都合が良かったら、一度室蘭に来てもらえないだろうか。おばちゃんは、気力はあるようだが見るたびに細くなっている。検査もたくさんしているけど、食欲はなさそうだ。駒子の顔を見たら、また気力がわいてくるんじゃないかと思って。これはお願いです。時間をみつけて、できるだけ早く室蘭に来てください。お願いします。猛夫』

日に日に弱ってゆくカツを見るのがつらかった。カツがいなくなったら、猛夫には帰る場所がなくなってしまう。

一週間を待たず、松乃家旅館に駒子がやってきた。芥子色《からしいろ》のブラウスに紺色のスカート姿の駒子は、長かった髪を顎《あご》の高さに切りそろえていた。

「タケ坊、手紙読んだよ。女将さん、どうなってる。会えるんだろうか」

トキと猛夫に「まずは上がれ」と促《うなが》され、焦る駒子をなだめた。

「駒ちゃんも、大変なことだったねえ。若いのに未亡人なんて」

トキがお茶を淹れながら駒子を気遣った。

旅館の事務室で三人が顔を合わせるのは久しぶりだった。ここにカツさえいれば、何ごともない時間が舞い戻ってくる。

「今日の午後に、お医者さんから今後の治療について説明がある。トキさんは旅館があるから、俺が話を聞いてくる」

「タケ坊、わたしが旅館を任されているのは、それしか出来ないからさ。タケ坊はたったひとりの女将さんの身内なんだから、そういう遠慮じみたことは言わないがいいよ。女将さんいつも言ってた、猛夫はまだ自分に遠慮しているって。さびしいんだよ、それがいちばん」

「俺は、親のいない人間だから。おばちゃんと同じっていうだけだ」

トキはひとつ大きく頷き、「新川の家族はいったいどこへ行ったもんだか」とつぶやいた。

「新川の家族がどうかしたのかい」駒子が訊ねる。

「あそこの長男坊が結局やくざ者になっちまってさ。悪いけども、タケ坊はこっちで育って正解だったとわたしは思うね。甘やかされて育った長男坊がたんと借金こさえて、実家の鍋釜売っただけではどうにもならなくなったのさ。女将さんもずいぶん肩代わりしたけども、もう我慢ならんと一喝《いっかつ》したんだ」

トキの話を聞いて、駒子は不安そうに猛夫を見た。目を合わせるとまた、さまざまな怒りが舞い戻ってくる。

「夜逃げであの馬鹿な男からも逃げられるなら、そっちのほうがいいんだ」

「一郎さん、なんでそんなことになったべねえ」

「もともとそういうヤツなんだ。根性が根元から腐ってる」

「それでも、身内は身内だもんなあ」

駒子のひとことが、すべての諦《あきら》めに繋がってしまう。

「やっぱり、海縁《うみべり》の町は少し涼しいねえ。札幌とは違う。トキさんに会うと、やっぱりほっとするなあ」

「駒ちゃんは、室蘭に戻ってくる気はないのかい」

「それもいっときは考えたけども。わたしなんか、見つかればまたどこかに売られるべさ」

「あんたの身内も、ろくなのおらんねえ。わたしは天涯孤独でよかったよ」

トキが用意した昼飯を腹に入れて、猛夫は病院へ行く準備をした。玄関まで出ると、駒子が身支度をして待っていた。

「タケ坊、わたしも一緒に行っていいべか」

いいけども、と前置きをして、言葉を選びきれないまま続ける。

「おばちゃんを見ても、泣くのはやめてくれないか。駒子が知ってるおばちゃんには見えなくなってるけども、泣くのだけはやめてほしい」

ひとつ間を置いて、駒子が頷いた。

病院へ行く道は夜半の雨で湿り、土埃《つちぼこり》も立たずありがたい。日がずいぶんと長くなって、昼下がりに出来る影も短かった。

駒子がぽつぽつと語り、猛夫はただ相づちを打ちながら歩いた。

「タケ坊に挨拶もしないまま引っ越してごめん。洞爺丸のあとは、いろいろあって。旦那さんがいなくなってしまって、わたしもついて行けばよかったと毎日悔いてたのさ。本妻さんはもっとがっかりしたろうねえ。あんときは、死んだもんにも罪はあると思ったなあ」

だけどもさ、と駒子が深いため息をつきながら続けた。

「正直まだあのひとが死んだなんて信じられないでいるんだ。わたしはただ洞爺丸に乗ってて嵐に遭って船が転覆して、そこに乗ってたってことしか聞いてないし。わたしに愛想をつかしたか面倒になって、それで死んだことにしたいのかもって。そうだったらいいなと思うんだ」

駒子の説にはいくつもの穴がある。猛夫にはとても、あの男が駒子と別れるためにそんな猿芝居を打ったとは思えない。自分を囲っていた男が死んだと思いたくない駒子と、遠くない将来、カツを失う自分。猛夫は現実を思い浮かべるたびにちりちりと胸が焦げた。

「泣かないようにしなくちゃ」

駒子が病院の手前で言葉を吐き出す。猛夫はひとつうなずいて、慣れることのない消毒薬のにおいの中へと足を踏み入れた。

ふたりで病室に入ると、珍しくカツが驚いて口に手をあてた。

しばらく呼吸を整えたあと、「駒子」とだけ言ってほろほろと泣き始めた。

「女将さん、ご無沙汰してしまってごめんなさい」

「お前、驚かすんじゃないよ。あたしは心の臓が悪いんだ。びっくりさせたらその場で死んでしまうよ」

カツの冗談には、猛夫も駒子も笑うのにひと苦労だ。カツがお見舞いを言う駒子の手を取り、撫《な》で続けた。

「お前のほうこそ、不幸なことだった。せっかく嫁に行ったってのにさ」

「仕方ないんだわ、女将さん。そういうふうに生まれついたんだろうし」

カツと話すときの駒子は、六条《ろくじょう》の死を受け入れているように見える。猛夫は女ふたりの、積もり積もった話を横で聞きながら時計を見た。

医者に呼ばれた時間が近づいていた。

猛夫はそっと病室を出て、診察室に入った。主治医が座って待っていた。ずいぶんと若い印象だ。白衣の胸には「山本《やまもと》」のネームが縫い付けてあった。

医者は無表情だ。何か告げんとする口元だけに意識を定める。

なにもしなければ半年。

掛かりつけ医の言った言葉など、信じるものかと身構える。

猛夫の緊張が伝わるのか、黒々とした髪の頼もしげな医師は瞳を柔らかくして「そんなに怖がらないでください」と言った。

「先生、おばちゃんは治りますか」

猛夫の質問に山本医師が居住まいを正した。

「君は、甥《おい》っ子さんだったね。おばさんは、君が一人前になるまでは生きていなけりゃいけないんだと言ってた。つらい検査もあったんだ。毎日、とても疲れさせた。あの体には少し負担だったかもしれない」

なぜなのか山本医師の物腰の柔らかさが気に入らなかった。子ども扱いされているのも、カツの命の期限を知っているのも、そのどちらにも苛立《いらだ》っている。

「治るんですか、治らないんですか」

山本は「そう焦るんじゃない」と猛夫を窘《たしな》めた。苛立ちは収まらない。

「僕は医者だから、もしもの話はしない。もしもあのときこうしていれば、というのは今後の治療にとって無意味だからね。そこは、わかるね」

のぞき込むような目に向かって、猛夫がうなずく。

「これから出来ることは、彼女がいままで自分のために気をつけていたことに加えて、安静を心がけることです。日々の生活での無理をやめて、静かに暮らすのが望ましい」

「打つ手はないってことですか」

「体力がつけば、手術もできる。けどその体力がいまはない。振り返って反省しても意味がないってことは、わかるよね」

「俺が、心配かけすぎたんですか」

「それは違うと思うね」

山本はそこだけはっきりと言い切った。

「彼女にとっての生きる目的は息子のように可愛《かわい》がっていた君が、一人前になることだ。心配する材料がひとつもない状況でも、母親というのは心配なものだと、僕の母もよく口にしてた」

「一人前どころか、体を壊して一年保たずに逃げ帰ってきたんです。俺がおばちゃんの病気を悪くしたんです」

「それも、違う。さっきから君は、自分のことばかり口にしているよ。気づいているかい。ひとつも彼女の今後について、建設的なことを言っていない。その環境こそが彼女のためにならないと、僕は言ってる。安心させるのがなによりだけれども、人の心は複雑なんだ」

山本医師は、いまのカツにとっては猛夫が一人前になるために元気でいることがなによりの治療だと言った。そして、決して手の施《ほどこ》しようがないという意味ではないと何度も口にする。

「体力をまず、つけよう。君がそばにいるのはとてもいいことだと思う。だけど彼女の看病だけで日々を暮らしてはいけない。なぜなら、それがいちばん彼女にとって負担になるからだ。札幌の修業先から戻ったことにも、きっとなにか意味があるんだと僕は思う」

猛夫は、今後は室蘭で一人前にならねばと自身に言いきかせる。山本医師が淡々とした口調のまま言った。

「僕も、同じ病気で母を亡くしたんだ。大学で学んでいたころだ。母は、心配かけまいと入院も治療もせずに、誰にも気づかれないよう暮らしていたと後になって聞いた。医師である父にも気づかれないよう暮らすのは難儀なことだったと思う。それがいちばんの無理だったと、母が死んだとき僕はずいぶんと父をなじった。心臓の勉強を始めたのは、そういうこともあったからなんだ。人間、なにがきっかけで一人前に向かうのかわからないものだ。ただ、君を見ていてはっきりと思うのは、すべてに意味があるということだろうね。彼女のそばで、日々成長してゆく姿を見せてあげてほしい」

彼は今まで自分にできなかったあらゆる悔いの、それが筆頭であると言った。

すべての検査を終えたカツは以後の治療を投薬と静養と決め、松乃家へ戻ることになった。

翌日、駒子がカツの身のまわりを整え、猛夫がカツを背負って松乃家に戻った。外の空気を吸いながらカツが「やっぱり病院は酸素が薄い」と笑う。カツが笑えば、後ろを歩く駒子も一緒に声をたてて笑った。

猛夫は幼いころが戻ってきたような幸福感のなか、頭の中でひたすら「一人前」の三文字を繰り返す。もう、笠井《かさい》理容室へ戻る道はない。札幌での治療もないとなれば、このすり鉢のような町のどこかで何者かにならなくてはいけない。

ふと、夜逃げをした一家のひとり、という境遇を誰が受け入れてくれるだろうかとまっとうな思いが湧いて、石につまずきそうになった。

カツが背中でぽつりと言った。

「タケはさっきからなにを難しいことを考えているもんだかねえ。こんな婆《ばば》あでも、息が浅くなるくらい重たいのかねえ」

「難しいことなんか、考えてない」

「そんじゃあ、おばちゃんのこれからのことでも考えてくれてたかねえ」

「温かくして、しっかり食べて休むことだって、先生も言ってたべ。約束したんだから、ちゃんと守ってくれよ」

ふたりのやりとりを聞いている駒子は、猛夫が頼んだとおり一切の涙を見せなかった。泣いてどうにかなるのならいくらでも泣いてくれと頼むところだ。しかし、いまはそんなことをしても、その場がいっとき湿るだけでなにも前には進まない。

駅前まで戻ってきたところで、くるくると回る理髪店のサインポールが目に入った。

猛夫はカツを背負ったまま、はたと足を止め、赤青白の帯がくるりくるりと回る店先を見た。

カツも駒子も、猛夫の視線の先を見る。

「おばちゃん、俺、ここで床屋の修業をしてもいいか」

「あの藤堂《とうどう》のオヤジのところでかい」

「ああ、あのおじさんのところで、床屋の職人になりたいと思ったのを、いま思い出した。札幌でも室蘭でも、床屋の基礎は同じだべ」

笠井理容室では、基礎どころか根性試しのような日々だった。藤堂のところは弟子らしい人間はおらず、店主ひとりでやっているちいさな店だ。しかしいっときでも理容の裏側を見た猛夫には、店主がどれだけの研鑽《けんさん》を積んで開業しているのかがよくわかる。

カツがちょっと背中から下ろしてくれと言った。駒子がさっと下駄を履かせる。土の上に立ったカツはほんの少しよろけたが、駒子につかまり襟《えり》を整えた。

「お前がそう言うのなら、あたしが話をつけてこようかねえ」

猛夫は慌《あわ》ててカツを止める。そんなことをしたのでは、意味がない。断れない人間の後ろで、店主がしぶしぶ首を縦《たて》に振る姿を見るのは嫌だ。

「おばちゃん、俺は自分で弟子にしてもらえるよう頼んでくる。夜逃げをするような家の息子は相手にしないと言われても、頭を下げて頼んでみる」

駒子に支えられ松乃家に向かって歩くカツは、呼吸を整え言った。

「タケよ、あたしはお前がこんなに近くで頑張る姿を見ながら養生できるとは思わなかった。お前の気持に恥ずかしくないよう、一日でも長く生きることにするよ」

言いながらカツが駒子の腕をぎゅっとつかむのを見た。

翌日を待たず、猛夫は「藤堂理容室」の店主に頭を下げに出かけた。すり鉢状の町は、驚くほど早くに夜がくる。角刈りの男がひとり店を出て行くのを見送った店主が、軒先《のきさき》に立っている猛夫に気づき「いらっしゃい」と声をかけてきた。

「客じゃ、ないんです」

「なした、客でもないのに俺になんか用か」

猛夫が新川の家の次男坊であることも、ひとりだけ松乃家のカツに育てられたことも知っている男である。怪訝《けげん》そうな顔にいくつもの皺が寄った。店主は戦地で毎日、軍人の頭を刈り続けたと聞く。明日死ぬかもしれない男たちの頭からシラミを除いた職人だ。

世間話をしに来たのではなかった。

「床屋の、弟子にしてくれませんか」

「札幌の笠井のところに入ったんじゃなかったのか」

いきさつを語るとき、わずかに口が重たくなった。同時に、体と心がもとに戻ってきているのを感じる。恥ずかしいのをこらえて語るとき、猛夫は自分の目が真《ま》っ直《す》ぐ前を向いていることを確かめられた。こんな暗いところで話すのもなんだからと、店の中に入るよう促されて体が前後に揺れる。緊張しているらしい。

待合用の長椅子に座るよう言われ、背筋を立てて腰を下ろす。店主の藤堂は白髪頭をきっちりとなでつけており、よく見れば五十がらみの男前だ。カツがよく、やもめ男の博打《ばくち》や女遊びを口にしていたが、粋筋《いきすじ》のたたき上げならばなにも不思議ではないだろう。

「笠井のところでは、使い物にならんかったか」

「栄養失調で、戻されました」

「食い物、あたらなかったのか」

「食っても食ってもぜんぶ流れてしまって。気の病だと言われてもピンとこなかったです」

「あそこは毎年何人も弟子を取るところだし、親方もけっこうな人物のはずだ。そこで役に立たなかったからといって、うちで面倒みるのはまたおかしな話だな」

「親方には、よくしてもらいました」

言う以外あるまいと、剃刀を持ったときのことを告げる。藤堂が腹を抱えて笑い出した。笑いはいっこうに収まらず、猛夫は藤堂が息が出来ずに苦しそうにしているところまで眺めた。言うのではなかったか。悔いが背中を這《は》い上がってくる。

「お前、それはいかれてたなあ。笠井の親方に一年坊主が剃刀持ったとはなあ。たいしたタマだけども、そりゃあ無理ってもんだ」

「膝から脛《すね》から、足の指から指の股まで使って練習してたんです」

「だからといって、人様の顔に刃をあてられると思うのは、お前が笠井のところで何も学んでなかったってことだろう」

笑い顔が一変し、声も低くなった。黙り込んだ猛夫に向かって、藤堂が続ける。

「去年の春にお前が札幌に出たあと、松乃家の女将はみるみる痩せてなあ。勉強嫌いの甥っ子が格好つけて職人になると啖呵を切って出ていって、しばらくはかける言葉もなかったな。そんなこんなしているうちに、妹夫婦のところの長男坊が町中に借金をこさえてしまった。お前がなんにも知らないで自分の脛を剃《そ》ってる間に、ここじゃあ誰がいつ首を吊ってもおかしくないようなひでえ話が飛び交ってたんだ」

兄貴がどこに行ったのか知っているのかと問われ、首を横に振った。

「あいつは年の暮れにすっかりやくざ者になって松乃家に来ました。見たのはそれが最後です。おばちゃんに怒鳴《どな》られて帰って行きました」

「輪西《わにし》の賭場《とば》や酒場でよく見かけたがな。あいつは生まれながらの駄目なやつだ。親が誰だったとしても駄目な人間ってのは駄目に生まれてくるんだ。お前も親も、女将も災難よ」

そして、ついでのように「弟子はいらん」と言った。

「夜逃げするような家の息子だからですか」

「そうだと言ったら引き下がるのか」

首をぶんぶんと横に振った。藤堂はまた笑い始める。

「お前がどこのガキでも、いらんものはいらん。俺はここでひとりで客の相手をしてるのがいちばん気楽なんだ。弟子なんて取ったこともないし、欲しいとも思わねえな」

このまま引き下がるわけにはいかないのだった。カツの近くで職人になってゆく姿を見せられないと、またあの気丈な伯母は病を重くしてしまうだろう。

「毛掃《けは》きから、やらせてください。頼みます、このとおり」

床におりて手をつこうとした猛夫の太ももを、藤堂が脛で蹴《け》った。ぐらつく体を立て直し、険《けわ》しい形相《ぎょうそう》の男を見上げた。

「俺はな、なにかというと土下座で済ませる人間が大嫌いなんだ。土下座すれば借金が帳消しになったり、一生一度のお願いが何遍も通ると勘違いしてやがる。お前も男なら、これだけは覚えておけ。土下座ってのはな、男も女も命乞いのためにするもんなんだ。それ以外はただの見せかけで、はったりよ」

戦地でバリカンを握っていた男の言葉は重たく、どこかカツが本気で怒るときの気迫に似ている。地獄を見てきた人間に恥じ入りながら、猛夫は腰を折った。

「どうか、お願いします。弟子にしてください。育ててもらった恩を返す方法は、ここで修業させてもらうしかないんです」

「育ててもらった恩なら、松乃家を継げばいいじゃないか。それがいちばんの恩返しだろう」

そう言われては返す言葉が見つからない。実際、そのほうが手っ取り早いうえカツも喜ぶのは確かなのだ。しかし猛夫にとって旅館の主《あるじ》になるという想像はまったく現実味がなかった。正直に言ってしまうと、なんの魅力も感じない。

「職人になりたいんです」

「俺じゃなくてもいいだろう。家が近いから選んだっていうならわかるけどな」

「それもあります」

「お前も正直なやつだなあ」

そうしているところへ、客がひとりやってきた。

「さ、そういうことだから。女将によろしく伝えてくれ」

藤堂理容室を出て、しばらくのあいだサインポールの回るのを見ていた。赤は動脈、青は静脈、白は白衣。人を殺せる刃物で生きていければ、男の人生上等ではないか。

体に技術をしみこませ、ひとり店に立つ自分を想像してみる。糊《のり》のきいた白衣を身につけ、ぴしりと腰を立たせては儀式のように厳《おごそ》かな空気の中で客の髪を切り髭をあたる。

ああ、とひとつため息を吐《つ》いた。自分が理髪職人になるところはこんなにもはっきりと思い描くことができる。猛夫が松乃家を継ぐことにためらいがあるのは、別にそこにいるのがトキであってても構わないからだ。客に頭を下げるのはなんとも思わない。けれど技術を持った職人として向き合うのとは天と地ほども違う。

「俺はやっぱり、職人がいい」

誰に向かってでもなくそうつぶやけば、明日も藤堂に頭を下げようという気力が湧いた。


三日通っても藤堂は首を縦に振らなかった。

四日目の朝、そろそろ札幌に戻るという駒子とカツがふたり向き合いしんみりとしている。家に戻ってからのカツは、以前ほどではないが飯も三度食べるし、咳も治まっているようだ。

「女将さん、また来ますから。どうかしっかり養生してください。頼みます」

「何度も訊ねて悪いけれど、札幌を引き払う気にはならないのかい」

「週に何度かですけど、仕事もありますし。お稽古事《けいこごと》もやってるから」

それまで仕事のことも稽古事が何であるかも訊ねなかったカツが、するりと駒子に切り出した。

「お稽古ってお前、三味線と踊りじゃないのかい」

駒子が言葉に詰まる。

「左手のタコ、そりゃ三味線の稽古でできたもんだろう。立ち座りにしたって、しっかり稽古の成果が出てるじゃないか。お前、札幌で芸者見習いしてるのと違うかい」

うなだれたのも一瞬、駒子は「あいすみません」と頭を下げた。

「この先は、ひとりで生きていこうと思っています。女ひとりで身を立てるには、門をくぐるのが少々遅かったかもしれませんが」

「札幌の、ねえさんのところに世話になってるのかい」

駒子は素直に「はい」と答えた。

猛夫は、角二の葬式にやってきた「ねえさん」を思い出した。あの日、連れて行くには若すぎるといって室蘭に置いていかれたのが駒子だった。

幕西《まくにし》で女郎にならずに済んだ駒子が、札幌で自ら選んだのが芸者の道だという。

「納得には遠いんだけれども、なにかこうお天道様ってのは、意地悪なんだか優しいんだかよくわからないところがあるわなあ。ねえさんは元気でいたかい」

「まずはお稽古の相談と思って検番に行ったら、すすきので人気の置屋を持ってらっしゃることがわかって。藁《わら》にもすがる思いで、会いに行きました」

「ねえさん、喜んだろう。あの駒子がすっかりいい女になってて」

「お前がどうしてもって言うなら、って。ただ、室蘭の女将さんにはちゃんと筋を通すように言われてました。黙っていて、本当に申しわけありませんでした」

駒子は泣かなかった。猛夫は初めてこの女のつよさに触れた。笠井への弟子入りで挫折したことも、今また藤堂に弟子入りを願い出ていることも、まるで駒子の後ろをなぞっているようだ。

カツが湯飲みを手に包み、しみじみと言った。

「言いづらかったのは、よくわかるよ。そんなこと、あたりまえだ。ただ、今回猛夫のおかげで命拾いをして、良くはならないにしても悪くしないよう努める気持になったんだ。駒子の消息もはっきりした。なんの気の病みもなくなって、なんだかすっきりしたねえ。芸事を身に収めるのは大変だろうけれども、女ひとり生きて行くにはそれもありだ。たまに顔を見せにきてくれたら、あたしはそれで充分ありがたいよ」

駒子の横顔は、猛夫が知っている下働き時代とも、六條の妾《めかけ》だった頃とも違う。カツのもとで姉弟のようにして育った時間が、ひどく遠くなった。

「あとはタケ坊が室蘭で腰を落ち着けて修業できれば、わたしも安心です」

急に話題がこちらに向いて、慌てて居住まいを正す。

「タケは今日も藤堂のところに行くんだろう。あの男もずいぶんと気を持たせることだ。あたしが出て行けば一回で話がつくものを、タケとしてはそれはならんそうだ。男ってのはどうしてこうも格好ばっかりつけたがるかね。そんな時間、もったいないとは思わないのかねえ」

やっと場に笑いが起こる。猛夫のばつの悪さなど、このふたりにとってはどうでもいいことらしい。

「俺もそろそろ親方のところに行ってくる。今日駄目でも明日また行く」

猛夫が毎日なにかに懸命になっていることが、カツの命を繋いでくれるのだ。日々が祈りに変わり、祈りはまた違う景色を連れてくる。

駅まで駒子を送り、季節が変わる前にまた来ることを約束して、別れた。その足で猛夫は藤堂理容室へと向かった。駒子を見送るときのさびしさは消え、ぐっと瞳に力が入る。

夏が近づいているのか、土埃のにおいをかき消す浜風が吹き始めた。

ドアを開けると、もうすでに客がひとり長椅子に腰掛け新聞を読んでいた。藤堂は先客の整髪をしている最中だ。猛夫が入ってきても挨拶もない。待合椅子に座るわけにもいかず、玄関先で藤堂の手元を見ていた。

整髪を終え、棚に鋏《はさみ》を戻した藤堂が猛夫に向かって「なにやってんだ」と声をかけた。

「そんなところでボサッと突っ立ってないで、床見て仕事しろ」

猛夫はぴょんと跳ね、急いで箒《ほうき》を持って理容椅子の周りに落ちた毛を掃き集めた。ちりとりに納め、ゴミ箱へと落とす。

客の顔に蒸しタオルをのせた藤堂が馬の背皮で作ったストラップを使い剃刀の刃を整える。背中を向けたまま猛夫に「カップ」と命じた。

猛夫は流し台の横に伏せてあった陶器の泡立てカップに熱い湯を注ぎ、温まった容器に粉のせっけんを振り丁寧《ていねい》に泡を立てた。

シマ子や兄弟子に足を引っかけられたことや、ぼやぼやしていて昼飯を奪われたことや、自分の体が臭《にお》うのではないかと鼻をひくつかせていた日々が、皮膚の内側をぐるりと巡り、背中から引き抜かれてゆく。

泡立てカップを鏡前《かがみまえ》に置き、藤堂の仕事が目に入る場所に立った。両手を腰の後ろで組み、ひたすら髭をあたる理髪師の仕事を見つめる。手順も動きも尻の締まりも、厳かだ。

顔を剃り終えたところで、「消毒済」の蒸し器からタオルを一本取りだした。空気を含ませた熱いタオルを、剃刀を戻した藤堂に渡す。

無言で受け取った藤堂が客の顔にのせ、逆三角に折りたたむ。無駄のない動きにため息が出る。剃り上げた顔に化粧水をのせて肌を整えたあとは、椅子を起こして襟足《えりあし》の処理だ。椅子の足元にあるガス圧のペダルを踏むと、三度で高さが合った。細かな調整をしないことに目を見張る。ここは藤堂が自由自在に動けるようすべてが調整され尽くした王国だった。

猛夫は呼吸をするのも忘れ、男の動きを目で追った。偉そうに振る舞っていた兄弟子など、足元にも及ばぬ職人がここにいた。

仕上げを終えた藤堂が一礼し、素早く会計を済ます。待合椅子にいた客が鏡前に座る。

猛夫は笠井理容室で覚えた手順を、藤堂の動きに遅れないよう差し出してゆく。藤堂はまるで古武道のようにゆっくりと、しかし髪の毛一本の無駄もない動きで猛夫を驚かせた。刃物の仕事をしているときに急いで見えるのは御法度《ごはっと》と教わった。

藤堂と同じくらいの年かさの客が、鏡に映る猛夫を見た。背筋を伸ばす。

「店主、とうとう弟子を取ったのかい。人間、変われば変わるなあ。あんたは、ひとり気ままにやるんじゃなかったのかい」

「毎日玄関に立ちん坊じゃ、仕事がやりづらくてねえ」

「へえ、押しかけ弟子とは見込みあるなあ」

坊主、名前は？　と訊《き》かれ「新川猛夫です」と答えた。

「新川って、八幡様んとこの新川かい」

嫌な予感はあったが、今さら引っ込めるわけにもいかない。はい、とうなずいた。

客の顔がわずかに歪《ゆが》んだ。次にどんな話が出てくるのかを想像すると、立てた背筋がひりひりする。藤堂が客の頭を蒸しタオルで包んだ。客が「新川」の名を忘れるよう祈ったが、会計の際に蒸し返した。

「お前さっき、新川って言ったよな」

「はい、そうです」

何番目かと訊ねられて、次男だと答えた。

「アニキがどこに行ったか、知ってるなら教えろや」

「わかりません」

「隠したって、いいことねえぞ」

客の口調は崩れ、威嚇《いかく》の気配を帯びてくる。藤堂が柔らかくふたりの間に割って入った。

「こいつは本当にわからないんだよ、なにを訊いても無駄。次男坊とは名ばかりで、ひとりだけ余所《よそ》に出されて育ったやつだからな」

そこで客もはっとした顔をした。松乃家の、あれか、と呟《つぶや》いて舌打ちをする。

「ええ、あの女将が目の中に入れて育てた甥っ子ですよ。こいつになにかあったら、松乃家が黙ってないでしょう。まあ、こんなやつですけど可愛がってやってくださいよ」

客は「あの女将のとあっちゃあ、仕方ねえな」と半分笑って藤堂への義理を守った。

その日、最後の客が帰ったあと、猛夫は改めて弟子入りを願い出た。

「親方と呼ばせてください。お願いします」

藤堂は煙草《たばこ》を口に挟んだまま、目を細めた。

「で、何年で一人前《いっちょまえ》になる予定だ、お前」

何年と言われても、出来ることはまだ下働きだけだ。一度も客の頭に触ったことがない。

「何年、って」答えに詰まった。

「何年で一人前になりたいんだ、って訊いてんだよ」

なにも出来ないまま室蘭に帰ってきたのだった。同じ年に弟子入りした職人見習いから、確実に一年遅れている。猛夫は必死に考え、カツを元気にしたい一心で言ったひとことを思い出した。

「三年。俺は、三年で一人前になりたいです」

それならば、笠井の親方にも申しわけが立つ。遅れを取り戻すばかりではなく、たった三年で寮にいるどの弟子たちよりもいい腕を手に入れるのだ。

「お前の一人前ってのは、どういう意味なんだ。何ができれば一人前なのか言ってみろ」

「お客さんを、ひとりで完成させられるってことです」

藤堂が煙草に火を点《つ》けた。

「わかった。三年でものにならないとわかったら、その段階で出てってもらう」

嬉しさの傍《かたわ》らに緊張を抱えて「よろしくお願いします」かちりと腰を折った。

その夜、松乃家に戻るとカツが「うん」と大きくうなずいた。手も脚も細り、襟から覗《のぞ》く首は皺だらけだが、相変わらず目だけは明るいものを欲するように輝いていた。

「今日も丸腰で帰ってくるようだったら、本気であたしがひとこと言ってやろうって思ってたんだよ。あの男ときたら、まったく。何日通わせれば気が済むんだか」

猛夫は藤堂と交わした「三年で一人前になる」という約束をカツに告げなかった。その三年は今のところ、カツが病と折り合いをつけるかどうかの目安なのだ。

飯のあと風呂の中で「三年」とつぶやいた。十年かかるといわれている修業を三年で終えるために、自分はいま何をしたらいいのか。

藤堂が言った「何ができれば一人前なのか」という問いが、湯になって皮膚からしみ込み、頭の中までふやけてしまいそうだ。

客をひとり仕上げられるだけでは、一人前とは呼べないのではと思い至った。そんなことは、笠井の兄弟子たちもしていたことだった。

三年。カツの命があるうちに、一人前になる。

そしてそれは、ただ仕事を覚えるということではなかった。

猛夫の胸に、今まで思い描いてもいなかった明確な風景が浮かび上がった。一軒の理髪店、いつか自分はその店の店主になる。一国一城の主だ。腕は誰にも負けない。一度は折れた心だが、もう二度とあんな惨《みじ》めな思いはしない。

誰よりも、カツを喜ばせる。

誰よりも、腕のいい職人になる。

誰よりも、誰よりも。

入門を許されたばかりの夜、猛夫は再び自身の筋肉と向かい合うことに決めた。腕立て伏せや梁《はり》を使っての懸垂《けんすい》、笠井の寮で見てきたもので役に立つのはそのくらいだろう。

それでも、と思うのだった。

それでも、あいつらの体に追いつくには時間がかかる。行きつ戻りつする心をきつく抱きしめて、大きく息を吸いながら腕立て伏せを続けた。

五十回を数えたところで部屋の外から、カツの声がした。

「タケ、ちょっといいか」

ふすまを開けると、カツが浴衣《ゆかた》の肩に薄灰色のショールをかけて立っていた。

「明日は朝早くから藤堂のおやじのところに行くんだろう。トキさんに弁当を作ってもらうよう頼んでおいたから、ちゃんと持って行くんだよ」

「わかった。おばちゃんもあんまり無理しないでくれよ」

「お前が一人前になるのだけが、おばちゃんの楽しみだ」

そしてわずかに声を落とし、駒子もいてくれればねえと続けるのだった。

「駒子は——駒子も、自分の行く道を決めたんだろう。ひとりで生きて行くってのは、俺はまだそういうことよくわからんけども、駒子がそうしたいって言うんだから、一緒に応援するべ」

カツは「へえ」と言って一歩ふすまから退《しりぞ》き、猛夫の頭からつま先まで、視線を二度も往復させて「うぅん」と唸《うな》った。

「タケ、お前もずいぶん大人になったもんだなあ。頼もしいなあ」

何やら照れくさい上に、カツに顔を見られるのが恥ずかしくなってきた。

「明日から早いんで、俺はもう寝る。おばちゃんも体を大事にしないといかんぞ」

カツは「あいあい、宵《よい》っ張《ば》りはタケさまに怒られちまいますな」と歌うように言いながら、自室へ向かう背中を見せた。

カツの背中はひどくちいさく、しかしそれゆえに猛夫を奮い立たせた。


室蘭のはずれにあるちいさな理髪店で、猛夫は懸命に腕を磨いた。

ひと月にひとつは必ず腕を試す試験がある。洗髪から始まり、鋏の持ち方、髪の扱い、腰の入れ方、立ち居振る舞い、刃物の研《と》ぎ方、手入れ。そのひとつひとつが藤堂の作法であり、職人としての基礎だった。

角刈りの襟足を整えるところでは、人の髪がビロードの手触りになるまで切りそろえることも教わった。長い時間をかけて手に入れた技術を、藤堂は惜しげもなく猛夫に手渡してゆく。

みっちり二年通ったところで、藤堂が昼寝をしていても客を仕上げられるようになった。猛夫の仕上げた客を確認して、最初のころは手直しも入ったが、最近ではなにも言わなくなった。

猛夫、十九の年。

短い夏が終わろうとしていた。その日、猛夫がひとりで仕上げた客の頭を全角度から確認し終えた藤堂は満足そうに言った。

「なんだ、ほとんど一人前《いっちょまえ》じゃねえか。つまんねえなあ、お前ってやつは」

カツの容態を訊ねられ、まあまあだと答えた。

「お医者さんの言うことを聞いて、しっかり食べてよく寝てくれています。ときどき、一日横になっている日もあるけど、朝と晩はたいがい一緒に飯を食べてます」

松乃家旅館はトキを女将にして、港湾関係に固定客がいるのでまずまずの経営。誰もが、やってくるたびにカツの容態を訊ねるという。

「お前は知らんかもしれんけど、あの女将は人物でなあ。魚屋のおっちゃんに身請《みう》けされたと聞いたときは、馴染《なじ》みが全員泣いたなんていう噂もあったくらいだ」

カツの女郎時代の話は、正直聞きたくなかった。黙って下を向いていると、藤堂が「じゃあ俺も頼むわ」と鏡前の椅子に腰掛けた。

猛夫は無言でするりと顔剃りの用意に入る。相手が誰でも、髭をあたるときは同じだった。毎日のように親方の顔を練習台にしている。笠井の弟子たちが聞いたら腰を抜かすことだろう。

蒸しタオルで温めた顔に、熱い泡をのせて額《ひたい》から眉まで一気に刃先を滑らせる。一日分の毛が音もなく泡とともに刃に溜《た》まった。顎から頬へ、ふつふつと毛穴から飛び出した髭は、よく研がれた刃の前では抵抗もない。

藤堂からのお下がりをひとつひとつ揃《そろ》え、磨いて手入れをしているうちに、ひとり分の道具が揃った。ビロードの箱に入った道具を、猛夫は毎日動かし調子を確かめる。鋏は二枚の刃を分解して研ぐのだが、再び刃と刃を合わせるときのネジ加減も迷わなくなった。

猛夫に手入れをさせた顎をひととおり触って確かめるときは、藤堂も満足げである。

短い夏の終わり、藤堂が「今日は早仕舞いだ」と猛夫に閉店の準備をさせた。時計を見れば閉店時間までまだ一時間ある。それでも親方が仕舞いと言ったからには仕舞いだ。

「支度が出来たら、晩飯は俺に付き合え。女将には今日は遅くなると伝えてから出かける」

「どこへ行かれるんですか」

「行けばわかる」

猛夫が店の掃除をしているあいだ、藤堂はついでに松乃家に寄ってくるからと言って煙草を買いに出た。

鏡を磨き、鏡前を隅々まで拭いた。泡立てカップの目地から刷毛《はけ》まで、偏った神経質さを疑われるくらいに磨き上げる。体にたたき込んだ職人の動きには無駄がない。当初は怖々《こわごわ》猛夫に任せていた客も、最近は居眠りをするようになった。

理容椅子の革の縫い目に短髪一本の毛残しもないよう刷毛《ブラシ》をかけて点検を終えるころ、藤堂が店に戻ってきた。

「女将、ずいぶん痩せたなあ」

「食べているんですがね。最近は病院に行くのも億劫《おっくう》がって、往診を頼んでいます」

「まあまあ一人前に近くなったと言ったら、ずいぶん喜んでいたなあ。泣かれるのはかなわんので、用向きを言ってすぐに退散してきたけども」

「もともとですが、最近は特に涙もろいので困ります」

月に一度あるいは二度、休みを使って駒子が泊まりに来るときはとても元気そうにするのだが、そのあとはしばらく寝て過ごす。話し相手がいると気も晴れるように見えるが、それはそれで体にとっては負担なのだろう。

「で、用向きってのは何だったんでしょうか」

「なんてことねえよ、今日はタケと輪西で飯を食うってことだけだ」

ありがとうございます、と腰を折ったが、わざわざ輪西まで出かけると聞いて内心驚いている。岬のほうには藤堂がよく行く賭場や酒場がある。猛夫がその界隈《かいわい》に出入りしないのは、兄の一郎が残した醜聞と、やはり新川一家にとって未払いの借金がそこかしこに残っているからだ。藤堂のそばにいればこそ室蘭で修業もできる。しかしひとたび店を追われたら、カツが一線を退いたいま、丸腰の次男坊などひとたまりもない。

「なんだ、浮かない顔だな。俺と飯を食うのがそんなに嫌か」

「いいえ、輪西と聞いてちょっと」

藤堂がはぁと納得の顔になる。

「あの、どうしようもねぇ兄貴が残した借金のこと、まだ気にしてんのかお前」

正直にうなずいた。

「申しわけないと思ってます。だけども、俺が背負ってどうにかなる金額じゃないことは知ってるんです。松乃家は生涯関わらずの姿勢を崩しませんが、俺が新川の次男坊だってことには変わりないし。とにかく室蘭では中途半端な立場なんで」

藤堂はそこまで聞いて、まあいい、と煙草に火を点けた。

「返したきゃ、いつか返せばいいさ。けど、誰もお前にそんなことを期待しちゃあいない。お前はその腕以外はただの文無しだ。食える腕だが、この土地で店を出すことは叶《かな》わんだろう。女将もそれはよく知ってるようだ」

「おばちゃんと、何を話したんですか」

「別に込み入った話じゃない。今後のことを、ざっくりと。その程度だ」

ざっくりとでも込み入っていても、猛夫に今後のことなど考えられる余裕はなかった。ただ毎日、職人としての体をつくり、腕をたたき込んでゆく。いつかどうにかなろうと思ったのは初めの頃だけで、いまはひとつひとつの工程を間違わず美しく仕上げてゆくことしか頭にない。あとは、カツの病状だ。

藤堂は、猛夫が室蘭で店を持つのは難しいとはっきり言う。親の夜逃げがそんなにも今後の自分に響いてくるのは、やはり養子縁組が叶わなかったせいだった。

赤錆《あかさび》のにおいが漂う夜道を歩きながら、藤堂がぽつりと言った。

「お前がこの先、新川の名前のままで生きていくにはよう、その腕を動かさないと一日も食えないでいるのがいいんだろうよ。日銭が入るだけの腕はある。二年でここまで来るとは俺だって想像してなかった。ただ、その腕は鉄と同じで娑婆《しゃば》にいる限り錆び続ける。食える腕を維持する方法は学んだはずだ。なんてことねえ、身につけるまでの毎日をひたすら続けて行くことだ」

そして、どこか煙草のにおいが混じる夜風を受けながら、軽く言った。

「そろそろ国家試験の準備でもするか」

腕をつけてからは、本に書いてあることがよくわかった。通信教育はあと一年残っている。現在はただの助手でしかなく、新川猛夫が理髪師として独立するためには、国家資格が必要なのである。

頭には段取りを、体には筋肉をつけろというのが藤堂の教えだった。猛夫がここ二年でやってきたことといえば、教科書に書かれてあることを頭にたたき込み、動かす筋肉ではなく「止まっていられる筋肉」をつけることだった。

「お前、なんだかんだ言ってもよ、その体をもらった親にだけは感謝しろよ。人間ひとり、生きて行くうえで必要な体をただでもらったと思って、どんな親だろうと気持の中だけでも大事にしとけ」

生きて行くうえで必要な体、と声に出さずつぶやいた。

通りから車を使い、輪西の歓楽街へと出た。藤堂は、火を点けたり点けないままだったりのくわえ煙草を上下に動かしながら、飯屋に入った。カツ丼とビールで腹ごしらえを終えると、「さて行くか」と勘定を済ませた。

百貨店のある通りを坂のほうへと曲がった。歓楽街とは違う気配が漂い始めた。あまり明るいともいえない通りを、男たちがうろうろしている。

猛夫ははっとした。ここは元の幕西遊郭《ゆうかく》である。廃止目前の遊郭街には、名残《なごり》を惜しむ客が最後の女遊びをと足を運んでいる。

藤堂は、明かりの漏れる引き戸を開けて、低く「俺だ」と言って入って行った。猛夫も倣《なら》い、戸口をくぐる。

間口の広い民家のようだが、出てきたのは抜けるだけ襟を抜いた着物姿の、真白い化粧をした老婆だった。

「女将、しのぶは空いてるか」

「あい、待ちかね山《やま》で」

そして真白い顔の老婆は猛夫のほうをちらと見て、「そちらさまで」と首を傾《かし》げた。

「おう、もう十九だ。特攻にも前線にも行かなくていい若いもんに、夢見せてやってくれよ」

女将と呼ばれた老婆が「あい」と返した。

猛夫を連れて二階に上がると、いくつか並んだ引き戸のひとつに声を掛ける。

「しのぶさん、お客様がお見えです」

中から、「はぁい」と少し高めの声がする。戸が開いた。

「いらっしゃいまし。しのぶでございます、今宵《こよい》はどうぞお楽しみなすってくださいませ」

長い髪をくるりとかんざしでまとめた女が真っ赤な長襦袢《ながじゅばん》姿で両手をついた。ランプの火に揺れるうなじが青白い。持ち上げた顔は、今まで猛夫が見てきたどんな女の表情とも違っており、感情がまったく読めなかった。老婆は戸を閉めて去って行った。

ランプひとつの部屋に取り残された猛夫は、心臓が前後左右に動き、体がぐらつきそうだ。

「緊張、しますわなあ。まあ、一本つけて最近流行《はや》りの歌なんぞ教えてくださいませ」

先ほどの老婆が申し合わせたような頃合いでお銚子とお猪口《ちょこ》をふたつ、部屋の入口に差し入れて行った。盆を取りに立ったしのぶの襦袢から、焚《た》きしめた香が散る。

掛け布団の綿が波打つ前で、注《つ》がれるまま二杯、燗酒《かんざけ》を流し込んだ。心臓の暴れが収まる頃、女の腕が猛夫の肩を包んだ。

なるようにしかならない。二年間、ちっとも揺れなかった炎が勢いよく火柱を上げた。天井には、大小の染みが世界地図のごとく島々を描いている。島のかたちを眺めているあいだに、女の手の中で一度果てた。

疲労感など持つ暇《ひま》もなく、花紙で拭われた火柱に再び火が灯《とも》った。

導かれたところへ、炎をあてる。軽い痛みが腰から背骨へと上がってくる。しかし吸い込まれてしまったあとはもう、尽きるまで燃え続けるしかなかった。

言葉も心もない交わりを、二度。しのぶは疲れた顔も見せず、互いの情の始末をした。

「いかがでございましたか。楽しゅう過ごしていただけましたか」

猛夫は、正座して頭を下げた。礼の言葉を言っているはずなのだが、声にはならなかった。

「次のときも、よろしゅうお願い申しあげます」

次があるのかと、驚いて顔を持ち上げた。しのぶはしかし、少し首を傾げた。

「まあここも、春にはなくなるのではありんすけども」

売春防止法が施行されれば、遊郭そのものがなくなるのだった。薄暗がりで見るしのぶの目元が、どことなく駒子に似ているのが、猛夫の心を暗いところへと誘った。


ひと風呂浴びて、藤堂は賭場へと消えた。お前にはまだ早いと、松乃家へ帰ることを命じられたが、猛夫の足は重い。体の中に溜まったすべての屑《くず》を外に出したのは確かなのだが、空いた場所にまたなにか面倒なものが滑り込んで来たのがわかるのだ。

なんだ、この妙な気分は。錆のにおいを胸に吸い込み、何度も自身に問うた。何度問うても、うまい答えは返って来なかった。

猛夫はまっすぐ松乃家には戻らず、いつか死んだ角二が横たわっていた岸壁の縁まで歩いた。海風が体を冷やしてゆき、頭の中も風通しが良くなってきた。

昨日までとは違う、女を識《し》った体だった。軽くなった体に、いままで積み重なっていた荷物の正体を訊ねてみる。兄弟子とのまぐわいに細い声をあげていたシマ子が日々新入りをいびる理由が、はっきりとは言語化されないものの見えてきた。

誰かをいじめてでもいなければ、落ち着かぬ心持ちであったろうか。それにしても、と猛夫は今日初めて笑った。

夜中にシマ子をあんなによがらせておいて、仕事場では素知らぬ顔を通す兄弟子もまた、底意地が悪い。あれは、とうに独立出来る腕を持ちながら、親方から待ったがかかる苛立ちだったろうか。

船着き場には、どこの国のものかわからぬ船が並んでいた。遠くから、金属がぶつかる音がする。低いところに、満月に幾日か足らぬ月が浮かんでいた。この町は月までが赤かった。

少ない明かりの下で、猛夫は自分の手のひらを眺めた。ふっくらとした手のひらに、短い指が五本並んでいる。どれが長いわけでもない、美しいとは言いがたい手だ。

いっとき前、この手が女の体をすべり、触れたこともない場所を探ったのだったが、そのこと自体にはさっぱり現実味がなかった。

弟子入りした際に、藤堂の「見せてみろ」に応えて差し出した両手のひらだった。ふくふくと柔らかで皮膚も厚く、指の根から先まで同じ太さの短い指が並ぶ、人前に出して見せるには少し勇気の要る不格好さだが、藤堂は猛夫の手を見てことのほか喜んだのだった。

「自分の手にいつか感謝する日がくるぞ」

あの日から猛夫の手には、水を吸うように技術がついた。稽古を重ねるほどに出来ることが増えてゆくのも、ひとつの喜びだった。

二十歳《はたち》になる年の春、猛夫は理容学校の通信教育を終えた。一年の遅れは充分に取り戻した。

実践が身近にあったことで、教科書に書いてあることを素直に受け容《い》れられた。

藤堂が弟子を取らなかった理由は、聞けないままである。普段は煙草と酒でゆらゆらと過ごしている男だが、ひとたび刃物を持つと人間が変わったように見えた。猛夫にとっては、藤堂の佇《たたず》まいが職人そのものだった。多くは語らず、しかし腕は誰にも負けない。

どうやら自分はひとよりも手仕事に向いているらしいと気づいたのも最近のことだ。角刈りをする際に使うべっ甲の櫛《くし》にもヤスリを使って細工をする。藤堂の道具にも同じように、毛が掬《すく》いやすいよう溝の根元に裏と表を作り、角度の違う面があることを見つけたからだった。

あっちを削りこっちを削りしているうちに、道具はどんどん形を変えた。手になじみ、体の一部と感じられるとき、どんな場面よりも気持が躍った。

ただ、猛夫の腕が上がってゆくのと同じくして、カツの容態は日に日に悪くなった。三日に一度の往診も、ときには毎日だ。骨と皮だけになったカツの寝顔は、とても生きているようには見えなかった。

猛夫は仕事を終えて松乃家に帰ると、真っ先にカツの部屋へ急いだ。ひと声かけて入ってゆくと、瞼《まぶた》を重たそうに上げたカツが「おかえり」とかすれ声で言うのだった。

その日もカツの元へと急ぎ、部屋へと入った。部屋は湿度を落とさないようトキが気をつけているが、死を目前にした人間から漂うにおいだけは、どうにもならなかった。

猛夫が耳元まで口を寄せて「おばちゃんただいま」と言うと、カツの瞼がゆっくりと開いた。

「おかえり」

昨日と変わらぬかすれ声だ。好《よ》い変化が望めなくなってからはもう、変わらぬことをありがたく思うしかなかった。最近のカツは自力で起き上がることもできない。猛夫の声に反応するだけで精いっぱいだ。医者はよくぞここまでがんばった、とカツを称《たた》えるが、猛夫はとてもそんな気持にはなれなかった。

「おばちゃん、具合はどうだ」

「まだ、生きてるよ」

「あんまり喋《しゃべ》らんでいい」

猛夫は今日の出来事を日記に記すようにしてカツに話して聞かせる。

「今日は親方に日本剃刀のお下がりをもらったんだ。ものすごい鋼《はがね》がついたやつだ。親方の父親がもともとは刀鍛冶《かたなかじ》だったなんて、初めて聞いた。内地の古い鍛冶屋の息子だったのが、腕を買われて北海道に来たそうだ。工具や農具の手入れをしながら、やっぱり刀を打ちたいと思って鋼を溜めては小刀を作っていたらしいんだ」

ひと息つくと、カツが皺だらけになった顔に笑みを浮かべた。

「そんな話を、してたかい」

「俺がもらったのは、親方の親父さんが息子のために打った剃刀だった」

鍛冶屋となったからには、一度は刀を打ってみたかったのだという。息子が刃物を扱う職人になったとき、藤堂の父親は「鍛冶屋の息子が侍になった」と喜んだ。

カツは小さくなった体に息を溜めて、うんうんと聞いている。

「あとは、国家試験に受かるばかりになった。おばちゃん、ありがとう」

「タケや、いま礼なんぞ言うな。独立して店を構えて、そこに招待してくれたときでいい」

同じ会話を何度しても、どんなにその日を願っても、カツが猛夫の構えた店にやってくる日は訪れないだろう。半年が一年、一年が三年まで保ってくれた。何よりも、カツのそばに居られた時間が猛夫にとっての至福だった。そしてそれは、カツも同じなのだ。

「店を持ったら、おばちゃんの顔剃りと美顔を真っ先にやるからな」

「ありがとうよ」

翌日から、カツは目を覚まさなくなった。部屋にはトキと猛夫が交代で詰める。毎日の往診となって四日目の夜中、すっと息を吸った音だけを残し、静かになった。

死に目に間に合わなかった駒子は泣きはらした目で現れ、半日泣き崩れていたが、トキに諭《さと》され葬儀の準備にとりかかった。

猛夫は線香を途切れさせぬよう、すでに骨になってしまったかのようなカツのそばを離れない。枕通夜にやってきた藤堂も、すべて終えてから仕事に戻れと言って帰って行った。

短くなってはもう一本立てる。カツとともに線香に燻《いぶ》されていると、なにやら自分までがここにはいない人間になったような錯覚が起こる。

割烹着《かっぽうぎ》姿の駒子がときどき猛夫の様子を見にきては、短い言葉をかけていった。

松乃家で執り行われた葬儀には実にさまざまな弔問客《ちょうもんきゃく》が訪れ、お悔やみを言って帰って行った。駒子は札幌で世話になっている女将、カツの「ねえさん」に慰《なぐさ》められている。猛夫を慰める言葉を持った人間はひとりもいなかった。

何度読経《どきょう》を聴いても、何度頭を下げても、遺骨を拾っても、美しい錦で骨箱を覆っても、カツを失ったという実感はなく、世界から疎外《そがい》されたような気分が続いた。

たった数日のうちに、カツの部屋は仏間へと変わった。万年床の下にあった畳は、少し変色している。

葬儀のすべてを終えてトキが自室に戻ったあとは、仏間には猛夫と駒子ふたりが残った。ちいさな仏壇で亭主と角二の位牌の隣に並んでいるカツは、本当にあの息苦しさから解放されたのかどうか。全身の痛みから逃げられたのかどうか。猛夫の頭はいくつもの問いであふれ、積み重ね続けた技術のことはひとつも過《よぎ》らない。

「タケ、疲れてないか。あんまり寝てないだろう。トキさんも心配しとったよ」

「明日から、仕事に行く。だいじょうぶだ」

答えにもならぬ言葉を、自分に言い聞かせた。

「なんかなあ、大事な人を失うっていうのは、それまでの自分までどこかに半分持って行かれたような気持になるもんだ。自分が半分になったら、痛みも半分喜びも半分だわ」

「それじゃあ、ふたりいっぺんに亡くしたら自分がなくなっちまうな」

「そうかもしれんなあ」

駒子は「そうかもしれん」を三度繰り返した。慰めの言葉を持たないのはお互いであったが、なにをどう言ったところで、猛夫の悔いは続く。

「タケが一人前になるのが、女将さんの夢だった。それは叶ったんだ。お前がこの先どれだけいい仕事をするのか、懐の大きな男になっていくのかは、わたしが見届けるよ」

「駒子は、カツおばちゃんじゃあない」

「知ってるよ、そんなことは」

猛夫の目から、思いもよらぬ涙がぽたぽたと音をたてて畳に落ちた。拭っても次から次へ、あふれては落ちる。

「やっと泣いた。よかった」駒子の声が遠くなるくらい、声をあげて泣いた。そのうち気が遠くなって、耳が聞こえなくなった。

気づくと駒子の腕の中にいた。自分が駒子にしがみついて泣いていたと気づき、やっと呼吸が出来るようになった。しゃくり上げる猛夫を、駒子が抱きしめる。カツとも違う、遊郭のしのぶとも違う、けれど確かな女の柔らかさに包まれている。

猛夫を抱いたまま、駒子が畳に崩れた。

駒子が自ら倒れたものか、わずかでも猛夫が押したものかは知れない。お互い無意識に自分を責めながら、それぞれの体の内側へと入り込むことで現実を離れた。

駒子の体は、しのぶと違って少し骨張っていた。ぶつかり合う腰骨を感じながら、拾ってから一日も経たないカツの、からからに乾いた骨を思い浮かべた。

果てたあと、猛夫は悔いることをしなかった。ただ自分は一生、女を抱くたびにこのかなしみとも怒りともつかない思いから逃れられないのだろうという、漠然《ばくぜん》とした予感に包まれるだけだった。

カツを失ってから、猛夫はいっそう仕事に励むようになった。鋏の形が変わるほど研ぎ上げ、来る日も来る日も道具を整え一日を終える。

そうしていなくては一日を無事に過ごせない怒りはまた、猛夫を生かす大事な燃料でもあった。

そして季節をひとつまたいだ。

ふつりと緊張の糸が切れたのは、死んだ人間に一通の手紙が届いた日だった。

夏の終わり、鉄くさい雨が町を濡らした日の夜。松乃家に戻った猛夫に、トキが無言で封筒を差し出した。宛名にあるカツの名が、やけに黒々と書かれてある。差出人は新川彦太郎、猛夫の父だった。

「トキさん、これは俺が開けてもいい手紙だと思うか」

トキは少し間を置いて「それはタケ坊の気持次第だと思いますよ」と答えた。

「できれば、このまま破って捨てたい」

「自由になさいまし。女将さんならどうしたかを考えるのも、生き残った人間の務めです」

そう返されては、ぐうの音も出なかった。素直に受け取り、カツの位牌の前で封を切った。一介の魚屋にしては整った文字だと思いながら、気持の上に夜逃げをするような男にしては、と付け加える。

『カツ様

大変なご無沙汰をお詫び申し上げます。なんのご挨拶もなく本輪西を後にいたしましたこと、今も心苦しく思っております。その節は、ご迷惑ご心配をおかけいたしました』

彦太郎は、いま自分たち家族は道東の釧路《くしろ》に身を落ち着けており、駅前の市場ですり身を揚げて売って生活していると書かれてある。

『カツ様におかれましては、当家の次男猛夫のことも併せて大変なお世話になりながら、何のお返しも出来ぬままでありますこと、ただ申しわけなく』

長い手紙のその行を何度も往復する。

当家の次男猛夫。

空虚な漢字の並びに、自分がいることなど信じたくもない。新川の家の次男ということをすっかり忘れていた自身にも驚いた。更《さら》に驚いたのは、長男の一郎もいま釧路で父の仕事を手伝っていると書かれていたことだった。

『お陰様で、あれほどの放蕩《ほうとう》を繰り返しておりました長男一郎も、今はすっかり改心しております。この先は屋号をヤマシンとして、過去を償《つぐな》いながら当家の商売に精を出すよう励ましております』

頭の中が疑問符でいっぱいになった。さつま揚げを売って糊口《ここう》をしのぐ生活が、当家の商売と言えるほどのものかどうかを、あの父がいちばんよく解《わか》っているのではなかったか。ひとり、唯一のまっとうを挙げるのなら父の彦太郎しかいないと思っていたのは、間違いだったろうか。

猛夫は長い手紙の最後の便せんを何度も何度も繰り返し読んだ。

『カツ様のご健康、ご商売の繁栄を心から願いつつ、日々のお詫びと感謝の気持をお伝えしたく筆を執った次第です』

むらむらとした怒りが頭を持ち上げてきた。

猛夫は決してこの一家にカツの死を知らせるまいと誓った。カツはよく「親には感謝しろ」と言っていたが、それとこれとはまったく別だ。

百歩譲って、カツの死を知らなかったことはいいのだ。借金を踏み倒したことへの謝罪も、たとえ三年経ってでもするだけましだろう。

猛夫が許せなかったのは「当家の次男猛夫」と記された一点に絞られてゆく。

いま何を思って新川の次男であることを言い含められるのか。苛立ちの中では何も考えられなかった。

猛夫は手紙をカツの仏前にはあげなかった。現在の住所が記された便せんの一枚だけを抜いて、あとはそっくりゴミ箱へと捨てた。

トキに出かけてくると告げて松乃家から出た。秋風に吹かれながら輪西の歓楽街へと向かう。労働者相手の食堂でカツ丼をビールで流しこみ、路地裏へと入った。

しのぶのいる娼館はもう戸口を固く閉めており、よほどの馴染《なじ》みでなければ入れないようになっている。猛夫は馴染みと呼ばれるほど通う金がなかった。

職を失った女が立ちん坊をしているという路地には、なるほど鮮やかな色のスカーフがぽつんぽつんと等間隔で揺れている。

三人目の女に、声をかけた。

「毎度さま」

嗄《かす》れた声の年増だったが、手慣れを期待して買うことにした。

いちばん安いと言われた金を払ったあと、掘っ立て小屋の中に入ると、女はさっと脚を広げた。

「入れるのは、ここ。どうぞ」

ほかのことは一切しない、という意味だった。猛夫は急かされるままに自分をしごいて、示された場所へと腰を進めた。女が自分の唾を手に取って猛夫にこすりつける。少し往来が楽になり、嘘か本当か細い声までついてきた。

女がシマ子に見えてきたところで、腰をたたきつける。女がなにか叫んだ。

萎《な》えずに二度放つころには、もう勘弁してくれと懇願された。猛夫はスカーフを剝《は》ぎ、女の髪をつかんだ。猛夫が己《おのれ》から逃げないためには、女を逃がしてはならなかった。

荒れた息を吐きながら、女を解放する。女がさっと飛び退《の》き、怒鳴った。

「この、畜生が！　お前みたいなのがいるから、毎日ここいらの女がバタバタ死ぬんだ。立ちん坊なんか生きてる資格がねえとかただの穴だとか抜かして、結局死ぬまでやっちまうんだよ」

猛夫がそばにあった垂木《たるき》に手を伸ばすと、女はあっという間に外へと走り去った。

猛夫はもう、自分がカツに愛し育てられた人間のかたちをしていないことを悟った。

四章　長男

――カズロウ　シス　キタクセヨ
松乃家《まつのや》に届いた電報を手に、ひと晩列車に揺られたのち、猛夫《たけお》は釧路《くしろ》に降り立った。駅前に軒《のき》を連ねる市場のそこかしこに、闇市の名残《なごり》を見た。太い目抜き通りでは幌馬車《ほろばしゃ》と車が行き交い、人の流れも忙《せわ》しげだ。

兄の一郎《かずろう》が交通事故で死んだという報《しら》せのあと、電報で「行く、行かない」というやりとりをする猛夫を見て、藤堂《とうどう》が言ったのだった。

「お前にとってはほとんど他人で、一家にとっての疫病神だったとしてもだ。親が子を亡くすってのは、尋常なことじゃあない。行ってこい。お前のほうにも、けりをつける時が来たってことだろう」

そして、しみじみとした口調で続けた。

「この先どこに行ったところで困らんだけの腕はつけた。新天地がもしいいところだったら、お前はそこで独立すればいいんだ」

葬式も大事だが、釧路がどんな場所なのか行って見てこいと言われれば、納得できた。一郎が死んだのはただのきっかけで、新天地の視察と思えば鉛色の空に浮かぶ張りぼてに似た太陽も気にならなかった。

室蘭《むろらん》が赤い鉄さびの町なら、ここはまるで鉛《なまり》を垂らしたような色をしている。

改札を出た猛夫を待っていたのは、すぐ下の弟、康男《やすお》だった。

最後に会ったのがいつだったのかほとんど思い出せないが、面差《おもざ》しが母親に似ており体型もカマスか丸太に見えたので間違いないだろうと、近づいた。

「兄貴、久しぶりだな。なんかずいぶん変わったな」

お前もな、と言うと素直に照れるこの弟は、幼いころとほとんど変わらない人なつこさだった。兄弟や他人という枠がそもそも欠落しているような瞳が、好奇心に光っている。

目抜き通りをまっすぐ進み、川縁《かわべり》に出たところに新川《しんかわ》一家の住まいがあるという。ふたり並んで人の波を縫いながら川へ向かう。寒風に揺れる干し魚のにおい、水産加工場から流れ出る水のにおい、漁獲量の多い土地には独特の生臭さが漂っていた。

全長一キロあるという通りの中ほどまでやって来ると、太い道路と交差する場所に出た。

康男がふと足を止めて銀行の建物を指さした。

「一郎兄貴は、あそこでトラックに撥《は》ねられたんだ」

放蕩《ほうとう》の限りを尽くした男が行き場を失ってたどり着いたのが、さんざん辛苦を舐《な》めさせた親元で、今度はしっかり家業を手伝い、二代目として真面目に働くと約束をした矢先の出来事だった。

康男はまるで他人ほどに会っていなかった猛夫にも屈託なく、訊《き》いてもいない話をし、よく話しかけてきた。

「一郎兄貴が戻ってきたからよう、俺は配管工の見習いで家の外さ出たんだ。住み込みで親方にいびられながら、最近やっと現場の仕事が出来るようになってきたんだよな」

ああ、と猛夫は一郎が轢《ひ》かれたという場所を眺めた。町はもう、ここで事故に遭い即死した男がいたことなどとうに忘れているようだった。

長兄一郎は、生きていても死んでしまっても一家の災《わざわ》いだった。死んだと聞かされても、さっぱり悲しいとは思わない。さんざん苦労を強《し》いられた一家がまだ一郎を頼みにしていた事実が腹立たしかった。

「とうさんとかあさんはどうしてる」

そのときだけは少し声が落ち、「泣いてるべ」と呟《つぶや》いた。

向こう岸まではゆうに百メートルはあろうかという太い川だった。釧路川、というなんのひねりもない名前がつくほどに、存在感のある佇《たたず》まいだ。黒々とした川面は、なぜか河口から逆流し、川上へと流れていた。

潮が満ちれば川が逆流するくらい、低い土地。いっそう魚臭さの増した川岸を、橋のたもとで左に折れた。

河口から二つ目の橋のすぐ下に、トタン屋根の波打つ一角が現れた。暗い穴へともぐり込むような入口へ、康男に案内されながら入ってゆく。ひとりだったら決して見つけられないような、おかしな玄関口だった。

暗い工場には人影はなく、狭い場所に大型の什器《じゅうき》がいくつも伏せてあった。コンクリートの床は油と水で滑りやすく、気を抜くとかかとを取られそうだ。

油の釜、蒸し器、包丁、すだれが並ぶ通路を往《ゆ》く際、康男がぶっきらぼうな口調で言った。

「一郎兄貴がこっちに来たばかりのころ、よくここでとうさんとやり合ってた。何かっていやあ包丁持って怒鳴《どな》るのが嫌だったなあ。殺すとか殺さないとか、言ってるうちに自分が死んでりゃ世話ないよなあ」

ここにも、一郎の死を悼《いた》んでいない者がいる。猛夫は同調せずに黙ってそれを聞いていた。ここだ、と指さすほうを見ると、細い階段があった。一階にはどこにも窓がなく、暗い建物だった。階段の中ほどまで来ると、人の気配と線香のにおいが層になって厚みを増した。

「猛夫兄貴が来たぞ、みんな」

狭い台所のある部屋で、石炭ストーブを囲むようにして座る一家の姿を見た。一瞬、自分がどこかおかしな国に迷い込んだかのような錯覚が起こる。

台所のすぐそばに母のタミが座り込み、ぶつぶつと何か口の中で唱えている。タミの横に、きつそうな顔立ちの少女が三人、行儀よく座っていた。感情のひとつもこぼれ落ちない表情に、猛夫のほうが怯《ひる》みそうになる。

「猛夫か」

うなだれた頭を真っ先に起こしたのは、彦太郎《ひこたろう》だった。

「遠いとこ、ご苦労だったなあ」

「一郎兄貴がまさかこんなことになるとはなあ」

心にもないことを言うのも苦しいものだった。短い廊下の先に、急ごしらえの仏間がある。彦太郎は、遺体の損傷があまりにひどいので、母や娘たちには見せないまま火葬したのだと言った。

「お参りしてやってくれ」

肩幅ふたつぶんの白い祭壇中央に、一郎の骨が祀《まつ》られている。引き伸ばすにいいだけ引き伸ばした遺影は、いつ撮ったものか。顔の輪郭《りんかく》さえ曖昧《あいまい》なのに、射貫《いぬ》くような目と口元だけは妙にくっきりと笑みに形づくられていた。香を焚《た》きしめ花に守られ、もう借金もせず暴力も振るわない男が偉そうにこちらを見ている。

猛夫は線香を立て、鈴《りん》を鳴らして手を合わせた。化けて出ないくらいのお悔やみを心に刻み、さっさと仏壇の座布団から降りる。

カツに死なれたときとはまったく違う心もちで、仏間に座っていた。台所を兼ねた茶の間から、低くタミの念仏めいた声が響いてくる。彦太郎が淹《い》れた薄いお茶を飲み、ストーブから最も遠い寒い場所で久しぶりに父と向かい合った。

「室蘭では、松乃家の手伝いをしてたのか」

父の問いに失望しながら、カツの死と藤堂のところで職人になったことを告げた。

「カツさんが、そうか。あんな出来た人を早死にさせるとはなあ、神様も仏様もないわなあ」

「俺は一郎兄貴が死んだからといっても、別になんとも思わない。さんざん人に迷惑かけたし」

死んでお詫《わ》びとはこのことだ、と言いかけたものの、すんでのところで思いとどまった。頼りの息子を亡くした男親にそれもないだろうと思えたのは客商売で覚えた会話であって、それ以上でも以下でもなかった。

感情を伴わない言葉は、彦太郎にはひどく残念に響いたらしい。暗に指摘されても猛夫には一ミリも届いてはこなかった。

「この骨箱は、借金の塊だ。こいつのお陰で、俺は室蘭では独立できない。それは、藤堂の親方にも言われてる」

彦太郎はぼんやりと線香の煙が揺れる仏壇を見ている。猛夫の言葉が届いているのかどうか、はっきりとした反応はなかった。

「釧路に来たのは、一郎兄貴に線香の一本でもと思ったのもある。けど、いつか独立する場所として、いい町かどうかこの目で見るのも大事と思っただけだ」

「そうか。ずいぶんと冷たい弟だなあ」

彦太郎がぽつりと言った。

冷たくてけっこうなのだ。新川一家が何も告げずに室蘭を去るときも、猛夫は蚊帳《かや》の外だった。声を掛けられたところでどうにもならなかったことを思えば、それで良かったのだったが。

「けどもな」

彦太郎が、溜《た》めた言葉を一音ずつ猛夫に染みこませるような口調になった。

「お前は今日から、新川家の長男だから。それだけは覚えておいてくれないか」

何かの聞き間違いではないのかと耳を疑った。胸の奥で何度か「長男」の文字をかみ砕《くだ》き、広げて潰《つぶ》して叩《たた》いてみた。

「とうさん、なにを言ってんだ。俺はここの家とは関わりなくやってきただろう。一郎が死んだからといって今日から長男ってのは、それはちょっとおかしくないか」

「一郎はもう帰ってこない。次男坊がいちばん上になるのは、当然だろう」

そういう問題ではなかった。自分は幼いころからカツの元で育ったのだ。理由もわからず母親に疎《うと》まれ、きょうだいたちは誰ひとり猛夫を兄などと思っていない。それが証拠に、さっき母の横に座っていた妹たちは誰も、猛夫に挨拶《あいさつ》ひとつしなかったではないか。

口からあらゆる疑問と不満が飛び出そうになったところへ、ぎしりと床板が鳴った。

「猛夫、お前が何を言ったところで、順番は順番だ。長男が死んだら次男がいちばん上。お前がどこで育とうと、親は親、きょうだいも変わらん」

母の後ろには妹たちが一列になって控えていた。釧路にたどり着くまでのあいだ、一家が舐めた辛酸は、妹たちの眉間にしっかりと刻まれている。三人の少女が猛夫を見る目は薄暗く、どこか見下したような気配が漂っている。

「タケにいさん」と長女の照子《てるこ》がつぶやいた。続いて次女の和子《かずこ》、三女の須江《すえ》が感情のこもらぬ声で「タケにいさん」と言うのだった。

今日から長男、とはあまりに乱暴ではないか。

猛夫は自分が新川家の「補欠」の筆頭にいたことが信じられず、父や母、妹たち、そして気の毒そうな表情を隠さない弟ふたりの顔を順に眺めた。

仏間が尋常ではなく寒いのは、階段下の工場から吹き上がってくる冷気のせいだろう。動きを止めた水産加工場は、吹き込む外気に冷やされ続けている。

「ずいぶんと寒い町だな」

思わずこぼれた言葉に、笑いそうになる。ひどく悪い冗談を聞いているような気持で、仏壇を見る。ぼやけた一郎の顔がどこか清々《せいせい》としたものに見えてきて、首筋がさらに寒くなった。

猛夫の怯《おび》えと怒りを膨《ふく》らませたのは、誰もが表情をなくしている一家の様子だけではなかった。潮のにおいが染みこんでくる家のトタン屋根に、何かがぶつかりながら走り去る音がして、天井を見た。

「兄貴、猫だ。すり身や漬物の工場が並んでるから、とにかくこの辺はネズミが多いんだ」

お互いの無沙汰《ぶさた》など関係なく接してくるのは、三男の康男ひとりだ。部屋の隅でギターを磨いている利夫《としお》は、気弱そうな瞳をときどきこちらに向けては逸《そ》らす。

ストーブがあるのは台所の付いた部屋ひとつきりで、みないったいどうやってこんな狭い家で寝起きをしているのか不思議だった。

しかし八幡様のそばにあった家もたいして変わらぬ佇まいではなかったか。夜逃げの果てに行き着いた場所が釧路川にかかる橋のたもとであったことも、流れ着いた一家の様子を見るとなるほどと思う。

猛夫は、たったひとりの話し相手である康男に訊《たず》ねた。

「みんな、ここで暮らしてるのか」

「ああ、俺はこっちですぐに住み込みの見習いに入ったけど、利夫はここから仕事に通ってる。昼間『ローゼ』っていうパーラーで働きながら、夜はそこでギター弾いてんだ。俺も歌ってチップをもらえるような仕事をやりてぇよ」

妹たちは学校に行けているのかと問うと、鼻の片側にぐいと皺《しわ》を寄せた。

「兄貴どもがみんな馬鹿だから、自分たちはしっかり勉強していいところへ就職するんだと」

三人とも全日高校へ進むために毎日教科書を書き写しているのだという。男たちには夜間学校以外の選択はなかったことを思うと、新川家も以前よりましになったということか。

「驚いたな。この家に勉強好きがいるとは思わなかった」

「そういえば、兄貴も勉強が嫌いだったもんな。利夫は高校に行ける頭あったけども、間の悪いやつでさ、受験の日に熱出したらしい。だから今でもあんな卑屈《ひくつ》な顔でギター弾いてんだべな」

ふと、もう康男の兄は自分ひとりしかいないのだと思い至った。きょうだいを亡くしたという気持は依然として訪れず、できれば早々にこの家を去りたい思いでストーブの前に座った。

母と妹たちは、夕食の時間が近づいているというのに仏壇の前に座り、次々に泣いては一郎の名前を呼び続ける。しらけるというよりも、恐怖に近い感情が押し寄せてきた。

時間だからと、利夫がギターを片手に出て行った。康男は利夫の座っていた場所に移動し、ごろりと横になったと思うとすぐにいびきをかきはじめた。

台所では、彦太郎がひとり小麦粉を練り、ちぎっては湯の中に放り込んでいる。とうさん、と声をかけてみる。一度では気づかれず、今度は立ち上がり、父のそばに立った。

「とうさん、俺はこの家の長男じゃない。家族でないとまでは言わないが、正直一緒に育ったわけでもないきょうだいは、なんだか他人より遠い気がする」

近くで見れば、ずいぶんと老いて見える父だった。手を休めることもなく「そうか」と返ってきた。そして、ひと呼吸したあと平坦な口調で「それでも、この先お前は一生この家でいちばん上の兄なんだ」と言った。


夜行に揺られて体のあちこちが痛んだのも、二日くらい。猛夫は新入学の親子がひっきりなしに訪れる店で、一日中働き続けた。

新川の家では結局一泊しか耐えられず室蘭に戻ってきたのだったが、藤堂は釧路でのことをひとつも訊ねなかった。猛夫もまた、報告すれば怒りが舞い戻ってきそうで口にしない。言わないことで伝わる思いもあるのだと、藤堂の静かな態度が教えてくれた。

毎日のように小学校入学という子どもたちを丸坊主、あるいはおかっぱ頭にして、親の整髪をする。ときおり、産毛剃《うぶげそ》りにやってくる女たちの皮膚は柔らかかった。お百日の写真を撮る前の、赤ん坊のうなじに剃刀《かみそり》をあてる親方の、普段とは違う緊張を見るのも好きだった。

入学式の客が落ち着いた四月の二週。待合の椅子でトキが持たせてくれた握り飯と卵焼き、煮しめが入った弁当を広げているところへ、藤堂がやってきた。

昼休みというのがない仕事ゆえ、飯は別々に摂《と》るのがならいだ。藤堂はすでに食後の一服で、口に一本煙草《たばこ》をくわえている。

「新川の親父《おやじ》は、どうしてた」

「すり身の天ぷらの工場を持って、まあなんとか暮らしているようです」

「放蕩息子とはいえ、死んだら借金も悪さも帳消しだ。お前もさぞ居心地悪かったろうなあ」

最後のひとくちに残しておいた卵焼きを口に放り込み、白湯《さゆ》で流し込んだ。

「死んで帳消しになるのは勝手だけど、問題は生き残ってる人間の気味悪さです」

藤堂が「ほう」と目に好奇心を宿らせる。猛夫は釧路で彦太郎が言った言葉をそのまま藤堂に伝えた。

「まさか控えの選手になってたとは、お前も驚いたろうなあ。愉快と言っちゃあ悪いが、今までのことを考えると、そりゃ彦太郎も無理やりだ」

どれだけ面白かったのか、藤堂はときどき笑いを堪《こら》えきれぬふうでそんなことを言った。

「いい迷惑です。あいつが死んでほっとしているくせに、下の妹たちはみんな口を揃《そろ》えて優しくていいお兄さんだったなんて言うんです。どこから拾えばそんな話になるのか耳を疑いました」

言葉にするとまたおかしな怒りがこみ上げてくる。藤堂は煙草の煙を天井に向かってひと吐きして、「しかしなあ」とつぶやいた。

「うちの店に来て、女房の愚痴《ぐち》を言って帰る客にしたってよ、家に帰れば気持よく尻の下に敷かれてるわけでよ。俺はそういうのが面倒でひとりでいるんだけどな。飯の支度にしろ身の回りのことにしろ、困ってないのは確かだ。けどもなあ、世の中やもめにはいろいろ面倒なこともあるわけよ」

藤堂が言う面倒とは、定期的に持ち込まれる年増との縁談と、夜の町で遊ぶにしても女に要らぬ期待をさせることらしい。加えて、男の独り身にはウジがわくなどと陰口が聞こえてきた日には、どんな衛生管理も虚《むな》しくなる日があるという。

正直、藤堂がそんな心持ちで暮らしているとは思わなかったので、素直に驚いた。今日の彼は珍しく饒舌《じょうぜつ》で、慰《なぐさ》めでも励ましでもない言葉を聞いていると猛夫の気もいくらか晴れてゆく。

「次男の俺が、順番を守って長男になったとしても、別に親父の商売を継ぐってことでもないし、よく考えれば今までとなにも変わらないです。腹を立てるだけバカバカしい」

言って気分がすっきりした。借金まみれで行方知れずだった一郎がたまたま改心を匂わせて親に期待させ、またどこかに消えただけだ。もともと死んだか生きているかわからない男だったのが、本当に死んだだけではないか。

で、と藤堂が訊ねた。

「釧路は、店を持つにはいいところだったか」

「一キロくらいのあいだに床屋も何軒か見ました。駅前の目抜き通りは賑《にぎ》わってたし、通りから一本入ったところにけっこう大きな繁華街があるみたいで、美容室も多そうです。輪西《わにし》と似たようなもんだと思います」

「炭坑も多いし、漁師もいる。明日死ぬかもしれねえ男がたくさんいる町の職人は、食いっぱぐれないもんだけどな」

藤堂が何を言わんとしているのか、すぐには理解できなかった。弁当箱をハンカチに包む。

「釧路には、俺の兄弟弟子がいる。お互いに親方を亡くしてからはほとんど連絡も取り合ってねえけど、元気にしてりゃあまあまあの腕だろう。店を出す場所で国家資格を取るのも悪くはないな。後ろ盾《うしろだて》がいれば、店を出したときにもそう面倒は起きないだろうし」

理容師にもそんな、やくざの縄張りみたいなものがあるのかと口に出そうになる。しかし藤堂の言っていることももっともだった。行きつけの店を変えるということが、滅多にないことも確かなのだ。

「やっぱり、伊達《だて》とか登別《のぼりべつ》とか、室蘭に近いところでは難しいですか」

「そこじゃあ、中途半端に近いのよ。温泉場ならなおのこと、賭場《とば》もひとつふたつじゃないだろう。一郎が顔を出していた先のことを考えてもみろ。新川の家がまずまず商売出来ているということは、道東の釧路ってところは人の出入りも激しいぶん、この先も伸びるんだろう。放蕩息子もあの世に行って、この先真面目に商売してりゃあ滅多なこともないだろう。彦太郎も、そうそう大きな博打《ばくち》を打てる男でもねえしな」

猛夫は今も、いきなり背負わされた「長男」の肩書きが忌々《いまいま》しくて仕方ない。あの暗い目をした妹たちにひとこと「あいつは実家の鍋釜売ってまで博打を打ち、女を買い、放蕩の限りを尽くした大馬鹿者だ」と言いたかった。

何がどう伝わったのか、優しい長兄ということになっているのは、タミの教えだろうか。死んでなお、弟たちを支配する一郎の置かれていた「長男」とは、いったいなんなのだろう。

それに、と藤堂が続けた。

「よしんばお前が長男になったとしてもよ、蒲鉾屋《かまぼこや》を継げとは言ってないんだろう」

「それは、俺はもう床屋の職人だから」

「じゃあ、いいじゃねえか。いきなりすり身を揚げろなんて言われてないなら、この先嫁をもらったところで、かまどだって別。名ばかりなら長男も次男も、今までと変わらんだろう」

ああそうかと、改めて藤堂の懐の深さを思った。カツのそばにいるために選んだ修業先が、今は親元同然になった。産んでくれた親も親だが、こうして生きてゆくために必要な腕をくれた藤堂もまた、猛夫にとっては大切な親だ。

カツは——カツならば、なんと言うのだろう。

持ち前の勝ち気さで、なにを今さらと怒ったろうか、それとも。

その日帰宅してお参りをしようと仏前にゆくと、鈴のそばに手紙が置かれていた。駒子《こまこ》からだった。トキが置いたものだろう。

カツと角二《かくじ》に「ただいま」を告げてから、封を切った。

『猛夫様
お仕事、忙しくされていることと思います。トキさんから、立派な職人さんになったと聞きました』

駒子の手紙はどこかよそよそしかった。いつもと変わらない文面とわかっているのだが、一度でも肌が近づいてしまったあとは、時をそれ以前に戻すことは叶《かな》わない。きょうだい同然の日々から明らかな他人へ、そして一気にお互いの体の内側を覗《のぞ》いたのだった。

手紙には、稽古と座敷、札幌《さっぽろ》の天気、朋輩《ほうばい》とのやりとりといった話題が続く。ありきたりな話題にいちいち心の裏側を探すので、便せん二枚がひどく長かった。

『猛夫様もどうか、お体に気をつけて。ご健康をお祈りしております。　駒子』

どっしりとした疲れが全身を満たした。猛夫はその場にどさりと腰をおろし、もう一度手紙を隅から隅まで眺めた。どこにも「会いたい」という文字はない。探せないだけではないのか、いや書かれていない。猛夫はめまぐるしい勢いで駒子の心の在処《ありか》を探すが、今までどおりの手紙はどこか空々しい気配を帯び、息苦しさが増すばかりだった。

なんでだ、駒子。

手紙に、何度か問うた。問うても問うても、返事はなかった。

翌日から、仕事をしているあいだはいいが、少しでも手が空くと駒子のことが頭を離れず、妙な苛立《いらだ》ちが猛夫を無口にした。

藤堂はすぐに弟子の様子がおかしいことに気づいたようだが、何も言ってこなかった。しかし、土曜の夕刻に客足が途絶えたところで「たまには輪西に遊びに行くか」と誘いをかけてきた。

猛夫は親方の気遣いを感じながら、しかし頷《うなず》くことをしなかった。それまでの迷いが吹っ切れて、ひとこと礼を言ったあとは気が楽になる。

「これから、札幌に行ってこようかと思います。せっかく誘ってもらったのに、すみません」

「いや、行くところがあればいい。正直俺もひとりのほうが遊びやすい」

札幌に何の用事かと問われなかったことは意外だったが、問われたところで多少の嘘《うそ》を吐《つ》かねばならないので、却《かえ》って助かった。

そうと決まれば、と急いで店を片付ける。一時間後、藤堂は「腹が減った」と言って輪西へと急ぎ、猛夫は札幌行きの列車に乗った。

夜のレールに運ばれてゆく先には、苦い過去ときらびやかな街並みが待っている。腕に力をつけたあとならば、たとえ笠井《かさい》の職人に会ったとしても怖くはなかった。見かけは新川猛夫だが、自身に負けて故郷に戻ったときとは内側が違うのだ。

札幌駅に降り立つころはもう、夜の明かりがあたりに満ちていた。大通り方面に向き立った猛夫の前を、一瞬ひるむくらいの速さで数台のオートバイが走り去る。

いったい何だ、と思っているところへまた、三台、五台といった連なりでオートバイが空気を斬っていった。

隣で信号待ちをしていたときだった。皇太子妃のミッチーブームにかぶれた女の「なんなのあれ」というひとことに、隣にいた背広姿の男が「カミナリ族ですよ」と呟《つぶや》いた。

「カミナリ族って、いったいなに？」

「オートバイで徒党を組んで、速さや腕を競うらしいんです。都会で流行《はや》ってたんですけど、とうとう札幌にも上陸したんですねえ」

「嫌な集団ねえ、下品」女の仕種《しぐさ》には品のかけらも感じないが、空前の皇室ブームの前では室蘭のあちこちでも似たような女をよく見かけた。

駒子の住所を頼りに南側へ歩いていると、そちらこちらからオートバイの爆音が聞こえてくる。

信号待ちで顔をしかめる人間が多いなか、猛夫はなぜか彼らに嫌な気持は覚えなかった。なにか胸の裡《うち》に潜んでいた闘争心をかき立てられると同時に、腹の中に降り積もった鬱憤《うっぷん》の嵩《かさ》が減るような気がするのだった。

日々の稽古さえしっかりすれば、技術は必ず自分のものとなることが今ならばよくわかる。いつか、金を貯《た》めてオートバイを買おう。実現が可能かどうかなど考えもしなかった。欲しいと思えば、いつか手に入る。自分はそのためにどんなことでもする。

爆音が響く街角を、人いきれに呼吸を浅くしながら歩く。南側へ、南側へ。街灯が減り、静かな住宅街へと景色が変わった。明かりが消えている窓もちらほら見かける。繁華街とは違う時間が流れだした。

電信柱の番地表示を確かめながら歩く。一週間ぶん体は疲れているのだが、日々育ててきた筋肉が「まだまだ」と猛夫の気持に応えてくる。

二階建てのアパートが目立つ界隈《かいわい》にやっと、駒子の住所と同じ表示の電信柱にたどり着いた。一角をぐるりと回り、目指すアパートの名を見つけたときは、心臓がきゅっと引き締まった。首をぐるりと何度か回す。肩を回しては首や肩、腕の筋をほぐす。肩甲骨、背中、腰、太もも、順次号令をかけて弛《ゆる》ませた。

こわばった体が少し温まったところで、駒子の部屋を探す。部屋番号の頭に「2」があるので、おそらくは二階の部屋だろう。一階に四軒、二階も同じ数のドアが並んでいる。

念のために一階の表札を確認するが、どれも知った名字ではなかった。鉄製の階段を上り、電柱からの頼りない明かりのなか、手前からひとつひとつ表札を見た。階段から最も遠い、端の部屋にやっと駒子の名字があった。

夜の夜中にチャイムを鳴らすのは、近所の手前もあるだろう。ひと呼吸置いて、軽くノックしてみる。二度、同じことをした。落胆しかけたところで、部屋からはひとつの明かりも漏れていないということに気づいた。

土曜の夜である。座敷もひとつやふたつではないだろう。日をまたがずに帰宅できるほうが少ないに違いなかった。我ながら格好の悪いことだと思いながら、ドアの前に座り込んだ。

遠くで、カミナリ族が爆音を響かせていた。明かりのついた部屋から、人の声が聞こえてくる。なんと言っているのかはわからないが、軽い諍《いさか》いの気配である。

煮物、スパイス、出汁《だし》、便所、ありとあらゆる生活のにおいが鼻先に集まってくる。そこへ、芽吹きのにおいが混じった。

肩を回しても首の筋を伸ばしても、いよいよ自力での保温が間に合わなくなったころ、少し離れた四つ角のほうから車のブレーキ音が聞こえた。

車が走り去る音のあと、女の草履《ぞうり》が砂を擦《こす》る音が聞こえてきた。草履の音が近づいてくる。階段を上ってくるが、少し疲れた足取りだ。

猛夫はゆっくりと立ち上がった。驚かせてはいけない。階段の中ほどにいる女の襟《えり》に向かって「駒子」と呼びかけた。

女が足を止め、辺りを見回す。声の主を探している。

猛夫はもう一度、女の名を呼んだ。

「駒子、俺だ。猛夫だ」

頭上からの呼び声と気づいた女が、結い上げた髪が乱れるくらいの勢いで上を見た。

「タケ、あんたなんでここに」


駒子の体は柔らかく温かい。揺らした波が、猛夫の体に返ってくる。ぶつかり合い、泳ぎ合いながら、お互いの岸を探し、突き進む。

猛夫は春の夜気に冷えた皮膚で、少しずつ駒子の熱を奪った。繋《つな》がり合っているときの駒子は、静かだった。猛夫の下で、ときどき漏れる声を自ら叱るように唇を嚙《か》む。猛夫は女の体を往来しながら、駒子だけは誰とも違うと思う。

最後を意識しながら、深く深く沈み込もうとした刹那《せつな》、駒子の手が猛夫の腰を遠ざけた。熱を含んだまま放り出されて困惑していると、駒子が近くにあったバッグから避妊具を取り出し封を切った。

避妊具に包まれた欲望は、赤黒くてらてらと光った。

仰向《あおむ》けになった駒子が猛夫を元の場所へとおさめた。何ごともなかったように、深く沈み込む。薄いゴムに隔てられた繋がりが、猛夫を大人にした。

腹の中へ放ったつもりの精を、駒子が手早く始末した。猛夫の口から、思いもよらない言葉がこぼれ落ちる。

「なんか、商売女みたいだ」

ほんの一瞬、駒子の動きが止まったが、それ以上の反応はなかった。

静かな時間が訪れてみれば、室蘭を出てきたときの昂《たかぶ》った気持はどこへか消えた。猛夫にはそれが不思議でならないのだが、駒子を待っているあいだ確かにあったはずの憎しみに似たものは、己《おのれ》の内側のどこを探しても見つからなかった。

茹《ゆ》でたそうめんを、温かなだし汁で食べた。一杯では足りず、二度同じ手間をかけさせたが、駒子は「麺の量を間違った」と笑いながら用意をした。

化粧を落とした駒子は、幼いころに時間を巻き戻したようなつるりとした頬《ほほ》になった。もう、触れてはいけないものになった気がして、胸奥《むなおく》がしぼむ。

腹が膨れれば眠気が起きた。わかりやすい体だ、情けないと思いながら駒子の敷いてくれた布団へともぐり込む。

駒子は隣の部屋に敷いた自分の布団で眠るという。猛夫は引き留めなかった。避妊具で隔てられたとき、縮めようのない距離があることに気づいてしまった。そしてあの避妊具が、猛夫のために用意されたものではないことにも。

昼どき、駒子は大通りへ買物に出るといって化粧と着替えを済ませた。ゆるゆると起き上がり、きしむ筋肉をひとつひとつなだめながら、猛夫は無言で身支度をする駒子を見た。

鏡台と、長押《なげし》に並ぶ釘《くぎ》にかかった衣紋掛《えもんか》け。着物の柄はとても地味だった。二十代半《なか》ば、女のひとり住まい。猛夫には初めて見る景色なのだが、その簡潔さはどこかカツの部屋に似ている。

猛夫は、突然訪ねて来たわけを訊《き》かれないことが不満だった。そして訊かれなければ話せない自分のふがいなさにも腹を立てた。

駒子の身支度が整ったところで、やっと視線が猛夫に向いた。

「お腹空《す》いたろうね、ごめんね」

「いや、夜中けっこう食べたし」

「大通りで、とんかつを食べようよ。美味《おい》しいところ、知ってるんだ」

駒子に連れられて入った店は、とんかつの専門店だった。ロースカツ定食の大盛りを無言で食べる猛夫を、駒子が嬉《うれ》しそうな顔で見ている。そんな視線を真正面から受け取るような晴れやかな気分にはならない。

「トキさんは、元気にしてるかい。松乃家の商売は、どうなんだろう」

「みんな元気だ。毎日忙しそうだ。旅館は建て付けが古いんで、しょっちゅう大工が出入りしてるけども」

その大工とトキが長らくいい仲だったことを知ったのはつい最近だ。一緒になる気はないらしく、大工は毎度いいように使われている。

「タケの腕も、たいそう上がったんだろうねえ」

「今年の夏、国家試験を受ける」

駒子の表情がぱっと明るくなった。そうかそうかと頷きながら、薄い味噌汁を旨《うま》そうに飲みほす。猛夫は目の前にある駒子の白い喉から目をそらした。

「とうとう一人前かあ。国家資格が取れたら、もうお店を持って独立できる日も近いな」

「そりゃあできるけども」

先立つものと、このままでは開業できる土地がないとは言えなかった。

「さすがに、元の食堂は藤堂さんのところからは近すぎるねえ」

駒子は室蘭で独立すると思い込んでいるようだ。食後に運ばれてきたほうじ茶を飲みながら、このまま告げずにいるかどうかを迷った。

「お店持って、いつか所帯持って、タケ坊もどんどん大人になるんだねえ」

駒子のひとことに、弛んでいたネジが落ちた。昨夜の今日、駒子の口から最も聞きたくない言葉だった。

「室蘭では、独立できない。一郎のやったことを思えば、どう考えても無理だ。それは藤堂の親方も同じ考えで、おそらく遠い町で店を開くことになる」

駒子が湯飲みを傾けた手を止める。とんかつ屋の喧噪《けんそう》が少し遠くなった。

「遠い町って、どこ」

「釧路かもしれん。まだ決めてない」

そして、長兄一郎が事故で死んだことを告げた。

「まさか、あの一郎が」駒子は驚きを隠さなかった。

目の奥では室蘭で見聞きしたあれこれや、カツから聞いた新川家の出奔《しゅっぽん》がぐるりと一周しているだろう。

「人っていうのは儚《はかな》いなあ。時間に乗っかって生きているようでも、いきなり時間のほうから切り離されてしまうんだなあ」

「新川の家が、いきなり俺を長男だと言い始めた。控えの選手で取っておくために養子縁組を承知しなかったんだとすれば、たいそうなご一家だ」

「そりゃあ、男手はいくらあってもありがたいもんだからなあ。もともと貧乏な国だった上に戦争にも負けたけども、子どもを売らなくて良くなったのはいいことだと、わたしは思ってるよ」

「おばちゃんも、同じことを言ってた」

いまの駒子は、ちいさなカツのようだった。血は繋がらずとも、カツの思いは細く長くこうして駒子へと繋がっている。ゆっくりとした仕種で茶を飲んだ駒子が、ふうっと細い息を吐いた。

「そうか、釧路か。そりゃあ遠いなあ。夜行列車でひと晩かかってしまうなあ」

なぜ、笑みを浮かべているのか。駒子の表情が安堵《あんど》しているように見え、今度は猛夫の手が止まる。少しでも力を加えたら、崩れ落ちそうな柔らかな時間だった。

「やっぱり釧路は、遠いか」

「うん、遠いなあ」

「駒子は、札幌からどこにも行かないのか」

「まだまだ見習いみたいなもんだし。芸事で身を立てるには、しばらくかかるなあ」

芸者も一人前までには時間が必要だと言われれば、そうかもしれないと思う。技術と芸事は、掘り下げていけばどこかで交わるくらいに似ているのだろう。

駒子は六條《ろくじょう》に囲われていたときよりずっと、華やかでかなしみを含んだ目をする。

猛夫は、札幌を動かないという駒子に失望した。

釧路へ行くと言ったら、ついて行こうかどうしようかと迷うくらいのことを期待していた自分にも気づいてしまった。いまはただ、駒子の反応を知りたくて列車に乗ったことが恥ずかしかった。昨夜の逸《はや》る気持はそういう狡猾《こうかつ》さが根にあったのだ。

昨日から今日へ、めまぐるしい一日を過ごすに至った動機がこれか。自身のちいさな器にも反吐《へど》が出そうだ。

「俺は、札幌の笠井からは負け犬で戻されたけども、いまの腕はあの店の誰よりいいと思ってる。どん底から這《は》い上がれたのも、おばちゃんや藤堂のおやじのお陰だ」

そして駒子、お前もだ。

最後のひとことを呑《の》み込めたのは幸いだった。

「タケはいつだってまっすぐ伸びる正直な男だ。女将《おかみ》さんの、自慢の息子だ」

いったい自分は、誰の息子なのか揺らいでいることを見透かされた。カツの息子であると言い切る証拠もなければ、新川の息子であることを退《しりぞ》ける材料もない。実に中途半端な場所で、風が吹くたびにくるくると回っている風見鶏のようだった。

「釧路へ行けば、新川の長男だそうだ。すり身工場を継げとは言われなかったけども」

継げとはっきり言われなかったことで、なにかしら負い目を持つような流れになったことは確かなのだった。けれど猛夫にはそこをうまく言語化することができない。もどかしい思いを抱きながら、事実上の長男という立場で生きてゆくことになる。父に身寄りはなく、その親のことも知らない。猛夫には、長男という立場の先人がいなかった。

道ばたの、急に生えてきた草が日を追って育ってゆくのを眺めている気がする。「長男」というのは不思議な草で、いつか必要とされる日のために、必ず誰かが水をやる。

「子どもを亡くすっていうのは、心細いしかなしいもんだと思うんだ。タケもこれから先いろんなことがあるだろうけども、逆縁だけはしたらいかんよ」

「あいつは、生きてても死んでも親不孝だった。なんで俺が急に、恩もたいしてないような新川の家に尽くさないとならないんだ。あんな極道者の身代わりになって、長男にならないといけないんだ」

誰かにすっきりと答えて欲しい。答えがわかれば、納得もできる。誰もが口を揃えて、それでも親は親だという。産んでもらった恩など、知ったことではないと大声で叫びたい。叫んだら、楽になるだろうか。

藤堂にはさんざん「客の気持になれ」と教わってきたが、腕と金の交換が利く場所ならばそれも可能だった。等価あるいはそれ以上の腕を差し出せば、客は必ず次も猛夫に仕事を頼む。

産みの親は、ただただ猛夫に献身を要求してくる理不尽で厄介《やっかい》な存在だった。

店員が雑な仕種で二杯目のほうじ茶を注《つ》いで去って行った。

駒子が手洗いに立つふりをして支払いを済ませた。恐縮してみせるのが嫌で、猛夫も気づかぬふりをする。

店を出て「さて」と一音階高い声で駒子が言った。

「タケ、円山《まるやま》動物園に行こう。ずっと行きたかったんだ。大きな動物、間近で見たことない。汽車の時間に間に合うようにするから、付き合ってちょうだいよ」

円山、と聞いて胃の腑《ふ》がきゅっと持ち上がった。六條の妾宅《しょうたく》があった地域に行きたがる駒子の気持がわからない。黙る猛夫に、駒子が甘えた口調で続けた。

「たまには、自分の行きたいところに行かせてよ」

そう言われてしまっては、ついてゆくしかないのだった。

動物園行きのバスは家族連れがひしめき、泣き声や叱りつける声の谷間で駒子と体を寄せ合っていると、猛夫の意思とは関係なく腰のあたりが重だるい。

駒子と猛夫の身長は同じくらいなので、すぐ横に駒子の鼻先があった。ノミの夫婦というのも聞くには聞くが、世の中のおおかたの男女は男のほうが背が高い。

なんでこんなチビに生まれたんだ、俺は。

仕事の上でまったく劣等感を覚えないのも、手元の仕事には不足がないからだ。

駒子の弟に見えるのではないか、あるいはただの小男に見えるのでは、と猛夫の頭の中も人前では卑屈になる。

満員のバスから解放されて、駒子が真っ先に見たがった飼育舎の前へと急いだ。人垣が少しでも動いたところへ、さっと体を滑り込ませる。やっと柵の前まで届いたとき、象が現れた。

「大きいねえ、タケ坊。象って、こんなに大きいんだねえ」

鼻先で器用に林檎《りんご》をつかんで口へと運んでいる。灰色の肌は、見ただけでは質感が想像できない。太い脚が、ときどき足踏みをする。地を踏む脚も自在という感じはなく、のろのろとした仕種は常に怠《だる》そうだ。

周囲にいる家族連れも、象を見て喜ぶ子どもの声も、猛夫には少し距離がある。親と楽しく暮らした経験が自分にはない。

大きな穴を埋めて余りあるくらい、カツには大事に育ててもらった。駒子も同じだろう。

「おばちゃんが死んで、なんもかんも変わってしまったな」

駒子は「うん」と頷いたきり、なにも言わない。ここでカツの思い出話をするという己の女々しさも、猛夫を傷つけた。

「女将さんは、なんだかこの象に似てた気がする。いつもどっしり構えてさ。ゆっくりゆったり動いていても、信念があるから動じない。象ってのは、虎よりずっと強いんだって。足元でちょろちょろしてる虎を踏み潰すことができるんだって聞いた」

「誰に、だ」

駒子は象から目を逸《そ》らさず「六條さん」と答えた。

「動物園には、来られなかった。あの人には奥さんも子どももいたし。それでも良かったんだ。いい人はすぐに死んでしまうなあと思ってたけど、新川の一郎も若死にしたとあれば関係ないのかもしれんなあ。みんな自分の寿命で生きてるのなら、最初から言っといて欲しいわなあ。なんの計画も予定も、役には立たん。人間、明日死ぬかもしれん自分とつき合ってるわけだ」

柵の中の象を見たまま、ひとりごとのように駒子が呟《つぶや》く。

「男は、六條さんひとりではなかった。この世に、女はわたしだけでもないんだよ」

オリンピックが五年後に東京で開催決定となった。

藤堂に遅くともオリンピックまでには自分の店を持つことを約束して、六月、猛夫は釧路へと向かった。

猛夫が国家資格を取り独立するまでの後ろ盾として、藤堂は自分の兄弟弟子である鳥原《とりはら》に話を通してくれた。

「いいか、お前は室蘭の藤堂がたったひとり取った弟子だ。どこに出しても恥ずかしくない腕は付けてある。背丈がなくてなめられそうになったら、腕を見せてやれ。どんな紋々《もんもん》見せびらかされたって、職人が泣きながら覚えた技術が負けたためしはねえんだ。お前はその腕がある限り、道を外れることはない。いいか、なにがあっても錆《さ》びるなよ」

駅にほど近い「鳥原理容室」では、親方夫婦のほかにふたりの従業員がいたが、なるほど理髪は親方の鳥原か猛夫かというくらいの技術が身についている。髭《ひげ》をあたるときの構えが藤堂にそっくりだと言われれば嬉しかった。

腕があれば、腰掛けの店でも嫌がらせを受けることはなかった。藤堂への恩返しは、国家試験に一発で合格し、独立することだ。

藤堂が言ったとおり釧路の町も大きく変わりつつあった。炭鉱と漁業に加えて、八月から製紙工場の日本初クラフトライナー工場が操業を開始するという。道内各地、内地からも多くの雇用が確保され、市内は引きも切らず大型バスが走り、土埃《つちぼこり》をあげていた。

釧路の理美容学校に八月期試験の願書を出し終え、祈るというのではないが天を見上げた。まっすぐ店に戻るのがバカバカしくなるほど青い空だった。

釧路にやってきて、おそらく初めての青空だ。来てからずっと、濃い灰色だったので、長らく太陽の下にいることを忘れていた。灰色の空を、まぶしさのかけらもない橙色《だいだいいろ》の太陽がただ移動してゆく昼間は、異国というよりは別の星にいるようだった。

上を見れば背筋が伸びる。空が青ければ気分も晴れる。

なかなか気が晴れなかったのには、もうひとつ理由がある。あてにしていた鳥原理容室には、部屋に空きがなくなっていた。親方の兄嫁の具合が悪く、子どもたちをしばらく預かることになったという。

仕方なく川縁《かわべり》の新川家に身を寄せているのだが、弟ふたりがほとんど寄りつかない実家に、猛夫の居場所があるわけもない。

彦太郎は夜中から工場に下りてすり身作りを始め、朝から昼が過ぎるまで市場で売る。猛夫が仕事を終えて戻るころにはもう寝ていた。

距離が縮まったとはいえない三人の妹たちにどう接していいのかもわからなかったし、タミは台所にいても繕《つくろ》い物をしていてもブツブツと念仏を唱えており、猛夫を長男だと言うわりには、まるでそこにはいないもののように扱った。家にはいつも線香のにおいが漂い、一郎の死を悼んでいる。

剃刀《かみそり》を持ち、鋏《はさみ》を動かしているときは集中できたが、帰り道の足は重い。そんな気分のところへ、久しぶりに見た青空がありがたかった。

通りには人があふれており、馬車も通り過ぎる。もの売りのリヤカーと車がすれ違う様子を眺めていると、室蘭に帰りたくなる。

今ごろ藤堂はどうしているだろうか。トキは泣きながらいつでも帰ってこいと言ってくれたが、カツのときのように甘えるわけにはいかない。

理美容学校の前でぼんやり空を見上げていると、女たちが数人、建物へと入っていった。みなここの生徒だろうか。その健《すこ》やかさにあてられて、口の中が苦くなる。

三人いる理美容学校の女子生徒のうち、最後に玄関に入って行った女に目がとまった。特別美しいというわけでもなかった。その肌の白さに誘われてか、白い蝶《ちょう》が彼女の後を追うようにまとわりつき飛んでいたのだった。

蝶とともに建物に入ったが、指摘され気づいたのか玄関のドアを開け放した。再び外に出てきた女の髪から、ふわりと白い蝶が飛び立つのを見た。

ひらひらと離れて行ったのを確認して、女はまた建物の中へと消えた。

猛夫は気づかれることもなくその一部始終を眺めていた。そして、通りを歩き出ししばらく経つまで、駒子を思い出さずにいたことに気づいた。

その夏、猛夫は国家試験に合格し、晴れて一人前の理髪師となった。

鳥原に合格の報告をすると、ことのほか喜び、すぐに藤堂に電報を打ちに走ってくれた。発表翌日の夜は鳥原の家でお祝いとなった。夕食に肴《さかな》を一品増やしただけだとおかみさんは言うが、酒はあまりやらない猛夫のために、サイダーとビールを用意して皆で乾杯となった。

鳥原は、これで肩の荷が下りたとほっとしている。藤堂から引き継いだ弟子をここで曲げたら大変なことになると、内心肝を焼いていたと聞けば頭を下げるしかない。

「しかしなあ、藤堂はお前さんをずいぶん大事にしたんだろうなあ。腕と道具を見れば、すぐにわかる。同じ師匠について、俺はいつの間にか自分の楽なところに落ち着いてしまったが、あいつはただのひとつも習ったことを崩さないでやってきたんだな」

「弟子は一生取らないと言われたのを、無理矢理押しかけたんです」

「無理矢理にしたって、よく取ったなあ」

猛夫は長く肚《はら》に温めていた疑問を打ち明けた。

「藤堂の親方は、なぜ弟子を取らないで来たんでしょうか。俺が、最初で最後と言われました」

鳥原の表情が、ほんの少し曇った。

「弟子も取らなければ、女房も持たない。あいつの信条は誰にも曲げられん。いつか、酒をたっぷり飲ませて、自分の口から吐かせてやるといい。言葉に出来れば、少しは楽になるだろう」

ここでも聞き出せなかった。よほどの理由と思い、猛夫もそれ以上は訊ねるのをやめた。

鳥原が口調を明るく変えて、「ところで」と切り出した。

「親御さんは、昨日の報せを聞いてたいそう喜んだろうね。ご長男があんなことになって、久しぶりのいい話題ではなかったかい」

今度は猛夫の表情が曇る。

「まだ、言ってないんです」

「どうしてまた、聞けば喜ぶだろうに」

タミにはとりつく島もなく、彦太郎とはすれ違う毎日が続いており、妹たちに至っては会話の糸口も見つけられない毎日なのだ。

「俺は、長く伯母《おば》の家で育ったので、なんだか家族という気もしなくて。長男が死んだのでこっちに来るようになったけれど、実際のところはちょっと事情が違うんです」

鳥原に、新川家と猛夫の関係を深刻ぶらずに語った。自分だけ白い飯で育ったことを申しわけなく思う、と言ったところでおかみさんが目尻を拭《ぬぐ》った。

「新川君、あんたは早く独立しなさい。所帯を持ってお店を開いて、自分の家族を作りなさい。うちの人もわたしも、藤堂さんに代わって応援するから」

ありがとうございますと頭を下げて、一杯だけと注がれたビールをひと息に喉に流し込んだ。

独立と所帯を持つことが連動していることが不思議だった。藤堂のような生き方でもいいのではないか。思いつつ、まだ駒子を諦《あきら》めきれない自分もいる。

男は六條ひとりではなかったし、女も自分だけではないと言い切る駒子の人生が幸福だとは到底思えないのに、猛夫にはそんな場所から引き上げるだけの力もなければ人望もない。

気温の上がらない夜の町をふらりふらりと歩きながら、気づけば空を仰いでいた。珍しく星が出ていた。夏の夜空に、名前も知らない星が光る。

それほど飲める口でもないので、たった一杯で頭がぼんやりしていた。酒に酔って気持良くなる感覚がまだよくわからない。藤堂に連れられて一杯やるときも、せいぜいビールをコップに二杯。気持良くなるより、旨いと思えなくなるほうが先だった。

駒子は、どうしてるだろう。

猛夫の胸を過《よぎ》る駒子の体は、いつもどこか冷えたところがあった。五感は熱いものをとらえているのに、なぜか突き当たりが冷たいのだ。

ふと、昨日見た白い蝶の女のことを思い出した。

あれは昼間の蝶だった。青空と蝶の印象がつよく、面差《おもざ》しよりも肌の白さが記憶に残っていた。猛夫に頼みたいという客がちらほらと現れ始めた秋、鳥原を通じて「同期会」の報せがあった。いったい何の同期会かと問うと、今期の国家試験に受かった者が集まって親睦を深める会だという。

「俺は、こっちの人間じゃないし。知ってる人、誰もいませんから」

納得しかけた鳥原が思い直したふうで言った。

「新川君、これはきっといい機会だと思うよ。釧路に知ってる人がいないならなおのこと、友だちや仲間を作るにはもってこいじゃないのかな。おそらくはこの先、助け合ったり情報を交換したり、ゆくゆくはみんな独立する人間ばかりの集まりだろうし」

気の進まないところへ、おかみさんも現れて猛夫を後押しする。

「そうだよ新川君、同期ったって、男ばかりでもないだろう。可愛《かわい》い子のひとりも見つけて来たらいいんだよ。気楽に参加しておいでよ」

ふと、先日の白い蝶の女の姿が過った。行けば、もしかしたら顔を合わせることもあるかもしれない。同期ではなくとも、名前くらいは聞き出せるのではないか。

じゃあ、と少し邪《よこしま》な気持で同期会の出席を承知すると、鳥原夫婦の表情が柔らかくなった。

夏から一転、澄んだ青空が広がる街は、季節を取り戻す日差しが続く。異国に紛れ込んだ思いは続き、国家試験の同期会当日がやってきた。

日曜の目抜き通りは、百貨店を中心に人であふれる。釧路管内に散らばる炭鉱町からバスを使ってやってくる家族連れや、めかし込んだ女たちはみな紙袋を誇らしげに提げて歩いている。

理美容学校の教室に入ってゆくと、男女数人がすでに親睦会場の準備を終えていた。猛夫の後に入ってきたのはひとりかふたり。同期は男が七人、女が三人の合計十名だった。

繋げた机を囲むように席が用意され、誰ひとりとして知る人間のいない会の、ひとつだけ空いた席へと腰を下ろした。

聞けば、学校に通っていた者や通信教育、管内のちいさな町からやってきている者もいた。全員が同じ場所で学んだというわけでもなく、自己紹介から始まったお陰で、つよい疎外感はなくなった。

猛夫の気分を浮き上がらせたのは、向かい側の席に座る杉山里美《すぎやまさとみ》だった。三人の女たちがみな先日と同じだったかどうかはわからないが、ひとり杉山里美だけは白い蝶の印象が鮮やかに残っている。

サンドイッチ、赤飯、大福、かりんとう、ぼた餅、もなか、乾物《かわきもの》、ジュースにビール。それぞれが持ち寄ったものを広げ、女たちが席に配って歩く。いいかげん腹がいっぱいになったところで、今度は椅子を外しての立ち話が始まった。

猛夫はここでもやはり、男たちのなかで最も背丈がなかった。話が身長のことに及ばなかったのは彼らよりわずかに年が上で、腕が立つという噂が広まっていたおかげだろう。

最初は三人で群れていた女たちだったが、ひとりふたりと声がかかり、杉山里美が残った。遠巻きに見ていた猛夫も、じわじわと距離を縮めてゆく。猛夫が場所を移動してもさっぱり目立たぬようで、このときばかりは背丈のないのが幸いした。

「標茶《しべちゃ》ってどのへんなんですか」

猛夫は相手にされなくても傷つかぬよう、少しおどけてみせた。

「釧網《せんもう》本線で、一時間くらいのところです」

ありがたいことに杉山里美は、猛夫の耳くらいまでしか身長がなかった。

「みんなとはスクーリングで何度か会ったきりで。今日は久しぶりの釧路なんです」

親戚の家にでも泊まるのかと問うと、三人のうちのひとりを指さし「彼女のところに泊めてもらうんです」と笑う。

白くて丸い顔立ち、目も鼻も口も、すべてがちんまりとしている。

「たまに来ると、釧路は人がいっぱいいて酔いそうになります」

猛夫はますます好感を持った。室蘭はどんな町かと問われたので、どこもかしこも鉄のにおいがすると答えた。

「鉄のにおい、ですか」

「うん、釧路は魚くさい。室蘭は、鉄くさい。札幌は埃くさい」

「札幌に住んだこともあるんですか」

「短い間だったけど」

里美は夕張《ゆうばり》の炭鉱町育ちだった。親が開拓農家として標茶に入植し、過酷な土地ゆえしばらくのあいだ夕張の親戚に預けられて育ったという。

「十歳のときに初めて標茶に行って、お風呂もない電気もない、なんにもないところでびっくりしたんです」

五年間開拓村で弟たちの世話をして暮らし、進学も叶《かな》わず、理髪店に弟子入りした。

猛夫がそのかいつまんだ生い立ちに深く感じ入ったのは、里美もまた産みの親との縁が薄かったという事実だった。

「夕張は炭鉱が大きいから、便利な町だったろうしなあ」

「でも、国家試験に合格したら釧路に出てくるつもりでいたから」

猛夫の心臓が、前後に揺れた。

市川雷蔵《いちかわらいぞう》のファンだという里美と「濡《ぬ》れ髪三度笠」を観た。あと少し劇場に入るのが遅かったら、立ち見というくらいの客入りだ。

斜め前の席に鳥原の長男がいて、振り向かれたところで女連れであることを見られた。映画とパーラーに行くくらいしか思いつかない自分を恥じたものの、鳥原の親方夫婦に問われることを思うと気が滅入《めい》った。

鳥原の長男がときどきこちらを窺《うかが》うので、映画はさっぱり頭に入ってこない。背もたれに沈むふりをして里美の横顔を見た。丸い顔立ちだが、鼻筋は驚くほどしっかりとしている。正面と横顔の印象がまるで違う女だった。

そしてこれは猛夫自身も驚いたことだが、里美とは一緒にいてもまったく緊張しなかった。スクリーンで市川雷蔵が立ち回りをするときも、猛夫はぼんやりと里美との浮世離れした問答を思い出し、笑った。

お互いに親に対してどんな感情を持てばいいのかわからないという、わからぬゆえに深刻にもなりきれないものを持っていた。縁が薄いというだけでは説明しきれない、感情の負い目のようなものに繋ぎ留められているのではないかと、うまく言葉にならないなかで考える。

日曜の夕暮れ、大きなエンジン音を響かせるバスが郊外へと客を運んでゆく。朱色の帯を残して河口に日が沈む。

里美が今回釧路に来ているのは、新しい職場となる店への挨拶《あいさつ》のためだった。

近々銀行の並びにある理容室で、住み込みで働くのだという。

「標茶の親方が、背中を押してくれて。少し外の空気を吸って、腕を磨いて来いって」

「そうか、いい親方だな」

「ずいぶんと大事にしてもらったんです。一緒に働いてた子がお話し好きで、親方の奥さんととても仲良しだったもんだから、私はいつも仲間はずれみたいになってて。親方が優しくしてくれるもんだから、余計に居づらくなっちゃって」

女が三人いればそういうこともあるのだろう。

「こっちの店は、いいところなのかい」

「奥さんが美容師で、隣にお店があるんで忙しいときはそっちの手伝いも頼むって言われたの。両方の勉強も出来るからありがたいなって思ってる」

里美が見かけよりも芯のある女ということが、会ったのが二度目でもよくわかった。ああ三度目だ、と思ったがそれを口にはしなかった。

「新川さんは、室蘭に戻って独立するんですか」

「いや、室蘭以外と決めてる」

どうしてかと問われたので、どうしてもと答えた。それ以上訊ねてくるようなら、面倒になっていたかもしれない。里美はいつも猛夫が困惑する直前で問うのをやめる。それが彼女の習い性ならありがたい。

更《さら》にありがたいのは、一緒にいても無意識に駒子と比較したりしないで済むことだった。女として惹《ひ》かれているのかどうか猛夫にはわからないが、駒子の存在が胸の内から消えることはない。ならば、少しでも思い出さずにいられる女と一緒にいるというのは、ひとことで言えば楽だ。

「もう標茶には戻りたくないし、釧路で独り立ちできたらいいなと思ってます」

女ひとりでの独立に風当たりが強い業界なのはどこも同じだ。あと三年勤め上げたところで、二十代半ばの女が理髪店を持つのは難しいだろう。

なぜ美容師を選ばなかったのか訊ねてみた。美容師ならば理髪と違って髪結いや着付けの腕で、店舗を持たずにひとり生きて行くことも出来る。

「標茶に、いい修業先がなかったんです」

ちいさい町なら、そういうこともあるだろう。

「お互い、いつか店を持てたらいいな」、励ますつもりで言った。

どこかで飯でも、と言いかけ隣を見たら里美がいない。振り返ると、立ち止まって猛夫を見ていた。どうかしたのかと訊ねた。里美は、さっきの言葉はどういう意味かと逆に訊ね返した。

「さっきって、いつ」

「お互い、いつか店を持てたらいい、っていう」

確かにそう言ったけれども、意味を問われる理由がわからなかった。言ったとおりだけれども、と語尾が濁る。歩道で立ち止まっているふたりの肩に数人がぶつかり、去ってゆく。

「いつか店を持つって、ふたりでという意味ではないんですか」

「ふたりで、って」

「わたしとふたりで、店を持つっていうことでは、ないんですか」

なるほど、そんなふうに受け取られるとは思わなかった。いや、と猛夫は胸の奥で首を振った。

それも、あるかもしれない。

先日の同期会でも、今日も、里美の服は木綿のワンピースにカーディガンだ。靴も何年履いているものか。決して裕福な実家ではないのだろう。そして、標茶の理容室でも雀《すずめ》の涙ほどの小遣いで修業を積んだのだろう。

丸い顔とは不釣り合いに整った鼻筋を持ち、少女のような目をした女の真剣なまなざしに軽く気圧《けお》されながら、「そうだな」とつぶやいた。

「そういうのも、あるのかもしれないいな」

口に出してみれば、笑ってしまいそうなくらいの軽い返答だった。里美がどう受け取ったのかはわからない。

「とんかつ屋でも、行こうか」

里美は「はい」と元気よく返事をして、猛夫の横に戻った。

同じ町に住み始めてから、二週に一度は会って映画を観たり食事をした。猛夫が想像していたような男女のつきあいとは違って、手を繋ぐだけでも時間がかかった。

翌年四月の休日、猛夫は鳥原に誘われ魚釣りに出かけた。毎週日曜はひとりで釣りに行くとは聞いていたが、気温も緩《ゆる》んだので一緒に行かないかとのことだった。

鳥原がよく行くという河口の岸壁では、ひとりを楽しむヤッケ姿の釣り人が等間隔に距離をあけ、煙草《たばこ》をふかし竿《さお》の先を見ていた。

海沿いの生まれなのでおおよその知識はあったが、鳥原の竿や道具の扱いは理髪のときとそっくりだ。神経質なくらいぴしりぴしりと動き、猛夫の竿の準備まで整えて、あとは竿を振るばかりにして手渡された。

「親方、俺こんな大名みたいな釣りは初めてです」

年をまたぎ気心も知れて、いつしか鳥原にも「猛夫」と呼ばれるようになっている。藤堂には理髪師としてのすべてを学び、鳥原には港町での商売を学んでいた。

「猛夫もそろそろ、この町の癖みたいなもんが解《わか》ってきたのと違うかな。どうだ」

「新しいものが好きな町だなとは、思います。流行が入ってくるのも早いし」

映画館の多い町では、石原裕次郎《いしはらゆうじろう》、小林 旭《こばやしあきら》のようにという髪型の希望も多い。自然と映画館へ足を運ぶことも多くなった。一緒に行くのは里美だが、猛夫が観ているのは映画ではなく俳優や女優の髪型だった。

「お前さんは、俳優の髪を見たらパッと仕事の段取りが浮かぶだろう。それはなあ、持って生まれたセンスってやつだから、親に感謝したらいいぞ」

「センスですか」

「そうだ。誰でも持ってるもんじゃない。なんでも、稽古を重ねれば上手《うま》くはなるんだ。時間がかかっても、やる気があれば腕は上がる。だけどな、ひとりひとり癖の違う頭を相手にして同じ髪型に寄せていけるのは、これはセンスなんだ」

鳥原に言わせると、客の毛流れを理解出来ないまま鋏を持つ職人も多いのだという。

「馬鹿のひとつ覚えで、どんな頭でも同じ動きをしていたら、客は離れて行く。ちいさい町なら馴染《なじ》みで通い続けるだろうが、ここは違う。腕のいい人間しか生き残れない、流れ者の多い町なんだよ」

客に合わせた仕事が出来るかどうか。商売の根本を語るときも、島原の口調は平坦だった。

数メートル先に投げた竿に、獲物が来た。竿の先がかくんと水面に向けて下がる。竿を上げると手首に魚の動きが伝わってくる。元気はいいが動きが速い。テグスを巻き上げてみると三十センチ弱の氷下魚《こまい》だった。

島原の竿にも来た。猛夫よりも少し大きいようでほっとする。十分待たずに次の引きが来る。

岸壁の釣りとしては充分だろう。

自分で餌を付けて、今度は少し遠くへと投げてみる。引きが来たときは三十センチを軽々と超えるえるアブラコだった。

「これ、今夜刺身にしましょう。氷で締めたら旨いですよ」

猛夫の手際を見て島原が言った。

「一匹釣れたらそこにばかり投げるやつが多いが、お前の釣りはそうではないんだな」

欲が深いということかと問うたが、違うという。

「まあ、商売を始めればわかるだろう。お前が言うとおり、そいつは刺身で食おう」

竿の動きが落ち着いてきたころ、里美の話が出た。

「腕のいい職人だそうじゃないか」

「真面目な感じはします。贅沢《ぜいたく》なことを言わないので助かります」

「そうだな、それが一番だ。床屋は儲《もう》かる仕事じゃないから、贅沢な女だと厄介《やっかい》だ」

儲かる仕事ではないが、食いっぱぐれはない。手に職があるというのは、人に使われることも出来るし自分の店を持つことも出来る。それまでにどれだけの知識と技術を持てるかにかかっている。

室蘭の藤堂に、鳥原の店でしっかり仕事をしていると手紙に書いた。返事は葉書に大きな◯がひとつ描かれてあるだけだった。それを見て鳥原は実に嬉しそうに笑った。兄弟弟子の絆がよくわからない猛夫にとっては、うらやましい繋がりだ。

なんとなくでも鳥原が、杉山里美の人柄をよく思ってくれていることが嬉しかった。こればかりは、ふたりの師匠に喜んでもらわねばならない。もしも鳥原が里美を気に入らなかったときは別れようと思っていた。

親方の許しという点で、猛夫の心配はひとつ減った。このまま付き合い続ければ結婚ということにもなるのだろう。

口には出せないが、猛夫にはいくつか気がかりがあった。

繁華街のはずれにある連れ込み宿に冗談めかして誘った夜、嬉しそうにするので拍子抜けしたのだが、いざ体を重ねてみれば生娘《きむすめ》だった。

変に馴《な》れていてもがっかりだが、生娘を相手にしたことのない猛夫にとっては少し気の重い夜となった。全身に力を入れて猛夫を受け容《い》れようとするので、まさかと思って訊ねれば初めてだという。愛《いと》しいというよりは、そのひたむきさが重たかったのだ。

里美と関係してから日を置いて、猛夫は川縁で立ちん坊を買った。柔らかな女の体に埋もれながら、どこかほっとしていた。いったいどんな理由なのかはわからないが、里美が欲しくてたまらないという気持は、胸の奥のどこを掘っても見つからなかった。

ただ、焦がれたり強く欲したりしないぶん、傷をつけずに済んでいる。里美にとって猛夫は、話のわかる優しい男であるらしい。確かに、里美から気を引くような態度がないときに連れ込み宿に誘うことはない。

猛夫は自分が独立するときのことを思った。

腕のいい職人がふたりいる店なら、繁盛するのではないか。男でも女でも、客を選ばない店にするには夫婦共に職人であったほうがいいのではないか。

島原の妻は職人ではないので、家のことや子育てはすべて彼女がやっている。裕福ではないが、家の雰囲気はいい。

だけども――

竿の先を見ながらぼんやりそんな思いに揺れていると、島原が「そんな怖い顔してたら魚が逃げる」と言った。

「なにを考えてるかわからんが、たいそう難しい顔だな」

気が緩んだのか、するりと本音が出た。

「彼女が、男慣れしてないのはよかったと思います」

猛夫の言葉をどう取ったのか、島原は少し黙ったあとひとこと「責任はとれ」とだけ言って、引いてもいない竿を持ち上げた。

気がかりはそれだけではなかった。島原から話が大きくなることがないと思い、相談というのではないが、と切り出してみる。

「うちの母親が、おかしなことになってて。妹たち三人を後ろに座らせて、毎朝毎晩、仏壇の前で長々とお経を唱えるんですよ」

「大事な長男坊を亡くしたしなあ。まだ立ち直れずにいるんだろう。読経《どきょう》で心が落ち着くなら、悪いことじゃあないだろう」

「落ち着くというか。俺に付き合っている女がいることが耳に入ったらしくて、生まれ年とか名前とか住んでいる方角とか、いろいろ訊かれるんです」

猛夫にそうしたことを訊ねるときのタミは、少しおかしいのではと思うくらい、目がつり上がっている。方角で人間がわかる根拠を言ってくれと言えば必ず、「仏さんのお導きだから」というのだった。

——お前が誰と付き合おうと構わんけども、うちの名前を名乗るとすれば、放っておくわけにもいかん。女の親の生まれ年と、出生地を訊いてこい。

——俺のことに、なんでそんなに口を出すんだ。向こうの親になんぞ会ったこともないし、生まれ年だのなんの、訊くほうがおかしいべ。

タミの目はきつくなるばかりで、最後は必ず「因縁てのがあるんだ」で終わる。

因縁うんぬんを言うのなら、自分がいま釧路にいる理由を先に説明してくれないか。

自分はどうして今になって親の言うことを聞かねばならないのか、正直なところを打ち明けた。

鳥原は潮が満ちてきた海に向かって静かに言った。

「親だから。そしてお前が、その親の子だからだ」


「地球は青かった」のひとことに世界が湧いた翌年、猛夫は独立と結婚を決め、運転免許を取得した。

教習所で車のハンドルを握ったときの高揚感は、剃刀を持ったときの全能感によく似ていた。職人としてひとまわり大きくなったと感じられるのは、初めて猛夫が整髪を担当する客が、次から指名してくれるようになったからだ。自分の内側にも、そろそろという満ちたものを感じ取っていた矢先、鳥原から独立を促《うなが》されたのだった。

店を出す場所に関しては鳥原がずいぶんと親身に世話をしてくれた。他店が近くないところ、工場や住宅街の見える場所、あまり奥まっていないところ、となると限られてくる。

魚釣りにあてていた日曜日を使い、ふたりで釧路の町をぐるぐると巡り歩いた。

鳥原の車で郊外を走ることもあったし、商業地域として栄えている駅前通りの裏側に広がる、通称「駅裏」も、くまなく歩いてみた。「駅前」と「駅裏」では、住んでいる人間の顔つきまでが違っており、鳥原に言わせると「こっち側は、どこから来たかもよくわからん人間が多い」。

「駅を境にして、なんでこんなに雰囲気が違うんでしょうね」

猛夫が訊ねると、それは人間を問わないせいだと返ってきた。ただでさえどこから来たのかわからぬ流れ者の、更になにを生業《なりわい》にしているかわからぬ者のたむろする場所があるという。

「もともと流れ者が多い町なのはよく知ったことだがな。上品ぶったところで、知れてるんだ。なかでもこのあたりは、人の入れ替わりも多い。製紙工場のある鳥取《とっとり》地区とのあいだにある、谷みたいな土地よ。釧路らしいと言っちゃあ釧路らしいところでもある。谷にはなんでも転がり落ちてくるし、なにもかも受け容れていくからな」

あちこち見て歩きながらの一月、鳥原がやっと頷いた地域があった。

釧路川と並行して走る釧網本線を、内陸に五～六キロ入った町外れだった。国道脇にある百メートルあるかないかという三日月形の細長い地域だ。奥行きのない土地の背後には崖があり、高台の上は地盤の良い住宅街、目の前には国道が走り、線路の向こうは釧路川だ。

あたりに何の商業施設もないさびしい崖下を指さし、鳥原が言った。

「線路と川の向こうには百人単位の人間が働く化学飼料工場、国道を右に少し歩けばでかい乳製品工場だ。何百人もの、衛生を義務づけられた男たちが働く工場の、ここは真ん中だ。髪を伸ばすなんてのは御法度《ごはっと》だろう。交代制のある工場なら、時間に関係なく客が入る」

線路脇に茂る葦原《あしはら》を指さしながら鳥原に力強く言われると、猛夫もなるほどと思うのだった。工場街ならば働く人間も多いだろう。宇宙へ行って地球が本当に丸いのを確認できる時代、町外れも数年後には中心に近くなると、鳥原は言う。

「猛夫、ここでひとつ勝負してみるのはどうだ」

耳が切れそうな風がひとつ吹いた。雪の少ない冬はひときわ寒さがしみる。釧路川のほとりで、今にも崩れそうなトタンの家で祈ったり泣いたりしながら暮らす母や妹たち、家に寄りつかぬままの弟たちを思った。

毎日死んだ人間に向かって経を唱えたところで、いったいなにが変わるのか。タミの言う仏様のお導きなんてものがこの世にあるのなら、一郎が死んだのも仏のせいに違いない。極道が過ぎて早死にした男を、いつまでもいい兄だったと祀り上げながら、補欠の次男坊を長男に見立てている。そんな親きょうだいに、自分はいつか現実を見せなくてはいけない。

寒さではない震えが、猛夫の体を一周する。ここで、腕一本で勝負をするのだ。

「親方、俺、やってみます」

三日月形の土地の中ほどに築二十年の空き家を見つけ、一階部分を店舗に改装しての営業を決めた。猛夫の意思は早くに室蘭の藤堂にも伝えられ、二月に入ると再び大きな〇が描かれた葉書が届いた。

問題は、母のタミが独立には賛成したものの、杉山里美との結婚に難色を示したことだった。日曜の朝、たまにしか顔を合わせない彦太郎が珍しく猛夫が起きてくるのを待っていた。ストーブの火加減を見ながら、こっちに来て座れという。

猛夫は言われるままに父の横に座った。猛夫が休みの日にゆっくりと寝ていられないのは、早朝から母や妹たちが肩からたすきを掛けて数珠《じゅず》を鳴らし読経を始めるからだ。

「毎日毎日、拝んだって祈ったって、あいつが生き返るわけもないのにな」

猛夫の言葉をどう聞いたのか、彦太郎はひとこと「仕方ないべ」と呟く。そして、タミから話を聞いたといって、杉山里美について訊ねてきた。

「方角がどうの、名前がどうの、辰年《たつどし》だから気が強いだのなんだの、とにかく気に入らないそうだ。会ったこともないのに、よくわかるもんだな」

結婚の意思を伝えたときの里美は、「わたしも職人と一緒になりたかった」と言って喜んだ。猛夫と、と言わなかったことに多少の不満はあったが、それはお互い様と納得したのだった。

彦太郎は今まで家に連れてこなかった猛夫にも非はあると前置いて、半分タミの肩を持った。

「どっちにしても、嫁にもらうならこっちから挨拶に行かねばなんないべ」

「挨拶って、何の挨拶だ」

「うちの嫁にもらうんだから、うちから挨拶に行くのが筋だろう」

里美は猛夫と所帯を持つのであって、新川の家に嫁にくるわけではない。この父はいつもこうだ、とため息が出た。

「一緒になるのは俺なんだから、七面倒くさいことはいい。挨拶には俺ひとりで行くから」

親に挨拶ひとつないまま嫁にもらうのもどうかと思っていたのは事実だ。ただ、標茶の両親に挨拶に行くと言うたびに、里美がのらりくらりとはぐらかすので今に至っている。あと二か月もすれば鳥原が手配してくれた理容椅子も二台入り、鏡も入る。水回りを整え許可が下りたら開業だ。

「今日、会う約束しているから訊いてみる」

彦太郎が挨拶に行くと言っていることを伝えると、途端に里美の表情が曇った。開業資金はふたりで貯めた金を合わせても微々たるもので、ほとんどが借金になった。そんな出発だというのに、筋を通すとかしきたりがどうのというときだけ口を挟むのもおかしな話だった。それでも、猛夫が親の言うことを素直に聞いていると思っているのか、里美はいつも「常識のある親でうらやましい」と漏らすのだった。

新川さん、から猛夫さんへ、そしていまはタケちゃんと呼ばれている。猛夫のほうも、里美から、サトへと呼び名が変わった。

実家に連れてきたことはないが、鳥原の家にはふたりでよく遊びに行った。里美はおかみさんから料理を習ったり、編み物や縫い物を習ったりしているようだ。

猛夫はつくづく考える。一人前になると宣言してから、ずいぶん時間が経った。仕事が出来るようになってもまだまだ覚えることは山のようにあり、それらは年を重ねるごとに積み重なってゆく。職人として自分がどれだけのことをやってきたか、同じくらい努力してきただろう女と一緒になるのは、やはりいいことに思えた。

その日、鳥原の家で営業許可が下りてからの段取りをあれこれ教わっていたところ、両家の挨拶の話が出た。

「なんだ、まだ顔合わせをしていなかったのか」

「延び延びになってしまって」

「なんにでも礼儀は大事なことだ。早々に場所を作らないと」

彦太郎が「嫁にもらうんだから」と標茶に行くと言っていると告げると、鳥原はいたく喜んだ。

「お前の父さんは、しっかりした人だ。駅前の和商《わしょう》市場にも店を持って、職人でありながら立派な商売人だ。いろいろあったろうけども、親父さんの言うことはしっかり聞いたらいいぞ」

喉になにかがつかえたような、胸の中に晴れぬ霧を持ったような居心地の悪さを覚えたが、それは親に育てられた経験の薄さ、カツに甘やかされて育った自分の弱さだと思うようになった。

三月の大安日に新川の家から標茶へ挨拶に行くことが決まった。

里美は前日から標茶におり、猛夫と両親は三男の康男の車で標茶に向かった。

康男はというと、ちゃっかり夜の町で知り合った女と一緒に暮らしているという。車も女に買ってもらったものだと笑う。運転席でそんな話をしていても、後部座席の両親はなにも言わなかった。

氷がゆるみ、アスファルトが出ていた。康男の冗談もハンドルも、同じくらい軽い。

「だけどよ兄貴、結婚なんて面倒くせえことにするからこんなことしなきゃなんねえんだべ。俺みたくいつでも別れられる女と気楽にやればいいだけじゃねえか。なんだったら女を雇って、女房代わりにして暮らしてりゃあいいだけだ。そうすりゃ、嫌になったら出て行ってくれるし」

「お前みたいなわけにはいかないんだ」

「なんでよ、俺と兄貴と、どこがどう違うんだよ」

なにも言い返せないところへ、後部座席からタミが不機嫌を隠さぬ口調で割り込んだ。

「猛夫は新川の長男だべ。でたらめな暮らしで、でたらめな女と勝手に暮らしているお前とは違うんだ」

康男が小声で「俺はでたらめかよ」とつぶやく。彦太郎はなにを考えているものか、一切今日のことには触れなかった。

多少調子のいいところはあるが、きょうだいの中でいちばん話しやすいのも、この康男であった。配管保温の仕事が忙しいはずの冬の一日をこうして兄のために使ってくれるのもありがたい。なにより、「そんな話ならばあんたが車を出してやりなさい」と背中を押したという、会ったことのない年上の女に好感を持った。

「鳥原の親方も、今日のことは喜んでくれてる。やっぱり礼儀ってのはあると思う」

「俺はそういうの苦手だから、一生このまんまでいいわ」

この気楽な弟に冗談めかして「俺が死んだら、今度はお前が長男なんだぞ」と言ってみた。このときだけ、彦太郎が「やめんか」と低い声で言った。

海沿いの道を東へと進み、厚岸《あっけし》から内陸へと道を折れた。標茶町の標識が現れ、しばらく走ると里美が言っていたとおり「中チャンベツ」の表示とバス停があった。

バス停を左に折れると急な下り道がある。下り口でフロントガラスに広がった牧場の景色は、町にはない長閑《のどか》さに満ちていた。

ここでは五年しか暮らさなかったというが、里美の口から良い思い出を聞いたことはなかった。車を降りる際からタミの愚痴《ぐち》が始まり、彦太郎は妻を窘《たしな》めることもせず、康男はただ冗談か本気かわからないことを口走っている。こんなことで挨拶は無事に終わるのかと案じた猛夫の嫌な予感のままに、開拓小屋でのひとときは重苦しかった。

ぼろ布を接《つ》ぎ合わせた綿入れを纏《まと》った両親と、似たような服装の弟が三人。里美が来てからバリカンを走らせたのか、三人とも頭だけは見事な五分刈りだ。

日焼け顔の五人が薪《まき》ストーブの向こうにずらりと並んでおり、里美は猛夫の横に座った。それを見たタミがなにか言おうとしたが、彦太郎が止めた。

全員が薪ストーブを挟んで向かい合ったところで、彦太郎が頭を下げた。

「お忙しいなかお時間をいただきました。新川彦太郎と申します。倅《せがれ》の猛夫の父にございます。このたびは、お宅さまの大切なお嬢様を当家の嫁としていただきに参りました。ご挨拶が大変遅れまして、申しわけないことをいたしました」

横で聞いているも、その挨拶ばかりが立派で猛夫は半分しらけている。

里美の父は猛夫よりはるかに小男で、母親のほうが頭ひとつぶん長身だった。すぐ下の弟が牧場を継いでいるといい、次男三男は中学を卒業したあとは奉公に出るという。長女が、旅の一座で歌を歌っているというのは初耳だった。弟たちはみな母親によく似た彫りの深い優しげな顔立ちで、里美の目鼻は父親に似ていた。

「こちらこそ、娘がお世話になります。このとおりの貧乏で、娘が嫁に行くと聞いてもなにひとつ満足なことはしてやれません。お許しください」

小一時間の滞在で、出てきたのは温めた牛乳だった。帰りには一升瓶に入った牛乳を手渡され、そのとき初めて里美の母の声を聞いた。

「ぬくめるときは、よく見てて、ふきこぼれるちょっと前に火を止めてやってください。牛乳の扱いは、これがよく知っておりますんで」

里美は母親の顔を見ようともしなかった。

近々籍を入れることを告げ、頭を下げた。何もかも、誰も彼もがその場の役割をどうにか演じ終えた安堵《あんど》でほっとしているのだった。

タミは結局、坂の上り口で見送る里美には目もくれず、車に乗るなり不満を口に出した。

「いくら農家だといったって、あんな臭《くさ》い家、初めて入った。なんぼ風呂に入ってないんだか、えらい臭《にお》いで鼻が曲がりそうだ。まさかうちの息子が百姓の娘をもらうとは思わなかった」

そしてあらゆる罵詈雑言《ばりぞうごん》を吐き終えたところで、さめざめと泣きながら言うのだった。

「一郎が生きてたら、あの子が生きていてくれたら、こんな情けない思いをしなくて済んだ。一郎さえ生きててくれたら」

五章　夫婦

康男《やすお》とふたり、火葬場を出た。来たときの曇天はわずかに薄くなり、午後からは晴れ間も見えそうな空模様だ。最低気温は三月に入ってもマイナスを続けており、町はいつ彼岸荒れがきてもおかしくない湿り気に包まれている。

猛夫《たけお》は、手の中にすっぽりと収まるちいさな菓子箱を見た。焼く前はたしかにあった赤ん坊の重みはもうなく、振ればかさかさと音がしそうな骨片がいくつかあるのみだ。

里美《さとみ》は二日間ベッドの上で子宮口を開く痛みに耐え、死んだ子を産んだ。

猛夫は死んで生まれた子を火葬場で焼いた。細かく崩れた骨を拾う行為には、猛夫の体にひとつの痛みも与えなかった。手にあるのは、生きて生まれることができなかった我が子であり、夫を責め続ける里美を残して去っていった命の残骸《ざんがい》である。

年の暮れに女の赤ん坊を迎えた康男が付き添ってくれたのだが、火葬場を出るまでふたりとも無言のままだ。春が来れば、同じ時期に赤ん坊の世話をする嫁同士、たまにお互いの家を行き来する付き合いが続くはずだった。

九か月も終わるというときになって、心音が途絶えた。赤ん坊が死んでいるとわかっていても、お産はお産だという。

里美は大きな腹に何度も「冗談はやめて動いてちょうだい」と言い聞かせていたのだったが。

足を止めた猛夫の横で、ジャンパーの前を合わせた康男が「寒いなあ」とつぶやく。

「兄貴、俺んところは二度赤ん坊を流した。三度目だし、一度は産ませろってごねられて、仕方なく籍を入れたんだ。赤ん坊は、またすぐ出来る。やることやりゃあ、すぐに出来るのが赤ん坊ってもんだ」

康男の車に乗ったはいいが、家に帰るのは気が重かった。帰れば、乳が張るといって泣く里美を見なくてはいけない。そんな女房に菓子箱の骨を見せる気にはなれなかった。

「俺、家に帰るのいやだ。こんな気分は初めてだ」

言いながら、いや、と胸奥《むなおく》で首を振る。本輪西《もとわにし》八幡の階段を上るときの、実家に帰るのが憂鬱《ゆううつ》だったあの頃と、よく似ているのではないか。

「帰るのがいやだって、店は開けないばなんないべや」

「そうだけどなあ」

「兄貴が帰らないと、里美がまた半狂乱になるべ。うちのサチも、赤ん坊流した後はしばらくの間キーキーいってきかなかったからよう」

「お前んところとは、事情が違うべ。うちのは九か月も腹の中にいて、もう生まれるばっかりだったんだ。要らないもん流すのとはわけが違うべ」

「うるせえわ」

車を乱暴に発進させた康男は無言のまま、「新川理容室《しんかわりようしつ》」の看板の前で猛夫を降ろし、急ハンドルで車道へ出て行った。

赤ん坊が元気で生まれるところばかり想像していた。なにがいけなかったんだろうと自分たちの生活を振り返ってはみるが、これといってなにも思い浮かばなかった。

医者が言うには「いろいろな要因がありますから」だそうだが、そのいろいろを教えてくれれば里美の気も少しは晴れ、前を向く気持ちも出てくるだろうに。

通りに見えるように設置したサインポールを回し、一階の店舗入口から入った。準備中の札を裏返し、蛍光灯を点《つ》け、カーテンを開ける。

いつもは里美がやることを、この先しばらくは自分ひとりで行わなければならないのだった。産気づくまでは店に立つと言ったのは里美だった。大きな腹を庇《かば》うようにして、洗髪から整髪、髭剃《ひげそ》りをする姿は頼もしかった。

赤ん坊に時間を取られる里美の穴埋めに、四月からは中学を出たての弟子を取ることも決まっていた。工場街の理髪店は評判もよく、客足も伸びている。家族の風呂通いのために、単車をやめて四輪に切り替える計画もあった。

ぜんぶ、パーだ。意図せず、声に出た。

店内をぐるりと視界に入れた。男性化粧品のショーケースで仕切った待合スペースの椅子、理容椅子、鏡前《かがみまえ》、洗髪台、湯沸かし器。ここにあるどれもが借金で手に入れたものだった。月々の支払いは、苦しいながらも続けられている。商売が軌道に乗ってきた証《あかし》だ。

里美が泣き暮らすのをやめて店に立てば、忙しいだろうが以前と変わらぬ生活ができるはずだ。猛夫は羽織りかけた白衣をハンガーに戻し、二階の部屋に上がってみた。

窓のそばに置いた椅子に体を預け、里美が赤く腫《は》れ上がった瞼《まぶた》をこちらに向ける。

「具合はどうだ。なんか、食ったか」

「なんも、食べたくない」

腹が大きいときは、屋台ラーメンを食べたいとせがまれた。つわりが終わった途端、おかしくなったのではないかと思うくらい、里美はよく食べた。

日に日に増える体重、体の重みを支えきれず象のようにむくんだ足首。つい先日までなんとも思わなかった生活のあれこれが、重たく猛夫にのしかかってくる。

「しっかり食って、静養して、店に降りてこい」

「そうだね、赤ん坊いないし」

里美がふと視線を天井に向けた。遠くに置き忘れていたものを思い出したような口調で「忘れてた」と高い声を出す。

「タケちゃん、あの子に名前を付けてなかった。せっかく産んだのに、わたし名前を付けてあげてなかった」

「サト、名前付けたって呼ぶ機会ないべ。お前、なに言ってんだ」

すこし強い口調になった。この期《ご》に及んでまだそんなことを口走る里美を見ると、哀れみが怒りに変わる。

「だって、名前がないとなんにもしてあげられない。死んでたって、わたしちゃんと産んだよ、わたしが産んだんだ。あの子が死んだのは、臨月が近くなっても布団の上げ下ろしをしていたせいだって、看護婦さんが話してた。今までどおりに暮らせって言ったの、義母《かあ》さんだ。どんだけ働いたって、赤ん坊なんか元気に生まれてくるもんだって。亭主に布団の上げ下ろしをさせたらただでおかないぞって言ったんだ。あの子が死んだの、義母さんのせいだ」

考えるより先に、手が飛んだ。派手な音を立てて里美が椅子から転げ落ちる。すっかり太った体がいとも簡単に床に飛ぶ姿を見て、猛夫ははっと妻を張り飛ばした自身の右手を見た。藤堂《とうどう》がよく、職人になるために生まれてきた手だと褒《ほ》めてくれたのと同じ手だった。女房を張り飛ばすために神経を巡らせているものではなかったはずだ。

床で左頰《ひだりほほ》を押さえて猛夫を見上げている里美の目に、怯《おび》えが浮かんだ。怯えられると、今度ははっきりとした怒りが猛夫を締め上げてゆく。

今度は、左手ですくい上げるように里美の頰を張った。

頭がちぎれるかと思うくらい逆方向へとねじ曲がる。もう、止まらなかった。二度、三度、交互に妻の頰を打った。一度打つごとに、胸の中の霧が晴れてゆく。

ひとしきり妻を打ったあと、猛夫は自分の息が上がっていることに気づいた。

里美は乱れた髪を床に広げ、もうなにも入ってはいない腹を庇って転がっていた。

「今度そんなことを言ったら、ただじゃおかねえぞ。馬鹿野郎」

家に戻るまでにあった悼《いた》みは、すっかりなりを潜めている。死んだ子に名前を付けようなどと言い出す里美が、タミに今回の原因をなすりつけていることが不愉快だった。

どんなにタミが底意地の悪い母親でも、改めて女房に指摘されるのは耐えられない。これはいったいどういう心の動きなのか、猛夫自身にもよくわからなかった。

動かない里美を置いて、店に降りた。

ほどなくして、早上がりの工場作業員が店に入ってきた。猛夫は家庭に起きたことの一切を思い浮かべることなく、仕事をした。刃物を握って仕事をする人間の、それが最低限の約束事なのだった。

里美は二日間寝込んだあと、店に降りてくるようになった。顔の腫れも少しひいた。むくんでいた体もわずかだが戻ったようだ。八か月の頃には前が閉まらなくなっていた白衣を着てきたところを見ると、仕事に戻ろうという気があるらしい。

片手に乗りそうな菓子箱に入った遺骨は、白いハンカチに包まれたところを見たきりどこへ仕舞われたのかわからない。

仕事に戻っても、里美は必要なこと以外喋《しゃべ》らなかった。あんなことがあったのだから、仕方ないと猛夫も思う。冷静になれば、死産を経験したばかりの女房を殴るなどというのは信じられない所業だった。けれどあのときは、自分でも止められなかった。

昂《たかぶ》ってゆく気持の持って行き場を失い、里美を殴った夜は繁華街に女を買いに行った。髪をつかんで女の体を突き上げた。別れ際、金で買った女が唾を吐いた。

――ふざけんじゃねえよ、何様だお前。

こちらが手を上げる前に、さっと女が走り去った。もう、顔も覚えていない。

何様だ、と問いたいのは猛夫自身だった。

俺はいったい、何様なのか。誰か教えてくれないか。


四月、店の前の道路を走る車が、アスファルトの粉塵《ふんじん》を巻き上げていた。客がドアを開けて入ってくるたび、帰るたびに店の中に塵《ちり》が入り込む。猛夫は一週間前に入ってきた弟子の池田幸平《いけだこうへい》に、一日二回の拭き掃除を命じた。

三月に十勝《とかち》の中学を出たばかりのあどけない顔の少年には、笠井《かさい》理容室の寮で一緒だった忠司《ちゅうじ》を思い出す訛《なま》りがあった。

幸平はくるくるとよく動く、利発そうな目をした自転車屋の三男坊だ。鳥原《とりはら》の友人のところへ弟子入りする予定だったのが、そこの親方が女の弟子と駆け落ちをしたばかりに廃業し、それならばと紹介されたのだった。

午前の客がはけるころ、里美は二階に上がり飯の支度をする。雑巾を絞り拭き掃除を始めた幸平に声をかけた。

「どうだ、もう一週間続きそうか」

「はい、続けます」

「お前は、どのくらいで一人前になりたい？」

幸平は質問の意味を問わずに、ほんの少し視線を下にずらした。そして、続けると言い切ったときと同じはっきりとした口調で言った。

「うちの親父《おやじ》は、しがない自転車屋ですが、一人前になるには十年かかったと言ってました。僕は、親父よりも一年少なく、九年で一人前になりたいです」

大真面目な答えに猛夫は大笑いした。笑いすぎて胃がけいれんを起こしそうだ。

「お前、九年って。今から九年後って、今の俺とそんなに違わねえじゃねえか」

「新川の親方の話は、聞いています。普通は十年かかるところを半分もかからなかったって」

「じゃあ、俺と同じように五年で一人前になる、くらい言えよ」

幸平は片手に雑巾を持ったまま、首をぶんぶんと横に振った。

「職人になるのに、大口をたたいたらあとで恥をかくのは自分だと教わってきました。新川の親方と同じことを出来るとは思いません。時間はかかっても、ひとつひとつ覚えていきます」

この満点回答のような少年はどこでつまずき、どこで伸びるだろう。

猛夫の胸にじわじわと嵩《かさ》を増してゆくのは、腕には自信があっても親方の器量という点で藤堂や鳥原には大きく及ばないという、どこか焦《あせ》りにも似た思いだ。

人間としてどこか余裕のない性分を、誰に見抜かれるのも嫌なのだ。つまりはそこが弱点だと、女房の顔を打ったあとつくづく思い知らされた。

里美が思っていたより強情で、ねっちりとした気の強さを持っているのが不快だった。

「お前なあ、そんなに優等生でなくたっていいんだ。職人に、口は要らない。お前の親父はいい腕をしているんだろうなあ」

「親父は、小学校もろくに出ていないけど、毎日なにかの本を読んでいました。人間、学歴じゃねえって、いつも言ってました。けど、一番上の兄貴は自転車屋を継ぐのが嫌で家を出て、二番目の兄貴は勉強ばっかりしてます」

「そうか、そんならお前は誰より腕の立つ職人にならんといかんよなあ。兄貴が悔しがるような腕をつけて、誰より早く一人前になれよ」

猛夫は幸平に、腹筋、背筋、足腰を鍛えるようにと告げた。

「剃刀《かみそり》は俺らの刀だ。俺たちは人を殺せる道具で飯を食うんだ。殺さないようにするには、刃物が横に滑らないよう足腰を鍛えるしかない。体がぐらついたらおしまいだからな」

まず手のひらを床につけてゆっくりと腕立て伏せを十回やってみせた。そのあとは、すべての指を立てて、指先だけで体重を支えての十回。片手での腕立て伏せ。

両腕の筋肉がみるみる盛り上がったところで、スクワットに切り替える。猛夫のそんな様子を、幸平がため息を吐《つ》きながら見ていた。

「毎日、一回ずつ増やすつもりで朝晩続けろ。一年も経つころには体の形が変わってるはずだ」

親方、と幸平が声を詰まらせる。

「がんばります」

ある日の昼時、飯の支度で二階に上がっていた里美が店に降りてきた。

いつものように、幸平に道具の始末を教えていると、ふたりの様子をいつから見ていたものか、里美が音もさせずに玄関脇の待合椅子に腰を下ろした。

「ふたりとも、今のうちにご飯を食べちゃって。店番はわたしがするから」

猛夫とは目を合わせようとしない里美は、握り飯をふたつ手にしている。

「お前は、ここで飯を食うのか」

「お客さんが来たらわたしがやっておくから、どうぞゆっくり食べてきてください」

待合用の週刊誌を膝《ひざ》にのせ、ぺらぺらとめくりながらそんな台詞《せりふ》を吐く。猛夫は、自分がこんな態度の女にいいようにあしらわれているのを弟子に見せることに耐えられなかった。幸平の前で手を上げるわけにもいかない。そんなことをしたら、いっぺんに信用を失ってしまう。叩《たた》かずに済んだ安堵《あんど》と同時に、腹の底から怒りがこみ上げるのをぐっとこらえ、声を低くして言った。

「サト、少し考えれよ。うちも弟子のいる店だ。お前、俺になんか言うときは顔色を見てからにすれ」

里美の顔がすっと持ち上がる。目は怒りと怯え、そして悔しさでつり上がっている。

「先に上がってろ」

幸平に顎《あご》で指図すると、短い返事を残して階段を駆け上がっていった。猛夫は、一歩二歩、待合椅子に座る里美に近づき、その足を横に蹴り上げた。握り飯がごろごろと床に落ちる。

「てめえ、ふざけんなよ」

言ってから、その口調があまりに死んだ一郎《かずろう》に似ていたので吐きそうになった。

里美の怯えた目が、猛夫をより苛立《いらだ》たせる。これ以上手を出してはいけない。自分の気持を鎮めるのは、猛夫にとってひどく胃の腑《ふ》に負担のかかることだった。

職人として独り立ちしてから、本来の性分が遠慮もなしに前に出てくるようになっている。腹の中にあれこれと不満を抱えていても、親方がいるときは表に出さずに済んでいたのだ。

いま自分の店に、猛夫の気に入らないことをする人間がいることが耐えられなかった。それが女房でも同じだ。

猛夫にとって主《あるじ》としてあるべき姿は、いつも藤堂であり鳥原だ。意識の隅でいつも「劣っているのではないか」という思いが消えない。

里美が不満げな瞳を向けるときは、いま自分はどの親方と比べられているのかという疑いがこみあげてくる。

低い声で、ふてた態度を謝るよう告げた。口で言うのはこれが最後だぞ、という意味だった。

「すみませんでした」

床に視線を落としたまま、里美が言った。ここでやめとけ、と耳の奥で声がする。駒子《こまこ》だ。耳の奥、遠くから響く駒子の声が、猛夫の気持を鎮めた。

タケ、そこでやめとけ。いいことないぞ。

駒子なら、里美を叩いたところで自分を怒ってくれたろう。カツならば、逆に猛夫の頬を打ってくれたかもしれない。

いま自分を止めてくれる人間のいないことが、猛夫の孤独であった。

手を上げながら、誰か止めてくれ、誰か助けてくれと思っていた。里美の怯えた目を見るたびに、責められているような気分になる。刃向かって来られると、恐ろしさで目の前の者が誰でも叩き潰《つぶ》したくなる。

冷静になったあとは、自分との闘いが残っていた。この性分を、器の小さい人間と評されるのだけは嫌だ。一国一城の主としての才覚を疑いながら、引き返せないところにいるのだった。

二階に上がると、幸平が飯に手を付けずちゃぶ台の前で正座していた。親方より先に食べてはいけないとでも思ったのか。ふっと気持が緩《ゆる》んだ。

「お前な、今日はこうやって同じ時間に昼飯食えるけども、忙しいときはそうもいかない。職人の飯はさっさと腹に入れて、すぐに持ち場に戻らないといけないんだ。俺が来る前に食い終わってるくらいでちょうどいいんだぞ」

幸平がぴょんと立ち上がり麦入りの飯を茶碗によそった。猛夫のぶんも山盛りよそい、ちゃぶ台に置く。

飯と味噌汁とたくあん、彦太郎《ひこたろう》が届けてくれたすり身のてんぷら。毎日変わらぬ昼飯だった。もっとどうにかならないのかと、里美を責めても仕方ない。生活に余裕がないことくらいは知っている。里美の財布の紐《ひも》が固いのも、貧乏に慣れた人間の用心深さなのだった。

初めての弟子は、猛夫の気持を少しばかり柔らかくしてくれた。素直に親方の言うことを聞く耳を持っている若さに、室蘭《むろらん》での自分が重なる。

藤堂の教えを忠実に守っていると、誰も猛夫の腕を笑うことはなかった。

使った食器を洗い終え、幸平が一礼して店へと降りた。

幸平には、踊り場の横にある納戸《なんど》を、壁紙を貼り替えて裸電球をひとつ垂らし与えたが、文句も言わず毎朝誰より早くに起きて開店の準備をする。

札幌《さっぽろ》での屈辱がすべて晴れたとは言えない自分にとって、幸平は猛夫の「やり直し」を担ってくれていた。ハイライトの包装を解き、一本口にくわえた。火を点けて吸い込む。煙が胸から四肢へと充満してゆくのがわかる。

親方、と裡《うち》で問う。

親方、俺は腕には自信がある。こうして所帯を持って店も開いた。いまは弟子もいる。

けれど、と密《ひそ》かな独白は続く。

けれど、なんにも満たされた感じがないんだ。

猛夫の苦しみは、自分の手の中にあるものをなにひとつ信じられないことだった。こんな日々を、自分は本当に望んでいたのだろうか、という疑問が胸を離れることがない。どこまで戻ればやり直せるのかと問う先も持たず、気づけばいつも煙のような日々が目の前に広がっているのだった。

花曇りの空が続く五月。里美の体も戻りつつあった。苛立ちまぎれに体を繋《つな》げた翌日は、不思議と穏やかな会話も成立する。それでもやはり、気の強いばかりの女とふたりでいるのは気詰まりで、気持がささくれれば苛立つ前に家を出ることが多くなった。

たっぷりと朝寝をした日曜日、猛夫はぶらぶらと目抜き通りに続く道を歩き出した。店の片隅では、幸平が鋏《はさみ》や砥石《といし》と格闘している。ひととおりのことを教えたあとは、自分で感覚をつかんでゆくしかない。疑問があればいつでも言うようにと告げてあった。失敗は今のうちに経験しておくのがいい。

狭い歩道を歩いていると、ダンプカーが通り過ぎるたびに舞う土埃《つちぼこり》にまみれた。室蘭は赤い町だったが、釧路《くしろ》は灰色ばかりが目に入る。

ケーキ屋のある十字街《じゅうじがい》まで行けば橋があり、橋を渡れば新川のかまぼこ工場があった。三十分も歩けば着いてしまうところに親きょうだいがいる違和感にも慣れた。未《いま》だ慣れぬのは、タミや妹たちの信仰熱だ。

朝な夕なの読経《どきょう》と、日曜日は早朝からの道場通い。用があって日曜に訪ねて行けば、彦太郎が茶の間で寝転がっているのだった。

康男は実家の意にそわぬ結婚をしたため、孫が生まれても寄り付きもしない。利夫《としお》も女でも出来たか、あまり家には戻らなくなったという。

生きている息子たちにはいつも冷ややかな視線をくれるタミは、毎日毎晩、一郎の死を嘆いて読経を上げている。

ぶらぶらと用もなく歩きながら、家々の前の植え込みで咲きあぐねているチューリップや枯れ芝、乾く環境にない土を覆う苔《こけ》を眺めたり、ときどき風をあげて去る新型の自動車を見た。

鶯色《うぐいすいろ》の車が十メートルほど先で停《と》まった。歩き続ける猛夫を待って、助手席の窓が開いた。

「おう、床屋の若大将、今日はひとりかい」

声をかけてきたのは開店当時からの客、森川《もりかわ》だ。二週間に一度はぴしりと着込んだ背広姿で整髪にやってくる上客である。猛夫と同じく上背《うわぜい》がないのだが、服の上からでもいい筋肉を持っているのがわかる男だった。

習い性で、腰を折り挨拶《あいさつ》をする。森川は、道ばたでそんな挨拶ねえだろうと笑った。

「用の先はどこだい、送って行ってやるよ」

「いいや、用があって歩いてるわけでもないんです」

「なんだ、若大将は用もないのに家を出て歩くのかい」

あれこれと説明するのも面倒で、実は煙草《たばこ》を買いがてらの散歩だと答えた。

「そうか、別に用もないなら車に乗れよ。免許証持ってるんじゃなかったのか。なんだったら、こいつを運転してみるか」

森川がハンドルを叩く様子に、心臓がどきりと前後に揺れた。免許は取ったものの車はなく、運転をする機会もなかった。

森川の車は曇り空の下でも、磨き込まれており光っている。猛夫は思わぬ展開に日々の憂《う》さを忘れ、喜んで助手席に乗り込んだ。

ダンプカーが往来する道路を、海側へと出て更《さら》に東に向かって走ってゆく。森川は終始機嫌が良かった。整髪代もその場で支払い、いつも颯爽《さっそう》と店から出てゆくこの上客は、自分には平日も休日もないのだと言って笑う。

猛夫には経験のないスピードを出し、海沿いの道を舐《な》めるようにして車は走る。森川のハンドルさばきで次々と目の前に現れる景色は、苛立ちをなぎ倒してくれた。

森川が車を停めたのは、厚岸《あっけし》の繁華街から少し外れた場所にあるスナックの前だった。周りには開いている店もないし、外れの場所にあるせいかひどく寂《さび》れて見える建物だ。

艶《つや》のない白いプラスチック看板に「桐子《きりこ》」と、黒い文字が描かれてあった。

森川が慣れた様子でスナックのドアを開けた。中から、旨《うま》そうなにおいがあふれ出てくる。

「おう、そろそろ出来たころかと思って来てみた」

「またタダ飯を食いに来たのかい。まったく」

言葉ほど憎くもない様子で、中からダミ声が聞こえてくる。薄暗い店内の、カウンターにだけ明かりがあった。カウンターの中には、割烹着《かっぽうぎ》姿の中年女がひとり、大きな鍋に向かって格闘している。どうやら、においの元は彼女の前にある鶏ガラ出汁《だし》と醬油《しょうゆ》のスープ鍋らしい。

森川に「まず座れ」とカウンターの席を勧められ、隣に腰をおろす。

「ここはな、夜になりゃスナックだけども、昼間はこうやって馴染《なじ》みの客に旨いもん食わせてくれるいい店なんだ。漁師が多いんで重宝するわけよ」

今日は鶏ガラのラーメンだという。

「だいたい、カツ丼かラーメンなんだけどもな。ラーメンのときは俺にとっちゃアタリでさ。迷わず大きく賭けることにしてんだ」

堅気《かたぎ》の気配はしなかったけれど、森川という男がはっきりと自身をばくち打ちと名乗ったのは初めてだった。

「札《ふだ》もサイコロもやるし馬も買う。まあ、こんな北の外れにひとりで流れて来たのにも、いろいろワケがあってな」

そんなことは若大将の知ったこっちゃねえんだ、と森川が笑った。そして、麺をゆで始めた桐子を指さした。

「この姐《ねえ》さんも、昔はけっこう名前を売った博徒《ばくと》でな。厚岸まで流れ着いたところで廃業さ。もう、そんな時代じゃねえしな。若大将、室蘭って知ってるか」

ここでその地名を訊《たず》ねられるとは思わなかったので、背筋が立った。なんだ知ってんのかと問われ、自分は室蘭の生まれだと伝えた。

「ほう、そりゃ初耳だ。室蘭の、どこだ」

「本輪西《もとわにし》です。駅前で育ちました」

「お待ちどおさま」カウンターからラーメンどんぶりが差し出される。猛夫より先に森川がいい音をたててラーメンをすすった。桐子に礼を言い、猛夫も続く。

一気にラーメンを腹におさめ名残《なごり》を惜しみながらスープを飲んでいると、カウンターの向こうから桐子がよく響く声で「にいさん」と声をかけてきた。

「室蘭の生まれだってかい。あそこもずいぶん変わったんだろうねえ。本輪西といやあ、駅前にいい旅館があったんじゃなかったかねえ。あたしもよくあそこで開かれた賭場《とば》に呼んでもらったもんだ。女将《おかみ》がまた、頭のいい女でさ。行くたびにずいぶんよくしてもらったよ」

スープをすくった手が止まった。本輪西の駅前には松乃家《まつのや》しか旅館がない。女将といえば、カツだろう。ここでカツを知った人間に会えるとは思わなかった。

しかしなぜなのか猛夫は、自分がカツに育てられたとは言い出せなかった。カツや駒子と一緒だった頃を懐かしく思ったり今と比較したりした途端、すぐさま弱い場所へと転がり落ちてしまいそうなのだ。ぐっと踏ん張り、「そうですか」と返した。

夜は釧路で賭場に行くという森川と、来た道を戻ってゆく。帰りの運転はひどく穏やかで、ラーメンかカツ丼かを占いながら厚岸へ行くのが好きなんだと言って猛夫を笑わせる。

左手に海を眺めながら、森川が言った。

「若大将、車は好きかい」

「こうやって乗せてもらうと、やっぱりいいなと思います」

「なんで車、持たねえんだ。若いくせに、背中丸めて煙草買いに町まで歩くなんて、みっともねえ。若大将には、さっと車で出かけてほしいもんだな」

家賃のほかに、開店資金としてずいぶんと借金をしたのだと告げた。ついでのように、赤ん坊が生きて生まれなかったことも話すと、森川が「そりゃいけねえ」と強く言った。

「若いおかみの気が沈むのも無理ない。お前さんも商売人なら、車の一台も買って、ドライブに連れてってやれよ」

猛夫が自分の車を手に入れたのは、里美の二度目の妊娠がわかった昭和三十九年の十月だった。

世の中は東海道新幹線開通やオリンピックで沸《わ》いており、道東の港町も賑《にぎ》わっていた。整髪料がひとり三百円。一日に十人の客が来たところで、夫婦と弟子ひとりが借金を返しながら食って行くのは難しい。

客層は工場の作業員や、噂を聞きつけた役員、その妻や子ども。

里美も器用な女で、週刊誌や雑誌に載っている髪型をすぐに自分のものにする。本人曰《いわ》く「見ているとなんとなくわかる」らしい。鳥原の言った「センス」を持っているうえ、愛想もいい。猛夫のほうは神経質で、客と話しながら仕事をするというのが苦手なため、もっぱら里美が店の空気を柔らかくして、明るい話題を振るのだった。

里美の器用さに救われ、女性客が増えたのは妊娠する少し前のこと。

たまたま近所の長屋に住む女たちから、夜の勤めに出る前のセットを頼まれたのがきっかけだった。網カーラーとスプレー、逆毛で夜会巻きが出来ると知れてからは、女性客用の椅子を別に置くようにした。幸平の腕も上がり、そろそろ整髪の下ごしらえくらいは任せてみようかという矢先の妊娠だった。

一日の売り上げが平均五千円に届くと、猛夫の気も大きくなった。

中古で十二万のところを十万まで値切って、月々五千円ずつ。二年かからず返せるとふんで、勢いで愛知機械工業の軽四輪、コニーを買った。

日曜の昼、店の前にコニーを停めて、二階の窓に向かって大声で「サト、降りて来いや」と呼んだ。窓が開いて里美が顔を出す。

「サト、車を買ってきた。せっかくの日曜だ、一緒にどっか行くべ」

顔を出した里美は、昼寝でもしていたのか目をこすっては猛夫の隣にある車を見下ろしている。

「タケちゃん、それどうしたの」

「買った。中古だけど、走りはいいぞ」

「バイクはどうしたの」

「下取りで取ってもらった。これからは雨が降っても出かけられる。お前を病院にも連れて行かないばなんないべ」

「ちょっと待ってよ」

一緒に喜ぶとばかり思っていた里美が不機嫌だったのにはがっかりした。ふつふつと怒りが湧いてくるのだが、身重の女房を叩くのは避けたかった。猛夫は初めて買った四輪の熱いボンネットを撫《な》でながら舌打ちをする。

窓から里美の顔が消え外に出てくるまで、煙草一本ぶんの時間が妙に長かった。ようやく出てきた里美の目元には、隠しきれない棘《とげ》があった。

「中古っていったって、けっこうしたんじゃないの」

「新車なら三十万以上のやつが、負けに負けさせて十万だ。このくらいなら払えるべ」

そんな話をしたいのではなかった。道路一本隔てた線路を、鈍行列車がゆく。列車が通り過ぎるまで、里美はコニーを眺めていた。

「サト、この先、夜中にお産だっていったって車が必要だ。まさか春先の道ばバイクに乗せて行くわけにもいかんべや」

「それだけだってかい」

里美が顔中に棘を溜《た》めてなにを言わんとしているのか、猛夫にはわからない。

「ほかに、なにがあるって言いたいんだ」

わずかに怒りがこぼれ落ちる。なんもないけど、と前置きしながら里美が言った。

「盆休みの三日間、バイク飛ばして札幌まで行って、いったいなにしてたのか教えてや」

鼻の奥が熱くなった。いったい誰が、と思いを巡らせる。

康男か。遠乗りとは告げたが、札幌とは言わなかったはずだ。

着るものに、駒子の着物の匂いでもつけて帰ってきたろうか。いいや、と首を振る。

元気な顔を見たいだけの遠乗りだった。駒子の顔を見るために走り続ける、その時間が猛夫にとっての楽しみになっている。会ってどうにかなりたいわけではない。子どもを亡くした時は、猛夫の悲しみや火葬場の話を聞いて一緒に泣いてくれた。駒子が一緒に泣いてくれるだけで、晴れた顔で夏を終えられた。

猛夫が帰りの時間が近づき気落ちしていると、仕方なさそうな顔をしながら「このことは死んでも黙っとくんだぞ」と言って抱いてくれた。妻でも商売女でも拭《ぬぐ》えないさびしさを、駒子だけが解《わか》ってくれるのだった。

猛夫の結婚を誰より喜んでくれたのも駒子だった。

どうして責められなくてはいけないのか。いや、と胸の裡で首を振る。里美は里美、駒子は駒子だ。どちらも、自分をまっすぐ立たせておくのに必要な存在に変わりはない。

それでもやはり、里美に駒子の話をするのは筋が通らぬこともわかっている。駒子は猛夫の男としての狡《ずる》さを理解してくれるが、それも仕事で覚えた習い性である。里美にそんな甲斐性《かいしょう》を求めたところで、うまくゆくとも思えない。

駒子がふたりも必要ないことを、誰より猛夫がいちばんよくわかっているのだった。なまじ腕に自信のある里美は、ことあるごとに「ひとりでだって生きていける」と言って泣く。それを聞いてまた、猛夫も怒りをこらえきれなくなる。ひとりで生きている駒子の年々身に積もる玄人《くろうと》の垢《あか》を知る猛夫にとって、最も聞きたくない台詞だった。

心と心がすれ違う生活が二年続いても、女房は身ごもるのだった。最近では幸平も、夫婦喧嘩《げんか》が始まってもうろたえるということがない。親方夫妻の日常化した諍《いさか》いよりも、自身の腕を伸ばすことに意を注いでいる。

「札幌になんか、行ってない」

「じゃあ、どこに行ってたの」

「室蘭の、藤堂のおやじのところだって何度言ったらわかるんだ」

「電話かけて、訊《き》いてみていいのかい」

妊娠がわかってから初めて手を上げた。

里美が家の中なら上げないような派手な声を出した。

狡いのは、いったいどっちなんだろう。猛夫は熱を持った自分の右手を見た。こんな展開を望んでいたわけじゃない。たったひとこと、車があればいつ産気づいてもいいねと言ってくれれば、それで済んだではないか。

案の定、隣の家に住む大家の婆《ばあ》さんが出てきた。

「人の家の前でなにしてなさる。腹にいる赤ん坊がびっくりして出てきてしまうわ」

猛夫はひとつ頭を下げて店の中へと逃げた。店の前ではしばらくのあいだ、ばあさんが泣いている里美の背中をさすっていた。

時間が経てば、あれほど怒るようなことだったろうかとも思うのだ。悔いるというのではない。自分がなぜあんなつまらないひとことにカッとなるのか、それがわからない。

里美を前にすると同じ職人であるせいなのか、張り合われているような気持になった。所帯を持って店に立っている夫婦でありながら、お互いの技術がどれだけ優れているかを見せつけ合うような日々が、鬱陶《うっとう》しいのである。

弟子ならば、教えたことをどれだけ覚えたかという楽しみもあるが、里美との間では他人の釜の飯を食って腕をつけてきた技術屋としてのプライドが邪魔をした。

単純に、腕のいい女房を持ったことを喜べばいいのであったが、自分にはその度量がない。猛夫を責め続けるのは、いつもなにかを怖がっている小心さだった。解っていながら、自分が認めてしまったらすべてが終《しま》いであるという、若さが見せる焦《あせ》りもあった。

店の隅で、幸平が刃物を研《と》いでいた。後ろから、肩の位置が悪いのを指摘すると「はい」とだけ返しすぐに直す。

この素直さなのだ、と猛夫は弟子の佇《たたず》まいを見てひとつ頷《うなず》く。時間をかけてゆっくり育てている弟子がその時々の精いっぱいを見せるとき、猛夫は誇らしい気持になる。

幸平が砥石と格闘しているのを眺めていると、少し穏やかな気持になってきた。

前後して、里美が戻ってきた。首をがくりと前に折り、猛夫とは目を合わせないようにして二階へと上がってゆく。そうした親方夫婦の様子など視界の隅にも入らぬ様子で弟子が黙々と剃刀を研いでいた。

里美が駒子の存在を疑っていることを知ったことで、猛夫の思いにも落としどころが見つかった。つまり駒子は、女房が嫉妬《しっと》するような立場の女なのだった。

いつか藤堂が言っていなかったか。所帯なんざ面倒くせえことばかりよ、と。腕さえあればひとりで食っていけるのに、なにを好んで面倒なものを背負い込まなければならないのだと、冗談ともつかぬ口調で笑い飛ばしていた。あれはあれで、藤堂の正解だったのだろう。

周りに「所帯を持って一人前」「同じ職人なら、他人を雇うより経営が楽」と言われて、流れ着いた先がこれでは、藤堂に笑われるだけだろう。

春になれば赤ん坊も生まれる。今度は生きて生まれてくると信じるしかない。

年の瀬には里美の腹も見てすぐわかるほど膨《ふく》らんだ。

待合椅子に常時五、六人の客を座らせながらの年末、猛夫は電話を引いた。里美の体になにかあってからでは遅いという気持もあったが、電話を引くことで周りから「たいしたもんだ」と言われ得意にもなった。

開店当時から通い続けてくれる森川からは「空いてるときに呼んでくれ」と電話番号を書いた紙を渡される。新川の実家からも、里美の実家からも、きょうだいの中で最初に電話を引いたということで、猛夫もずいぶん株を上げたのだった。

あと数日で今年も終わるという日、里美の母親が正月にやってくると告げられた。大晦日《おおみそか》は朝から幸平を十勝に戻すので、里美とふたりで客を回さねばならなかった。いつもなら、元日は疲れで半日寝て過ごす。それが出来るのが自分の店を持って良かったことのひとつだった。

里美はいつどんなときも、財布の紐を固く締めている。猛夫が客から受け取った金をレジに入れず、白衣のポケットに滑り込ませることも気づいているらしい。厭味《いやみ》さえ言われなければ、腹が立つこともなくなった。

ごまかした金も、スパイクタイヤとガソリン代に消える。猛夫にとっては必要経費だ。

大晦日最後の客は、森川だった。

「よう、若大将。今年も繁盛したようだなあ。おかみの腹も膨らんで、いい年だったじゃねえか」

「おかげさまで。森川さんも、仕事は今日で仕舞いですか」

森川の首に顔剃り用の布を巻きながら訊ねた。「今日で仕舞いって、お前さん」と半笑いの客は鼻からひとつ長い息を吐く。椅子の位置を上げ、背を倒した。顔に蒸しタオルをのせる。

「年が明けたらお前さんも、もう若大将じゃねえよなあ」

「そうですか」

「ああ、女房と子どもを育てる、立派な大将だ」

森川に言われると、背筋が伸びた。若いのはどうしたと訊かれ、年越しから三日まで郷《さと》に帰すのだと答える。

「そうか、そりゃ立派な大将だ。餅代のひとつも持たせたのかい」

「ええ、まあ」

実際のところ、小遣いを少しだったのだが。

髭をあたりながら、森川の頬が少しばかり削《そ》げているのが気になった。顔の筋肉が、いつになく硬い。黒々とした髪の間に櫛《くし》を入れ、鋏ひとつで襟足《えりあし》から整えてゆく。鏡に映った森川は、以前にも増して目が鋭くなっていた。客との会話が苦手な猛夫も、この男にだけは気軽に話しかけることができた。

「お忙しかったんでしょうね」

「なんで、急に」

「毎度、肌に直接触れますんで」

「俺の仕事は、忙しいとかそういうのじゃねぇからな」

生業《なりわい》を訊ねていいことはないと教わってきた。賭場に出入りをしている森川にも、詳しいことは訊ねずにきたのだったが。大晦日最後の客という安堵から、口を滑らせた。

「この年の瀬に、まだお仕事を抱えてらっしゃるんですか」

さっき整えたばかりの眉がきゅっと上がった。

「大将、今日は余計なこと訊くんじゃないよ」

その口ぶりが今まで聞いたどのときよりも鋭く響いて、ぞっとする。失礼しましたと腰を折ったあと、鏡の中の森川が急に穏やかな表情になった。

「お前さんも春にはやっと親になるんだったなあ。よかったな」

そして、猛夫のことはなんでも見えているような口ぶりで言うのだった。

「いいかい、なにがあっても女に手を上げちゃいけねえよ。手を上げていい女なんてのは、そういうことの好きなヤツだけだ。たまにはいるが、堅気では稀《まれ》だ」

どきりとしながら、しかし顔には出さぬよう努め、手を動かし続けた。

里美が待合椅子のあたりを片付け始めた。緩慢《かんまん》なしぐさに疲れがにじんでいる。今日一日だけで、正月に和服を着る女性客の結い上げが五人。そのほかに子どもの整髪と顔剃りが八人。男性客しか受けない猛夫とは違う疲れもあるだろう。

待合のほうに一度視線を向けた森川が、ほんの少し声を落として言った。

「手に職のある女房は気が強いと相場が決まってるんだ。お前さんだけが特別じゃあないさ。向こうだって、やる気になりゃひとりで生きていけると思ってるだろう。けど、子まで生《な》した女とはそうそう切れるもんじゃあない。男には男の責任ってのもあるんだ」

薄い笑いの中で森川は「そういう女を、お前さんが選んだんだよ」と言った。

森川が去ったあとも、猛夫はしばらく彼の言葉を反芻《はんすう》し続けた。自分の器量が決して「大将」

になど届いていないと指摘されたのだと気づいたのは、正月明けの新聞に「組長刺される」の見出しとともに、刺した男として森川の顔写真が載った後のことだった。

元日、標茶《しべちゃ》から里美の母親ハギがやってきた。

里美の顔と腹を見たハギは、「今度は元気に生まれてくるべ」と言って、持ってきた風呂敷包みを開いた。秋田の生まれだそうだが、ハギは自分のことを「オレ」という。わたしでもわしでもない、オレだ。いつ会っても、猛夫には馴染《なじ》まない人称だった。

水色の一升瓶の喉まで詰められた牛乳、漆《うるし》がはげかかった重箱には大きな卵焼きと大根なます、黒豆と赤飯が詰まっている。

昼過ぎに起きた猛夫が空《す》きっ腹で苛立ってきそうなところを、ハギの重箱が救った。白衣を着ていないときの里美は妊婦服を買うこともせず、セーターともんぺ姿だ。正月の晴れ着などほど遠い娘を見て、母親がどう思うかまで思いは及ばず、猛夫は黙々と箸《はし》を動かし続けた。

この母と娘も不思議な気配で、普段はどうなのか猛夫の前では必要な話しかしなかった。

「もう少しで八か月に入るところだったべかな。どうだ、張りはないか」

「前より楽みたいだ」

「前はどうだった」

「ずっと硬かった。予定日は何日も違わないけども、あんときの正月はスイカみたいに重くて、ただ硬かったな」

「生まれる子は、生きて生まれてくる。今度はだいじょうぶだ」

里美が二年前を思い出したのか、目を伏せる。ハギは娘の表情を見るでもなく、猛夫の皿に赤飯をとりわける。その手は日々の労働で荒れており、日焼けで真っ黒だった。

「タケちゃん、うちのサトは強情だから手を焼いてるのと違うかねえ。オレはこのとおりだから体動かすことしか知らねえし、客商売なんて考えたこともねえ。手に職が欲しいって言うから床屋に奉公さ出したけども、あんた様のお役には立ててるかねえ」

「義母さん、サトは腕のいい職人だ。強情でねえとは言わないけども、職人としてはもうしぶんない。俺も腕にはそこそこ自信があるけども、サトほど器用にいろんなことは出来ねえんだ」

猛夫の言葉を聞いて、ハギは満足したようだった。里美に大きめの鍋を用意させ、ふたりに背中を向けて一升瓶の尻を回しながら注《そそ》ぎ入れる。鍋の牛乳を回し続けるハギの背は丸く、とても四十代半《なか》ばには見えなかった。

この母娘《おやこ》のあいだにあるわだかまりには、猛夫も覚えがある。里美も自分も、産みの親に育てられた記憶が薄いのだ。急に親と呼べと言われたところで情よりも戸惑いが勝ることは、誰よりも猛夫がよく知っている。

里美と一緒になろうと思ったことにも理由があり、惹《ひ》かれたことは間違いがないことを思い出した。

ハギが、温めた牛乳に砂糖を入れてくれた。受け取りひとくち飲んでみると、たとえようなく旨かった。礼を言うとハギも嬉《うれ》しそうにする。

「いいなあサト、お前の旦那さんは。酒も飲まないし、飲んで暴れることもねえ。よく働くし、なんたって一国一城の主だべ」

ハギは「タケちゃん」と居住まいを正した。

「オレをこれから、新川のお宅さ連れてってくれ。ここまで来て挨拶もしねえで戻ったんでは申しわけねえ」

気が進まないながら、ハギの言うのももっともなことと思い身支度をした。里美は、頑としてセーターともんぺで行くという。このときばかりは猛夫もなぜなのかと理由を訊ねた。口をとがらせた里美が言うには、前回の妊娠の際にタミに言われたことが尾を引いているのだった。

「店で着る服がないって言ったら、義母さんがもんぺで仕事しろって。腕があるならちゃらちゃらする必要ないって」

店では大きめの白衣を着ればなんとかなるが、こうして新年の挨拶に行くとなればそういうわけにもいかないだろうと食い下がる。

ハギを見ろ、と里美が鼻先で母親を指す。

「ウールの上っ張りにかすりのもんぺ。釣り合いもいいよ」

もんぺ以外にも何かあるだろうと言いかけたが、やめた。ハギの前で、ましてや元日に里美を怒鳴りつけることは避けたい。

「好きにすれや」

エンジンを暖め、後部座席にハギと里美を乗せて新川の家へ向かった。

正月らしさのないのは、実家も似たようなものだった。大晦日の明け方まで正月用の板付き蒲鉾《かまぼこ》を作っていた彦太郎は、ストーブに背中を炙《あぶ》られながら横になったまま。タミも仏間で読経を止《や》めない。末っ子の須江《すえ》がかいがいしくお茶など淹《い》れるのだが、里美が手伝おうと申し出ても聞こえないふりをするという、たいした小姑《こじゅうと》ぶりだ。

「須江、今年から高校じゃなかったか。どこを受けるんだ」

上のふたりよりはるかに勝ち気な妹は、訊ねられたのが不本意だったのか市内の女子高の名を挙げた。新川のきょうだいの中で高校まで進めるのは、妹たちだけだった。

上の姉ふたりはどうしたと訊ねると、長女の照子《てるこ》は同僚と初詣《はつもうで》に、次女の和子《かずこ》は高校の友だちと出かけたという。康男と利夫もやはり、実家には寄りつかぬようだ。

ようやく家の中にいる全員が顔を合わせて挨拶となったのは、ハギが新川の家に上がってから三十分も経ってからだった。

「明けましておめでとうございます。娘の様子を見に来がてら、新年のご挨拶をと思いまして」

「そりゃご丁寧《ていねい》にどうも。今年もよろしく頼みます。野良仕事でお忙しいところ、ありがとうございます」

タミの返しには猛夫でさえかちんと来たので、里美はその比ではないだろうと横を見た。片手で腹をおさえ、ストーブの煙突を睨《にら》んだまま視線を外さない。

タミは横に須江を座らせ、ハギが持ってきた羊羹《ようかん》を引き寄せた。そしてまたも「お百姓さん」という言葉で里美の表情を硬くさせる。

「お百姓さんは盆も正月もないでしょう。うちも似たようなもんです。市場が開くまではまあまあ体も休められるけども」

お互いさまと笑い合う母たちに、真の笑顔があるとも思えなかった。里美の腹をちらりと見て、タミが言った。

「今度は無事に生まれればいいんだけども。おっかさんのところは初孫なんだろか」

「いんや、姉娘のところにひとり、娘がおります」

「あれ、旅芸人をやっているっていう姉さまかい」

「ええ、腹が大きくなって旅から戻りまして」

ハギも訊かれたことには正直に答えるので厄介《やっかい》だった。

「どこに嫁に行かれたんだろう。そりゃ知らずにもうしわけなかった」

さしてすまなそうにも思えない口調だが、猛夫にはこの会話を止める手立てがない。

「嫁には結局、行けんかったんですわ」

里美の姉は旅の一座で知り合った男の子どもを身ごもったが、男は早々に姿を消したと聞いた。里美とはたびたび手紙のやりとりをしているようだが、猛夫とは会う機会もないままだ。

タミは今度は里美に向かって言った。

「サト、あんたはうちらになんにもそういう話をしない。身内の恥だと思ってるかしれんけど、なにも聞かされてないこっちに恥をかかせるのは平気なんだなあ」

ちいさな声で「すみません」と頭を下げる女房が哀れで、口を挟んだ。

「かあさん、サトには関係ない話だべ。それに、ひとりで子どもを育てている義姉《ねえ》さんを身内の恥はないだろう」

今度はハギが身を縮《ちぢ》めて「タケちゃん、それはいいからもう」と袖を摑《つか》む始末だ。

最後の最後は結局死んだ一郎の話へと流れ、タミがその場の同情を集めて終わる。

「いいねえあんたたちは。二十歳《はたち》まで育てた息子に死なれたわけでもないんだから」

さんざんな新年の挨拶は、息子に意見をされたタミが泣きながら言ったひとことでお開きになった。帰りの車にエンジンをかけたのは、河口に向かって太陽が沈みかけたころだった。ハギは駅まで送ってくれという。猛夫は彦太郎が女たちの会話のなりゆきを黙って聞いていたことやタミの非礼を詫《わ》びた。

「いいや、オレはなんも。馴れたことだから」

識字もままならず、ただ体を動かすことしか知らないというハギのほうが、人間が出来ているのではないか。

実家に寄りつかない自分の代わりにときどき新川の家を訪ねる里美が、どんな扱いを受けているのかを想像した。

駅まで送ってくれというハギを制して、標茶まで送ることにした。しきりに申しわけないと口にするハギには、哀れみしか感じられず、猛夫はこの母娘を哀れに思うときしか優しく出来ない自分にそっと蓋《ふた》をした。

標茶に着いたのは、もう日もとっぷりと暮れたころだった。助手席に座った里美は、ときどきうたた寝をしては目を覚ますことを繰り返す。里美のために、急な発進もブレーキもないよう努めた。開拓小屋の中はちいさな明かりが灯《とも》っていた。玄関先でハギを降ろすと、少し休んでいけという。

「運転疲れたべ。サトも、上がってちょっと休んでいけ」

挨拶だけ、といったんは家に上がったものの、父親の宇市《ういち》はたらふく酒を飲んだか目を覚ます気配がなく、弟たちもふすまの向こうから出てこようとはしなかった。

おおよそ正月らしさのない元日、早々に標茶の家を後にした。

アスファルトが出ているのがありがたい。滅多に雪は降らず、それだけに寒いばかりの土地だった。帰りの車の中で、里美がひとりで泣き始めた。猛夫もなにやら泣きたい気分だ。

厚岸から西へと曲がるところで、やっと洟《はな》をすする音が聞こえなくなった。

「サト、今は元気で赤ん坊産むことだけ考えれや。俺も実家は未だに不慣れな場所だ。お前も同じだべ」

「わたしは、自分には帰る家なんかないと思ってる。姉さんのことも、ほんの少し一緒に暮らしたことがあるだけだ。標茶から姿を消したあとは、手紙でお互いのことを伝え合ってるけれども、滅多に会わない今のほうが優しい気持になれる。あの家では、誰もわたしのことを家族だとは思ってないんだ」

家に戻ったら、藤堂に電話をしてみよう。無性に藤堂の声が聞きたかった。黒々とした水面が広がる猛夫の胸に、沈んだり浮いたりを繰り返す駒子がいる。里美を横に乗せながら頭の片隅に駒子の面影を置くことに、ほんの少しではあったが罪の意識が芽生えた。

哀れみと情に支えられた里美との生活は、ときどき里美の卑屈《ひくつ》さや強情に自分を映し見て叩き壊したくなるものの、目に見えぬ何かで繫がれていることもわかる。

家までの道、最後の信号待ちでふっと息を吐いた。里美と駒子は、同じ棚にはいない。猛夫がいま自覚できるのは、そこまでだった。

三月、膝が埋まるくらいの雪が降った。彼岸荒れが来れば春はもうすぐで、泥を跳ねる車の音が止むころ、里美は臨月を迎えた。

健診から戻ってすぐに店に立った里美が、待たせていた中年の女性客を椅子に招く。大きくなったねえと言われ、臨月だと返す。客の襟足を仕上げながらの猛夫にも、隣の椅子で交わされる会話が聞こえてくる。

「臨月で店に出て、だいじょうぶなのかい」

「順調なんで、安心しています。休んでるとかえって店のことが気になるし、仕事をしているほうが余計なこと考えないんでいいんです」

「その調子だと産んですぐに店に立つ気なんだろうけど、若いころの無理ってのは後でいろいろ出てくるもんだから、休めるときに休んでおいたほうがいいんだよ」

「そんな、お姫様みたいなことしてられないですよ」

里美が受け答えする言葉に多少苛ついていると、「旦那さん」とこちらに話が飛んできた。

「あんたねえ、赤ん坊抱えて今までどおりってわけにもいかないっしょ。少しは休ませてあげなくちゃ。あたしんとこの亭主はよく出来た男でさ。姑《しゅうとめ》の『お産は病気じゃない』なんていう言葉からも必死で守ってくれたんだよ。代わりに産んでやることも出来ないんだから、母親になる女はしっかり守ってやんなよ」

はい、と返したものの、説教じみたひとことに苛立ちは増すいっぽうだ。

幸平もタオル洗い、毛掃《けは》き、洗髪のほかに任せられることも増えてきたが、まだ椅子を一台与えられるほどの腕はついていない。

赤ん坊がいても、女性客くらいはなんとかなるだろう。里美の器用さがあれば、客を帰すようなことはない気がするのだが。

一日の仕事を終えて、幸平が自室へと戻ってから、猛夫は訊ねた。

「赤ん坊を産んだら、乳やおむつの世話で時間取られるだろうから、流しの職人をひとり雇ってみるか」

声をかければ、ひとりくらいは見つかるだろう。椅子を任せられる腕があれば、里美も赤ん坊の世話と飯の支度だけで済む。しかし当の里美が首を縦《たて》に振らなかった。

「それだったら、赤ん坊の世話を頼めるような人を雇って。わたしは仕事を離れるのは嫌だ」

幸い標茶のいとこがひとり中学を卒業するので、彼女を見習いで家に入れてくれないかという。具体的な提案は、里美が常から考えていたことに思われた。

「ちょっとトロいところがあるけども、ずっと妹や弟の世話をしてきた子だから、赤ん坊の扱いは慣れてる。明日、連絡してみる」

言い終わった里美の表情は一日の疲れなど感じさせないくらいに晴れ晴れとしていた。

窓の下の通りを、勢いよく車が行き過ぎる。雪解けの水をはね上げながら、街へと向かって走ってゆく。耳のすぐそばで響く水音を聞きながら、猛夫は翌月には母になる女を見た。


どちらが好《い》いかと訊ねられれば、迷いなく「男」と答えていた。

四月の月曜日、明け方から始まった陣痛の間隔が狭まったところで、車で五分の場所にある産院へと走った。

猛夫は三時間、産院の待合室で手を合わせ祈り続けた。ときどき分娩室《ぶんべんしつ》の中から看護婦が出てきては、山のようにガーゼを持って戻ってゆく。

「だいじょうぶですよ」がただの気休めであることは、その口調でもよくわかる。いったい中がどんなことになっているのか、祈るしかなかった。

午前八時を過ぎたところで、猫の子のような産声《うぶごえ》が聞こえた。

里美が産んだのは、三千四百グラムの女の子だった。

連絡を受けてすぐにやってきたのはタミだったのだが、なぜかその日だけは印象が柔らかく見えた。タミは里美が横になっているベッドの横で、慈悲深《じひぶか》い目で声をかける。

「サト、赤ん坊はいいぞ。女の子はコタコタして頼りない抱き心地だけども、いつまでもお前の味方だ」

里美がむくんだ目尻に涙を流す。そんな光景を想像もしていなかった猛夫は、自分も泣いていいることに気づかないままふたりの様子を見ていた。

先刻、疲れ切った顔で「女の子でごめんなさい」と言われたとき、なにか安堵の気持も芽生えたのだった。希望どおり男を産んで鼻を高くされるよりはと、言語化できない思いに包まれた。

タミの去った病室で、窓の外に目をやりながら里美が言った。

「この子さ、逆子だったんだ。本当なら頭から先に出てくるのが、真っ二つに体折り曲げて、尻から先に出てきたって」

「ずいぶんガーゼを運んでたから、なにかあったかなと心配してたんだ」

「お産は、生きた子も死んだ子も、痛いもんだったわ」

そう言われては、ただ身を縮めるしかない猛夫だった。

「女の子だったけども、許してもらえるべか」

「どっちだって元気ならいいべや。大変なお産のあとに、そんなに謝るもんじゃねえよ」

「わたしも、できれば男の子が欲しかった。男の子を産めば、堂々と生きていけるような気がしてたんだ。毎日祈れば男の子が出てくるような気がして頑張《がんば》ってみたけど、なにが足りなかったんだろうなあ」

「だから、どっちでもいいって言ってるじゃねえか」

里美は猛夫が病室にいる間じゅう、済まない、悔しい、と繰り返した。

「それじゃあ、俺は店を開けるから。お前もできるだけ体を休めろや。飯のことは心配しなくていい」

里美のいとこの千津《ちづ》が見習いとして入り、雑用の一切を任せてある。聞いていたように多少動きに鈍いところはあるが、丁寧な仕事をするし小狡《こずる》いところもなさそうだった。

幸平が意欲的に仕事を覚え、しばらくは赤ん坊の面倒も千津がみてくれる。里美は体が戻り次第店に立ちたいというし、乳の世話以外は心配ないだろう。

さて、男の名前はなんとなく想像していたものの、女の名前はぼんやりとしていて思いつかない。里美に「自分で付けてもいいぞ」と振ってみたが、それは違うと言ってきかない。

帰る前に一度くらい抱っこしてみてくれと言われ、猛夫は恐る恐る白いおくるみに包まれた赤ん坊を腕に抱いた。

生きた赤ん坊は、くにゃくにゃとしていて温かくずしりと重かった。

二年前に手にした赤子の重みとはまったく違う。生きて産めば充分に発育できるだけの体重があったはずだが、腕に抱いたときの重さの違いはいったいなんだろう。

見つめてみれば赤ん坊は、里美よりもタミに似ていた。そう思ったとき、猛夫の目からおかしな熱い塊があふれ出た。これは、命の重みだ。

「タケちゃん、なんで泣くの」

「俺、泣いてんのか」

「泣いてる。怒った顔して泣いてるわ」

「怒ってない。なんか、よくわかんないけど、俺の子だって思ったんだ。こいつ俺の子なんだなってわかったんだ、いま」

両手で赤ん坊を抱いているので、目から流れるものがぽたぽたとおくるみに吸い込まれてゆく。あんたの子に決まってるだろうと、里美があきれた顔で言う。

窓に薄い日が差した。四月の空は濃い灰色と薄い灰色の繰り返しで、光り輝く太陽はいつもビー玉に似た橙色《だいだいいろ》で移動してゆくだけだった。そんな空から、猛夫の子を祝福するような光が漏れてきたのだった。

春生《はるお》。

「春に生まれたふたりぶんの命だ。春に生まれたって書いて、はるお。どうだ」

「はるお、って男の名前じゃないの」

「新川春生だ。男だろうが女だろうが、どっちでもいい」

せめて「はるみ」では駄目かと食い下がる里美を一蹴《いっしゅう》した。

「一生、己《おのれ》の春を生きてもらう。春に生まれて春を生きる。ずっと志《こころざし》を曲げずに生きて行く名前だ」

赤ん坊の名を「春生」に決めて、里美の退院にあわせて出生届を出した。戸籍課の窓口職員にも、性別と名前の欄で「間違いないか」と問われた。

「春に生まれて春を生き続ける、ハルオです。女の子で間違いはありません」

声に出しても、抱いてその名を呼んでも、猛夫にとってこれ以上胸のすく名前はなかった。

家に戻ってはきたが、里美は階段の上り下りもつらそうにしている。便所は階下にしかないので、下りてくるたびに店を覗《のぞ》いてゆく。自身もしばらくは立ち仕事は無理だとわかっているらしく、そっと店内を見回して去ってゆく。

大家のばあさんが祝いにと縫ってくれた赤ん坊用の布団はふかふかとして、いつも乳と小便の混じり合った匂いがした。

仕事を終えた猛夫は、飯のあと春生の眠る布団のそばにごろりと横になる。いつまで見ていても見飽きることのない、不思議ないきものだ。

里美も横になったり春生に乳を飲ませたりするだけで、家事や飯の支度のほとんどは千津の仕事になった。理髪師見習いとして雇い入れたのだったが、もっぱらお手伝いさんのようなことしかさせていない。

千津は幼い頃から実家でやってきたことが役に立つので、嬉々として家事を引き受けている。正直店に立たせても気が利くわけではなく、里美を早く店に戻すことを考えれば、家事をやってくれるほうが都合が良かった。

床上げが近づいた土曜日の夕方、再び標茶から一升瓶の牛乳を持ってハギがやってきた。店の掃除を幸平に任せて二階に上がると、ハギが春生を抱いてしみじみとその顔をのぞき込んでいる。

春生の顔は毎日違った。タミに似ていたかと思うと、次の日には里美、その次は彦太郎だったりする。ハギは仕事を終えて戻ってきた猛夫と、腕の中の春生を見比べて、しみじみとした口調になった。

「まあ見事に父親似だわなあ。おなごは父親に似れば幸せだというし、器量よしでこりゃ良かったなあ」

横で里美が「性格が穏やかなら、顔が誰に似てもいい」とつぶやいた。

「どうだいタケちゃん、新川のとうさんかあさんは春生のことを可愛《かわい》がってくれてるかい」

入院中に来たきりだと答えると、ハギの眉が寄った。

「仕事、忙しいんだべかねえ」

猛夫はその問いには答えなかった。

新川の家からは、孫の顔を見に来た彦太郎とタミに対して里美の態度がなっていなかったとさんざん小言を言われたのだった。いったいどんな態度を取ったものか、店に立っていた猛夫にはわからない。里美に問いただしても、普通にしていただけだと言うばかりでらちがあかない。

新川の実家の話になると、里美の口は重くなる。できれば猛夫も関わりたくない。だいたい自分が親に育ててもらったという意識が薄いのだ。子どもが生まれても、彼らとどう関わっていいものかわからないというのが正直なところだった。

それでも、藤堂には赤ん坊の顔を見せたいと思い、質流れのカメラを一台買ってあった。箪笥《たんす》の上に置いたカメラを首にかけて、「義母さん、こっち向いてくれ」とハギに声をかける。ファインダーの中に半分入っていた里美が、さっと枠から離れた。

「お前も入れよ、せっかくなんだから」

「いや、わたしはいい」

ここにも親子関係でぎくしゃくし続ける人間がいた。

春生の沐浴《もくよく》を手伝い、孫を寝かしつけるハギは、孫の誕生を喜ぶ人の好い祖母に見えた。孫の寝顔を眺めながら、ぼろ布を縫い合わせたバッグから一合入りの瓶酒を取り出し、飲み始めた。実に旨そうにコップを傾けている。猛夫は酒を飲むハギを初めて見た。

「義母さん、酒が好きなのか。知らんかった」

「オレはこれが一日の楽しみなんだ。家さいたら、爺《じい》さんがうるさくて。今日は春生にもサトにも会えたし、ほんとにいい日だ」

タケちゃんは飲まないんだもんなあと残念がられ、正直に「弱いんだ」と答えた。

「そうか、そりゃ残念だなあ。なあサトよ、そのうち百合江《ゆりえ》んところも行ってみるべ。年の近い娘がいれば、この先なんぼか助けにもなるだろう」

気のない返事をして、里美が便所へと降りてゆく。猛夫は、布団で眠る春生を数枚撮ってカメラを仕舞った。

実は猛夫はこの母にひとつ訊いてみたいことがあった。里美が戻ってくる前にと、そばに寄る。ハギの目の周りはうっすらと赤い。

「なあ義母さん、サトは昔からあんなに気難しい女だったのかい。俺も悪いかしれんけど、いつもなんだか責められてるような気がしてなんねえんだよなあ」

ハギはうんうんと聞きながら、酒くさい息をひとつ吐いた。

「タケちゃん、あれはちょっと気位の高いとこがあんだわ。なんぼ標茶の暮らしが面白くなかったか知れんけど、オレらといてもおんなじだ」

そんなに面倒かい、と逆に訊ね返された。

「面倒っていうか、仕事しているとき以外はあまり喋りもしないんだ。いっそう不機嫌でよう」

ハギは「けどもよ」と、牛に似た穏やかな目を真っ直ぐ《ま す》に猛夫に向けて言った。

「赤ん坊産んだ女ってのは、そうそう笑ってもいられんもんだ。こんにちは赤ちゃんなんてのは、歌の世界だけだ」

なるほど、とうなずきつつも納得には遠い。

里美が戻ってきたところで話題を変えたが、勘のいい女にはなにか伝わったようだ。不機嫌さは増し、春生を置いてさっさと寝床へ入ってしまった。

コップ酒を飲み干したハギは、春生の布団のそばにごろりと横になった。鼾《いびき》をかきはじめたハギに、千津がそっと毛布を掛ける。

猛夫は階下に降りて、幸平が刃物を研いでいる背中をしばらく眺めた。弟子入りしたときに言われたことを守っているのがよくわかる。筋肉を付けた背中や腰、尻がいい具合に盛り上がっている。

研ぎ終えた剃刀をなめし革に滑らせ、刃の加減を指先で確かめる横顔は、とても頼もしかった。

道具箱に剃刀を仕舞った弟子に、声をかけた。

「どうだ、研ぎ終わったあとの気分は」

ほんの少し黙したあと、幸平は「スッとします」と言った。

「気分が良くなるか」

「はい、とてもいいです」

どうかこのまま、真っ直ぐ育ってくれと願った。藤堂のところで学んだことを、澄んだ目の少年へと手渡すのが、自分の大きな仕事ではないかと思い始めている。

「ずっと刃物と話していたいのはわかる。俺も藤堂の親父のところにいたときはそうだった。だけども、夜はしっかり寝てくれ。ここしばらくは、夜中まで店で道具の手入れと筋肉づくりだろう。俺が見ていないと思ったら大間違いだぞ。明日は休みだ。小遣いやるから、街に行って気晴らしでもしてこいや」

「小遣いよりも、頼みがあります」

弟子に真剣な目を向けられて、気晴らしでも、の気遣いがぼやけた。

「頼みって、なんだ。小遣いでは不満か」

幸平はぶんぶんと首を横に振る。言葉を選びながら、しかし言いにくそうに告げた。

「俺、店じまいしたあとは道具を触っていたいし、寝るのも遅いし。だから、待合椅子を繋げて寝てもいいですか。朝になったらちゃんと片付けますから」

いったいなにを言っているのかと、真剣な顔を見た。弟子入りのときからずいぶんと背も伸びたようで、視線も高くなった。

「店は店だ。お前の寝るところじゃない。だいたい弟子を店で寝泊まりさせる親方がどこにいるってんだ。寝床なら二階にあるだろう」

言ったところで、はっと気づいた。幸平の瞳も戸惑いに揺れる。押し入れとそう違わぬ広さの納戸を、三段の梯子《はしご》で上下に分けた。上の段は千津の寝床になっている。十八になるかならぬかの少年と、十五の少女を同じ部屋に寝泊まりさせることにしたのは、やはり間違いだった。

ここしかないし納戸で充分と言ったのは里美だったが、猛夫もつよく反対はしなかった。考えれば、笠井の寮でさんざん嫌なものを見てきたというのに。

猛夫は店内をぐるりと視界に入れた。ふたつある鏡の位置は変えられない。しかし店の突き当たりにならば、わずかではあるが寝床ぶんくらいの空間は作れそうだ。

待合椅子で寝起きさせるよりはずっといいだろう。

「わかった、明日はふたりで大工仕事でもするか。手伝えよ」

幸平の表情がパッと明るくなった。

店には、さまざまな客がやってきた。裏の長屋には入れ替わり立ち替わり、怪しい人間が住んでは消えてゆく。幼い子どもを残したまま行方知れずになる女もいれば、長屋の端《はし》で客を取って捕まる女もいた。

器用な里美を重宝がる長屋の女たちは、ときどき冗談交じりにキャバレーのバイトに誘った。まんざらでもなさそうな返事をした日は、物陰で里美を叩いた。

顔を叩けば店に出せないので、もっぱら頭の上に手を振り下ろす。猛夫の鍛えた手首が鞭《むち》のようにしなると、里美はよろけてしゃがんだまましばらく動かなくなった。

それでも決して謝ろうとしない女を、猛夫は憎んだ。

その日里美が三歳になった春生を連れて、千津を証人に仕立てて新川の実家に猛夫の仕打ちをぶちまけに行ったことが知れた。

彦太郎からかかってきた電話が猛夫の苛立ちに油を注ぐ。

「猛夫、お前はいつからそんな弱い者いじめをするような人間になった。サトの実家を見たろうが。帰る家のない女をいためつけて、お前はなにがしたい。男としてというよりも、人間としてそんなことはしちゃあなんねえ」

「なんでそんなこと言われなきゃならねえんだ。サトが、俺に殴られてるって言ってんのか」

「誰が言ったという話じゃあない。借金が払い終わらないうちから欲しいものを次から次へと買ってたら、いつまで経っても生活は楽にならんだろう。女のへそくりは、家族のためにするもんだ。女房のへそくりを責める前に、やることはあるんじゃないのか」

借金を踏み倒して室蘭から夜逃げしてきた人間の言葉とも思えなかった。

ことの発端は猛夫がレジの金をたびたびくすねていることから、里美と諍いになったのだった。

煙草銭のついでに、少し多めにポケットに入れていただけだ。少し貯《た》まればパチンコに行く。勝てば袋にひとつ菓子を持って帰り、里美もそれを喜んで食べていたではないか。

「そこに、サトがいるんだべ。出してくれや」

「出してどうする」

「あることないこと言ってないで、早く家に帰れと言ってくれ」

「帰せばまた、叩いたり蹴《け》ったりするんだろう」

猛夫はタミに小言を言われるよりも、父親からいかにも知ったような説教をされるほうが何倍も腹が立った。彦太郎に甘えたり金を借りたりすれば、自分も一郎と同じ人間になってしまう。それだけはすまいと思うのは、誰よりもカツが許さないと思うからだ。

「叩かない。わかったから。気が済んだら帰るように言ってくれ」

電話を切った。とうとう、女房が新川の実家に不満をぶつけ始めた。深いため息を吐きながら、昨夜里美が太い声で言っていた言葉を思い出す。

「タケちゃんは目の前にあるのがぜんぶ自分の金だと思ってるかもしれないけど、わたしにはすべて『借金』にしか見えないんだわ。目の前に在りはするけど、それみんな人から借りた金なんだ。子どもを千津にみさせて、朝から晩まで働いてもなぁんも残ってない。赤字の月があるくらいだ。このままの生活が続くんだったら、とても一緒にはやっていけない」

最後には捨て台詞のように「わたしはひとりでも生きていけるから」とくる。手に職のある女房を持つということは、助けにもなろうが実際その裏側では心許《こころもと》ない関係だった。職人として対等であることが、かえって猛夫を追い詰める。

ただ、なにを言われたところで欲しいものは欲しいのだった。

さまざまな職種の客がやってくることで、猛夫に新しい商売を促《うなが》す輩《やから》も現れ始めた。店が順調に見えるのは、猛夫の浪費で羽振りがよく見えるだけなのだが。

男なら一発大きなことをやらなけりゃと言われると、焦りに拍車がかかる。なにを焦っているのか、正直なところ猛夫自身にもわかってはいない。ただただ、このまま終わるわけにはいかないという、天井のみえない狭い部屋に閉じ込められているような気持から逃れられないのだ。

とりわけ「あんたは一介の床屋で終わる男じゃない。もっと太く生きていける」と持ち上げられるとき、焦りは頂点となる。職人としては悪くないという自負はある。けれども、それだけで終わらないと言われると、なにかしなくてはと自分を追い立ててしまう。

猛夫は一秒でも早く、焦りの正体を知りたい。己を焦らせるものの正体がわかれば、最速で頂上に立てる気がしている。

上ばかり見てひとり焦っている猛夫を、里美が冷ややかな目で見ているのがたまらなく嫌だった。女房ならば、猛夫の焦りを理解して応援のひとつもしてくれていいだろう。物欲が満たされ、ちいさくともなにか新しいものを手に入れたときだけは、いっとき解放される。猛夫の焦りと欲望は、水を与えてもすぐに乾いてしまう砂漠の砂に似ていた。

新川の実家から里美が戻ってきたら、と思うと背骨にずきりとした痛みが走る。また、叩いてしまうかもしれない。けれど里美がひとつ「賭け」に出ているということもわかるのだ。再び叩いたり蹴ったりすれば、別れ話もしやすくなる。

猛夫は仏壇の横にある棚から車の鍵を手に取り、昨日の喧嘩の理由となった里美のへそくりを半分抜いてポケットにねじ込んだ。

階下に降りると店の待合椅子で幸平が漫画本を読んでいる。

「幸平、俺ちょっと出かけてくるから、里美が帰ったらそう言っといてくれ」

賢い弟子は親方の行き先を訊ねず、立ち上がって「はい」と返した。

猛夫は釧路の外れでガソリンを満タンにして、そのまま帯広《おびひろ》方面に向けて走った。今日のあいだにいったいどこまで行けるのかわからないが、とにかく行けるところまで行ってみることにした。車を走らせていると、ラジオから途切れ途切れの流行歌が流れてくる。美空《みそら》ひばりの「真赤な太陽」を聴いていると、知らず気分が持ち上がった。

ハンドルを握っているあいだは、誰とも話さなくていいし誰への不満も薄くなった。自分を責めることもなければ、誰に責められることもなかった。

帯広のドライブインでラーメンを腹に入れ、再び走る。峠を越え、トンネルを抜け、平地が続くようになってからやっと自分がどこに向かって走っていたのかわかった。

日はとっぷりと暮れている。車通りも釧路の比ではなかった。

猛夫は道路標識を見上げ、札幌の南側へと曲がった。心地よい疲れが全身に満ちていた。

アパートの前の道路に車を停め、仮眠を取りながら駒子を待った。さっき腹に入れたあんパンと牛乳のお陰で、急激に眠気が襲ってきた。

運転席の背もたれを倒して眠っていた猛夫を起こしたのは、窓ガラスの音だった。

駒子がガラスに爪をぶつけるようにして、猛夫を起こした。

車を降りて、一度大きく背伸びをする。

「タケ、なんでまたこんなところにいるの」

「どっか出かけてたのか、今日は日曜だべ」

「日曜だって、やることはたくさんあるんだよ。お前も暢気《のんき》な男だなあ」

釧路から車を飛ばしてきたというと、更に呆《あき》れた顔をする。街灯の下で見る駒子は、染めた髪を高く結い上げて派手なワンピースにヒールの高い靴を履いていた。

「駒子、ずいぶんハイカラな格好してるなあ。別人みたいだ」

立ち話もなんだからというので、部屋に上がった。もう会わないとか連絡はするなと言うわりには、こんなときの駒子は幼いころから見知った駒子のままだった。

久しぶりに来た駒子の部屋だったが、今までとはなにかが違う。お茶を淹《い》れに台所に立った駒子の目がないのをいいことに、猛夫は部屋の中をぐるりと遠慮なく眺めた。

商売道具でもあった和装の道具や壁にかけた着物はなくなっており、玄関からも下駄や草履《ぞうり》が消えていた。鏡台の上にはきらきらとした化粧道具が並び、今日の駒子も蛍光灯の下で見るとやけに目が大きい。つけまつげをつけて、いったいどこへ行っていたのか。

猛夫の好きな温度で茶を淹れる駒子の口調は、ときどきカツになったりトキになったりする。

室蘭には帰っているのかと問われ、首を振った。

「なんで。藤堂の親方にもたまには元気な顔を見せてやらないと。店を持って嫁さんもらって、娘も生まれて。順風満帆じゃないか。家族で親方のところに行ったら、そりゃあ喜ぶに違いないってのにさ」

その言葉の端《はし》が妙に蓮《はす》っ葉《ぱ》に響いた。

「駒子こそ、なんかおかしいぞ。そんな濃い化粧して派手な服着てよ」

駒子は照れるでもなく、ふふっと鼻の奥で笑った。

「芸者は廃業したんだ。いまは、すすきののキャバレー勤め」

理由を訊こうか訊くまいか、口ごもる猛夫を見て駒子が笑う。

「変な格好してると思うのも無理ないけど、こんな格好してないと仕事にもならないの」

駒子はとうに三十を超えている。ぽつぽつと話しているうちに、少しずつ以前の駒子がこぼれ落ちてきた。

「心頼みにしていた人の会社が倒産してさ。同じころに部屋の女将《おかみ》さんも廃業した。わたしは芸も中途半端だし、ほかの子よりも年増だからね。行き先をなくせば、夜の勤めしかないんだよ」

少しの沈黙のあと、責めるでもなく訊ねた。

「ずっと続けるのか」

駒子は仕方なく笑いながら、「わかんないな」と続けた。

「その日暮らしみたいなもんだからねえ。いつまで続けられるかねえ」

なんの見通しもないまま、釧路に来ないかと誘っていた。言ってしまってから、そこからどうするつもりだと自問している。それでも、駒子が笑ってくれるのが嬉しかった。

「なんでわたしが釧路に行かなきゃならんのさ。奥さんと娘と幸せに暮らしてるタケに、どうして頼れるってさ」

笑いながらそう言われると、返す言葉がないのだった。それでもやっぱり、駒子のこれからを思うと切なくなる。

「釧路なら、芸者に戻れるんじゃないか。ゆくゆくは店のひとつも出して、暮らせるんじゃないのか」

札幌では叶《かな》わぬことも、道東の港町ならば可能ではないかと口説いた。それは猛夫の商売でも同じなのだった。どんなに腕をつけたところで、札幌で独立は叶わなかっただろう。駒子も同じなのだと思うと放ってはおけない。

「キャバレーは、駒子には似合わないべ。もし釧路に来るのが嫌だったら、室蘭さ帰れ。カツおばちゃんが生きてたら、同じこと言うぞ」

カツの名前を出したところで、駒子が崩れた。猛夫はしばらくのあいだ、つるつるとしたワンピースの背中を丸め床に突っ伏して泣く駒子を見ていた。

泣き飽きて、バッグからハンカチを取り出し目を押さえる駒子の顔は、化粧も崩れひどいありさまだ。お互い、カツの名前を出せばすぐに昔に戻ってしまう。カツが心弱いときの唯一の拠《よ》り所なのは、猛夫も駒子も同じなのだった。

顔を洗う、と立ち上がろうとする駒子の体を引き寄せた。抗《あらが》う腕も捻《ひね》る腰も、本気ではない。

猛夫はきつく抱きしめたあとの駒子を、自分の体の下に置いた。

ゆっくりと駒子の内側へと進むとき、なぜか覚えのない安堵に包まれていた。

なんでだ、駒子。

なんで俺は、こうなんだ。

なんで、駒子じゃないと駄目なんだ。

柔らかな体に幾度も訊ねてみる。そのたびに駒子の口から切なげな声が漏れた。

湿る指先で、ズボンのポケットから避妊具を取り出した。寝そべった駒子が猛夫の手から避妊具を取った。不意を突かれて駒子を見た。

駒子は器用に袋を開けると、慣れた仕種《しぐさ》で猛夫を包んだ。

カーテンが朝日に透けるころ、やっと眠りについた。猛夫は眠りの中で、ひたすらアクセルを踏み続けた。どこまでも続く真っ直ぐなアスファルトを走り続ける。

猛夫の夢には、ブレーキを踏む場所も、ハンドルをきる場所もなかった。アクセルから足を離す機会もなく、横には誰も乗っていない。どんなに不安でも、夢の中の猛夫はアクセルを踏み続けるしかない。

俺はいったいどこに向かっているのか。不安が頂点に達したところで、視界が揺れた。道が先のほうから歪《ゆが》み、消える。駒子の悲鳴が耳に刺さった。

目覚めた猛夫の胸に、駒子が飛び込んでくる。アパートが揺れ、戸棚の中で食器がぶつかり合う音がする。叫ぶ駒子をきつく抱き、振り子のように揺れる蛍光灯を見た。

五月十六日、十勝沖地震の被害は太平洋沿岸部、とりわけ雨が降り続いた東北各地の被害が甚《じん》大《だい》だった。道路も寸断された峠道では引き返さざるを得ず、猛夫が釧路にたどり着いたのは地震が起きてから三日後のことだった。

店は通常どおりの営業をしており、里美も営業用の笑みを浮かべながら仕事をしていた。猛夫の顔を見ても軽い会釈《えしゃく》をするだけで、不在の理由を訊ねることもなかった。

六章　闘い

春生《はるお》が五歳の年、里美《さとみ》は再び身ごもった。

里美と幸平《こうへい》がいれば半日家を空けてもいいくらいに、商売も順調だった。寒いばかりの冬、水道管の破裂で店が水浸《みずびた》しになりひどい目にはあったが、結婚して独立した康男《やすお》のお陰ですぐに商売を再開できた。

新川《しんかわ》の実家は、家を出たり入ったりしていた弟の利夫《としお》が継ぐことになった。というのも、好きな女が出来て親に紹介されたまでは良かったが、バーテンダーとギターで生計を立てているような男とは交際ならぬという親のひとことで観念したのだという。

妹たちは上のふたりが嫁に出て、二十歳《はたち》になった末っ子の須江《すえ》が両親と一緒に川縁《かわべり》の家に暮らしていた。利夫が工場勤務を経て後継者の修業を決めたことにより、それまでは自分が後を継ぐつもりでいた須江が臍《へそ》を曲げたという話も聞こえてきた。

タミと妹たちは相変わらず死んだ一郎《かずろう》の魂を鎮めるために道場に通い続けていた。

実家住まいとなった利夫から漏れ聞いたところでは、晩飯のたびに猛夫と康男の嫁の話題になるという。

――兄貴、俺も結婚したらあんなにひどいこと言われなきゃならんのだべか。

蒲鉾《かまぼこ》工場を継ぐと決めたはいいが、いざ嫁に来てもらってもこのままでは上手《うま》くいくわけもないと嘆く。利夫が嫁をもらうことを前提に実家の工場を継いでくれるのは、猛夫にとってありがたい話でもあった。

自分は長男と呼ばれても、常に控えのひとりという役割も身にしみている。しかし、晩飯の惣《そう》菜代《ざい》わりに嫁の悪口を言うと聞かされては不愉快だった。

月曜日の夜八時を過ぎたところで、晩飯の最中に新川の実家から電話が掛かってきた。

「兄貴、義姉《ねえ》さん連れてすぐ来い、ってかあさんが言ってる」

気弱な弟がすがるような声でそう言うと、更《さら》に小声で「頼む」と続けた。

「お前、いま何時だと思ってんだ。俺はさっきまで客の頭を刈って、いまようやく飯にありついたところなんだぞ」

「こっちも似たようなもんだ。明日の仕込みを終えて、いま二階に上がったんだ。とうさんは疲れて寝てるけど、かあさんと須江が」

「かあさんと須江がどうかしたのか」

「義姉さんにちょっと訊《き》きたいことがあるって」

「じゃあ、電話でいいじゃねえか」

こんなことは一度や二度ではなかった。年に数回、実家に呼びつけられては言いがかりめいた説教が始まる。決まって彦太郎《ひこたろう》が寝たあとに呼びつけられるので、いつか直接抗議したことがあった。「こうやって本当の親子になっていくもんだ」という父の言葉は、猛夫の気持を逆撫《さかな》でする。本当の親子、という言葉がこれほど虚《むな》しく響いたこともない。

「とにかく、今日はもう勘弁してくれないか。かあさんにそう伝えてくれ」

切ろうとした受話器の向こう側にタミの声が交じる。がさがさとした音のあと、タミが出た。

「今すぐサトを連れてこい。こっちは昨日からはらわたが煮えくり返ってるんだ」

「かあさん、サトはいま腹に赤ん坊がいるべ。いったいなにをやってそんなに怒られなきゃならないんだ」

とにかく連れてこいと言ってきかぬ母親が、いったいなにをそんなに謝らせたいのかとあれこれ思いを巡らした。昨日から、と言うからには昨日起こったことなのだろう。日曜日、里美からは春生を連れて百貨店に行ったとしか聞いていない。

「かあさん、一回電話切るから。サトに訊いてみるから」

猛夫は受話器を置いて、二階に上がってきた里美に訊《たず》ねた。

「サト、昨日お前新川の家でなんか言ったかやったかしたのか」

「行ってないし、電話もかけてない。またなんか言いがかりつけられてんのかい」

七か月の腹をさすりながら眉を寄せる。

「それならなんであんな剣幕で電話寄こすんだ」

「知らないってば。タケちゃんが聞いてきてよ」

里美の声が高くなると、猛夫の苛立《いらだ》ちも増す。腹の大きな女房に手を上げることだけはすまいと思うと余計に気持の持って行き場がなくなった。

千津《ちづ》が茶の間の空気を察して、さっと春生の手を取り階下に降りた。夫婦喧嘩《げんか》が始まるときは、誰もがその場から逃げる。

千津には春生の面倒と食事の支度をさせてばかりなので、理髪の修業は進まない。本人もつらい修業はしたくないと見えて、家事と育児に消えてゆく時間をもったいないとも思っていないようだった。

再び電話が鳴るころには、猛夫の苛立ちも抑えがたいところに来ていた。

「待ってろ、いま連れて行くから」

春生の世話を千津に任せ、里美を車に乗せた。濃い霧の中をライトを頼りに走っていたお陰で、怒鳴《どな》ったり会話もせずに済んだのは幸いだった。

工場の二階に上がると、利夫はもうどこかへ逃げており、茶の間にはタミと須江がふたりで待っていた。

「言われたとおり、連れてきた。俺たちがいったいなにをしたってんだ」

湯飲みを傾け、口を湿らせたタミがゆっくりと口を開く。

「昨日そこの橋を、茶色い髪の派手な服を着た女が子どもの手を引いて歩いて行くのを見たんだわ。いったいどこの商売女かと思ったら、うちの嫁でないか。恥ずかしいったらねえわ。おまけに亭主の実家の前まで来ておきながらひとことの挨拶《あいさつ》もない。長男の嫁がそんなことだと、この先利夫の嫁もおかしなことになるべ」

猛夫の隣で里美がため息を吐《つ》いた。母親に頭が上がらないと思われているのも腹が立つが、そのくらいのことで翌日の夜に呼びつけられる自分の、未《いま》だあやふやな立場が憎かった。長男だの跡継ぎだの、そんな言葉で子どもたちの自由を奪い、産んでもらった「恩」と仏様の「お導き」がすべてと説く母をこそ、この場で罵倒《ばとう》したい。しかし、猛夫にはそれができなかった。そんなことをすれば、カツが草葉の陰で悲しむ気がするのである。

自分だけいい思いをして育ってきた、という負い目が猛夫を引き止めた。

横に座っていた里美が、すっと体を後ろにずらした。見ると、真白い顔は無表情だ。猛夫にさんざん叩《たた》かれたあとに見せる、心がここにない顔だった。

里美が両手をついて頭を下げた。

「このたびは申しわけありませんでした。夫の実家の前を素通りして家に帰りましたこと、心からお詫《わ》びいたします。どうぞお許しください」

紙に書いたものを読んでいるような、感情のない詫びだった。

タミの横で、須江が口を開いた。

「あんた、いつもそうやって土下座すれば許してもらえると思ってる。うちはみんな、あんたのそういうところが嫌で仕方ないんだわ」

母親の教えにかぶれた娘の、居丈高《いたけだか》な物言いに驚きながら視線を往復させる。

里美はふくらんだ腹にもかまわず、なかなか頭を上げようとしない。たまらなくなり、結い上げた髪を摑《つか》み、無理やり起こした。

「お前がいつもそんなふうにするから駄目なんだ」

乱れた髪の毛を両手で直しながら、里美がもう一度両手をついた。

「ほんとうに、申しわけありませんでした」

これは里美なりの、夫に対する抗議ではないかと気付いた。この女は、姑《しゅうとめ》と小姑《こじゅうと》に頭を下げながら、夫の無力に全身で憤《いきどお》っているのではないのか。

「サト、やめれや。もう、やめれ」

「申しわけありません、わたしが悪いんです。どうかお許しください」

「馬鹿野郎、やめれって言ってるべや」

「許してください」

猛夫は里美の襟首《えりくび》を摑んで起こし、その頰《ほほ》を打った。たった一度、女の頰を打っただけだというのに、息が上がっている。打たれても里美が怯《おび》えることはなく、視線を明後日《あさって》のほうに向けてぼんやりしている。

母、妹、妻。三人の女たちに小馬鹿にされている姿を、天井から眺めている自分がいる。猛夫はもう一度、里美の頰を打った。目の前にあるものすべてが歪《ゆが》んだ。親の前で泣きながら女房の頰を打つことに、果たしてどれだけの意味があるのかわからなかった。

タミが仏間へ行くと、家の中に線香の煙が漂い始めた。少し遅れて須江も仏間に立った。ふたりの読経《どきょう》が響くなか、猛夫は石のように強情な女を車に乗せて家に戻った。

幸平《こうへい》は店の隅に作った二畳の部屋にこもり、千津は納戸で春生を寝かしつけたまま自分も寝ている。

里美はひとりで化粧を落とし、猛夫と目を合わせず布団に入った。胃の中に残っていたものをすべて吐き、外で濃い霧を吸い込んだ。黙って立っているだけで全身が水を浴びたようになる。冷たい霧は、猛夫を悔いさせることも苛立たせることもなかった。

数日後の朝、今期から理美容学校の校長に就任した師匠の鳥原《とりはら》から直接電話が入った。猛夫が家の梁《はり》に指をかけ、懸垂《けんすい》をしているときのことだった。

「猛夫、競技会に出てみる気はないか」

来年の技術競技会に向けて、少し勉強と稽古をしてみないかという話だった。

「そろそろ釧根《せんこん》地区からもいい職人を出して、若手の育成にからめて行こうという話になってなあ。年齢的にも技術的にも、新川猛夫に出場してもらうのはどうかという話でいま盛り上がってたんだ」

お前の整髪は隣町から同業者が隠れて見に来るほどの腕だと言われれば、悪い気はしない。そして、一見《いちげん》の客の中にあった鋭い目つきをひとつふたつ思い出した。

「そこで、ひとまず来月帯広《おびひろ》で行われる大会を見に行ってもらえないかと思って連絡したんだ。今年は帯広、来年は網走《あばしり》で全道大会が行われる。中心である釧路《くしろ》から入賞者を出さなくては格好がつかないんだ」

そこで白羽の矢を立てたのが新川猛夫だと持ち上げるのだった。

「俺は、自分の腕をひけらかそうと思ったことはないです」

「ひけらかすんじゃない、見きわめるんだ」

自分の腕がいまどのくらいの位置にいるのか確かめるのも、技術者の務めだと鳥原が言う。釧路の学校に通って覚えたことはなにひとつない。なんの恩義も感じていない土地が、猛夫の腕を欲しているのだった。

「全道大会で名前が出ると、室蘭《むろらん》の藤堂《とうどう》にも顔が立つ」

鳥原の殺し文句に、猛夫も頷《うなず》かざるを得なくなった。

ただでさえ視界の悪い日々に、さっと日が差し込むのを感じて「わかりました」と応えていた。

腕で勝負――

もしも本当にそれが出来たなら、と思った。

猛夫の人生にも、生きる拠《よ》りどころが生まれる。

甲斐《かい》のない日々に、うっすらとした光が差した。釧根大会で準優勝まで駒を進めれば、全道大会に進むことが出来る。そして全道大会で優勝すれば、全国で勝負が出来る。

八方塞《ふさ》がりに見えた猛夫の日常に、はっきりとした目標が見えた。同時に、もしもこの勝負に勝てたときは親にも女房にも、誰にも自分を馬鹿にされずに済むのだと信じられた。

その日猛夫は、里美も幸平もあきれるほど機嫌が良かった。猛夫の機嫌が良ければ、店の中も家庭も柔らかくふっくらとした空気に包まれた。心なしか里美もただの幸福な女房に見えて、猛夫は改めて自分が城の主《あるじ》であることを実感した。

週末の釧根大会を見て、猛夫は長くこの大会に興味も持たずにやってきたことを悔いた。一部の基本整髪では、自分のほうがはるかに腕が立ちそうだ。

鳥原が選手の顔ぶれと腕を見て、これではどうにもと思ったことも理解できる。優勝者には立派なトロフィーが、準優勝には小ぶりなトロフィー、三位には盾《たて》が贈られる。賞状と盾を与えられた顔ぶれは、五十がらみの男性職人ばかりだった。基本ならば自分のほうがよほどいい動きをするだろうし、応用の三部では里美の腕がどれだけ高いかを実感する。

ふと過《よぎ》った、夫婦ふたりで出場という思いを急いで打ち消す。これ以上、女房に張り合われるのはまっぴらだった。

全道に進めば、何年かに一度は札幌《さっぽろ》での大会もある。猛夫の脳裏に、シマ子に足を引っかけられた日々が戻ってくる。なにがなんでも、笠井《かさい》の人間にこの名前を思い出させてやろうという気持は、日に日に大きくなった。

五月、帯広で開催される全道大会の日、一緒に行くと言っていた里美が出がけに腹が張ると言い出した。

「タケちゃん、わたし家で休んでてもいいかな。車で二時間も揺られたら、いいことなさそうなんだけども」

そんなに調子が悪いのかと問うた。あまり張るようだったら病院へ行くと言われれば、無理に連れて行くわけにもいかない。猛夫が帯広へ行かないという選択はないのだった。来年を見据えて、現場の空気を感じておきたい。

もう気持は釧根大会で優勝をしたような気でいる。全道でどんな闘い方をすればいいのか水準をよく見て、自分はそのはるか上を行く。

あいにく、千津が里帰りしており、春生の面倒をみてくれる者がいなかった。幸平もまた、スクーリングで出来た仲間と会うという。

仕方なく、猛夫は春生を車に乗せた。そして、里美のことを隣の大家に伝えてから家を出た。春生を連れて行くので、という言葉を聞いた老婆が「あんたももう、父親だもんねえ」と感心したのには閉口したが、頭を下げれば自然とそのような気持にもなるのだった。


夏、猛夫は娘ふたりの父親となった。けれど春生のときのように、男ではなかったことを嘆くことはなかった。帝王切開で生まれてきた次女には、次の競技会で圧勝する願いを込めて実生——みお、と名付けた。猛夫の頭の中はもう競って勝つことしかなくなり、店も家の中も、表面上はとても穏やかに時間が過ぎた。

里美は出産はもう終《しま》いにしたいと言って卵管を結んだ。そのことを出産後しばらくしてから聞かされた猛夫は、意識がもう競技会に向いており「そうか」と返した。

国家試験の種目でもある第一部の、まずは全道優勝を目指すことに決めた。決めてからはもう、なにも見えなくなった。七三の基本整髪、中間カットとも呼ばれ、猛夫が最も実力を発揮できる種目である。抜群の腕と言われる種目での出場には、自信があるぶん負けられないという思いもあった。

娘ふたりの名前が姓名判断でよくないから、という理由でタミや妹たちが改名を言い出したときも、笑ってあしらうことができた。そんなに悪い名前ならば、生きる腕が上がって却《かえ》って好都合だと言い放つ猛夫に、タミもあきれ返ったのだったが。

利夫にも嫁が来て、実家の蒲鉾工場は販路を広げて商売も順調のようだ。そのせいかタミたちのつまらない呼び出しが減ったのも確かで、猛夫も男三十二にしてやっと生きる甲斐を見つけた年だった。

帯広で見た光景も、猛夫の胸を熱くする。

脚の悪い理髪師が優勝し、表彰台から下りてきた夫を妻が抱きしめるという場面では、その場にいた誰もが涙した。猛夫も娘の手を握って一緒に泣いた。五歳の娘は猛夫がどうして泣いているのかわからず、しきりに「タケちゃん、どっか痛いの？」と訊ねた。

――いいか春生、俺も必ずあの表彰台に上るからな。俺の姿、しっかり見るんだぞ。

――わかった、タケちゃんがんばってね。

大人の中で育った娘は口が早く、理解しているのかいないのかわからぬことでもしっかり受け答えするので、客にも可愛《かわい》がられている。

そこから猛夫はパチンコ屋通いが日課となった。繁華街にあるパチンコ屋には、伊達《だて》を気取る男たちの頭が無数に並んでいる。

「にいさん、俺はしがない床屋なんだけども、競技の腕を磨きたいんで、頼むから練習にその髪をいじらせてくれないかい」

昼間からパチンコ屋に詰めている男は、よほど勝ってでもいない限り二つ返事で連れ帰ることができた。いつ来てもらうという約束を取り付けて、夜中に店を開けて待っていることもある。とにかく、客を待っているだけでは思うような練習にはならない。こちらから練習台を探しに行かねば、そして優勝を懸けた闘いに勝つには、どんな髪質のモデルでもこなせるようでなくてはいけなかった。

モデル探しのついで、と気持にいいわけしながら打つパチンコも悪くなかった。台を探すふりをして、つむじの癖《くせ》や髪質、素性を見分けるのも楽しい。よし、と思った相手に声をかけるときは、手元の玉がどのくらいあるかも確かめた。

足元に箱を積んでいるような人間に面倒な話は御法度《ごはっと》である。負けが込んでいても「遊んだからいいか」と思えるくらいの達観があれば、まず間違いなく話にのってくる。

秋風の強い、空が真っ青な日だった。猛夫はいつものように車の鍵をポケットに入れ、開店準備をしている幸平に、「面倒な客が来たら待たせておいてくれ」と告げた。

いつもなら「はい」と返ってくるのが、今日に限って返事がない。刃向かうつもりなら一喝《いっかつ》しようと振り向いた。幸平が、両手をだらりと下げて「親方」と猛夫を呼んだ。

「俺、親方のお客さんに何時間も待っててもらうのが心苦しいんです。時間のないお客さんは、頭を下げて自分が刈らせてもらってます。おかみさんも、お客さんを減らさないように必死です」

「だから、どうだってんだ」

幸平はなにも言わなかった。パチンコ屋から戻ってきた猛夫を待っている客が週にひとりやふたりいたところで、そのことがすぐに商売を傾かせることにはならないはずだった。

「お前、サトになんか言い含められてんのか」

「違います。俺みたいなのが、親方のお客さんの頭を触るのが申しわけないだけです」

「幸平、俺はいま競技会のことしか考えられないんだ。俺がいい成績をおさめれば、ここにはもっと客が来る。そうしたら弟子も増やすし、お前には一番弟子として支店を任せる」

猛夫の口から飛び出す計画は本人も驚くくらい具体的で、失敗などどこにも見当たらなかった。すべては年明け、春の地区大会からだ。地区大会から全道大会、そして全国だ。

表彰台に上る自分を想像するだけで、体の底から熱いものがこみ上げてくる。藤堂のところで懸命に腕を上げた頃の自分が戻ってくるのだった。

表彰台に上るときは、藤堂にも見に来てもらわねばならない。自分の弟子がどれだけ腕を磨いたかを藤堂にこそ見届けてもらいたかった。

パチンコ屋にずらりと並んだ頭を見ていると、数日に一度は吸い寄せられるように後頭部と額《ひたい》のいい男に出会った。腕が鳴るとはこんなときで、男の身なりから玉を打つ指先、靴のつま先までじっくりと眺める。指が欠けているのは、後々よくない。藤堂のところにやってくる客の中にも指のない男はいたのだったが。

藤堂はよく「あいつらは男の器量をみるのよ」と煙草《たばこ》をふかしながら言ったものだ。男の器量、と猛夫はときどき口の中で繰り返してみる。そのたびに、駒子に送った電話番号だけのハガキや、里美に手をあげるときの悔しさ、弟子に意見される親方になってしまった自分の格好悪さが浮き上がってくる。

男の器量——そんなもの。

だからこそ、この先半年かかってそいつを手にしてやろうと思うのだ。

剃刀《かみそり》と鋏《はさみ》が、自分と闘うための武器になっていた。猛夫の血をたぎらせるものは、両親やきょうだい、死んでなお母親に恋しがられる一郎へ向けた湿度の高い恨み節である。

長男というだけで、いったいどんな居場所があの男にあったろうか。右手で弾《はじ》いたパチンコ玉を目で追いながら、羽の真ん中に吸い込まれてゆく玉に自分を重ねた。

いまこの時間を何倍にも膨《ふく》らませて、猛夫を虚仮《こけ》にした者たちが羨望《せんぼう》のまなざしを送ってくる姿を想像する。

その日声をかけたのは、縦縞《たてじま》のいい背広を着た上背《うわぜい》のある男だった。都合のいいことに、玉はもう打ち尽くす寸前だ。

「お兄さん、すみませんがこのあと、なにか用事でもありますか」

「俺の用事は国家の一大事のときぐらいだ。なんか用か」

チンジャラとうるさい場内でも、男の声はよく通った。森川《もりかわ》を思い出す口ぶりは、粋筋《いきすじ》かもしれない。

「実は自分、床屋の職人で。いまお兄さんの頭を見ていて無性に整髪したいと思ったんです。お代はいただきませんから、いっぺん俺の腕を試してもらえませんか」

男は「へぇ」と椅子に座ったまま猛夫の目を見た。なにを探られようと、まったく構わない。

気がする。

ただ、この男の髪を理想に近づけられたら、と思うのだ。そうすれば、いっそう表彰台が近づく

「おもしろいな、やってもらおうか」

店まで連れ帰ると、待合椅子には既に三人の客が漫画や週刊誌を開いて順番を待っていた。二台の椅子は里美と幸平がふたりで回している。里美のほうはもうそろそろ終わりそうだ。実生を産んでから十日後には店に立たせた。子どもたちの世話はもっぱら千津がやっている。幸い今回は乳の出も悪かったのでミルク頼みだ。まだもうひとり腹に入っているのではという体つきを、ときどき口の悪い客が笑う。そんなときも里美は「そうなんですよ」と笑って応える。そのくせ、仕事が終わると途端に機嫌が悪くなった。

幸平は親方の帰宅に一瞬ほっとした表情を浮かべたが、後ろにいる背広姿の男を見てまた頬を硬くした。里美のほうはもっと露骨だ。客に見えないところで、深いため息を吐く。猛夫は自分の気持を理解してくれる人間のいないことに心底がっかりする。

それでも、腕が証明されればと思う気持にはぶれがなかった。

待合椅子に客を待たせたまま、背広の男を椅子に座らせた。蒸しタオル、カット、洗髪、整髪。猛夫の動きには一ミリの無駄もない。仕事をするときに余計な溜《た》めを作らないのは、日ごろから作り上げた筋肉のたまものだった。猛夫が愛想のひとつもなく機械のように動く姿を見て、男も「ふふん」と訳知り顔になる。

ここまで連れてくれれば、あとはもうどうでもいいのだった。

前髪にアイロンをあて、いい角度で揃《そろ》えてゆくと、気持までがすっとする。耳の位置は百人いたら百人が違った。耳と前髪、後頭部の作りによって、最良の高さが決まってくる。ぴしりと仕上げて、深く息を吐いた。男もまんざらではない様子だった。

「大将、こんな商売度外視のことをやってて、店のほうはだいじょうぶなのかい」

猛夫は、年明けに開催される競技会のために自分はひたすら腕を磨いているのだと告げた。男は感心した様子で「今度はお代を払いに来るから」と言って帰って行った。

里美が二階へと上がり、午後からは猛夫と幸平が客を回す。助手に千津がやってきたが、五年経ってもいまひとつ機敏には動けないままだ。いいかげん地元で結婚しろと言われているというが、このままでは職人との結婚にも負担が重いに違いない。本人も積極的に店に立とうとしないし、猛夫も里美も千津には仕事を教える暇《ひま》もない。年の近い幸平には、愚鈍《ぐどん》な自分は職人になれなくても仕方ないとこぼしているというから、本人もよくわかっているのだ。

向いていなかった、と言って郷《さと》に帰すのは簡単だったが、ならば師匠のお前はなにをやっていたんだと問われるのも不本意だった。そうした懸念《けねん》や不安を一掃してくれるのが、いまは競技会である。苛立ちが収まらないときは、五歳の春生を夜中まで椅子に座らせ、アイロンの角度を確かめたりもした。

春生はよく熱を出す子で、理由のない熱を出したかと思うとすぐにひきつけを起こした。病院に運んで事なきを得るのだが、生まれてから今までの回数が二桁《ふたけた》となると、さすがに医師から脳波の検査を勧められた。

春生が熱を出すときは不思議なほど夫婦の間に険悪な空気が漂っているときで、競技会という目標を持ってからは少し収まっているのがありがたい。里美は脳波の検査、というひとことに狼狽《うろた》え、余計に春生の世話から遠のいていた。

面倒をほとんど千津に任せきりにしたせいか、春生は店の客には可愛がられたものの、家では千津にしか懐かない子になっていた。

里美は娘がふたりとも母親に懐かないことを恐れたのか、実生にはずいぶんと手をかけていた。

その日、夜になって様子を見にやってきた鳥原を椅子に座らせ、前髪の細かな調整を練習しているときだった。

二階から里美の悲鳴が聞こえた。猛夫は助手にしていた幸平に「なにがあったのか見てこい」と指示をする。鳥原は頭を動かすことなく、眉を寄せる。

「どうした、猛夫。お前は行かなくていいのか」

「また、春生がひきつけでも起こしたのかもしれません」

手にはヘアアイロンを持っており、大事な仕上げの真っ最中である。髪を作っているときは、すべてが雑音だった。

階段を駆け下りてきた幸平が「親方、春生ちゃんがまた」と叫んだ。

鳥原が椅子の電源に手を伸ばし、アイロンのコンセントを抜いた。

「はやく病院に運べ。こんなことしてる場合か」

鳥原に怒鳴られた猛夫はしぶしぶ、全身を突っ張らせて白目をむいている春生を車に乗せ、夜間病院へと走った。

後部座席では硬直する春生を抱いた里美が、娘の名前を呼び続けている。横では鳥原が「もうすぐ着くからな」と里美を励ましている。

「春生、しっかり。春生、春生」

普段はこれみよがしに実生を可愛がる里美だったが、発作を起こした春生を抱く姿は、そんな日常を忘れさせるほど狼狽えている。

鳥原が猛夫一家のそのような実情を知るわけもない。車の中には、ひきつけを起こした娘を急いで病院に運ぶ夫婦がいるだけだ。

診察と同時に解熱剤を入れた春生は、硬直もおさまり穏やかな顔で眠っていた。夜中に起こされた医師が、嫌な顔もせず診察してくれるのはありがたかったが、今日の穏やかな表情はいつもと少し様子が違った。

「おとうさん、やっぱり一度大きな病院で診《み》てもらいましょうね。ただちょっと疳《かん》の強い子なだけかもしれないんだけど。まあ、そのほうが安心でしょう」

いまは素直に頷いている里美だが、家に帰ればまた態度が変わるのだろう。脳波の検査などしたら、また新川の実家におかしな言いがかりをつけられると言って、泣いて拒むに違いなかった。

病院から引き上げる際、鳥原を家まで送った。今日は申しわけなかったと頭を下げる猛夫に、鳥原が言った。

「猛夫、お前はやっぱり藤堂が仕込んだ技術屋だった。競技会という戦場を与えられたら目の色を変えるのも当然だ。お前はおそらく今回の競技会でいい成績を収めるんだろう」

そう言った鳥原の表情は、言葉に反して影があった。

三島由紀夫《みしまゆきお》の自決をテレビで見てから、猛夫は更に焦《あせ》り始めた。

春生が見たがるという理由で、月賦《げっぷ》で手に入れたテレビだった。毎日取り上げられるニュースは、新聞も読まず政治に興味のなかった猛夫を驚かせる。

軍服を着て何か叫んでいる小説家としか思っていなかった男が、信念を曲げられず大衆の前で切腹したのだった。それほど信じられるものに出会えるのなら本望だろう。三島由紀夫が驚くほど小男なことも、猛夫の気持に油を注《そそ》ぐ。

鳥原の予言どおり年明けに行われた地区大会で、猛夫は満場一致で優勝した。ゼッケンを付けた新川猛夫の椅子には、まっさきに審査員が駆け寄り、高得点をつけた。

迎えるは五月末に網走で行われる全道大会だ。

帰宅して、腕一本ぶんもあるトロフィーを眺めながら幸平とふたり、店でぼんやりと勝利をかみしめる。

「親方、すごいですねえ。俺、他の選手の仕事もぜんぶ見たけど、肩から火が出ているように見えたの、親方だけでした」

一人前に仕事が出来るようになった弟子にそう言われて、悪い気はしない。実際、控え室で選手たちの顔ぶれを見たときも負ける気はしなかったけれど。新聞社の腕章をつけた記者に、何枚も写真を撮られた。明日の朝刊に載るらしい。

猛夫はしかし、この勝利に酔っていられるのも今日だけだ、と改めて口に出してみた。幸平も「全道大会、ですね」と返す。

「俺は、全道で優勝しなけりゃなんねえ。いっぺんこの道にはまったら、てっぺん取るまでやめられねえんだ。なんか、ずっとそうやって追い立てられながら寝起きしてる」

からりと晴れ渡った五月の網走で、猛夫は生まれて初めて雪をたたえた知床《しれとこ》半島を見た。湾の向こう岸には、人が容易に立ち入ることの出来ない半島がある。会場となる体育館に入る際、猛夫は人を拒む半島の雪が、自分の立つ場所のような気がして身震いした。

ずらりと並んだ審査員の前で、全道各地からふたりずつ選出された選手が呼吸を整える。モデルとして連れて来たのは、頭の形も鼻筋も後頭部の張りも耳のかたちも位置も申し分のないアキラという男だった。パチンコ屋で見つけた、キャバレーの黒服である。服装も仕事着で良く、なにより着慣れているものでの出場なのでおかしな気負いもない。

車にモデルのアキラと荷物持ちの幸平を乗せて、峠を越えてきたのだった。

選手控え室は、地区大会の雰囲気《ふんいき》とはまるで違った。幸平が言った「肩から火が出ている」という表現を思い出すくらいに、みなギラついている。ひとりだけ廊下で、黙々と体をほぐしている男がいた。表情はゆったりとしており、両腕をぶらつかせる姿もやる気があるのかないのかわからないくらい、のんびりとした気配だ。

しかし、白衣の裾に見え隠れする男の尻のかたちを見た猛夫は、敵はこの男だと確信した。そっとゼッケンの番号を確かめる。函館《はこだて》の、染谷隆《そめやたかし》。

第一部、選手に呼び出しがかかった。

呼吸を止めるのがいちばんよくない。猛夫は深く鼻から吸い鼻から吐く秒数まで体にたたき込んで仕事をしてきた。今日もそれは変わらないのだった。

緊張よりも、自分の仕事を披露できる喜びが勝っていた。

――スタート。

すそ刈りから始まり、左右の耳まわりをカットし整えてゆく。不思議とどんな音も耳に入ってこなかった。腰を落とし、櫛《くし》で持ち上げた髪の先をミリにも届かぬ誤差なく整えてゆく。こめかみは毛を寝かせるぎりぎりの長さ、額の生え際は一本たりとも見逃さない。

整髪のアイロンに充分熱が行き渡ったところで、一度大きく息を吸った。自分の決めたスタートの呼吸から始めるとき、全身がひとまわり膨らんだ。

アキラの髪は、今日もいいコンディションだった。夜の仕事をしているわりに肌の肌理《きめ》も髪の張りもいい。聞けば女房が栄養士だという。やはり人間の体というのは口から入るもので整ってゆくのだと実感する話だった。

右手に持ったアイロンは、使い慣れた六ミリの純銀。借金があろうとなかろうと、道具だけはいいものを使いたかった。腕のせいで負けるのも嫌だが、道具が三流で腕についてこないのには耐えられない。

前髪を櫛に取り、アイロンで挟《はさ》む。毛の一本まで、手応えを感じる。根元から立ち上げてあった髪を掬《すく》い、角度をつけて寝かせた。

最後は指先で撫でながら一本の毛も乱れがないことを確かめた。制限時間四十五分、あと一分の表示が出たところで、猛夫の作品は完成した。椅子の周りを、角度を変えながら高さを変えながら確認するが、どこにも非はない。

選手はモデルから離れるようにとの指示が出た。審査員が猛夫の作品を囲んでチェックを始める。この人数で勝敗がある程度まで見えることも教わっていた。

期待どおり猛夫の椅子には審査員が群がっていたが、もうひとり同じくらい注目を集めている選手がいた。

函館から来た染谷だった。

やっぱり——

目で探し当てた染谷は、椅子からずいぶんと離れた場所で、暢気《のんき》に手のひらを揉《も》んでいる。目が合った。視線は穏やかだった。自然と猛夫も笑い返す。さっきまでの集中力が完全に切れた。

結果発表——三位には、ベテランの名が呼ばれた。前に出たときの彼に、笑顔はなかった。

二位——釧路市、新川猛夫君。全国の切符を摑んだ。そして優勝は函館の染谷だった。

表彰台から下りると、染谷がにこやかに話しかけてきた。

「夏は一緒に全国大会だな。よろしく頼む」

「うん、こちらこそよろしく」

自分の完璧が通用しなかった相手に会ったのは初めてだったし、それがこの暢気そうに見える男であったことにも驚いているのだったが。

猛夫は染谷にアイロンはどこのを使っているのかと訊ねた。誰でも持っていそうなメーカーのさほど高くもない道具だったことで、猛夫はこの男に二度負けたような気分になった。

家に戻り春生が準優勝のトロフィーの前に座り飽きずに眺める姿を見て、猛夫の気持もほぐれていった。里美も全国大会と聞いてほっとしたのか、柔らかくねぎらいの言葉をかけてくる。幸平が嬉々とした様子で大会の様子を語っていた。

完全勝利とならなかったことで、疲れが出た。座り込んだところに春生がやってくる。

春生が、子どもらしさのかけらもない口調で言った。

「タケちゃん、きれいだねえ。きらきらして、すごいねえ」

「春生、俺は二番だったんだ。北海道で二番だ。くやしいなあ」

「二番だったら駄目なの？」

「駄目じゃないけど、腹立つな」

「トロフィーもらったのに、怒ってるの？」

「俺より成績のいいやつがいたんだ。それが腹立つんだ」

春生はちいさい手に猛夫の名前が書かれた紅白のリボンをのせた。

「これ、タケちゃんの名前。春生、読めるよ。かっこいいよね」

まずは全国に駒を進めたことが、やっと胸にすっきりと落ちてきた。

ひと息ついたところで、鳥原から電話が入った。

「猛夫、よくやった。地区から初めての全国大会出場だ。お前ならやってくれると思っていたが、本当に良かった」

猛夫は、春生を病院に運んだ日に言われた言葉がまだ胸にくすぶっている。あの日の鳥原の言葉には、なにか含みがあるような気がしてならないのだった。

藤堂に報告してやってくれと言われ、礼を言って電話を切った。

春生が飽きずにトロフィーを眺めているその横で、猛夫は室蘭の藤堂に電話をかけた。

藤堂が一拍置いて「そうか、おめでとう」と言う。あまりに静かな声に、内心がっかりしながら「親方のお陰です」と礼を言った。

「俺は、競技会用の腕を仕込んだわけじゃない。鳥原からお前に競技会に出るよう勧めたって聞いたときは、正直なんでそんなことを、と思ったもんだ」

「親方は、俺が競技会に出るのに反対だったんですか」

「出れば勝つだろうとは思っていたが、それは理髪師の仕事ではないからな」

いい報《しら》せをと思っての電話で、諸手《もろて》を挙げて喜んでもらえないのはさびしかった。競技会は確かに理髪師の仕事ではないだろうが、腕を磨き腕を試す、いい機会だろう。

猛夫は、老いた師匠になぜだ、と問うた。

「親方は、なんで喜んでくれないんですか」

数秒の沈黙のあと、藤堂が低く諦《あきら》めの気配を含んだ口調になった。

「俺は、どんなお客さんにも喜んでもらえるような腕をつけたつもりだ。それはなあ猛夫、人に勝つための腕ではないんだ。同じことをやってるようで、ぜんぜん違うんだ」

納得がいかず、しかしこれ以上話しているとかなしみが増すばかりなので、また電話すると告げて一度受話器を置いた。

猛夫は、トロフィーを箱に入れ、春生を連れて鳥原の家に向かった。せめて今日は喜んでくれる人の顔を見たい。

食事を終えて一家団欒《だんらん》のところに現れた猛夫を、鳥原もおかみさんも喜んで迎え入れてくれた。春生が鳥原にトロフィーの箱を渡す。

「タケちゃん、格好いいんだよ」

鳥原は春生を膝《ひざ》にのせて、箱の蓋《ふた》を開ける。たいしたもんだ、と目を細めた。

「藤堂は、なんと言ってた」

「あまり、喜んでいるふうではなかったです」

後味が悪くてやってきたことに、鳥原も気づいたようだ。春生の頭を撫でながら、ううん、とひとつ唸《うな》った。

「お客さんに喜んでもらう腕と、人に勝つ腕は違うって言われました」

鳥原が小刻みに顎《あご》を振る。

「藤堂の言うことも、もっともだわなあ。お前を競技会に出すことを報せたとき、半分怒られた。なんでそんなことをさせるって、珍しく声を荒らげてたなあ」

鳥原が春生を膝から下ろした。

「ちょっと、待ってろ」

鳥原が奥の部屋に消える。藤堂が反対していたと聞いて、トロフィーの輝きが半分になってしまった。一分も経たぬところで鳥原が戻ってきた。手には薄い冊子がある。表紙には「全道理容通信」とあった。鳥原が角を折り曲げた頁《ページ》を開いた。

「全道理容競技大会四連覇」の見出しの隣に、目の粗い写真がある。トロフィーを持ち、メダルを首にかけた男が写っていた。

――四連覇を喜ぶ、藤堂銀次《ぎんじ》氏。

「親父《おやじ》さん、これ」

「お前のお師匠さんだ。お前は、藤堂銀次の生涯ひとりしかいない弟子なんだ」

猛夫は自分が第一回から四連覇を果たした男の弟子だったと聞いて、喜びよりも背筋が寒くなった。弟子入りしてから、ただの一度も藤堂の口から競技会の話が出たことはなかったのだ。隠していたわけでもなかったのだろう。こうして記録が残っている以上、いつか猛夫の目にも触れる日が来る。鳥原がぽつりと「よく考えれば、あいつにはすまないことをしたかもしれない」とつぶやいた。

「親父さん、うちの師匠はどうして俺に競技会のことを黙ってたんでしょうか」

鳥原は少し苦い表情を浮かべ、ひとことずつ言葉を選ぶように繋《つな》げてゆく。

「俺が競技会に取り憑《つ》かれずに済んだのは、藤堂のお陰だったんだ。俺たちの師匠は、東京で修業を積んだ、腕のいい職人だった。北海道でも職人を育ててくれという要請を受けて、大きな店で何人もの弟子を生んだんだ」

尋常小学校もそこそこに丁稚《でっち》奉公に入ってきた藤堂と島原は、師匠にずいぶんと可愛がられた。夜中に物音で目が覚めると、藤堂が布団の上で黙々と筋力トレーニングをしていたこともあるという。

「あいつは、技術を伸ばすことしか考えていないような男だった。なまじ腕が立つもんだから、兄弟子たちにはずいぶんと煙たがられてなあ。一目置かれるまでにはいろいろと嫌な思いもしたろうが、道具を持ったら誰にも負けないのは、もう明らかだったなあ。第一回の全道競技大会で、兄弟子たちを差し置いてぶっちぎりの優勝を果たしてからは、みんながやつのことを『競技会の鬼』って呼んだ」

競技会の鬼は、その名のとおり競技会のことしか考えなくなった。自分の弟子が道内一で全国でも通用する腕だと知った親方は、藤堂には競技会の練習しかさせなくなった。鬼が、鬼を生んだのだった。

「けどなあ、競技会ってのは罪なもんだ。それは藤堂の本来の性分ってのもあったろうが、のめり込むといいことはなかったんだ」

四連覇を果たしたところで、親方が自分の娘と一緒になってくれるよう頭を下げた。

「そんとき、藤堂には好いた女がいたんだ。俺くらいしか知らないことだったけども。五連覇を果たしたら結婚すると決めて、それまでっていう約束で、待たせてたのよ」

相手は幼なじみで、和服の仕立てをしながら生計を立てていた天涯孤独の女だったという。

「藤堂も、実の親には恵まれない人間だったからな。ろくに学校にも行けないまま奉公に出されて、両親は知らないうちに死んでたそうだ」

泥の中で育ったふたりは、いつか添う約束をする。いつか女にいい暮らしをさせるために、藤堂は腕を磨いた。

「親方の娘も、藤堂ならばと言ったそうだ。まさか男のほうに約束をした相手がいるとは思わなかったろう」

まだそんな身分ではありません、まだ結婚なんぞ考えたこともありません。藤堂はのらりくらりとかわしながら、道具と腕を磨くことに懸命だった。

「いったい誰が吹き込んだものか、幼なじみの女に、親方の娘との縁談があることが知れた」

腹に赤ん坊のいた女は行方知れずとなり、藤堂の五連覇はならず。縁談を断った藤堂は競技とは縁を切り室蘭で独立した。

山形で開催された全国大会へ、ミディアムの部からは函館の染谷、釧路の新川が出場した。結果はふたりとも入賞ならず。染谷が飄々《ひょうひょう》と結果を受け容《い》れているように見えるのが、猛夫にとっては不満だった。

染谷は鉄路を使い青函《せいかん》連絡船で函館に戻るという。猛夫は仙台から飛行機だ。お互いに仙台で一泊することがわかり、年もほとんど変わらぬことで親近感も湧いた。

お互いふるわぬ結果に終わったことで、今夜は牛肉でも食って憂《う》さ晴《ば》らしをしようということになった。

仙台駅からほど近い場所に見つけた牛たんの店に入った。染谷という男の面白いのは、旨《うま》いものをよく知っているということだった。

「せっかく仙台まで来たんだから、牛たんにしよう」

見かけは函館弁まるだしの泥臭い男なのだが、道具を持てば全道一位。猛夫は今日見た光景の中で、優勝者と自分の作品の違いがわからなかった。なにがいちばんつらかったかというと、現時点でこれ以上のものを作ることが出来ず、評価の高いものからなにひとつ学べないことだった。

ビールをコップ一杯つきあい、食べたことのない牛たんを口に入れ、やっと呼吸を取り戻した。

「染谷さんよ、俺は正直なところ、自分の作った作品のどこが悪くてこんな結果になっているのか、さっぱりわからないんだ。三位までの頭、ぐるりと穴の空くほど眺めてみたけれども、まったく『ああ負けた』っていう気がしないんだ」

へえ、と染谷がコップのビールを一気に空けた。猛夫は染谷のコップにビールを注《つ》ぎ、もごもごと口の中で「俺にはわかんねえんだよ」とつぶやいた。

染谷は牛たんを旨そうに口に運びながら、ひょいと首を傾《かし》げた。

「ただの運じゃねえのかなあ」

「ただの運で、ふたりともこんな結果になっちまったって言うのか」

「うん、俺も優勝の頭に負けてる気はしなかった。けども、あいつらは確実にわかってんだよな。

勝ったやつにしかわかんないし、見えないもんがあるんじゃねえのかなあ」

「でも、運なのか」

「運って言ったのはよ、女の髪の毛一本ほどの違いまで見えてしまうってことよ。俺たちは出来上がりの頭しか見えてないけども、今日勝ったやつらには整髪料で固めた髪の内側に何本の毛があって、一列一列の毛がどのくらいの角度で寝ているか、ぜんぶ見えちまってんじゃねえかなと思ったんだ」

だからよ、と言ったあと染谷は箸《はし》を止めて、そこだけぼそりと声を低くした。

「あいつら、競技会しか出来ねえんだろうな、って」

猛夫は藤堂が「競技会の鬼」だったことを思い出した。自分の師匠が第一回から四連覇を果たした男だという事実を、口にすることができない。藤堂が競技の一切から足を洗ってひとりで食うだけの気楽な店を開いたのは、死んだように生きるためだったのではないか。

世俗からも己《おのれ》の欲からも逃れて生きる藤堂の毎日を思った。

「負けたくらいで、泣くなや」

染谷に言われて初めて、猛夫は涙を流していることに気づいた。慌《あわ》てておしぼりで目を押さえる。負けて泣いているのではないが、うまく説明はできない。

「俺、釧根地区で初めての全国出場だったんだ。飛行機代は、組合のカンパで出てきた。どんな顔して帰ればいいかなって。格好悪いよな」

染谷が大声で笑った。

「新川君、俺も似たようなもんだ。女房が親兄弟から金を借りて、どうにか遠征費を工面してきた。格好悪いのはお互い様だ」

豪快に笑う染谷につられ、猛夫も笑った。この男の快活さが自分にはないこともよくわかる。道具を出し、仕舞う姿の余裕のなさも、だ。

「来年も全道大会で会うべ。借金は勝てば帳消し、カンパも祝い金に変わる」

「来年か」

「そうだ、来年また会うべ」

仕上がりの髪の一本一本まで、透けて見える日が自分にも来る。

――あいつら、競技会しか出来ねえんだろうな。

染谷の言葉が耳から離れなかった。それでもいい、と思ったところで気づいた。この男もまた、競技会しか出来ない技術屋なのだ。

また来年も会おうと約束して、翌日猛夫は釧路に戻った。

手ぶらで戻った猛夫を見て、なぜか里美がほっとした表情を見せた。同時に、春生がトロフィーをせがむのを小突いて止める。春生が拳《こぶし》で小突かれた額をおさえて、泣きそうな顔になった。この出迎えに泣きたいのは猛夫のほうだ。里美は、これで競技会熱も少しは収まると思っているに違いなかった。

「疲れたっしょ」

「おかしな気を回すなや」

つい、唸《うな》り声を出してしまった。ほっとしたついでのように慰《なぐさ》められでもしたら、わけもわからず張り飛ばしてしまいそうだ。せっかく家に戻ったというのに、なぜ自分はこんなふうなのか。猛夫は急に居場所がなくなったように感じ、白衣を着かけた手を止めて急いで車に飛び乗った。

なぜだ——

なぜだ——

染谷と来年も会う約束をしたときは消えていた悔しさが、遠くから勢いをつけて戻ってきて、いままさに腹にめり込んでいる。

函館に戻って、あの男はどんな気持でどんな振る舞いをしているのだろう。

負けた日は近しく感じられた相手が、また敵に戻った。

幸平が自分の師匠の腕を自慢し今後の励みにするというので、地区別優勝と全道準優勝のトロフィーを待合椅子の前にある男性化粧品用ショーケースに飾った。

霧に覆われた短い夏が終わる頃には、猛夫の腕は昼夜交代制の工場街で働く男たちの間で話題になり、町でいちばんの腕を確かめにやって来るようになった。

帽子を被《かぶ》って仕事をする工場街の男たちが好むのは、角刈りか短めの刈り上げ。よほど難しいつむじを持っていなければ、ひとり三十分もかけずに仕上がった。しかし仕事として毛髪と向き合うときは、ほとんどやりがいを感じられなかった。角刈りを注文している客の頭に、一度アイロンを滑らせて練習してから鋏を入れるということもある。

整髪で美しく仕上がった髪を幸平に洗わせてから角刈りにすると、客はよく「もったいねえなあ」と苦笑いした。もったいないのは希望どおり角刈りに要する時間であって、猛夫にとってはミディアムカットの練習こそが自身の本懐なのだった。

飾ったトロフィー二本を毎日視界に入れながら仕事をしていると、焦りも積もってゆく。猛夫が無駄遣いさえしなければ里美がしっかりと貯め込むものを、それも叶わない。

来年の全道大会は小樽《おたる》での開催と聞けば、すぐさま行きつけの中古車販売の店に走り、走行距離が少なくボディにへこみのない車を物色し始めた。

スパイクタイヤを買う金を惜しむくせに、気に入った中古車を買って帰ってくるような夫を見て、里美に笑みが浮かぶわけもなかった。夫婦の仲はふたりの娘と商売の切り盛りが繋いでいる。

冬の初めの日曜日、里美が子どもたちを連れて鳥原の家へ行った。おかみさんに、娘ふたりに着せるウールの着物を頼んでおいたという。千津も連れて行ったので、家には猛夫と幸平しかいなくなった。

最近の幸平は貯めた金でテープデッキを買い込み、部屋にこもってレコードを録音している。オーケストラ演奏の映画音楽を聴いていれば、一日ずっと幸福なのだと聞いて驚いた。弟子にそんな趣味が芽生えていることにも気づかずに、親方と呼ばれていたこともおかしなことだった。

自室にこもっているのが好きな幸平を遊びに誘うのも気が引けて、ひとり煙草をふかした。ゆらゆらと揺れながら立ち上る煙の中に駒子《こまこ》の姿を探す。

競技会のことを考えていれば、駒子も里美も、ましてや親や子どものことなど二の次に出来ていた。煙草なんぞふかしているのがいかんのだと、灰皿にきつく押しつけ火を消したものの、駒子の残像が目の奥でゆらめく。

猛夫は受話器を手に取り、そらで覚えている駒子のダイヤルを回した。たちまち手に持った部分が熱くなってゆくのを感じながら、長い呼び出し音を聞く。

不意に途切れ、そして柔らかく湿った声が名乗った。

「駒子か、俺だ」

猛夫からの電話を喜ぶくらいなら、自分からかけてきてくれても良さそうなものを。そんなひねくれた思いも、駒子の言葉で吹き飛んでゆく。

「タケ、新聞で見たぞ。網走の大会ではずいぶんいい成績だったなあ。全道の名だたる職人が集まって腕を競うなんて、さすがは猛夫だ。よく辛抱して腕磨いたなあ」

「知ってたなら、電話くらい寄こせや」

駒子は電話番号しか書かれていないハガキを思い出したのか、けらけらと笑った。

「お前はもう子どもふたりもいるお父ちゃんだべさ。所帯持った、一家の主なんだから」

「そんなこと、関係ねえよ」

「お前が関係なくても、わたしにはあるんだ。嫁さんがわたしのことをどう思うか考えると、ただ申しわけないんだよ」

駒子が里美に遠慮することはひとつもないのだ。駒子は駒子、里美は里美。いいではないか。六條《ろくじょう》の妾《めかけ》だった駒子を、同じような立場に置くつもりもない。金を渡したこともなければ、生活の面倒を口に出したこともない。

「駒子は、ひとりで生きているじゃねえか。誰に遠慮もせず、誰に頼りもしないで仕事してる。俺はお前みたいな——」

そこで少し間が空いた。ためらいを打ち消すように「幼なじみ」という言葉を繰り出す。

「タケ、いくら幼なじみったって、嫁さんにしたら、女だ。いい顔できるわけもない。おまけにこっちは夜の女じゃないか。わたしを好《よ》く思うわけがないんだよ」

それでもなお食い下がる猛夫に、駒子は子どもに聞かせるように優しく言った。

「タケ、お前はわがままだ。普通の男だけども、だからこそつまんねえわがままを言ってるだけだ。この時代、自分がいちばん頑張って働いてると思わないとやってられんわな。けどな、いちばん頑張ってる人間にはそれを支える人が必要なんだ。それはお前にとっては奥さんなんだぞ」

そして駒子はうっかりなのか本音なのか、言わずともいいことを言った。

「奥さんひとりじゃどうにも収まらんわがままを引き受けるのが夜の女なんだ。わたしたちはその辺に落ちてる男のわがままを拾って生活する、半分物乞いだ」

猛夫は駒子の捨《す》て台詞《ぜりふ》にも似たひとことに無性に腹が立った。腹が立ったけれどもしかし、そんな境遇にいる駒子をどうにかしたいとも思った。

「お前が物乞いなら、俺は技術馬鹿だ」

藤堂が室蘭でゆらゆらと商売をしていた理由を駒子に語って聞かせた。生涯ひとりの弟子である猛夫もまた、自分の腕を試したくて仕方ない競技会馬鹿であると告げる。

「あの藤堂の親父さんがなあ。みんなそれぞれ、いろいろあるんだな。一本道の真ん中を堂々と歩ける人間には、わからん過去だ。今度トキさんに会いに帰ったときは、藤堂の親父さんに顔剃《かおそ》りを頼んでみる」

駒子の柔らかな声に慰められながら、猛夫は大雪山《たいせつざん》の峠を越えねばならないほど遠くまで来てしまったことを悔いた。もっと頻繁《ひんぱん》に会える町もあったはずなのだ。帯広《おびひろ》、あるいは旭川《あさひかわ》。理髪店を開く町はどこでも良かったではないか。

「駒子、俺はなんで釧路なんて遠い町に行っちまったんだろうなあ」

一郎が死んで長男の引き継ぎを言い渡され、藤堂の兄弟弟子がいる釧路にたどり着いた。ここで所帯を持ち店を持ち、娘もふたりいる。商売はまずまずで、大会に出れば腕も悪くない。

それでも――猛夫の満足はそのどこにもなかった。

「タケ、ぜんぶお前が選んだことだろう。みんなお前が頑張って手に入れたもんじゃないのかい。女将さんが生きて今のお前を見たら、泣いて喜んでくれるのと違うかい」

諭《さと》されれば余計に惨《みじ》めになった。端《はた》から見たら順調そうな画面の向こうで、いくつもの間違いを犯しているような気がするのだ。目に見えるものがなんであれ、猛夫はそのどれにも満足を感じることが出来ずにいる。

「おばちゃんは、俺を見たら叱《しか》ると思う」

「なして、女将さんはタケの幸福しか祈ってないだろう」

駒子の声が胸の深いところ、胃の腑《ふ》までしみ込んできた。

「女将さんも、もちろんわたしも、祈るのはタケの幸福だけなんだ。はっきりしてるんだ、これだけは」

なぜかわかるかと問われ、わからんと返す。「みんな、お前が好きで心配でなんねえんだ」

鼻の奥がつんとして、なにがなんだかよくわからない。カツに叱られても、駒子に呆《あき》れられても、里美に軽蔑《けいべつ》されても、猛夫の気持が満たされることはなさそうに思えた。

猛夫の幸福を願うカツも駒子も、とんだ勘違いをしている。自分はそんな上等な男になど生まれついてはいないのだ。だからおかしな欲に支配されて、一番にならねば夜も日も明けないような競技会に体を預けているのだろう。

駒子、とその名を呼んだとき、猛夫の内側に流れ出ることの叶わない涙が溜《た》まった。

「駒子、俺は――ただのひとつも幸福なんかじゃないんだ」

幸福じゃ――ないんだ。

駒子の吐息が耳に流れ込んでくる。

会いたいんだ、駒子。言葉に出して、やっと受話器を置くことが出来た。


翌年昭和四十七年、第二十五回全道理容競技大会は小樽で行われた。

釧根地区代表新川猛夫の名前は、函館の染谷同様、全道に響き渡っていた。追いつけ追い越せの空気は特に札幌勢からつよく発せられ、遠巻きにふたりを眺める目つきが違った。

控え室で、染谷とひとことふたこと言葉を交わしたが、猛夫は気が立っていて長く話すことが出来なかった。染谷から抜けている力が、そのまま自分の肩に乗せられているような気がして仕方ない。闘う前に気をのまれてはいけなかった。

別のことを考えようと、会場の窓に寄った。植え込みに、三角の房に似た紫の花が咲いていた。笠井の寮に居たころにも見た、ライラックだ。

気持がふっと下がりかけたところを、駒子のことを考え踏みとどまった。今日、大会を終えたらすぐに札幌に向かう。そして必ず駒子にトロフィーを見せる。

花曇りの空に、ライラックの花が色を放っていた。

選手の呼び出しがかかった。両腕をつよく天に押し上げ、めいっぱい息を吸い込み会場入りする。ゼッケンを貼った胸を三度叩くと、全身から振動が返ってきた。

鋏を持つ手が、軽かった。肩にも肘《ひじ》にも無駄な力が入っていない。櫛は惚《ほ》れ惚《ぼ》れするくらいきれいに髪をすくい上げ、一本のこぼれもなくカットしてゆく。

四十五分間、会場に響くのは道具が立てる音だけだ。

これ以上はない。襟足《えりあし》から耳まわりは、そう思えるくらいの出来だった。このままアイロンで分髪部《ぶんぱつぶ》から前髪、頭頂部へ。黒光りする鏡のように仕上げればいい。

前髪を丁寧《ていねい》にのばした。カットのとき切りやすかった髪の難点は、くせ付け。しかしそんな髪質をとことん練習してきた猛夫にとってはなんということのない相手である。

丁寧に、丁寧にアイロンをかけ続けた。前、頭頂部――そしてもう一度前髪の仕上げ。

視界の隅で残り時間のボードが上がる。ポーンと、終了三分前の合図が鳴った。

そちらこちらで、道具を仕舞い始める音が聞こえた。

猛夫は最後の仕上げ、前髪をもう一度アイロンで挟む。頭頂部を四十五度斜めに流しきったところで、髪の毛一本分の段差ができた。

焦ってもう一度挟み込み、流した。

制限時間終了のチャイムが鳴った――

その年の優勝者は函館の染谷。猛夫は入賞ならなかった。

閉会式を待たず、車に道具を積み込んだ。足元がよろけて、転ばぬようにするのが精いっぱいだ。息が荒い。耳の奥で競技終了のチャイムが鳴り続けている。自分がいったいどんな顔をしているのか、想像もできなかった。

車に乗り込んでも動悸《どうき》が激しく、まったくおさまる気配がない。

入賞出来ないなどと、考えたこともないのだった。今年は染谷を制して自分が勝者になることしか頭になかった。それだけが猛夫を立たせている唯一の支えだった。

猛夫はエンジンをかけ、札幌に向けてアクセルを踏んだ。通り過ぎてゆく景色が、昨日のもののように感じられる。今の自分が、どこにもない。もしかしたら存在していないのではないか。

確かに存在していると感じられたのは、駒子の部屋のドアが開いたときだった。

猛夫を見て、駒子が裸足《はだし》で玄関の三和土《たたき》に降りてきた。駒子は猛夫の体をつよく抱くと、自分が先に泣き出した。

「タケ、なした。なしてそんな顔をしてここに来た」

「俺、負けた」

言葉にすると、ほんの少し体が軽くなった。

「今日は小樽だったべ、タケ、車で来たのか。ひとりで車飛ばして来たのか」

「駒子のとこに寄るって、言ってたべや」

呼吸も戻っていた。駒子の狼狽える姿を見て、なにやら可笑《おか》しさもこみ上げてくる。部屋に上がり、麦茶を一杯喉に流し込んだところで、深く息を吸った。するりと、自分が吐いた言葉に救われてゆく。

「駒子、俺、絶対に負けるわけない試合に負けた。とんだ阿呆面《あほづら》だったんだべなあ。俺の顔見た駒子のほうが、ひでぇ顔だったけどな」

「お前に言われたくないわ」

駒子も少し落ち着いたようだ。暮れゆく空の色に似た空気が部屋に満ちた。猛夫の気持も日暮れてゆく。光に満ちた時間はとうに過ぎて、全道優勝を誓って出てきた町へ、明日は帰らなければならないのだった。

鼻先に駒子の髪を嗅《か》いだ。体中にそのにおいを行き渡らせる。もうどこへも行きたくなかった。

宵闇《よいやみ》が部屋の中に滑り落ちる。ゆるりと床に転がれば、駒子が猛夫の腕の中でちいさくなる。幼いころからそばにあったにおいが、猛夫の体を搦《から》め捕ってゆく。お互いの体に波を起こし、凪《なぎ》を与え、再び一緒に波立った。

駒子の作る、幼いころから食べ慣れた味の煮物、カツが好んだ薄口の汁物、卵焼きやごま和《あ》え。猛夫は翌日の昼になってもぐずぐずと駒子の部屋から動かなかった。

日が傾き、駒子が仕事に出る用意を始めても、ぼんやりとその様子を眺めている。

朝から駒子がガス釜の容量いっぱいの米を炊き、握り飯をいくつも握ってくれた。帰りは好きなだけ持って出るように、という。うん、と気の乗らない返事をしながら窓の外を見た。

窓を開ければぬるい風が吹き込んでくる。うっすらと花のにおいがする。猛夫の目の奥に、小樽の競技会場で見たライラックの色がよみがえった。

窓辺に座り込んだ。頬紅《ほおべに》の刷毛《はけ》をすべらせていた駒子の手が一瞬止まる。猛夫は駒子の視線をかわし、目を瞑《つむ》った。

さびしく穏やかな時間が過ぎてゆく。駒子は派手な化繊《かせん》のワンピースを着て、白いカーディガンを羽織った。そろそろ四十に近いのではなかったか。夜通し猛夫の体を抱いていた女の目元がうっすらと赤かった。

「タケ、それじゃあ行ってくる。出るときは、プロパンガスの裏側に鍵を差し込んでおいてな」

「わかった」

気のない返事に一度微笑《ほほえ》んで駒子が部屋を出た。

猛夫はひとり取り残された空間で、無意識に女のにおいを探す。駒子の放つ甘かったり酸っぱかったりするにおいを、体の中へと詰め込む。股《また》のあたりにそっと触れた。何度放っても飽きない欲望が、日暮れとともにうずいてゆく。

駒子——その場にいないのをいいことに、声に出す。

駒子——空襲で焼けた町をふたり手を繋いで眺めていた頃に戻ってゆく。

駒子——帰りたくねえんだ、俺。

本音を口に出してみてやっと、自分がすべてに負けたんだと自覚できた。意気揚々と戻り、今度こそ仕事に精を出して、嵩《かさ》んだ借金を返すはずだった。

勝てばこその計画はもろく崩れ、路肩に駐《と》めてある車の借金がいくらだったのかを思い出すのも億劫《おっくう》だ。ふて腐れた心もちの片隅で、今年の全国大会でも染谷がこてんぱんに負けることを祈った。

所詮《しょせん》、と声に出さずにつぶやく。

所詮、北の田舎町から出て行ったところで、こんなもんだ。

やさぐれて、転がってゆく心根は止《と》まるところを知らないどころか、加速をつけて猛夫を浮世から遠ざけていった。

座布団を折り曲げ、ごろりと横になった。夢の中でも飽きることなく駒子を抱いた。飲まず食わずで女の体に埋もれていると、このまま消えてもいいような気持になってくる。実際、自分が本当に存在しているのかどうか疑っていた。

もしもこの世にいないのなら、存分に好きなことをすればいいのだった。夢の中の猛夫は際限なく駒子の体に溺れ、ただ奥深くへと突き進む。行き止まりのない体を持った駒子も、無言で猛夫を受け容れた。

猛夫がいま居る場所が行き止まりということに気づいたのは、駒子の部屋で五日間過ごしたころだった。

駒子が店に出ているあいだは、飲めない酒を飲んだり寝転んだり。テレビのひとつもない部屋で、唯一の慰《なぐさ》めはラジオだった。

ジャンルを問わず音楽ばかりを流している局に周波数を合わせ、古い曲から新しい曲まで聴き続けた。

駒子は、ただの一度も「帰れ」とは言わなかった。真夜中、明かりのついた部屋に戻り、猛夫に夜食を作り自分も食べる。店での話は一切しなかったし、酒を飲まずに接待するらしく、毎日しらふで帰ってきた。

六日目の午後、いつもなら風呂に入り身支度をする駒子がのんびりとお茶を飲み、猛夫に羊羹《ようかん》を勧めてきた。

「甘いもん食べたら、頭の回転も速くなるそうだよ」

「俺の頭はもともと回転してないんだ」

「そう言わず、ひとくち食べなさいよ。甘いものって幸福な気持になるそうだから」

「いまのままで充分だ」

正直な気持を言葉にすれば、駒子が「ばぁか」と笑った。駒子がテーブルに、羊羹をのせた皿と猛夫の好みの熱さに淹《い》れたお茶を置いた。そろそろ支度を始めないと店に間に合わないのではなかったか。

駒子は素顔の唇をきゅっと左右に引いて、目だけで微笑んだ。そして猛夫の疑問をさらりと解いてみせた。

「お店、昨日で辞めてきた。川湯《かわゆ》温泉で芸者時代のねえさんが仲居をやってるんだ。住み込みの寮もあるし、三食付き。秋の観光シーズンに間に合うように引っ越すことにした」

情報が多すぎて、うまく整理できなかった。頭が回転していないせいと思い、羊羹を口に放り込む。噛《か》んで噛んで、お茶で喉へと流し込んだ。

駒子はこれ以上ない笑みを浮かべ、ゆっくりと言った。

「だから、タケは、家に戻れ。釧路と川湯なら、車ですぐだって聞いた。いつでも会える。だから、タケは家に戻って、まず家族を安心させてやって欲しいんだ。このままだったら、お互い駄目になるべ。この部屋は、行き止まりだ」

この先、どんなことがあっても猛夫の家庭は壊さない、しかし必ずそばにいると駒子は言うのだった。

「タケ、釧路に戻れ」

駒子の体をきつく抱き、理由がわからないまま少し泣いた。

翌日の早朝、猛夫は車の少ない時間帯に札幌を出た。乗り込む際に後部座席に置いた道具を見て、現実に戻る。

駒子のそばにいると時間の感覚がなくなる。それは駒子も同じだったのだと知って、触れた場所すべての感覚が尖《とが》っていった。

峠を越え、帯広のドライブインでカレーを腹に入れた。眠気をドリンク剤で飛ばし、釧路に着いたのは午後二時だった。

「ただいま」

裏口から入り、店番をしていた幸平に声をかけた。幸平は飛び上がらんばかりの驚きで、声も出せないようだ。

「今日は暇なのか」

「いや、さっき途切れたところです」

「そうか、留守して悪かったな」

ぴしりと腰を折る弟子にもう一度謝り、猛夫は二階へと上がった。

千津が実生におやつを与えていた。横では春生がクレヨンを使い古い電話帳に絵を描いている。里美の姿が見えなかった。

うっすらと消毒液のにおいが漂うのは、里美がずっと店に出ていたということだった。白衣に染みた店のにおいが二階の茶の間にも漂っている。

「サトは、どこにいる」

訊ねると千津が隣の寝室に視線を走らせ、すがるような目をして頭を下げた。どうか喧嘩だけはしないで欲しいと、その目が訴えている。猛夫は一度まばたきをして、千津の頼みを腹に落とした。

寝室の引き戸をそろりと開けて、里美を呼んだ。

「サト、戻った。留守して悪かったな」

布団から体を起こした里美が、「おかえりなさい」と言ってこちらを向く。その目には非難の気配も怒りもないし、安堵《あんど》の様子もまったく見られなかった。

「店が忙しくて、眠れるときに眠っておこうと思って横になってたの。出迎えもしないでごめんなさい」

「そうか、寝ててくれ」

戸を閉めようとした猛夫に、無表情の里美が告げた。

「鳥原の師匠に、電話かけてあげて」

猛夫はその日ばかりは素直に里美の言うことを聞き、すぐに鳥原に電話をかけ、大会後に行方をくらましていたことを詫びた。

開口一番、珍しく鳥原が怒鳴った。しかし、すぐにいつもの穏やかな声に戻った。

毎日捜索願を出そうと勧めたが、里美が頑《かたく》なに断っていたことを知った。

「サトはお前のことをよくわかってた。あの人は捜せば出てこない男だから、って毎日同じことを言うんだ。事故か失踪か、もしも命に関わっていたらどうするんだと訊いても、絶対に届けを出すとは言わなかった」

理由は「娘をふたり残して死ぬほどに入れ込むものがあったのなら、そんな人生を喜んであげたいから」だったという。

「お前はどう思ってるか知らんけれども、お前の選んだ女は想像以上に肝《きも》のすわった人間だと俺は思うぞ」

「すみませんでした」

受話器の向こうに頭を下げた。里美が本当にそんな気持で自分を見ているのなら、なぜそれを猛夫自身にぶつけてこないのか。毎日能面のような顔で売り上げの帳面付けをしている姿は、猛夫のことなど小指の先ほども想っていないふうだったのに。

心配をかけたことは詫びつつ、想像していた留守中の里美の険しい表情に淡い色が差した。何ごともなかったように晩飯を食い、久しぶりの自宅で猛夫はぐっすりと眠った。


小樽での敗退は、その後の猛夫に落としきれない悔いを残した。

理美容器具の卸売業者が持ってくる各地の噂話に傷つくたび、家族の前で荒れた。

娘の春生が小学校に上がったことも知らないでいた男に、家族の意味など語るも無駄と言わんばかりに、里美は黙々と店の仕事をこなした。

冷え冷えとした夫婦仲にもときどきおかしな欲望は湧き、無理に組み伏せれば体だけは言うことをきく。不思議と体を重ねたあとの数日、家の中も仕事中も穏やかな空気が流れるのだった。

里美は姑のタミや小姑の須江の機嫌を取るためか、日曜になると新興宗教の道場に出かけるようになった。自分以外のものを、まして口の上手い宗教家を信じる女房を愛《いと》しいと思えるわけもない。数珠《じゅず》を擦《こす》ってかき鳴らす里美が、読経など始めようものならすかさず家を飛び出しひとりで寿司屋やとんかつ屋へ行き好きなものを食べた。

厭味《いやみ》なほど倹約《けんやく》をする里美へのあてつけも、次第に罪悪感を覚えなくなっていった。駒子が秋に川湯の温泉旅館の仲居として道東にやってきたことも、日々の苛立ちから逃れるいいきっかけとなった。

もはや猛夫の熱を人肌まで冷ましてくれるのは駒子ひとりだ。里美が朝から子どもたちを連れて道場へ行く日曜、月に一度は車を飛ばして駒子のいる川湯へと走った。

鳥原から譲り受けた釣り道具は、猛夫の外出の理由として常に車の中にある。海は左に向かって走らねばならぬのに、駒子に会いに行くときだけは、釣り道具を持って山側へとハンドルをきるのだった。

客の途切れた午後二時、理美容器具の卸売問屋の営業が店にやってきた。煙草をふかしながら待合椅子で、流行の男性化粧品や新型の鋏、アイロンを手に取ってみる。

「先生、もう少ししたらえらいブームがこっちにも来ますよ」

「ブームって、なんだ」

「誰も見たことのない髪型です。整髪の常識が変わるんです」

これだ、と見せられた写真には、顔は日本人なのに髪の毛が黒人のように細かくカールされている男が写っていた。

「なんか、工事現場のヘルメットみたいだな」

「そのとおりですよ。九州や大阪で、ヘルメットを被る仕事の人たちに好まれて、いま全国に広まってるんです。この形にすると、スタイルが崩れないんです」

毎日の洗髪でも崩れないよう考案されたというその形は、アイロンパーマ、アイパーが主流の理髪業界の起爆剤となって全国に浸透しつつあるという。

「近々、講師を招いて技術講習会を開きますんで、来てくださいよ」

近隣の店主たちが集うと聞いて、猛夫の気持がうっすらと曇る。そんな猛夫の心の動きを察したかのように、営業が言う。

「先生なら、この技術をすぐにマスターされると思うんですよ。あの神業的なアイロンさばきをもってすれば、スライドとカールのコンビなんてすぐに身につけられるはずなんです」

鼻の先をくすぐるようなひとことに、チャンピオンカール、パンチパーマと呼ばれるその髪型を作るための道具は何かと訊ねた。

「待ってました。実は道東で初めてお目にかけるのが新川先生なんです」

今なら定着の薬液十人分をサービスで付けている、と出して見せたのは、見たこともない形をした電気アイロンだった。

挟んで伸ばすコテではなく、挟み込んで細かく丸めるためのコテは、片方の羽が角のついた棒だ。この鉛筆を太くしたような棒に、毛先を挟んで丸めてゆくという。

脳裏に、前髪を決められずに時間切れとなった小樽大会の悪夢がよみがえる。猛夫は記憶を振り払い、値段も聞かずに「この道具、置いてけよ」と言った。

「そう仰《おっしゃ》ると思っていました。今日は新川先生に特別にご用意した薬液と、五ミリ、八ミリのセットを特別価格で置いて行きます」

元を取るまでにずいぶんとかかりそうな請求書を残し、営業が満面の笑みで店を出て行った。

パーマ液の一剤で髪の毛の弾力を奪い、二液目で定着させる。使用時間の目安は書かれてあるが、髪質によって違う。しばらくは現場で、加える熱と個々の髪質の実験も必要になってくるだろう。今までの概念が変わる、という言葉には妙な説得力があった。

新しい髪型を広め、地域で最もいい腕を手に入れれば、嵩《かさ》んだ借金もすぐになくなるに違いない。そう思えるのもまた、猛夫の気質である。

つい先日、返済が遅れている先の車が店の前に停まった際、猛夫は一目散に二階へと駆け上がり押し入れに入った。

車があるから家に居るんだろう、と凄《すご》まれた里美は「いません」を何度繰り返したろう。「ちょっと上がらせてくれ」と聞こえたときは全身が凍り付いたが、そこは里美の機転で「上がってもいいが、子どもと仕事の道具には触らないでほしい。夫を見つけたら、言いたいことがあるので、まずわたしの前に連れてきてくれ」のひとことに向こうが気圧《けお》されたようだった。

押し入れの前で「タケちゃん、帰ったよ」と言った里美の呆れた声は、しばし猛夫をへこませたのだったが。弱みを突かれると、辺りにある皿やテーブル、果てはガラス窓まで割りかねないほど暴れるので、里美をはじめ幸平も千津も、この家では誰も猛夫に反論をしなくなった。ふてくされた態度を見せたところで、里美の髪を摑んで怒鳴り散らす。それですべてがなかったことにできた。

嵩んでゆく借金と冷えた夫婦関係と、腹ではなにを思っているかわからぬ周囲の人間。手を上げることで、そのすべてに蓋をする。

釧路にパンチパーマの講師がやってくる前に、猛夫は独自の方法でこの勝負に勝たねばならなかった。周囲よりもひとあし先に「パンチパーマ」の看板を掲げ、商売においての勝者とならねば、立つ瀬もない。

仕事を終えて飯を腹に入れたあと、幸平を鏡前《かがみまえ》まで呼んだ。眠そうな目をした幸平を、椅子に座らせて首にタオルを巻いた。

「髪なら昨日おかみさんに切ってもらったばっかりですけど」

「いいから黙って座ってろ」

蒸しタオルで汚れを取った髪を、写真から想像する長さまで切った。

後ろに流して整髪していた前髪を、三センチの長さまで切ったとき、幸平の喉がひゅっと鳴った。なにか言いたげだがかまったことではない。

手始めに直径八ミリのカールアイロンを使うとして、ひと巻き以上になると均一に熱が伝わらないと考えた。とすれば、頭皮から立ち上がりの長さを加え、直径×四から五でカットしなくてはいけない。学校の勉強はからきしだったが、カットとセット、仕上がりを想像するときはほとんど誤差なく計算ができた。

なにをされるか知らされていない幸平は眠気も飛んだようで、不安な目を鏡に向けている。

洗髪後、椅子に座らせ背を倒した。前髪から数ミリずつスライスしながら一液をかけてはアイロンで丸めた。確かに、今までやってきたアイロン技術が役に立った。均一な熱を加えることに専念すると、一度に丸める毛量もはじき出される。

パーマ液、スライス、カール。幸平の髪の毛が熱で縮《ちぢ》むぎりぎりのところでアイロンを引き抜く。長さ五センチほどの鉛筆が頭皮全体に張り付いたようになるまで繰り返した。

その数、およそ六百回。

通常よりも重たい道具が響いたのか肘と手首がぎしぎしと油ぎれを起こしていた。

時計を見ると、一時間以上かかっている。果たしてそれが正しいのかどうかわからないまま二剤をかけて、説明書に書かれたとおりに洗い流した。

縮れる寸前まで熱を加えた髪の毛は、薬液を洗い流す際も硬い。ひとまず丸まっているという確信を得て、タオルドライをする。

鏡に映った自身の頭を見て、幸平が泣きそうな顔になった。言葉もないのか、鏡越しに不安げなまなざしを送ってくる。

カールを壊さぬよう、風量を低くしてドライヤーをかけた。ブラシも櫛も使わない、乾かすだけの仕上げに、作った猛夫自身も驚いている。

なるほどこれなら、と思った。この髪型ならばヘルメットを被ったとしても、一か月ほとんど髪型が変わらないだろう。

業者が置いていった写真を改めて見た。襟足の毛はカールの小さいもののほうがいい。耳周りの処理は、もっと自然な角度があるだろうか。

前髪から後ろは一直線に、側頭部もカールでまっすぐ落としてみたが、もしかしたら耳を拠点に放射状にすべきではないか。

しばらくのあいだ、幸平の髪を触ったり眺めたりしたあと、仕上がったことを告げた。

「俺、明日から、この大仏みたいな頭で店に立たないといけないんですか」

涙目で幸平が訴える。

「お前、次に業界を引っ張っていくのはこのパンチパーマなんだぞ。俺も写真を見ながら初めて作ってみたけど、これさえあれば客も増える」

いま北海道でいちばん新しい髪型なのはお前だ、と言ってみたものの、泣きそうな声で繰り返す「大仏」が可笑しくて、猛夫もつい笑った。

幸平は客に「それはなんだ」と問われるたびに「これから来るスタイルです」と答えている。客も、笑いをこらえて「未来型か」と言い残して店を後にした。

ほどなく業者が釧路の理容組合にパンチパーマの講師を連れてきた。講師自身もきっちりと細かいアイロンでスタイルを決めている。助手もまた、同じ髪型だった。

猛夫は講習会の会場に、幸平を連れて行った。何度も薬液で毛髪を殺しているので、内側に折った毛先部分はかなりの傷みだ。それでも大仏のようだと泣いていたときとは違い、デモ用の写真と遜色《そんしょく》のない仕上がりになっている。

幸平の頭を見てざわめいているのは地元の同業者だった。九州から来たという理髪師も、最初は怪訝《けげん》な顔をしたが、業者がなにか耳打ちしたあとは表情が柔らかくなった。

「写真から研究されたと聞きました。いい腕だね。全国大会の空気を吸った人は違うね」

周囲の人間がどんな顔をしたのかも気にならなかった。猛夫はこの言葉に素直に喜び、再び胸の中に燃えるものを宿した。

しかし得意になって薬液を買い占めたあたりから、じわじわと周囲の風あたりがきつくなっていった。

どこからともなく里美が美容の仕事も請け負っていることが知れ、保健所から指導が入った。猛夫の興味が商売に向くと、途端に不快なものが押し寄せてくるのだった。

半年もしないうちに、パンチパーマは店の稼ぎ頭になるほどの人気がでた。上下関係に頓着《とんちゃく》しない理髪師が、猛夫のところへやってきては細かな技術を教えてくれという。頭を下げられれば、悪い気はしない。

新しい技術を手に入れながらも、競技会で上を目指す気持は変わらなかった。なにが変わったかといえば、睡眠時間が極端に減った。午前中にやってきたパンチパーマの客に「熱い」と言われるくらいに、頭皮との距離を誤ることもある。新技術において抜け駆けをした猛夫には、競技会でまた返り咲くしか救いがなかった。

翌年函館で行われた全道大会では、染谷が入賞を逃した。地元の大会で勝利台に上がれなかった悔しさを思うと、どうしても小樽での大敗を思い出してしまう。猛夫は三位に食い込んだものの全国大会へは進めなかった。

昭和四十九年には染谷が再び全道優勝を果たし全国へ。猛夫は二年続けて三位に終わったことで、地元の釧路ではそろそろ育成に回ったほうが、という意見も出始めていた。

昭和五十年——猛夫三十七の年。競技会からミディアムカットがなくなった。新たな種目はオールバックのリーゼント。猛夫にはどうしても、その髪型が美しいとは思えなかった。理由などわからない。

商売のためのパンチパーマ、そして競技会人生を支えてくれるのがミディアムカットだった。すっかり腑抜《ふぬ》けになった猛夫の前で、春生の作文がコンクールで入賞したと、里美が喜んでいる。ちいさな賞状とともに広げられた原稿用紙の太い文字を読んだ。

「十年後のわたし」という題の作文には、理髪師になって世界を飛び回っている、と書かれている。自分の父がどれだけ素晴らしい職人か、そして自分も父のような職人になるために、どんな修業も耐えてみせる、とあった。

馬鹿な娘だ。猛夫はテーブルに作文用紙を放った。里美はなにも言わない。腹の中で夫の腑抜けぶりを笑っているかもしれない。あるいは競技会から足を洗い、真面目に借金を返す日々を思い描いているか。

馬鹿な女房だ。

馬鹿ばっかりだ。

猛夫が興味を失っても、競技会は変わらず開催され続け、若手が全国へと進むことも増えた。

四年後、全国大会から戻ってきた若手が猛夫のところへやって来て言った。

「全国優勝は、函館の染谷さんでした。ご挨拶の際に新川先輩にと言付《ことづ》かってきたんです」

——新川君、もう一度会いたかった。

重たい鉛が胃の腑に落ちた。内臓から体が溶けてゆくような、嫌な痛みが猛夫を包んだ。

——うるせえ、馬鹿野郎。

七章　新天地

四十にして商売への意欲も競技会への熱も失った猛夫《たけお》は、店の仕事のほとんどを幸平《こうへい》に任せて遊び歩くようになった。テレビで、映画で、どんな髪型を見てもさっぱり興味が湧かない。当然その姿は客にも伝わってしまう。仏頂面でやる気のない店主に気を遣いながら頭を任せるのが気詰まりなのか、幸平や里美《さとみ》を指名して待合椅子に座る客も増えた。

そんな日が二日も続くとすべてが面倒になり、平日も里美の財布から金をくすねて平気な顔でパチンコに行く。すべてすってしまったあとは、釣り道具を持って海に向かった。賭け事も釣りもつまらなくなったときは、車を走らせ、川湯《かわゆ》にいる駒子《こまこ》の顔を見に行った。

霧ばかりの夏が終わり、盆明けからはからりと晴れることが多くなった。

空が青いと、パチンコ屋へ入るときに一瞬嫌な心持ちになる。理由はわからないが、そんなときに行っても勝てる気がしなかった。

その日、猛夫は太陽が昇り始めた朝早くに家を出て、カーステレオで演歌を流しながら、いい気分で川湯温泉に向かった。沼地を横目に、秋の気配を深めた景色を眺めているだけで気持が浮き立った。

寮を出てアパート暮らしをするようになった駒子の部屋には、座り心地のいい椅子やふかふかのベッドがある。飯を食べるときは、ひとり暮らしには大きすぎる無垢材《むくざい》のテーブルと椅子を使った。いったいこのテーブルの大きさはなんだ、と問うと駒子は「縫い物をやるから」と答えた。駒子が裁縫で収入を得ていると聞いたのは初めてだった。月賦《げっぷ》でミシンを買って、簡単な衣類なら縫えるようにもなったという。

「座布団に座ってばかりだと、膝《ひざ》が痛くなるからね。女将《おかみ》さんに鍛えてもらったお陰で、針を持つのは苦にならないんだ。同僚の着物や旅館の繕《つくろ》いものをしていたら、仕事をもらえるようになったってだけの話」

たまに会う駒子の鬢《びん》に白いものを見つけて、言葉を失ったのも最近。けれど、いつどんなときの駒子よりも、少し恰幅《かっぷく》の良くなった四十半《なか》ばの駒子のほうが生き生きして見えるのが癪《しゃく》にさわった。

「駒子、お前も年とったなあ」

「仲居としては貫禄ついて、これでも人気があるんだぞ」

「いつまで仲居を続けるんだ」

「動けるうちは、働くもんだ。お前みたく平日にぶらぶらしている男にろくなのはおらん。いい加減真面目《まじめ》に働けや、タケ。もっと商売に身を入れないと、女房子どもに逃げられるぞ」

最近はもう、会うたびに肌を重ねることもなくなった。ただ穏やかな時間が流れている。駒子にどんなに意見されても、すべて聞き流せた。里美が言う小言とはまったく違う。

駒子の作った煮物と白い飯を食べていると、このままここに居着いてもいいような気がしてくるのだが、当の駒子がそれを許さなかった。

説教めいたことを言われれば、腹は立たないがつまらない気持にはなる。唯一甘えられる場所で、おやつを取り上げられたような気になるのだ。けれど、相手が駒子では文句も言えない。ただ、口を尖《とが》らせて鼻の奥でふぅんと言うのが関の山である。

「俺がいなくても、店はなんとかなってるんだからいいんだ。里美も俺が一日中家にいると気が休まらないようだ。俺も同じだ」

駒子が洗い物を終えてしみじみとした口調で言った。

「タケ、お前の真《ま》っ直《す》ぐな目はそんな年になってもまだ、自分の見たいものしか見えないんだなあ。お前がそうやって不満を言ってるあいだも、気分の善《よ》し悪《あ》しじゃないところで踏ん張って働いてる女房や弟子がいること、なんでわかってやれん」

そんなことわかってるさ、と喉元まで出かかった。顔には出たかもしれない。呑《の》み込んだ言葉が苦くて顔が歪《ゆが》んでくる。

わかった――

今までもひとことふたこと意見されることはあっても、駒子がこんなにもしつこく猛夫を窘《たしな》めるのは珍しい。居心地が悪くなった猛夫は、早々に川湯を後にした。

まだ日の高いうちに釧路《くしろ》へと戻る。いつもは来るときしか見ない場所をただ走っているだけなのに、まるで違う景色だ。

まだ、自分の見たいものしか見えないんだなあ――

駒子のひとことは、カーステレオの音量をいくら上げても猛夫の耳から離れなかった。

夕時に帰宅すると、待合椅子に客がふたり座っている。幸平はいつものとおり軽く会釈《えしゃく》して自分の仕事を続ける。白衣を取りにドアノブに手をかけた猛夫に、里美が小声で「ありがとう」と言った。客が待っている時間帯に帰ってきたことで、礼を言われるとは思わなかった。

猛夫の裡《うち》に、今まで覚えたことのない感覚が湧き上がってくる。里美が口にした「ありがとう」は、その日から数日のあいだ猛夫を真面目に働かせた。

九月、店に客足が戻ってきた頃のことだった。馴染《なじ》みの客が猛夫の顔を見るなり「大将、会いたかったぜ」と言った。

猛夫とそう年の違わぬ、建設会社の帳場を任されている紺野《こんの》という男だった。腰も低いが背も低い、椅子に座っているあいだ実によく喋《しゃべ》る男だった。今日も、店に入ってきたときからずっとひとりで喋っている。猛夫には興味のない天気の話、建設業界の流行など、面倒くさがらずに頷《うなず》いていれば済むくらいの軽い話ばかりだ。

そんなわけで大将に、折り入って話があるのよ――

珍しく鋏《はさみ》を持っていた手が止まる。折り入って、という前置きが気になったものか、大将に、というところにくすぶっていた優越感をくすぐられたか。鏡の中の紺野と視線が合った。にやり、と男の口元が持ち上がる。

客足が絶えたところで、待合椅子に腰掛けた紺野が煙草《たばこ》の火を催促した。猛夫が自分のライターを差し出し火を点《つ》ける。視線で礼を受け、猛夫もひとつ煙を吐いた。

紺野が「大将」と言って、もったいぶった口調で言った。

「一介の床屋職人で終わる気かい、あんた」

「どういう意味だ、それ」

目に、不快さが出ていたのかもしれない。紺野が「いやいや」と煙を手で左右に散らせながら、猛夫の機嫌を取る。

「いい腕なのは百も承知でさあ。けど、ヨボヨボになっても店に立てるわけでもないだろう」

紺野は、二本目の煙草に自分で火を点けた。

「今なあ、こっちの業界じゃあちょっと面白い動きが始まっててな。大将は運がいいよ。もし会えたら、今日話してみようと思ってたんだ」

紺野の話によると、建築会社とリース会社が手を組んで、元手ゼロで勝負できる貸間商売のオーナーを探しているとのことだった。

「あと数年すると、新風営法が施行されるんだ。そうするってえと、新しく建てることもオーナーになることも出来なくなるんだ。もちろん、物件の譲渡も出来ない。だから、今が最後のチャンスってわけさ」

「貸間商売って、なんなんだ」

紺野が再び、今度は目まで弓形にしてにやりとする。

「モーテル、って行ったことあるか」

「連れ込み旅館のことか」

夜の街でホステスと話が合って使うことはある。里美とつき合い始めた頃に街なかの連れ込み旅館に入ったのも、今では懐かしい。こちらも卑《いや》しくへへっと笑い返した。

紺野はたたみかけるように「もう、連れ込みとかモーテルとか、そんな呼び名じゃあねえんだわ」と言って、自分の言葉に頷いている。

「じゃあ、なんて言うんだ」

「ラブホテルよ」

へえ、と感心してその名前を耳に入れる。確かに、男と女が目的を持って行く場所には違いないが、連れ込みやモーテルよりも後ろ暗さが薄くなりそうだ。

「ラブホテル、なあ。面白いもんだな」

「面白いのは、名前だけじゃあないんだ。俺たちはあちこちのホテルをリサーチして、常にいちばん面白いものを建ててる。今やらないと、法律が施行されたらそこで終わりだから。遅れないでこの話に乗ったやつだけが、日銭のうまみを味わえるってことさ」

日銭、に猛夫の心がぐらりと揺れた。声に出したところを、紺野は見逃さない。

「そうさ、日銭だ。床屋も現金商売には違いないが、一日の収入なんざたかが知れてるだろう。弟子ったって給料を払わずに働かせるわけにもいかんだろうし。その点、ラブホテルの掃除はパートの清掃員を一時間五百円で雇える。用が済んだらすぐに帰ってもらえばいいんだ。部屋の掃除と洗濯と、アイロン。教えりゃ誰でも出来る仕事だからな」

「そんな、見たこともない商売」

鼻で笑ってみせたのだが、猛夫の気持は紺野の語り口に簡単にのまれているのだった。そんな心中が透けて見えるのか、紺野もすぐには引き下がらない。

「まあとにかく、いっぺん俺たちが建てたラブホテルを見に行ってみてくれないか。あれを見たら、あんたの気持も少しは変わるだろうよ」

釧路川沿いに建つという「シャンデリー」、町外れの山間《やまあい》にあるという「竜宮」。どちらも看板の前を通ったことはあるが、建物は少し奥まった場所で全景を見たことはない。客として行かねば見られないのも、考えてみれば魅力的な話だった。

「とにかく、行ってみてくれ。その上で判断してくれないか。床屋の大将からホテルの社長になる人生も、悪くないと俺は思うね。誰にでも出来る話じゃあない。あんたを男だと見込んでの相談だ。やる気になったら社長を連れてくる。そのときはこっちが頭を下げる側になる。なんたって、オーナーだからな」

まるで猛夫の全身を撫《な》でさするような言葉をずらりと並べて、紺野は帰って行った。

そのあと、店内が白く煙るほどに煙草を吸い継ぎ、視界が悪いぶん頭の芯が冴えてきた。

その夜猛夫は、実生《みお》を寝かしつけたあとの里美をドライブに誘った。眠たそうな里美はこんな夜にどこに行くのかと訊《たず》ねるが、猛夫は答えない。

九月の夜はもう風が冷たく、外に出ると青みがかった月が道を照らしていた。霧も出ない季節、星と月がやけに美しい。

猛夫はフロントガラスの隅に浮かぶ月を見た。室蘭《むろらん》の月は出てから沈むまで鉄色に染まり赤かったが、道東の月は海の色を吸い込んだように青かった。

助手席に里美を乗せて、月に照らされたアスファルトを西に向かい走った。夜の街を抜けて無言でハンドルを握る猛夫の様子を、里美がときどき盗み見る。

沈黙が面倒でカーラジオを流す。流行の歌が流れてくる。

続いての曲はサザンオールスターズ「勝手にシンドバッド」——

ただ騒がしいだけの、歌とも呼べないような叫びが車内に充満する。

「うるせえ歌だなあ、なんだこれ」

「春生《はるお》は好きみたいだけど」

「こんなのばっかり聴いてたら、頭がおかしくなるべ」

言ってから内心舌打ちをする。この女は亭主の頭のほうがおかしいと思っているのだ。

「こんなの聴いて育って、年取ったらいったいなにを聴くようになるんだべなあ」

答えを求めず呟《つぶや》いた。フロントガラスの向こう側に浮かぶ月も無言だ。

「子どもたちが年を取る心配より、わたしは自分のことで手いっぱいだわ」

どこへ行くのかと、ついでのように問われた。あと三分もしないうちに目的地に到着する。里美も、ラブホテルに車を入れるころにはドライブの目的を知るはずだ。詳しいことはその後で充分だろう。

月の方角が変わった。ネオンの看板がきらびやかに夜を演出する。「シャンデリー」の前で減速すると、助手席の気配も変化する。

「タケちゃん、なにここ」

「見りゃわかるべ、ラブホテルだ」

「なんでこんなところに」

「家じゃあ気分出ないべ。たまにはこういうところもいいんじゃねぇのか」

里美からのはっきりとした返事はない。

木々に覆われた敷地に入ると、ずらりとシャッターが並んでいた。数えれば、八室。奥のひとつしか空いていなかった。時計を見れば午後九時をまわったところ。この時間帯に満室になる現金商売を改めて考えてみた。間貸しへの、つよい期待が膨《ふく》らんでくる。

今どきの連れ込み宿のシステムには猛夫も驚きを隠せなかった。車庫に車を入れた途端、シャッターが自動で下がってきた。誰が見ているのだろうと思うと、欲望も加速するから面白い。

薄いライトを頼りに、車庫から部屋へ。階段を上ると、いきなり別世界が広がった。

今までの連れ込み宿とは明らかに違う気配だ。ベルベットの家具に、大きなベッド、テレビに冷蔵庫、調光器付きの照明。

あちこち触りながら珍しがっているのは里美も同じ。へぇと猛夫が感心したのは、里美が自分より先に水回りを見に行ったことだった。

「タケちゃん、ちょっと来て」

風呂場に声を響かせる里美のところへ行くと、ダブルベッドさながらの大きな湯船があった。

「なんだこれ」

「風呂場だよね。シャワー付いてるし、洗い場もあるし」

里美がぽつりと、こんなお風呂のある家に住みたいなあ、と言った。

「サト、いつかこんな家に住まわせてやる。お前には苦労かけたしな」

今日聞いた話に、今日答えを出す。猛夫は日常がかき消えてゆくのを感じて昂《たかぶ》った。

「タケちゃん、どうしたの急に」

ベルトを外しながら、里美の体を引き寄せる。ふっくらとした妻の手に、昂ったものを握らせる。あとはもう、吐息と肌に埋もれた。


新しい商売に向けて気が逸《はや》る猛夫にとって、紺野に言われた一週間の返答猶予《ゆうよ》はもはや拷問だった。二日に一度市内のラブホテルを巡りながら、渋る里美の気持と体を説き伏せる。目の前にあるのは、二時間で四千円の日銭が入る商売である。加えて三十分ごとに延長料金が発生する。客の気分がのれば、いくらでも加算されてゆくのだ。毎日全身が痛くなるほど働いても、理髪店の収入などたかがしれている。猛夫の頭の中にはもう、二時間四千円、のきらびやかな文字しかなかった。

明日、紺野がやってくるという日の夜だった。夜になると出かけては、翌日仕事に身が入らなくなっている親方夫婦を見てなにを思ったか、幸平が「話がある」という。

白衣を脱いで、シャツとズボンという格好だ。筋肉が保たれた四角い体。弟子に取って十五年だから、もう三十だ。既に弟子とは言えないくらいの働きぶりだった。

猛夫は店の明かりを点《つ》けて、待合椅子に腰掛けた。傍《かたわ》らには里美が座る。

幸平は立ったまま、軽く頭を下げた。

「なんだ幸平、話って」

「独立したいんです」

猛夫は驚かなかった。もう充分修業期間は過ぎたのだ。いつ店を持っても恥ずかしくないくらいの腕はある。加えて、商売ならば猛夫よりずっと上手《うま》いだろう。競技会に熱を上げる親方の代わりに接客してきた時間が、幸平を一人前以上の技術者にしていた。

ふっと息が漏れた。わかってたよ、という言葉がなかなか出てこない。里美も猛夫のひとことを待っているようだ。どんなに腕がついても競技会に出るとは言わない弟子だった。周りは猛夫が退《しりぞ》いたあとは幸平を全国へ、と推《お》したが決して首を縦《たて》に振らなかった。

「そろそろ、自分の店を持ちたいと思っています」

猛夫の口からはただ「うん」としか出てこない。もっとかける言葉はたくさんあるはずなのに、なぜだ。

「所帯を持って、店を出したいと思っています」

「所帯って、お前、結婚するのか」

そのとき初めて、里美が口を開いた。

「やっぱり、千津《ちづ》では駄目かい、幸平」

幸平が頭を下げる。里美の口から長いため息が漏れた。

「仕方ないよねえ、人の気持だし。お前たちのあいだになにがあったのか、気づかないわけではなかったんだけど。上手くゆくものなら応援したいと思ってたんだ」

時間は猛夫の知らないところで流れていた。この悟りきった女房の言葉によって、鈍い猛夫もうっすらと家の中に流れ続けた不協和音に思い至った。

幸平が声を明るくして言った。

「春生が、床屋を継ぐと言ってました。中学を卒業するまでに修業先を探すんだそうです。生意気だけど、親方の跡継ぎは俺じゃなく春生だと思います」

里美が引き継ぎ、幸平の言葉を猛夫にかみ砕《くだ》き伝える。

「春生は、タケちゃんの背中ばっかり見てたようだよ。自分も早く床屋の職人になって、競技会に出るんだって」

「あんなもの、やったってろくなことにならん」

「ろくなことにならなくても、やりたいんだってさ」

実生のことには躍起《やっき》になる里美も、子育てのすべてを千津に任せた春生については「難しい子」としか言わなかった。

春生のことはさておき、幸平の独立を阻《はば》む理由はなかった。ようやく猛夫の口から「わかった」のひとことが出た。ここで手放してやらなければ、お互いにいいことはなさそうだった。改めて、室蘭の藤堂《とうどう》の潔《いさぎよ》さに胸の中で手を合わせる。

「どこで店を出したい。やるからには、俺がなんとかしてやる。お前には本当に世話になった」

幸平は猛夫の気持に礼を言い、しかしまるごと受け取ることはしなかった。

「郷《さと》に帰ろうと思っています」

「郷って、帯広《おびひろ》か」

「はい、兄貴の嫁さんとうちの母親の折り合いが悪くて。家を出たいというので」

「所帯を持って、母親の面倒をみるのか、お前」

「そのつもりでいます」

決めた相手もそれを承知で帯広について行くのだという。

「出来た女だな」

思わず漏れた言葉に、里美が咳払《せきばら》いをした。

里美に聞けば、千津のほうが幸平のことを長いこと思い続けていたという。十年以上ものあいだ同じ屋根の下で暮らしてきたふたりの思いは、一方通行だった。

その夜、猛夫はラブホテル巡りをやめ、みなが寝静まった家でぼんやり深夜映画を観た。いつか里美とふたりで行った、任侠《にんきょう》映画が流れている。あの頃は俳優の顔よりも、どんな髪型でどんな服を着ているのかばかり見ていた。

角刈りの男が着流しに抜き身ひとつで敵陣に殴り込んでゆく。着物の背中を敵方の刃がかすめて、背負った観音菩薩《ぼさつ》が露わになった。

抜き身ひとつ、は猛夫自身も変わらぬことだった。腕一本で勝負してきたし、誰にも負けない自信があった。画面の向こうでは、何度斬りつけられても立ち上がる任侠男の姿がある。もういい加減倒れて楽になったっていいだろうと思うほど、しぶとい。腹に巻いたさらしも血で真っ赤に染まっている。

ああ、因果なもんだ。

猛夫は職人としての功名を焦《あせ》り、その寿命を自ら縮《ちぢ》めたのだった。

出来れば、そんなことには気づかずにいたかった。一抹《いちまつ》の悔しさがまた、胸を過《よぎ》ってゆく。無性に藤堂に会いたかった。

猛夫は階下へ電話を切り替え、店の隅から藤堂の家の電話番号を回した。老齢になってもまだ店に立っている師匠に、なにを問うもただ恥ずかしいはずなのに。自身の気持の動きひとつも、自由にはならない。いま藤堂の声を聞いたとして、なにがどうなるわけでもないのだったが。

三度、呼び出し音を鳴らして切った。呼び出しながら少しばかり冷静になったらしい。夜中に老いた師匠をたたき起こしてまでする話ではないのだ。声が聞きたいなどと甘えたことを言えば、それこそどんな辛辣《しんらつ》なひとことがあるかもしれぬ。すぐに出なかったことをありがたく思うことに決めた。

翌朝、紺野が帳場を務める建設会社の社長を連れてやってきた。猛夫はパンチパーマの客を仕上げて、すぐに二階へとふたりを上げた。

帳場の紺野が目端《めはし》の利く抜け目のない男なら、社長のほうは田舎の親父《おやじ》まるだしの、土建屋そのものだった。名刺の出し方ひとつとっても、垢抜《あかぬ》けない。

「いやあ、忙しいところすまんねえ。紺野から噂は聞いてたけども、たいした腕のいい職人さんだって。いっぺん俺の頭もお願いしたいねえ」

持ち上げたり、世間話に流れたり。飛鳥《あすか》建設社長飛鳥剛蔵《ごうぞう》は、堅い名前とは裏腹に親しみやすさを振りまく男だった。

「奥さんと、娘さんふたりに、お弟子さんがふたりと聞きました。商売も上手くいってるようだし、順風満帆、うらやましくなるねえ」

謙遜《けんそん》も馬鹿馬鹿しくなるような持ち上げが続き、そして不意に切り込んできた。

「ホテルオーナーの話、紺野からいいお返事をもらえそうだと聞いてやってきたんだわ。新川《しんかわ》社長の誕生を、この目で拝ませてもらってもいいかい」

社長、というひとことに心臓が膨らんだ。

「まあ、詳しいことをしっかり聞いておこうと思って」

詳しい話ねえ、と飛鳥剛蔵がひとつ息を吐いて、実に短い言葉で猛夫の心を摑《つか》んだ。

「契約が終われば、あんたは『有限会社新川観光』の社長になる。部屋数六室を二十四時間回転させる、ラブホテルの社長だ。銀行は風俗営業に金は貸さん。なのでうちの会社と長年取引のあるリース会社が、資金ゼロの社長をバックアップする」

「資金ゼロって、どういうことだ」

「この商売をやってひと旗揚げようという男に、初期投資から全額バックアップするってことですよ」

帳場の紺野が口を挟む。

「建てる場所と規模を間違えさえしなければ、黙っていても客は来ます。こっちには、知識のある人間が山ほどいるんで、そこは安心してもらいたい」

にわかには信じがたい話だった。しかし、数日だがホテルの内装や商売の表側を見てきた猛夫には、こうした話が来るのも自分にその資質があるからだと思えてくる。ひとりしかものにならなかった弟子も一本立ちするというときに、親方の自分がこのままでいいわけがないという気持も背中を押すのだった。

「どうだい、新川さん」

飛鳥が、やってきたときとはがらりと印象を変えてドスの利いた声を出す。どうだい、とたたみかけるように猛夫の顔をのぞき込んだ。

「どうだい、男にならんかい」

幸平が独立すると聞いたときにはすぐに出てこなかった「わかった」が、するりと口からこぼれた。

俺がやらないと、この話はすぐに他の誰かに行くのだろう。そいつが国道沿いで成功しているのを見るのが何より嫌だ。ぶるりと体が震えた。

借金が怖いわけじゃあない、誰でもない自分が大勝負に出るのだという息苦しさを再び感じ取った。競技会に代わる何かを見つけた喜びと、この闘いに出られるのは自分ひとりなのだという思いが勝った。

「そうかい、やってみるかい。じゃあこっちで候補地をいくつか出してみるから、ひとつひとつ、この紺野と一緒に回ってみてくれ。最終的には、新川社長が気に入った場所に建てる。ホテルの名前も部屋の内装も、雇う人間もぜんぶあんたが決めるんだ。ここから先は、忙しくなるねえ」

よろしくよろしく、と飛鳥はやって来たときと同じ腰の低い親父に戻って帰って行った。

飛鳥と紺野が去った茶の間で、猛夫は立て続けに五本の煙草を吸った。喉がざらつき、コップの水を二杯流し込む。煙草はいくら吸っても吸った気がしなかったし、いくら水を飲んでも喉は潤うことがなかった。

手の空いた里美が二階に上がってきた。指に六本目の煙草をはさみ、女房の顔を見上げた。眉間《みけん》に不安の色を浮かべて、猛夫の様子を窺《うかが》っている。

「いま、店で幸平から聞いたんだけども。三月に帯広で婚礼が決まったから、年内で区切りをつけたいんだと」

「いいんじゃねえのか」

「来年から、幸平なしで店やるの大変じゃないのかい」

「俺が真面目にやればいいことだべや。それ以外なにがあるってよ」

信じたかどうか、里美が「そうだねえ」と言って戸棚からかりんとうの袋を出した。最近の里美はやたらと甘いものを食べたがる。放っておくとかりんとうひと袋くらいぺろりと食べてしまう。千津に一本やるわけでもなし、猛夫にすすめるでもなし。この女の生来の図々しさを見る思いがする。

最近は感情にまかせた言葉が少なくなった。おかげで猛夫も感情にまかせて手を上げずに済んでいる。一介の理髪職人で終わるわけにはゆかなくなったいま、里美がおとなしくしてくれているのはありがたかった。

「なあ、サト。俺ももう四十だ。ここでひとつ勝負をかけようと思うんだ」

「勝負って、どんな勝負なの」

ぽりぽりというかりんとうの音が茶の間に響く。西から入る日の光が、畳を模したシートに長い光の棒を作っていた。

「俺、ラブホテルの社長になる。決めた。お前に、今よりずっといい暮らしをさせる」

里美は黙ってかりんとうを口に運び続ける。沈黙は了解ということか。言ったからにはもう後には引けない。

「二十四時間営業で、二時間四千円の貸間商売だ。朝から晩まで働いてトントンの床屋では考えられないくらいの借金もする。頼むから、賛成してくれないか」

「誰が、そんなお金を貸してくれるの」

まるで棒読みの問いに、猛夫も言葉を選びながら懸命に答える。

「裸一貫の大勝負に、建築会社とリース会社がタッグを組んで応援してくれる」

「床屋は、どうすんの」里美の棒読みは続く。

「どうするって、どういう意味だ」

「やめるのか、やめないのか」

考えたこともなかった。貸間商売をしていても、自分が店に立たなくなることは猛夫の頭からすっぽりと抜けていた。里美に問われて驚いた自分に驚いている。

「春生が中学を卒業してすぐ理美専に入るって言ってる。わたしには直接言わない。千津が母親みたいなもんだから」

「今どきだら、高校くらい行ってたほうがいいんじゃないのか」

「知らない。あれは言い出したらきかないし。うちには高校に行かせる金もないし」

待てよ、とわずかに声が大きくなった。里美の両肩が持ち上がる。引きつった表情で体の向きを変えた。

「高校くらい、行かせられるだろう。俺はお前たちにそんなに貧乏させてるのか」

里美のだんまりが始まった。こうなるともう、てこでも動かない。口を開けば殴られると思うのか、半分背中を見せて、まだかりんとうをかじっている。

重たい沈黙を、今までどれだけ殴打で切り抜けてきたろうか。猛夫は自分の手が技術職人のそれからずいぶんと遠いところにあることを思った。

西日も急ぎ足でかたちを変える。誰もが今と同じ場所にいられるわけでもない。

「わかった。春生には俺から話す」

ふっと緊張が解けた。里美がすっかりこちらに背中を見せてぽつりと言った。

「新しい商売を応援してくれって言うなら——川湯の人と別れてちょうだい」

翌年、幸平の去った店を里美とふたりできりもりすることになった。猛夫を待っていたのは、着々と進むホテル建設の雑事と、娘への対応だった。

川岸の蒲鉾《かまぼこ》工場は立ち退きに遭《の》い、町外れにある工業地帯に新しい工場を建てた。金回りのよくなった実家は、タミを含めみな猛夫夫婦に辛辣だ。弟の利夫《としお》が結婚して工場を継いでからは、余計にひどくなったように見えた。

里美もいつしか宗教の道場に通わなくなっていた。人間関係に疲れるのは、どこへ救いを求めても変わらぬようだと漏らしての離脱だった。

実家がどんどん商売を大きくしているのも、猛夫の焦りに油を注《そそ》ぐ結果となった。馬鹿にされたままでいいのかという、それは紛《まぎ》れもない野心であったが、本人には止める術《すべ》がない。

春生は、上背《うわぜい》も猛夫とそう違わない。ときおり見せる大人びた顔に、いくつかニキビが出来ていた。夏休みだが外に遊びに行く気配もなく、千津の使っている納戸《なんど》の部屋で一日中本を読んでいるらしい。

その千津も、幸平が去った店でタオル洗いや洗濯といった下働きを続けていた。もともと口数が多いほうではないし、もう十年以上家にいるわりには存在感がない。

毎度店に出て、おとなしく仕事を続けてみれば見えてくるものもあった。

欲しくなったらそればかり考える猛夫が質流れや中古車販売、理美容問屋に作った借金は、想像以上に膨らんでいた。

月々の返済はすべて里美に任せていたが、返済額が収入を上回る月もある。なるほどこれでは、娘の高校進学を危ぶむ気持にもなろうという状況だった。

年が明けてからは、川湯にも行っていない。金がほとんどないことに気づいた猛夫は、釣り竿《ざお》を持って海に行くしかなかった。

日曜の早朝、思い立って春生を起こして釣りに誘ってみた。眠そうな目をこすりながら、素直についてくる姿は、幼いころとそう違わぬように見える。

次女の実生は里美が世話をして育てたせいか母親べったりだが、長女の春生は両親のどちらにも少し距離がある。猛夫が感じ取る距離は、本人にはもっとはっきりとした基準があるのだろう。母親に育てられた記憶がない猛夫には、この娘に一抹の悔いがあった。

釧路西港の岸壁を、ふたりで道具を担《かつ》ぎながら歩いてゆく。夏とはいえ沖に向かって一キロの距離を歩くとなれば、冬と変わらぬ厚着が必要だった。鳥原《とりはら》が体調を崩す前に教えてくれた釣り場には、十メートルごとに釣り人が竿を垂らしていた。

背中のリュックサックには、トマトと魚肉ソーセージを放り込んできた。水筒には水が入っている。物静かな長女を連れての海は、さほど苦にはならなかった。

凪《な》いだ海に竿を垂らす。春生にも一本持たせてみた。思ったよりも器用なところがあり、右の人差し指に糸をひっかけ遠心力で鉛《なまり》を遠くに飛ばす方法を教えると、あっさりと覚えた。東の端《はし》から朝日が昇ってくるのを見ていると、そう遠くない時期に訪れる新生活への不安が期待へと変化してゆく。

猛夫は、まっすぐな瞳で竿の先を見ている娘に訊ねてみた。

「春生、お前は高校には行きたくないのか」

あっさりと「うん」と返ってきた。なぜだと問うがそれには答えない。

「俺もおかあちゃんも、中学しか出てない。俺は娘くらいはまともな勉強をさせたいと思うんだけどな」

「タケちゃんは、勉強がしたかったの」

いいや、と答える際につい笑ってしまった。娘がこんなふうに話し相手になる日が来ることなど思い描いてもいなかったのだ。

「俺は頭も悪かったし、上の学校に上がる気はなかったなあ」

「最初から、職人になるつもりでいたんだ」

「近所の床屋の親父が格好よく見えたんだ。結局その親父が俺の師匠になった」

海を見ながら口にする自身のこれまでは、なにやら言葉によっていい色合いに変化している。家族の中にひとりでも話を聞いてくれる人間がいるということに、妙な喜びもあった。ふと、春生が生まれたときのことなどを思い出し、目の奥が痛くなる。

「千津ちゃんがね、そろそろお嫁に行きたいって言うの」

初耳だった。幸平がいなくなって、次は千津までが去るというのか。

「わたしも連れて行ってって頼んだけど、駄目だって」

「千津は親戚だけども、お前の親ではないからなあ」

「親じゃないと、一緒にはいられないのかな」

猛夫にはこの娘に言って聞かせる言葉がなかった。なにを言っても、どこかに嘘《うそ》が挟まりそうだ。かろうじて出たのは「そんなことはないけども」のひとことだった。

「千津ちゃんがいなくなったら、わたしの味方はひとりもいなくなるんだよね」

「親は、頼りにならないか」

少し間があいて、「考えたことない」と返ってきた。

もう遅いだろうかと思ってみたり、まだこの娘に自分が言えることがあるような気がしたり、猛夫の裡は海よりも波立っている。

「床屋に、なりたいってか」

「そうなるもんだと思ってたから、ほかのことなんも考えてない」

猛夫はやはりこの子は高校に行かせたほうがいいと思った。なんにつけ、一途《いちず》というのはよくない。遊びのないハンドルでアクセルを踏み続けると、いいことはないのだ。

「俺は学も教養もないけども、娘を高校に行かせられないほどの馬鹿じゃあない。お前は、三年間遊びに行くつもりでどこでもいいから学校さ行け。つまんなかったらやめればいい。本が好きなら、三年間ずっと本を読んでいればいい。俺もおかあちゃんも知らないものを見てこいや。じゃないと何にもわかんないまま、自分の好きなことしか考えられない人間になるぞ」

その日の釣果《ちょうか》はアブラコが三匹と氷下魚《こまい》が五匹。つよい引きのときほどヒトデがくねって上がってきた。

翌年の春、千津の嫁ぎ先が決まった。もともと口下手だった彼女が選んだ嫁ぎ先は、実家近くの農家だという。千津は何度か重ねたお見合いの果てに、小学校の同級生だった男と添うことを決めた。

そして春生中三の夏休みが明けた日、千津は赤帽に荷物を預け、実家へと帰った。どこか達観した様子の千津に比べ、里美は見たこともない表情で彼女にすがりついて泣いた。

「なんもできんかった、千津ごめんねえ」

いつまでも「ごめんねえ」と繰り返す里美を千津から離し、猛夫も頭を下げた。

「お前のおかげで、春生も大きくなった。俺からも礼を言わせてくれな」

千津はただ首を振って、ふたりの前から去って行った。

後から聞けば、春生が高校受験を決めたのも千津の説得のお陰だった。毎日のように、「春生はたくさん時間をかけて大人になってくれ」と言い続けたという。

後戻り出来ないのは誰もが同じで、ラブホテル建設予定地も決まった。釧路湿原を一望できる場所だ。理髪店から産業道路を標茶側《しべちゃ》へと十分車を走らせれば、眺めのいい高台があった。交通の便は悪いほどいいのだと帳場の紺野が言った。

「人通りの多いところに建てるもんじゃないしねえ。とにかく眺めもいいし静かなところだ。坪一万円の別天地だね」

猛夫は紺野の言った「坪一万円の別天地」という言葉が気に入った。

受験勉強を始めた春生に猛夫が言って聞かせたのは、全日制の普通高校に通いながら理髪の仕事を教えてやるから、だった。

「高校に通いながら、床屋の勉強すれ。技術的なことならなんぼでも教えてやる。卒業してから理美専に入ったって遅くない。理論と学科なんぞ高校に行ったあとならすぐに覚えられるだろう。先に腕だけつけておけば怖いもんなんかないべ。国家試験に受かれば、あとはお前の自由だ」

お前の自由、と言いきかせながら、猛夫のほうが心躍っていた。藤堂の店に通い詰めた頃の自分を娘の中に見て、初めて父親としての喜びが湧いてくるのだった。

幸平が去り、千津がいなくなった家は、本来六人もの人間が住めるような広さがなかった。幸平のために作った店の端の寝室は、すぐに物置へと姿を変えた。千津のいない納戸は子ども部屋となり、春生と実生が寝起きしている。

洗濯や店の下働きは、春生が勉強の合間にやることになった。掃除と飯の支度も、千津の仕事を見て育った春生が見よう見まねで何とかしている。

実生はといえば、下の子だけあって、姉とは違い学校の友だちも多いらしく快活だ。猛夫にとっては、春生よりずっと扱いやすく、それは里美も同じようだった。

ホテル建築の設計図の束を枕元に置いて毎日それを眺めながら眠る日々は、猛夫にとって至福の時間だった。仮契約、本契約、そして基礎打ち、土台造り。毎日のように、紺野がやって来て、進捗《しんちょく》状況を語ってゆく。

日曜の朝、里美を連れて建設地に足を運んだ。

十月末、そろそろ初雪が来てもおかしくない季節。高台の上から見る湿原はベージュの絨毯《じゅうたん》を敷き詰めている。

猛夫は秋の澄んだ空気を腹いっぱい吸い込み、眼下の景色を百八十度視界に収めた。

「すげえなあ、この景色。サト、見てみろや。俺ら春からここに住むんだぞ。店は通いになるが、なんてことねえさな」

里美も、生まれて初めて新築の家に住むことが嬉《うれ》しくてならないのか、珍しく笑顔で「うんうん」と頷いている。

「いろいろあったけども、なんか今がいちばん落ち着いてる気がする」

「なんもよ、サト、俺たちこれからだべ」

猛夫の焦りはしかし、ときどき冷静な将来像を結ぶこともあった。

「なあサト、お前も車の免許取れや。こんな山奥に来たら、買物だって車が必要だべ。歩いてデパート行ける場所じゃねえしよ」

里美はひどく驚いた様子だったが、ぐるりと湿原を見下ろして「それもそうだねえ」と白い息を吐いた。

コンクリを流し込んだ土台の周りを、ふたりで歩いた。

土台だけを見ると、なにやらとてもちいさなもののように見える。こんなところにトイレ、こんなちいさな風呂場、こんなちいさく区切られたところに本当に図面どおりのものが建つのかどうか。

「不思議だなあ、床屋やりながらホテルの社長だってよ。人生なにが起こるかわからんなあ」

「わたしが車を運転できるようになったら、子どもたち乗せてドライブにでも行くかな」

千津に会いに、とちいさく続けたところは聞かなかったふりをした。

眼下の湿原は、夏が来れば目にもまぶしい緑になる。この景色を毎日眺めながらのんびりと理髪店を続け、入った日銭で返済をする。真面目に払い続けて商売が軌道にのれば、なに不自由ない暮らしが待っていると思うだけで気が逸った。

家に戻り、紺野から渡された六室ある客室の間取り図を広げた。壁紙、ベッドの種類、風呂のタイル、湯船の色、部屋の名前は猛夫の役目だ。カタログを見ながら、頭をフル回転させる。赤いベルベットの壁紙など初めて見た。

後ろ暗い男女の二時間が少しでも楽しくなればいい。そして、先行の同業者がうらやむような豪華な部屋を作るのだ。

夢を売る商売――

床屋が床を売るなんてな、と洒落《しゃれ》を言うが、里美にはうまく響かなかった。店が終わってから通える自動車教習所を探すと言って、電話帳を見ている。

カタログと間取り図に夢中になっていた猛夫の鼻先に、飯が炊けるいい匂いがしてきた。ふと顔を上げると、台所に春生と実生が立っている。娘がふたり台所で夕食の支度をしている後ろ姿に、猛夫の目が潤んだ。

家族、と胸の中で呟いてみる。記憶にない時間が流れている。遅ればせながらやってきた家族四人の、穏やかな風景だった。

里美が自動車教習所に通い始めて数日後、紺野が店にやって来た。

「社長、商売のほうはどうだい」

「まあこんなもんだ。年末はちょっと混むかもしれんけど、夫婦ふたりでなんとかなるだろう」

紺野は待合椅子に座り煙草に火を点けた。猛夫も一服しようと尻のポケットからハイライトを取り出す。口に一本くわえたところで、紺野が珍しくライターの火を立てた。

「なしたの、紺野さん」

「もう社長なんだから、火ぐらい点けさせてくださいよ」

へえ、と思ったのもつかの間、紺野がひとつ煙を吐き上げたあと「実はね」と身を乗り出して言った。

「社長と奥さんのどっちがホテルの事務所に詰めることになるんだろうって、うちの飛鳥に訊《き》かれましてさ。そういえばそこんところ訊いてなかったなと、はたと思ったわけだ」

社長は朝と夜、上がりの確認をするのではないのか。紺野の言葉の意味がわからない。猛夫は「それ、なんの話だ」と紺野の目を見た。さすがの猛夫も、この男がへりくだりながら人の足元を見ていることに気づいた。

「俺と女房の、どっちが事務所に詰めるって。俺はホテルのオーナーで社長じゃないのか」

「もちろんそうだよ。だけど、二十四時間営業で二十四時間ずっと事務所に他人を置いておいたらあんた、返せる借金も返せないだろう。なにが高いって、人件費がいちばん高いんだよ」

紺野に言わせると、この商売は家族経営で社長自ら掃除に走るくらいじゃないと衛生も保てないというのだった。紺野は、軌道に乗るまでは家族でしのぐ覚悟がなくてどうするんだとたたみかける。この男は、自分たちに「床屋をやめろ」と言っているのだった。

年が明けて、ホテルの名前も「ローヤル」に決まった。いくつか候補を挙げたなかで、最も響きが良かったのだ。

猛夫は里美の賛成よりも、娘の春生が辞典を引いて「高貴って意味だよ」と言ったことに満足した。猛夫が人生を懸けてする億の借金に、最もふさわしい名前ではないか。

春生はそのあと「形容詞だけどいいのかな」と呟いた。

「けいようしでもふんどしでもいい、俺はこれに決めた。ホテルローヤルだ」

一家四人がみんな笑っている、不思議な時間だった。

二月、引っ越し直前にやっと免許を取った里美に、中古の軽四輪を買い与えた。もともと運動が苦手とは聞いていたものの、ハンドルとアクセルとクラッチが泣くほど難しいとは驚きだった。櫛《くし》と鋏みたいなわけにはいかない、と半分泣きながら帰宅していた毎日を思い出せば、この苦労をいつか帳消しにしてやろうという思いも湧くのだった。

なにもかもが借金だったが、返せるあてのある借金だ。猛夫は実家の誰をも黙らせるだけの成功しか思い描くことができない。彦太郎《ひこたろう》もタミも、猛夫の商売と計画を最後まで聞かず大きなため息を吐《つ》いた。

蒲鉾工場を継いだ弟の嫁が汚いものを見るような表情を浮かべたことも不愉快だったが、彦太郎が里美の前に仁王立ちして「なぜ夫を止めないのか」と問い詰めたのには腹が立った。そんなことをして娘たちがまともに育つわけがないと決めつけられれば、驚きを通りこして呆《あき》れるしかなかった。

受験をひかえた春生は、勉強の息抜きに本を読んでいるような娘で、大丈夫かと問えば「なんとかなるでしょう」と暢気《のんき》なものだ。この娘には担任も手を焼いており、家庭訪問で開口一番「マイペースなんですよ」と切り出した。しかし猛夫が「マイペースのなにが悪いのか」と訊ねると、黙り込んだ。

真新しい運転免許証と、中古とはいえ自由に乗り回すことの出来る車が目の前にある。里美はこれで、どこにでも行けると本気で喜んでいる。猛夫も「そうだな」と返した。

運転してみるか、と問うと里美は喜んで運転席に座った。

ここで言わねば、と肚《はら》を決める。引っ越しを前にした、大事な一日だった。

「サト、床屋の職人を休んでくれないか」

一度ではなにを言われているのかわからないようだ。猛夫はもう一度同じことを繰り返した。

「休んで、なにやるの」

「ホテルの事務所ってのは、金の管理が出来る人間が詰めてないといかんらしい。それもそうだ。現金商売だもんな」

「そんな話してなかったっしょ。ぜんぶパートさんが回して行くって言ってなかったかい」

「最初は俺も、人を使って出来るもんだって思ってた。けどよく考えてもみろ、俺たちが客の頭をひとりずつやってたって、入る金はたかが知れてる。ホテルは六つの部屋が回転して、二時間四千円の金を生むんだ。一時間五百円のパート従業員に、金庫まで任せておけるような商売じゃなかったんだ」

引っ越しの直前になってから告げるのは卑怯《ひきょう》だった。しかしそれも、迷いに迷った結果なのだ。

「三年だ、サト。春生が高校を卒業したら、余所《よそ》に修業に出す。その頃にはホテルの経営も軌道に乗ってる」

言葉に出していれば、現実になってゆくのだ。里美はずっと、「うう」と唸《うな》ってばかりだ。

「修業に出しても恥ずかしくないように、俺が仕込むから。もし高校が性に合わなかったらあいつのことだ、すぐにやめる。そうしたら、床屋の仕事は俺と交代でやればいい」

いっそ理髪店をたたんで、とは口にしなかった。今それを言えば、里美が首を縦に振るとは思えない。なおも唸る里美に、助手席から頭を下げた。

「サトこのとおりだ、頼む」

ようやく「わかった」のひとことを取り付けたのは、頼み込んでから一時間後のことだった。

二十四時間のうち、店から早めに戻れば交代もできる。里美を休ませている間は、自分が事務所にいればいい。

「春生が高校落ちたら、どうするの」

ヒーターの目盛りを落としながら、里美が問うた。そんな展開は考えていなかったのと、受ける前から落ちることを口にする母親がいることに猛夫は驚いた。

「当初の希望どおりに、理美専に行くことになるべな。予備校に通ってまで高校に行きたいやつでもないだろうし。それはそれで、いいんじゃないのか」

里美はしばらくフロントガラスを見つめたあと、低い声で言った。

「いいな、春生には自由があって」

猛夫は気づかぬふりをしてグローブボックスを開けて車検証を確かめるふりをする。里美のひとことを聞かなかったように振る舞いながら、裡では見知らぬ女を見たような気持でいた。

里美がしばらく店を休むということを常連に告げながらの一か月は、猛夫にとってはちくちくと針で刺されているような毎日になった。近所の女性客にやたらと理由を訊ねられては「新しい店を始めるんで、そっちへ」と答えるものの、その店はどこにあるのかと続くので厄介《やっかい》だ。

そろそろ引っ越しの準備も後半に入った。一日中立ちっぱなしで仕事をした後に、夜中までゴミや不用品と格闘することが続いた日の午後。

不安と楽しみどちらだと問われれば楽しみが圧倒的に勝るなかにあっても、さすがに連日の睡眠不足となればふたりとも不機嫌になる。

たまたま長く通ってくれた里美の女性客が、さびしがりながら冗談めかして言った。

「大将、とうとう別れるのかい。二十年近く苦労させてきたもんねえ」

これには猛夫もかちんときた。そんなことあんたに関係あるのか、とやった。言ってしまってからしまったと思ったが、もう引っ込めるわけにもいかない。客もさすがに気色《けしき》ばんだ。

「なんだよ、本当のことを言っただけじゃないか。次から次へと車を乗り換えて、店に出たり出なかったり、パチンコだ釣りだ女だって。毎度毎度奥さん泣かせてさ。ここだって奥さんがいなかったらとっくに潰《つぶ》れてたよ」

「だから、なんだってんだ」

苛立《いらだ》ちと疲れと、絶え間なく襲ってくる眠気が猛夫のブレーキを壊した。

里美が髪の仕上げを早めて、猛夫と客の間に入り会計レジの前まで誘導する。客が財布を取り出しながら捨《す》て台詞《ぜりふ》を吐いた。

「奥さん、こんな男さっさと別れて正解だよ」

猛夫の脳天から火が噴いた。「なんだこのやろう」、ケースに置いてあった剃刀《かみそり》を摑む。誰にも負ける気がしなかった。客は釣りも受け取らず、悲鳴を上げて外に飛び出した。里美は呆然《ぼうぜん》とした表情で逃げた客の背を見送り、猛夫の横をすり抜けて階段を駆け上がった。

怒鳴り散らし、刃物まで握ったことはすぐに近所の噂となった。

春生の受験が終わった翌日、引っ越しを遠巻きに見られていることに気付いた。義理を通し事情を話す先は大家の老婆しかいなかったので、里美とふたりで玄関先まで行き、新しい商売を始めるが店は今までどおり続けることを告げた。

昼間でもマイナスから上がらぬ気温のなか、老婆がまず中に入ってお茶でも飲めという。猛夫は逸る気持にまた水を差されるのが嫌で、断った。

「そうかい、引っ越しはするけど、通いで商売は続けるんだね。で、いろいろ噂は聞くけども奥さんはどこで商売するの」

穏やかに訊ねられれば、正直に答えようという気にもなる。ほんの少し、自慢したい気にもなっていた。

「うちら町外れの高台にホテルを建てたんだ。新川観光っていう会社を立ち上げた」

「いや、それならそうと言ってくれれば良かったのに。あんた社長さんなのかい、そりゃすごいことだ。なんで早く言わなかったのさ」

そして、一拍おいて老婆の視線が宙を泳いだ。

「しかし、なんでホテルの社長までなって、まだ床屋を続けるんだい」

「社長は俺なんだけど、事務所にはこいつが座るんです。それで」

「いやあ、それはもったいないねえ。奥さんはこの辺じゃ人気の職人さんだったのに」

女房に職人をやらせて、猛夫がホテルの事務所で会計に走るという計画は最初からなかった。

里美は今さら春生の将来などには触れたくないだろうし、端《はな》からそれは無理だと猛夫もわかっている。娘の自由をうらやましがる女に、母親の役は無理だ。里美のそうした心根を責める気持はなかった。なぜなのか、憐《あわ》れみのほうが勝っていた。

春生の合格発表は報《しら》せてくれと老婆が皺《しわ》だらけの手を合わせたのを潮に、玄関を出た。

車に乗り込むころには、里美のほうが清々《せいせい》した表情をしていた。

生まれて初めての大博打《おおばくち》を打った。こんな博打は誰も打てまいという自信が体の隅々まで広がっている。借金の総額は一億。転んだらもう立ち上がれる気はしなかった。

三月十日——中学校の卒業式、春生はひとりで学校へ行き、卒業証書を持って帰って来た。相変わらず嬉しいのか悲しいのか、さっぱりわからない。それは、合格発表のときも同じだった。

合格すると入学金を支払わねばならないと書類を渡されたが、開店準備に忙しく、里美も猛夫もそれどころではない。事務所にはひっきりなしに人が出入りし、パートの面接から備品の搬入、ビデオの管理から冷蔵庫に入れる飲み物の注文。時間単位でやることが列を成していた。

かかる金額はそう安いものではなかったが、高校に行くようにと言ったのは猛夫なので今さらやめろとも言えない。ひとまず春生に金を渡し、自分で支払いに行ってくるように言った。

飛鳥建設帳場の紺野が、入学金を手渡しでもらっている春生の横に立ち「ねえちゃんよく頑張《がんば》ったな」と声をかけた。

猛夫はふと、紺野の顔を見た。

「この慌《あわ》ただしいときに受験なんてな。よくやったなあ」

春生はちいさく頭を下げ、猛夫が渡した金を封筒に入れた。気になったのは娘のことではなかった。紺野が春生のことを「ねえちゃん」と呼んだことだ。

猛夫のことは「社長」、里美のことは「奥さん」、そして娘が「ねえちゃん」だ。自分を社長と呼ぶからには、確かに愛想のない娘だが「お嬢さん」とはいかないものだろうか。

開業までの一週間、とても里美ひとりに任せられる仕事量ではないと判断し、理髪店の玄関には一週間の休みを取る旨《むね》の張り紙をした。急用の場合の連絡先としてホテルの固定電話番号を記したのだが、夜の八時過ぎに鳥原からかかってきた電話でそのことを悔いた。

「猛夫、なにかあったのか。どこにいるんだ」

言えば反対するに違いないと、鳥原には告げずにきた。軌道に乗せてから追々と思っていたのだったが、いちばん面倒なときに知られることとなってしまった。

「親父さん、いろいろあって。連絡しなかったのは申しわけないと思ってる。俺、床屋のほかにもうひとつ商売を始めたんだ。店を閉めたわけじゃないから、安心してくれ」

「商売って、お前床屋以外になんの商売があるんだ」

ラブホテルだと答えた。鳥原が二度訊き返す。二度、同じことを言った。

「お前、気でも狂ったか。まだ四十を過ぎたばかりじゃないか。この先何人もいい弟子を取って、若い者を育てなきゃいけない時期じゃないのか」

「朝から晩まで働きづめで、親子四人が食って行くのでいっぱいいっぱいなんだ、親父さん。俺は、俺になにが出来るのかいっぺんでいいから勝負したいんだ」

「お前な、もう勝負はついたのと違うか。充分闘ったろう。競技会だって、みんながみんな全国優勝できるわけもない。お前はこの土地ではなくちゃあならない職人なんだぞ」

「床屋をやめるわけじゃあない。春生が後を継ぐって言ってる。あいつが高校を卒業したら、理美専に通わせるんだ。それまでに、教えられることはみんな教えるつもりだ」

この先、弟子を取る気も後進を育てる気もないことを告げると、「そうか」のひとことで通話が切れた。

気持のいい会話ではなかったが、なにかここで吹っ切れたような気もするのだった。誰かにつよく反対されたほうが、前に進める。応援などされようものなら、途端に萎《な》えそうだ。応援は重たい。競技会に送り出された日の記憶はそのまま、敗北に繫《つな》がっている。

里美が目の下に大きなくまを作って、猛夫の顔をのぞき込んだ。

「なした、タケちゃん。鳥原のとうさんからだったんでしょ。なんか言われたのかい」

「なんもだ、俺が言うの遅れたから、ちょっと機嫌損ねただけだ。ちゃんと商売軌道に乗せて、あとでふたりで挨拶に行くべや。そんときはちゃんとした服買ってやっからな」

里美が疲れ切った頰《ほほ》を無理やり上げて笑った。

「ありがとね。けど、わたしもちょっとここ二日三日、頭が痛くて仕方ないんだ。今日はちょっと早めに寝てもいいべか」

翌朝、里美は起き上がることが出来なかった。


入院生活を送る里美が告げられたのは、高血圧症と糖尿病だった。血圧を安定させ、血糖値を抑える食餌《しょくじ》指導を含めると最低半月は入院が必要だという。

開業の準備は日々進んでおり、こちらに曲がれと大きな赤い矢印とともに、国道沿いに看板も設置した。オープン日も四月十日と銘《めい》打《う》っており、里美の入院騒ぎで動かせるものでもなかった。

結局、理髪店は一週間以上休んでおり、再開の目処《めど》も立っていない。

春生は既《すで》に母親の代わりに、帳場の紺野から事務所の仕事を教わっている。猛夫もこの娘を心頼みにするしかなかった。

部屋の備品を整えていると、実生が通うことになっている白鳥《しらとり》小学校から電話がかかってきた。転入予定の新川実生さんのお宅ですかと問われ、そうだと答える。担任教師から、もう新学期が始まっているがまだ登校していない、と言われ狼狽《うろた》えた。

「すみません、母親が倒れてばたばたしていて。明日から登校させます」

新しい小学校に連絡が入っていることも知らずにいたのだった。猛夫には、子どもの転校手続きなどさっぱりわからない。

里美は、開業準備と運転免許取得に体力を使い果たした。慣れぬ環境に放り込まれて、猛夫は飛鳥や紺野に社長社長とおだてられるが、里美や春生はまるで使用人のような扱われかただ。立ち止まってよく見てみれば、社長一家はまるでホテルに仕える従業員なのだった。

ふと気になり、春生に訊ねてみた。

「春生、お前のほうはどうなってるんだ」

なにが、と問うので入学式だ、と告げる。

「もう終わってる。制服はこのあいだもらったお金で買ってきてるけど、教科書は入院騒ぎで買いに行けなかった」

「お前、なんでそれを黙ってた」

「言えるような状態じゃなかったから」

なにを告げるときも、春生の表情は動かなかった。

パートも決まり、猛夫自身も覚えたての仕事を教えた。五十代のパートふたりのうち、ひとりがラブホテル清掃の経験者だったのは幸いした。

明日は開業となった日、里美がたくさんの薬袋とともに退院してきた。

「タケちゃん、ごめんね。こんなことになっちゃって」

「仕方ないべ。お前のせいじゃない」

けれど、と思うのだ。里美のせいではないけれど、こんなてんやわんやは里美が体調を崩したせいだった。そこのところの見極めがときどき曖昧《あいまい》になり、見えるかたちとしてそこにある里美のことを疎《うと》ましく思ってしまう。

パートがふたりとも子育て経験のある女だったので、子どもたちのことはどうにかなった。春生も、同じ高校を卒業した娘のいる母親を紹介されて、一年生の教科書を手に入れた。実生のほうはというと、同じ小学校に通う近所の女の子が一緒のスクールバスに乗せてくれるということになった。飯の支度は春生が炊いておいたご飯でどうにか出来た。

図らずもラブホテルの事務室に詰めることになった猛夫は、タオル、バスタオル、バスマットといったリネン類に記された「ホテルローヤル」の文字を見るたび、この状況が怖くなってくる。逃げだしたい思いと、もう逃げられないという思いのあいだを高速で往復していた。

六つの客室名を寝る前に考えてはメモしていた日々に、うっすらと霞《かすみ》がかかる。思い描いていたものとは違う光景が広がっていて、ひどく遠いところに来た感じだ。

源氏、エリザベス、ローマ、森林、クレオパトラ、ハワイ――

六畳二間の客室は、それぞれに壁紙も変え、趣向を凝《こ》らしてある。夢にみた「夢を売る商売」の現実は、いかにその部屋を清潔に保つか、コストを低く抑えるかにかかっていた。

小型冷蔵庫の中は、中瓶のビールが五百円、コーラ、ポカリスエット、ジンジャーエールが二百円、赤まむしドリンクが三百円。それぞれ二本ずつ並んでいる。赤まむしドリンクは十本入りの箱が四百円での仕入れなので、いちばん儲《もう》かる。

業務用のラブソファーはベルベット張り。しかし猛夫の不安をあおるのは、そんなふうに設《しつら》えた部屋のガラステーブルに置いた飲み物と店屋物の食事メニューが、すべて手書きであることだった。紺野に、ちょっと貧乏くさいんじゃないかと訊ねると、「印刷代だって高いんだよ、社長」と苦笑いが返ってくる。

釈然としない思いを抱えて、客を待つ日々が始まった。

事務所には、常時家族ではない人間が勝手に出入りしていた。二階が住居とはなっているが、一家全員でリビングにいられる時間はない。

ひと組目の客が入ってきたのは、開業してから三日目のことだった。マジックミラーになった小窓から、部屋を選んでいる車のナンバーを確かめる。車が一階ガレージに入ったあとは、部屋の名前を付けたクリップの会計用紙を机に置く。

車のナンバーを記し、欄の頭には入室時刻と退出予定時刻、¥4，000――と書き込んだ。ここからは、二時間を超えれば三十分ごとに七百円が追加されてゆく。事務所とのやり取りは部屋の壁に取り付けた内線電話で行った。すべて紺野から教わったことだ。

最初のひと組が入るまで猛夫の胃は痛み、粥《かゆ》しか受け付けなくなっていたが、誰もみなそんなことには構っていられないのだった。当の猛夫すら、胃の痛みなどで商売を放り投げることは出来ないのだ。

毎日朝から晩まで飛鳥建設から現場担当の紺野が事務所に詰める。現場で起こるアクシデントに対応するためだというのだが、ひとり店屋物のカツ丼やそばを頼み、夕方になると帰ってゆく。

春生は二階で飯を炊いて味噌汁を作り、学校帰りに買い入れたソーセージやちくわを炒めてケチャップで和《あ》えたものや卵焼きを実生に食べさせる。事務所では猛夫と里美が交代で二十四時間、粥と梅干しを腹に入れながら客室管理をした。

切った手形の返済額はひと月百二十万円。

四月の売り上げは三分の一にも届かなかった。

恐ろしいほどの徒労感のなか借金は待ったなしで、月末には百二十万円の手形が落ちる。そんな日に限って、紺野はやって来なかった。

借入額は土地と建物に七千万。初期設備投資三千万。返済の目処は、一か月目にして暗雲どころか真っ暗闇だ。猛夫の胃は錐《きり》で穴でも空けられたように痛み、転げ回りたいほどになった。

紺野に電話をかけるがなかなか出ない。やっと繋がったのは午後になってから。紺野は暢気な声で言った。

「考えてもみてくれよ社長、この不景気だよ。誰も最初っからガバガバ儲かるなんて思ってないって。そんなに焦りなさんな。そのための保証業者なんだ。七千万の借り入れのうち、保証業者が抜いた金は一千万。まずはちょっと面倒みてもらいましょうや」

猛夫は保証業者が誰なのか、知らなかった。どう考えても払える金額ではないことがはっきりしているのに、焦るなという紺野の言葉の意味も理解できなかった。

月に百二十万の手形。七年で完済予定。しかし翌年には契約の見直しが予定されており、支払いを百万以下に落として十年かけての返済に切り替える、という約束だった。払えない金は保証業者が面倒をみるが、それはただの猶予ではないのか。いずれにしても払わねばならないのは飛鳥建設ではなく、猛夫だった。

五月の連休は少し客が入った。人目につかない場所が幸いして、昼間の客の回転がいい。客が遊んだあとの部屋は鼻が曲がるほど臭《くさ》かったが、そんなことも猛夫を奮い立たせた。

ここで放たれる精液に値札が付いているような、おかしな錯覚もあった。

一方で、理髪店の営業再開は日々遠くなっていた。毎日決まった時間に寝られるわけもなく、疲れと眠気でふらつきながら、一日の収入を確かめるときだけは目が覚める。連休に寝る間も惜しんで客室掃除を手伝い、夜中に洗濯をしてリネン類を絶やさぬようアイロン掛けまでやった。

そんな毎日が一か月、半年、一年と続いてくれれば、借金を返すことが出来る。一日でも部屋が遊んでいる日があると、そこから金が漏れてゆくのだった。

大型連休が終わった。少しまとまった睡眠を取って目覚めた猛夫は、里美が作ってくれた握り飯をあっという間に腹に入れ、大きなため息を吐いた。

久しぶりに、腕立て伏せをやってみた。上腕の筋肉が落ちている。スクワットでは覚えのない回数で太ももが悲鳴をあげた。汗をかいてもまだ続けられた筋肉トレーニングは、短い期間ですでに過去のものになっていた。もうおいそれと職人には戻れないことを、体に告げられた。

顔を洗い、少し伸びた髪をなでつけた。ほとんど使われていない二階の寝室で首をぐるりと回し、ジャージを脱いでシャツとズボンに着替えた。

猛夫は忌々《いまいま》しいほど晴れた町に向かって車を走らせた。

新川理容室のドアの張り紙は、雨風にさらされて下半分がちぎれていた。サインポールも埃《ほこり》をかぶり、ドアの隙間《すきま》には何通もの郵便物が差し込まれている。

一か月と少し放っておいただけで、ひどいさびれようだった。猛夫は郵便物を引き抜いて、店の鍵を開けた。鍵穴さえもしぶくなっている。

暗い店内、玄関先に猛夫の仕事用サンダルがひっくり返っていた。一週間あればすぐに再開できて、毎日刃物を研《と》いでいたはずだった。新しいヘアスタイルを考えながら、春生に剃刀の研ぎ方から教え込むはずの毎日は、どこへ行ったんだろう。

ここで所帯を持ったんだ、と思ったらなぜか涙があふれてきた。誰もいない。誰もみていない場所で猛夫は泣いた。

余っていた段ボールに、鋏、櫛、剃刀、ヘアアイロン、ドライヤー、泡立てカップ、馬革のストラップを入れた。里美が使っていたパーマのロッド、コームも段ボールに詰めた。道具類やレジは持って帰ることが出来るが、椅子やショーケースはそうはいかない。

これらを売るときは、理美容専門の卸業者に声をかけねばならないだろう。新川理容室の椅子が中古で売りに出されていると知った同業者は、いったいどんな反応をするだろう。職人としての短命に、不思議と悔しさはなかった。藤堂には申しわけない思いもあるのだが、覚えのない疲労の前ではそんなこともあっさりと消えた。

夕方、学校から帰ってきた春生を呼んで、人の出入りの激しい事務室で話しかけた。

「春生、学校はどうだ」

答えない娘は、父親の内側まで見透かすように無表情だ。

「お前には悪いんだけど、床屋をやめることにした。見通しが甘かった。お前にのんびり床屋の仕事を教えながら、枕を高くして寝られると思っていた俺が馬鹿だった。ここから先は三年間、しっかり楽しんでくれ」

春生の唇が動いた。シーツを挟むプレスアイロンの音で声が聞こえない。え、と訊ね返す。

「高校を卒業したあとは、どうなるの」

猛夫は答えられなかった。給料を支払わなくてもいい働き手として、無意識にこの娘をあてにしていたことに気づいたのだった。

「高校を卒業して、そのあと理美専に通っていいの？　もしそうじゃないなら——」

明日高校をやめると言い切る娘を、どうなだめていいのかわからない。

「この家を出て、働く」

カッとなったあとは、人目もはばからず春生の頰を打った。里美のときよりはるかに手が痛かった。

「親の都合で、右に行ったり左に行ったりするのは嫌だ。どうして自分たちのことしか考えないの、うちの親は。言ってるほどわたしや実生のことなんか考えて――」

今度は左を打った。右、そして左。春生の頭が右へ左へ揺れながら、次の殴打を待っているように見えた。

「お前に俺のなにがわかる。言ってみろ、このやろう」

息を切らしているのは猛夫のほうだった。春生は両方の鼻から血を流しながら、黙って猛夫の目を見ている。感情の漏れてこない目が不快で、怒鳴りながら両手で頬を打ち続けた。

娘の顔を思い切り殴りながら、心のどこかで誰か止めてくれと思っている。自分ではもう、止められそうにないのだ。自分で止めたら、猛夫のほうが立っていられなくなる。

誰か、止めてくれ。

頼むから、止めてくれ。

誰も、猛夫を止めてはくれなかった――

娘の頬がみるみる腫《は》れ上がってゆく。しかし春生は逃げようとしない。それどころか一回ごとに猛夫の目を見るのだった。

食いしばった奥歯が嫌な音を立てた。殴っている猛夫の歯が割れた。早く泣いて逃げてくれ、と心の中ではこちらが泣かんばかりに叫んでいるのに、実際に口から漏れ出る言葉は逆だった。

「おいてめえ、そんな目をして親を見て、この先まともな人間になれると思ってんのか。まだ俺のこと見てやがる。お前、何様だ」

春生は決して父親から目を逸《そ》らさなかった。顔が二倍に腫れ上がった頃、掃除から戻ってきた年嵩《としかさ》のパートが、猛夫の手の届くところから引き離した。

「社長、何やってんですか。女の子の顔をこんなになるまで。親のやることじゃないですよ」

やっと、終わった。猛夫の顔も首も、背も腋《わき》も汗でびっしょりだ。とうとう、娘を殴る男になった。目の前から春生がいなくなったあと、猛夫はひきつりながら笑う自分の声を聞いた。


「ホテルローヤル」は一年保《も》たずに手形の不渡りを出した。

里美は再び血圧が上がって病院に担ぎ込まれた。悪いことは重なり、室蘭のトキから藤堂の訃《ふ》報《ほう》が届いた。崖っぷちの商売を放って葬儀には行けない。実家には、どんなに食い詰めても頼らないと決めていた。

耐えきれなくなった猛夫は、川湯の駒子に連絡を取った。すべてを話したとき、自分には駒子ひとりしか味方がいないことに気づいた。

「わかった、タケ。この駒子が松乃家《まつのや》の女将さんの代わりになんとかする。すぐ行くから、待ってろ」

心強い駒子の言葉に、猛夫は耳が遠くなるほど大声で泣いた。

高台から十分ほど坂を下りた場所にアパートを借りた駒子が、猛夫との関係を隠して昼から夜中までの通しでパートとして働いてくれることになった。

里美には、室蘭時代に世話になった人の娘ということにしてある。とはいえ駒子ももう五十に手が届く頃で、鬢も白い。化粧気もなくせっせと働く駒子は、里美のみならずパートのあいだでもいい相談役となった。女の職場でたっぷりと経験を積んだ駒子に、みなが甘えたのだった。口が裂けても、ふたりが辿《たど》ってきた道は言えない。ただ近くに駒子がいるというだけで、猛夫の気持は安定した。そばに駒子がいれば、女房や娘を叩《たた》かずにいられるような気がしたのだった。ふたりの間には男と女でいた頃には想像もできなかった不思議な空気が流れており、いまは本当の姉と弟のような気さえする。

里美や娘たちがそう呼び始めたのを機に、猛夫も駒子を「駒ちゃん」と呼んだ。

駒子は里美や春生の信頼を得て、半年も経つころには事務所の管理もするようになった。里美は年上で穏やかな駒子によく春生のことを相談しているようだった。

叫びたいほど苦しかった開業当時に泣いて呼び寄せた。しかしやはり里美のいるところで顔を合わせることは気詰まりなのか、駒子も避けているようだ。

とりわけ雪の少なかった年の春、高校を卒業すると同時に春生が家を出た。就職することも、家を出ることも知らされないまま、挨拶ひとつで娘が家を出ていった。

猛夫は「そんな馬鹿なことあるか」と怒鳴ったが、もう既に荷物を運び出していたと知り力が抜けた。

里美は春生の行き先を知っているようだが、猛夫は訊けない。いまは里美のほうが駒子に頼りきっており、「駒ちゃんも、春生は外に出してやったほうがいいって」と言うのみだった。

高校に通っていた三年間、帰宅してから寝るまでと夏冬の休みは客室の掃除をさせてきた。パート代がひとり分でも浮けば、それだけ助かるのだ。

春生が出て行った日、里美がいないところで駒子が声を低くして言った。

「あの子にはちゃんとした外の空気を吸わせてやりなさい。あんたが自分のことをひとりで決めてきたように、娘にも自由をあげなさい。実生ちゃんもいるんだよ。娘たちに恨まれるような親にはなるんじゃない」

猛夫は訊ねたいのだ。自分はそれほど家族に苦労を強《し》いてきたのかどうか。みんなで力を合わせて乗り切ってきたのじゃなかったのか。そんなに嫌ならどうして言ってくれなかったのか。

猛夫の気持は言葉にならず、胸の中で何周もして臓腑《ぞうふ》に散った。

今月も支払い分の売り上げはない。いやな金策をしなくてはいけない時期だった。娘に捨てられたという気持が抜けないままで、猛夫は懇意《こんい》にしている中古車販売のガレージに顔を出した。

「おう、社長いるか。俺だ」

声を上げしばらくすると、油まみれのドアから汚れたツナギ姿の男がのっそりと姿を現した。男の後ろから細いばかりの若い女が出てきて、会釈もせずに走り去った。また、女に悪さをしていたことは、ツナギの股《また》のあたりを摑んでいるので明らかだ。

「取り込み中、悪いな。今月も頼むわ」

「いいのがあるよ。そろそろ来るだろうと思って用意しておいた」

中古車が十台ほど並ぶガレージの先頭に、白いランドクルーザーが置いてあった。型に関係なく売れる、いい車種だ。

「エンジン系統は申しぶんない。シートも別の車のやつと取り替えてある。いい出来だ」

いくらかと訊ねれば、二十万円だという。

「ぽっきりだ、どうだ」

「よし、買った」

地下の競《せ》りにかければ、五十万は超えるだろう。競りは現金売買だ。猛夫は支払いに困るとたびたびこうした出自を問えない車を仕入れては闇で売った。

猛夫が間に入ることで、経路にもやがかかる。いわく付きの車ばかりが集まってくるガレージ、あくまでも個人としてオークションにかける猛夫。利害関係は合っている。最終的に手に入れる所有者には車の経歴は知らされない。

猛夫もガレージでは決して車の来《こ》し方《かた》を訊かなかった。訊いたところで、なにを思うこともできないのだ。今月の支払いをどうにか切り抜けるために思いついた方法で、猛夫はときどき自分の小遣いも稼いだ。

どこからか手に入れる金を、里美も詳しく訊ねなかった。ただ、そうした汚れのある金を持ってきた日は、目が怖いと言われた。

事務所で一服していると、中学二年になった実生が帰ってきた。すぐに二階に上がろうとするので、事務所に来いと声をかける。

実生と春生は、本当に姉妹かというほど似ていない。実生は里美の血筋が色濃く出たのか、丸い顔立ちの二重まぶただ。可愛《かわい》がる理由が自分に似ているせいだとは思いたくないが、里美は実生に客室の掃除をさせなかった。

転校先の小学校で、ホテルの娘とからかわれ泣いて帰ってきたときに、誰より先に学校に怒鳴り込んだのも里美だった。

「実生、お前も春生が家を出ていくこと知ってたのか」

「知ってたよ。おおっぴらに荷物まとめてたもん」

「就職先って、どこなんだ」

「それは知らない」

「知らないってことないだろう」

実生も頑《がん》として口を割らない。女たちはいったいどんな約束を交わしているものか。猛夫は「わかった、もういい」と言って実生を解放した。

掃除に走っていた里美が戻り、廊下の天井から雨漏りがしていると言った。

「雨漏りって、どこにも雨なんか降ってねえぞ」

「だけど、壁づたいにぼたぼた水が落ちてきて、どう考えても雨漏りなんだって」

猛夫は煙草の火を消して、水が漏れているという廊下の天井を見に行った。

水道管のトラブルでもなさそうだし、雨も降っていないのに雨漏りはどう考えてもおかしかった。

客室はどうなのかと階段を上がって室内を点検してみたが、風呂からもトイレからも水が漏れている様子はない。

「建てて三年だぞ、どういうことだ」

猛夫の嘆きはぶつける先も受け取る相手もいない。「ホテルローヤル」を建てた二年後、飛鳥社長が行方をくらました。帳場の紺野もどこへ行ったかわからない。飛鳥建設は破綻《はたん》して、債権者が乗り込んだときは自宅も社屋ももぬけの殻《から》だったという。

里美の遠い親戚が建具《たてぐ》と内装の仕事をしているというので、なんとか来てもらえるよう頼んだ。気のいい青年はすぐにやってきて、脚立《きゃたつ》をたて、水漏れのある箇所の天井板を外し原因を探してくれた。

ノボルというその青年は、天井裏に上半身を入れて「うわあ」とおかしな声を出した。

「どうした、ノボル君、なんかあったのか」

ノボルは脚立から下りて、苦いような酸っぱいような表情を浮かべて言った。

「おじさん、ここの建材はひどいわ。建てるとき、確認しなかったのかい」

「建ててるあいだはなんも、建設会社に任せてた」

ノボルに言わせると、使っている建材はおそらく家を建てられるようなものではないという。節だらけで、建築の際は現場ではねられるようなものが使われていると聞いて、膝《ひざ》から下が崩れそうになった。

「なんだそれ、どういうことなんだ」

「俺はいろんな現場に行くけども、こういう建材で家を建ててるのは見たことないなあ。ハウスメーカーの仕事だと、こんなのがバレたら二度と発注が来なくなる」

猛夫は恐る恐る訊ねた。

「それって、このホテル全体が廃材で出来てるってことなのか」

困り顔のノボルが言いづらそうに、説明する。

「二階の天井裏に溜まった雪が解けて、壁の中を通ってここに落ちて来てると思う。断熱材もずいぶん嵩が落ちてるようだ。接《つ》ぎ合わせた柱や梁《はり》が狂ってきてるんじゃないかな」

廃材で出来た建物の借金を払っているのだった。その事実を知らされた猛夫は、つくづく自分の世間知らずを恥じた。しかしそれを口にすれば負けなのだ。奥歯が何本割れても、ここで狼狽えたり泣いたりは出来ない。

ノボルの後ろで、里美が表情をなくしていた。猛夫を責めるつもりはないのだろうが、里美の血圧や血糖値が上がったり下がったりするたびに、すべての責任を負わなければいけないような気がする。

猛夫はノボルに応急処置と改修の見積を頼んだ。気のいい青年は、会社に帰って親方に事情を話してみるからと言った。

この世には捨てる神しかいないのかもしれない。鳩尾《みぞおち》のあたりに、針を刺したような痛みが走る。いつものことだが、これが来るとしばらくは粥しか受けつけなくなるのが厄介だった。

「タケちゃん、わたしちょっとめまいがするから二階で横になってくる。一時間で戻るから」

「めまいが治まるまで、寝てれ。俺も休めるときに休んでおくから」

自分の口から優しい言葉が出たことに安心した。廃材で出来た城では、借金まみれの一家が朝も夜もなく働きづめなのだ。

昼から夜のパートに切り替わるまでの数時間、里美が晩飯の支度をしているあいだは駒子が事務所を見てくれる。猛夫は作業部屋で乾いたリネン類を畳んでいる駒子の背中に声をかけた。

「この建物、粗悪品の廃材で作られてるんだってよ。節だらけの柱や梁が狂って、屋根裏から雪解け水が流れてくるんだと。怒るの通りこして笑いしか起きねえなあ」

リネン類を畳む手を止めて、駒子が首だけで振り向いた。

「どんな城でも、社長が一生を懸けたわけですから。従業員のひとりとして、わたしも一生懸命働くだけです」

駒子も猛夫も、声を立てずに泣いた。ここにひとりでも猛夫の不運を泣いてくれる人間がいる。親も弟妹も、このありさまを見たら全員が笑うだろう。駒子の前で流す涙は、幼いころからそうであったように、猛夫の心を落ち着かせた。

応急処置を終えて、本格的に危険な箇所を探し出しては補修を重ねた。良心的な価格ではあったが、支払いもまた借金として残った。

ホテルは細々と苦しい営業を続けた。そして開業から五年目、リース会社との話し合いで、年に八・八パーセントだった利息の支払いをなくして、元金の支払いへと入ることができた。リース会社も、譲渡も売却も叶《かな》わぬ風俗営業が足かせとなり、建物を没収するよりは営業を続けさせて、一銭でも回収することを選んだのだった。

猛夫は中古車の仕入れと売却で味をしめて、古物商の免許を取った。安く仕入れて高く売る、という金の流れが面白くもなっていた。やることが荒いなりに、儲けもあれば損もある。そして、無事に月末の支払いを切り抜けたあと、懐が少しでも温かいときはパチンコ屋か雀荘《ジャンそう》に通うようになった。

パチンコはおけらになっても帰宅できたが、雀荘はそうはいかなかった。勝つまでその場から動けない恐怖感が、自分の輪郭《りんかく》をはっきりと見せてくれる。一《イッ》チャン三百円のひりついた勝負の場は、目の前にある牌《パイ》しか目に入らない男の、いちばんの慰めだった。

対症療法に似た商売は、苦しいながらもぎりぎりで営業を続け、やがて時代は昭和から平成に元号を変えた。猛夫にはなんの感慨もなかった。

霧深い季節、手形の決済日だったことも忘れて三日間泊まり込みで牌を握っていたところへ、就職したての実生が来た。

「パパ、手形が落ちないって。このままだったら倒産するって」

強精剤を使って目ばかりギラギラさせている父が怖くなったのか、実生はそれだけ言うと逃げるように雀荘を出て行った。

倒産——ああ、そういえばうっかり一度間に合わなかったことがあった。

ということは、今回しくじったら二度目。たしかに倒産だ。

猛夫は、負けたぶんは明日返すと約束して雀荘を出た。やってきたときは霧に覆われていた空が、珍しく晴れている。
運転席に滑り込み、ハンドルにしがみつきながら税理士の事務所へと走った。

八章　落城

二〇〇二年五月、彦太郎《ひこたろう》が世を去った。喪主のタミは、肺の病で逝《い》った彦太郎が最後まで意識があったことが不憫《ふびん》だと涙を流し続けた。

通夜に現れた春生《はるお》の姿を見て、猛夫《たけお》は自分も父と同様にずいぶんと老いたことに気づいた。春生の黒いワンピースは、腹がふっくらとしている。横には春生と同じくらいの背丈の、いかにもサラリーマンふうの男が立っており、猛夫を見て深々と頭を下げた。

葬儀会場の隅の椅子に座った。猛夫は娘の体を気遣い、控え室から膝掛《ひざか》けを持ってきてその腹に掛けた。理髪師となり、レディーススカット部門で全国優勝を果たしたことは知っている。それまでは所帯を持たないと宣言していたとも聞いて、馬鹿な娘だと吐き捨てたのが昨日のことのようだ。

「久しぶりだな、結婚の祝いも言わないで悪かった」

春生は無言で首を横に振った。

「全国優勝、よくやったな。どうせそればっかりやってたんだべ」

「いや、ちゃんとお店に勤めながら勉強してた。タケちゃんに言ったら傷つくからずっと黙ってたよ」

「うるせぇ、俺がいつ傷つくってよ」

競技会と家庭と、子を持つことをしっかり順序立てて、すべてを自分のこととしてひとつひとつ昇華させてゆく娘がまぶしい。どれをとっても、猛夫には出来なかったことばかりだった。

「じいちゃんの病院には何回かお見舞いに行ったんだけど、タケちゃんのことずいぶん気にしてた。自分はなにか間違ったことをしてきたんじゃないかって。もっと、いい付き合い方があったんじゃないかって」

春生は「そこは自分も反省してます」と言って腹をさすった。

「うちの親父《おやじ》は、気がちいさいくせに能書きばかりは一人前で、自分がものすごい悟りを拓《ひら》いた人間だと勘違いしたまま死んだ。幸せな男だったな」

言いながら、それは俺じゃないかとも思っている。自然と笑いがこぼれた。

六歳年上だという夫を紹介されて、気まずい挨拶《あいさつ》をひとことふたこと交わした。もともと店の客だったという。

「ご挨拶もないままに、本当に失礼いたしました」

思ったよりずっとしっかりした男のようだ。少なくとも、女房子どもを置いて遊び歩いたり、賭け事に血道をあげるふうではない。娘が選んだ男は見るからに実直で、そのぶん猛夫にとっては実につまらない人間だった。里美《さとみ》がこの男をずいぶんと気に入っているという話も漏れ聞いたが、なるほど折り目が正しい。しかしそれだけだ。

赤ん坊が生まれたら仕事はどうするのかと問うと、春生は不思議そうな表情で「続けるでしょう」とあたりまえじゃないかと言いたげに返してきた。

「赤ん坊の面倒をみながら床屋の仕事をするのは大変なんだぞ」

「保育園代くらいは働くつもり。腕が錆《さ》びたら、師匠に叱《しか》られるから」

春生の師匠は、帯広《おびひろ》に戻った幸平《こうへい》だった。なんの因果で、猛夫を見捨てた弟子のところへ修業に入ったものか。

春生が身につけた技術も、もともとが自分のものだったことは少なからず猛夫の自尊心を満足させている。それだけに、一度も競技会に出なかった幸平の見てきた「師匠」としての新川《しんかわ》猛夫がどんな人間だったのかを思うと、息が詰まる。

ふと最後に聞いた藤堂の声が耳の奥に響いた。藤堂は猛夫が職人をやめたことを、一度も責めなかった。

そういうふうにしか生きられないヤツもいるわな——

藤堂もトキも世を去り、室蘭《むろらん》にはもうなんの縁もなくなってしまった。艦砲《かんぽう》射撃も、脚を失った兵士も、一郎《かずろう》の借金も、新川一家の夜逃げも、知る人のほうが少なくなった。

「新川観光」は二度不渡りを出したあとリース会社との話し合いの末、彦太郎を代表者にしての営業が決まった。新川水産を利夫《としお》夫婦に任せてのんびりしていた彦太郎を代表にしたホテルも、あちこち補修をくり返し改装をしながら営業を続けている。

彦太郎がもう生きては帰宅できないとわかった段階で、名義を再び猛夫に戻した。

建物も傷だらけなら、会社組織も血まみれだ。

「実生《みお》も、爺《じい》さんの喪が明けるころ結婚するそうだ。みんな、落ち着くところに落ち着いて、良かった」

猛夫は自分の娘たちが不仲なのを知っているが、そんなことはどうでもいいのだった。きょうだいとはいっても、親の腹から出ればみな他人のようなものだ。わかり合えたり助け合えたりするのは世の言う理想だろうが、そんなものはただの幻想に違いない。

「駒《こま》ちゃんは、元気なの」

「うん、脳梗塞《のうこうそく》で倒れたときはどうなるかと思ったけど、後遺症もなくてよかった。こうやって里美と俺が外に出ていられるのも、駒ちゃんのお陰だ」

「わたし駒ちゃんのこと、ずっと不思議に思ってた」

ぽつ、とそう言ったあと春生は言葉を選ぶ様子を見せながら続けた。

「天涯孤独で、歌が上手で、立ち居振る舞いがきれいで、仕事が出来て。なんであの人が長くうちにいてくれるんだろうって。開業してすぐのころから、みんな駒ちゃんに頼り切ってたでしょう。駒ちゃんずっとひとりで、朝から夜中までホテルの掃除してた。一度、休みの日は家でなにをやってるのって訊《き》いたことがあるんだ。そしたら駒ちゃん、昔を思い出してるって言ってた。どんな昔なのか、訊けなかったけど」

いくつになったんだろう、というので猛夫は自分の年に五を足した。

「六十八か」

近年、駒子がホテルの収入だけで食べて行けるよう、事務所の仕事も任せられるところは任せて給料制にした。給料とはいっても、アパート代と食費、光熱費を支払ったあとはほとんど残らぬくらいだろう。健康保険だけは、里美のひと声で会社が支払うことになったのだったが。老いた女のひとり暮らしをどこまで支えられているのか。駒子が雇い主になにか異を唱えたことは一度もなかった。

昔を思い出してる——

駒子が言う昔は、いったいいつ頃のことだろう。猛夫の胸がしくしくと痛む。駒子が黙っていることは、自分も黙り通さねばいけないのだ。

「わたしも駒ちゃんがいなかったら、がんばってこれなかった気がするんだ」

春生の扱いに困っていた里美の代わりに、自由に生きてみなさいと背を押したのは駒子だったという。自分で師匠を選び、腕を付け、羽ばたいた。幸平には言い尽くせない礼がある。しかし、伝える機会はいったいいつ訪れるのだろう。

「サトちゃんから、パチンコやめたって聞いたけど、本気なの」

「やめた。なんぼ打ったって、最近の台はのまれるばっかりで面白くもなんともねえ」

「いつまで続くかねえ」

里美と同じ口調で言われれば正直むっとするのだが、身重でもう人の嫁となった娘になにか言い返すのも大人げない。猛夫はふん、と鼻を鳴らして彦太郎が横たわる祭壇を見た。いつ撮ったものか、遺影はちゃんとネクタイまで締めている。

最後に話したのはいつだったか。猛夫が病院のベッド脇に近づいたところでぱちりと目を開けられ、少し驚いた記憶がある。

「タケ、世話になった人にはちゃんと礼を言ったのか」

「ひとりひとり、ちゃんと言ってきた。心配するな」

痛み止めばかり飲まされて、意識が朦朧《もうろう》としていたのだろう。宙を睨《にら》みながら息子への苦言を口にする彦太郎には、自身がしてきたこと、してこなかったことの区別がつかないようだった。

「マツさんに、よろしく言っておいてくれ。あの人にはずいぶんと世話になった。お礼を言いに行ったけども、耳が遠くなってるのか俺の声がぜんぜん聞こえてないようだ」

「わかった、俺が代わりに言っておくから」

「あと、一郎のことも頼む。あいつはあんなんだったけども、釧路《くしろ》に来てからは好いた女も出来て工場も継いでくれた。みんなで、助けてやってくれな」

「わかった」

彦太郎の頭の中で、死んだ一郎と工場を継いだ利夫がごっちゃになっているのは可笑《おか》しかった。今日か明日か、いつ命が尽きてもおかしくない父親の言葉を聞いていると、誰がどんな思いで生きてきたかに振り回されるのが心底馬鹿馬鹿しくなった。

とうさんも、自分の見たいようにしかものを見ないんだなあ。

あの日ぽつりと言ったひとことは、彦太郎の耳に響いたろうか。

「長男って、大変だね」

「誰のことだ」

春生が眉を寄せて「タケちゃんに決まってるじゃない」と言った。

「ばあちゃんにも、きょうだいにも頼りにされて。そのくせあんまり良くは言われなくて」

「俺は、長男じゃあないから。あっちが勝手にそう言ってるだけだから」

頼りにされていないわけではないことは充分知っている。たとえ右から左へと流れてゆく金でも、猛夫の目の前を通り過ぎる額は帳面上の金とは違う。いっときも猛夫の腕のなかで留《とど》まらないはずの現金は時にきょうだいを救ったが、すぐに忘れられた。

「長男なんていう言葉に一生を振り回されて生きてるやつは、気の毒なことだなあ」

何気なくつぶやいて、言った猛夫が驚いている。

「わたしも、もう少ししたら長男を産むんだ」

長男と所帯を持ち、長男を産むという春生がいっそうすがすがしい表情で猛夫をみている。そして横にいる夫を見てひとつ頷《うなず》く。

「このひとが長男で良かったと思ってる。わたしの気持をよくわかってくれるから」

親に振り回されて生きてきた気でいた猛夫にとって、娘のひとことは応《こた》えた。猛夫は今日初めて会った娘の夫に、深々と頭を下げた。

「自分には過ぎた娘です。どうぞよろしく頼みます」

春生の嗚咽《おえつ》を背中に聞いて、猛夫はその場を離れた。

翌日、彦太郎の骨を拾うタミや妹たち弟たち、その嫁や孫を見ていると、猛夫だけがその場に浮いているような不思議な心持ちになった。まだ温かい骨はとうに命を失っており、父はもうどこにもいないというのに、この場にいる全員が彦太郎のことを考えている。

兄貴、と康男《やすお》が箸《はし》を差し出した。箸の先には、彦太郎の肋骨《ろっこつ》がある。受け取り、骨壺《こつつぼ》に入れた。

九十一か。康男がつぶやいた。

「治るなら切ってくれって言うのを聞いて、どんだけ命が惜しいのかと思ったな」

「お前の前では、そういう話をしてたのか」

「兄貴には、なんて言ってたんだ」

「小言ばっかりだ」

ふたりで父の骨を渡しながらくすくすと可笑しくもないのに笑った。骨が散る台の向こうで、タミと須江《すえ》がぼろぼろと泣きながら骨を拾っていた。猛夫の浮遊感はつよくなる一方だった。

骨箱に入った彦太郎は、この先タミの読経《どきょう》によって毎日思い出され、美化されてゆくのだろう。寺に戻り、四十九日の繰り上げ法要を済ませると、もう夕方に近くなっていた。太陽が、河口のはるか向こうで色づいている。

彦太郎の骨を胸に抱いたタミが、利夫の車に乗り込んだ。猛夫と康男の家族が見送りに出ているものの、こちらを見る気配もない。とことん強情な婆《ばば》あだなあ、と口にすれば周りで遠慮がちな笑いが起きた。

さて、と車に向かって歩きかけた猛夫に、康男が寄ってきた。

「兄貴、今月も頼めるべか」

「なんぼだ」

「二十万足りねえ」

わかった、と応えた。康男の性分は幼いころとなにひとつ変わらぬようだ。人見知りはしないが、そのぶん人を大事にもできない。最初の女房に出て行かれ、娘とふたりでにっちもさっちもいかなくなっていたときも同じ。人を介して二度目の女房と一緒になったはいいが、常識のある女ゆえにうまくいかなかった。稼ぎに見合った小遣いしか与えられないところへ、金もないのにキャバレーに行ってはツケで飲む。月末に猛夫に怒鳴《どな》られながら金を工面してもらっていたのが、里美のひとことで嫁の知るところとなった。

嫁に出て行かれた際、里美に向かって「俺は義姉《ねえ》さんを許さんからな」と怒鳴ったところで、猛夫はこの弟もひどくつまらない人間だったことに気づいた。

助手席に里美を乗せて寺の敷地から出た。バックミラーに太陽が反射して、まぶしい。ミラーの角度を変えてやり過ごした。

「いいお葬式だったね」里美のひとことに、「うん」と返す。

「春生、男の子だって。いいな、わたしもひとりくらい男の子が欲しかったな」

猛夫は自分に息子がいた場合を想像するのが怖かった。娘だからこそ静かに家を出て自分の道を歩いてくれたような気がするのだ。これが男だったら——自分は想像もつかないような期待を持ったに違いない。息子なら、叩《たた》いても殴っても言うことを聞かせ、この借金は財産と同じなのだからお前のものだと詰め寄っていたのではないか。お互いにどちらかが死ぬまでやり合ったかもしれない。

妹たちから仏のようだと尊敬されていた彦太郎亡きいま、猛夫の想像のほとんどは確信である。彦太郎は、生き残ったどの息子にも期待しなかった。角度を戻したバックミラーに陽光が入る。猛夫はバックミラーに向かって声なくつぶやく。

――とうさん、そっちでよくよく一郎と話してみるといい。あいつがとうさんにとってそんなにいい息子だったなら――そっちで親孝行してもらってくれ。


翌年、実生のたっての希望で、結婚式には駒子も出席することになった。里美の隣で貸衣装の色留袖を着て化粧をしている駒子は、七十間近でも人目を引いた。素顔でホテルの掃除をしている駒子しか知らない周りの者はみな驚きを隠さなかった。

親戚縁者の着付けをひとりで請《う》け負《お》っているあいだずっと、どこで覚えた技術かと問われていたようだ。ひとしきりぐずっていた赤ん坊を腕の中で寝かしつけた春生が駒子に問うた。

「短時間に着付けられる腕、どこで身につけたの。ひとり十分かかってなかったよ」

駒子は曖昧《あいまい》に笑いながら、赤ん坊の寝顔をのぞき込んだ。昔、芸者の修業をしていた頃に覚えた技術がこんなところで役にたつことを、いちばん不思議に思っているのは駒子なのだ。猛夫は里美と駒子が並んでいるところを見ても、もうなにも感じることがない。ふたりとも、自分にとって大事なことには変わりがないのである。

十八で家を出て、親戚の誰とも連絡を取り合わなかった春生は、家族の席に座りながらどこか他人のような気配を漂わせている。夫とふたりで交互に赤ん坊をあやす姿は、時代の移り変わりを感じるとともに、猛夫の目には夢の残骸《ざんがい》のようにも映った。

娘をふたり嫁に出し還暦を過ぎた猛夫は、未《いま》だ落ち着かない己《おのれ》の心持ちをときどき疎《うと》ましく思い、苛立《いらだ》った。支払いを極限まで落としてからは少し生活も楽になっている。

負けが込むと身動きが取れなくなる雀荘《ジャンそう》通いはやめられたが、ふらりとパチンコ屋に足を運ぶことは続いていた。

乱れ飛ぶ銀色の玉を目で追っていると、やり残したことが波のようにその身に打ち寄せてくる。理髪職人であったときに「このままで終われるか」と一念発起した日が舞い戻って来るのだ。

いったいこの焦燥《しょうそう》はなんだろうと玉に問う日々が続くなかで、認めたくない事実として老いがあった。

恩師を葬《おく》り親を葬り、いくつもの別れを経てもまだ砂粒ほどの悔いが猛夫を駆り立てている。浅い眠りでは必ず、小樽《おたる》の全道大会で前髪の整髪が間に合わなかった夢を見た。週に二度、三度と見続けている。何十年経ってもあの一瞬を忘れられない自分が、いったいなにを欲して生きているのか、ときどきわからなくなった。

朝から新台入れ替えのパチンコ屋に並び、昼時にはもう五万円呑《の》まれた日だった。猛夫はこれ以上座っていてもいいことはないと諦《あきら》め車に戻った。

さてどこへ行こう――右へ行けば家に、左へ行けば釣り道具屋。そんなことを考えながらパチンコ屋の駐車場から車道へ向かう際、すっと見慣れた車が目の前を過った。

里美の乗る小豆色《あずきいろ》のチェイサーだ。今日は病院に行く日だったろうか。釧路町《くしろ》の大型スーパーにでも買い出しに行くところか。ならば昼飯を一緒に食うのも悪くないと思い、右に上げかけたウィンカーを左に変えて車道に出た。

里美のチェイサーは大型スーパーを通り過ぎ、病院とも違う方角へ向かっている。いったいどこへ行くんだろうと思いかけたところで、町はずれの住宅街にあるちいさな駐車場へと車を停《と》めた。運転席を出てトランクから布のバッグを取り出し肩にかける様子を、少し離れた場所から眺めた。

慣れた足取りで建物に入って行くのを見送ったあと、猛夫は車を降りた。自身がなぜこんなことをしているのかも胸に問わないまま、里美が入って行った玄関の前に立った。

「西島《にしじま》ダンススタジオ」とある。窓に大きなポスターが貼られていた。

——あなたも社交ダンスで新しい人生の扉をひらきませんか。

背がエビのように反っている女を両手で支えている男の写真を見ただけで、脳みそが二倍に膨《ふく》らんだ。これは怒りである。久しく猛夫の心中を見て見ぬふりをしてくれていた怒りが、ここぞとばかりに出口を見つけ流れ出した。沸点を超えた怒りを抱えたまま運転席に戻り、しばらく呼吸を整えるのに難儀した。

道路沿いのラーメン屋に入り、怒りにまかせて一杯腹に入れる。それでも収まりがつかず、釣り道具屋に立ち寄り、以前から買おうか買うまいか迷っていたヒラマサの極上竿《ざお》を買った。手元にはもういくらも金が残っていなかった。

我を忘れぬよう起こす行動のすべてが無意味に終わった。

家に戻ると、里美は何食わぬ顔で事務所の仕事をしていた。猛夫が手にする釣り竿を見て、「また買ってきたのかい」と軽口をたたく。

「悪いか、俺が竿を買ったら」

「悪いなんて、誰も言ってないっしょ」

夫の機嫌が良くないと察したのか、さっさと夕食の支度に取りかかる。猛夫はじっと里美の様子を見続けた。

ほうれん草のおひたし、たくあん、塩焼きの鯖《さば》。炊飯器が飯が炊けたことを報《しら》せた。

猛夫の怒りはさっぱり収まらなかった。

テレビのニュース画面から里美へと視線を移す。鯖を皿に移すところで鼻歌が聞こえてきた。足元でちいさなステップを踏んでいるのを見て、猛夫は里美の車の鍵を持って外に出た。

チェイサーのトランクを開けると、昼間見た布バッグが奥に押し込まれていた。引っ張りだし、車中灯で中を見る。金色のダンスシューズが入っていた。

力いっぱいトランクを閉めた。あまりの音に、眼下に広がる湿原が揺れる。頭上で、客室の窓が開けられる音がした。ちいさな舌打ちをして、布バッグを手に事務所に戻った。

折りたたみテーブルの上に鯖の皿を置いた里美の頭をめがけ、ダンスシューズの入ったバッグを振り下ろした。

頭を押さえて猛夫を見上げる里美の視線が布バッグで止まる。

もう一度、今度はバッグで横面《よこっつら》を打った。よろけて尻餅をついた里美の腹にバッグをたたきつけた。

「てめえ、よくそんなツラ下げて飯の支度できたもんだな、この野郎」

打たれた頰《ほほ》をおさえて、布バッグを握りしめる里美はなにも言い返さない。

「なんで俺に隠れてそういうことやってんだ。言ってみろや」

いいわけ出来るものならしてみろと、投げ出された脚を蹴《け》り上げた。声も上げず泣きもしない。謝りもしなければ反論もしない。猛夫がいちばん嫌なことをこうもすべて並べる里美も憎かったが、なによりも一度手を上げてしまったあとは抑えがきかなくなる自分が怖かった。

平手で頰を打てば、頭がねじれて壁にはねた。床についたままの尻を蹴り上げると柔らかな肉に包まれているはずの骨に足の甲があたりじんじんする。

止まらない――誰か止めてくれ。

このままでは殺してしまう、と思った矢先、客室から電話が入った。

はっとして赤いランプが点滅する内線電話を見る。頭に血が上っていて、なにをすればいいのかわからなかった。里美がよろけながら立ち上がり、電話に出た。

「冷蔵庫をお使いでしょうか――延長一時間と合わせまして五千四百円になります」

里美は足を引きずりながら会計を済ませ、シャッターの開閉を終えた。猛夫は晩飯が並んだテーブルを蹴り上げる。飛んだ皿で窓ガラスにヒビが入った。

翌日の昼時に倒れた里美は、駒子が呼んだ救急車で病院に運ばれた。腫《は》れ上がった顔を見た救急隊員が事情を訊《たず》ねたというが、猛夫はパチンコ屋に行っていたお陰で難を逃れた。

帰宅すると、駒子が病院からの電話を切ったところだった。メモを片手に立ち上がった駒子は、里美が朝から頭痛を訴え吐いていたのだと告げた。

「出勤したら、奥さんの顔がひどいことになってた。あんなんなるまで女を殴るもんじゃない。いま、病院から電話がきた。検査をしたら血圧が二百もあったそうだ。ほかの検査もあるので二、三日入院すると。明日の朝でいいので入院に必要なものを持ってきてほしいそうだ」

「いつ運ばれてもいいように、バッグに詰めてたのがあったべ。あれを持って行けばいいんだな。明日の朝、行くから」

タケ――

駒子から社長ではなくタケと呼ばれると身がすくむ。幼いころからの悪行を並べられるような、いたたまれぬ気持になる。そこに座れと言われ、床にあぐらをかいた。

「タケ、お前がそんなになったのは、この駒子のせいかもしれんなあ」

思いもよらぬ言葉に顔を上げる。駒子の慈悲深《じひぶか》い目が、深い皺《しわ》に囲まれていた。

「駒子のことは、関係ねえだろう。俺とあいつの問題だべ」

「五十を過ぎると女の体はあちこち故障が起きるんだ。病院にかかったってはっきりした原因はわからない。毎日あっちもこっちも痛いもんなんだ。なんでわかってやれん」

「知らねえよ、そんなこと。俺だっていろいろ我慢してんだ。お前にああだこうだ言われると、死にたくなるからやめてくれ」

駒子はひとつ大きなため息を吐《つ》き、首をぐるりと回した。どの関節なのか、ぽきりといい音がする。

「お前が死にたくなる以上に、奥さんも春生ちゃんも実生ちゃんも泣いてきたんだ」

猛夫は気づかなかったが、五十を過ぎてからの里美はふさぎがちになり日中ぼんやりとすることが増えたのだという。動悸《どうき》や激しい落ち込みで、病院をあちこち変えているうちにたどり着いたのが精神科と聞けば、ひやりとする。

「お前が札幌《さっぽろ》の奉公先から室蘭に戻ったときと、おんなじだ。うつ病なんていう診断、室蘭の医者はしなかったろうけどもな。タケ、お前の人生に巻き込まれて泣いてる人間がいることだけは、忘れたら駄目だ」

なにか趣味を見つけて、自分が楽しいと思うことをしなさいという医師の言葉に、しばらくはぼんやりとしていた里美だったが、やっと見つけたのが社交ダンスだったという。

「社長はパチンコ、奥さんは社交ダンス。ここで働いてるパートにしたって口さがないもんだ。それぞれいろんな事情があってのことだとは、誰も思わないべ。タケ、なんでお前はそうなんだ。なんで周りに感謝できない。なんで優しくしてやれないんだ」

駒子に切々と語られ、問われていると怒りも悲しみもすべてが萎《しぼ》んだ。

「なんで、ったって俺にだってわかんねえ。怒らせなけりゃあいいことだべ。俺が嫌がることしなけりゃいいべ」

「お前は、なにがそんなに嫌なんだ。駒子に言ってみれ」

猛夫はゆっくりと自分に沈み込んでみる。駒子が低い声でする問いは絶対で、睨《にら》まれたら何もかも腹から吐き出さねばいけないような気持になった。

ひとつ、心当たりを見つけた。

「あいつは、なんにつけ鳥原《とりはら》の親父と俺を比べるんだ。飲むことも打つことも買うこともしない、しがない床屋で女房子どもを養って、弟子を一本立ちさせて、ただ仕事と釣りばっかりやっていた鳥原の親父と、俺を比べる。あんな亭主なら奥さんは幸せだべねって厭味《いやみ》言われて殴ったことがある」

気が遠くなるほどの沈黙のあと、問われた。

「殴って、どう思った」

「どうも思わねえよ。ただ、黙らせたかっただけだし」

「相手が黙れば、お前はそれで満足するのか」

「満足もなんも、黙っててくれればそれでいいんだ」

心臓はひりひりするのだが、ひとつひとつ言葉にしているうちに悲しみが増してきた。

「駒子、俺やっぱり駄目な男だなあ。情けねえなあ」

駒子も「うん」と頷き、本当だなあと返す。

「世間様からみたらおかしなことだろうになあ、わたしがここで長く厄介《やっかい》になってるなんてことは。お酌《しゃく》も作り笑いも要らない仕事を世話してくれてありがたかったよ、タケ。最初はお前の商売が軌道に乗ったら温泉に戻るつもりだった。けど、こんなに長く世話になってしまって。本当に申しわけないことをしているのは、このわたしのような気がしてきたよ」

猛夫は言葉を挟むことも出来ない。なにかひとことでも言ったら、駒子が明日にでも消えてしまいそうな気がして怖いのだ。

「タケ、お前も好きに生きてるかもしれんけど、本当の放蕩者《ほうとうもの》はわたしなんだろう。金で売られたり、体を売ったり、踊ったり飲んだり。まったく恥ずかしい人生だ。あげくの果ては、幼なじみの一家に寄生虫みたいに取り憑《つ》いて、奥さんや娘さんに取り入ってはいい顔をして。誰にも決して悪くは言われないような場所で、のうのうと生きている。室蘭に艦砲射撃があった日、誰がこんな一生を想像したろうなあ。女将《おかみ》さんも草葉の陰で泣いてることだろうよ」

小声で「やめてくれよ」と言うしかなかった。もうやめてくれ。心の中では何度も何度も大声で怒鳴っているが、口から出たのは力のないつぶやきひとつだ。

「タケ、お互いずいぶんと遠いとこに来た気がしないか。こんな遠くまで来て、なんでうちらは同じ場所でこんな話をしてるんだ」

駒子の声が震えている。猛夫は必死で駒子の顔を見ないよう腹に力を入れる。泣いている駒子を見るくらいなら、目を潰《つぶ》したほうがましだった。

「タケ、お前がそんな男になったのは、わたしのせいじゃないのか。わたしがずっと、お前のわがままを聞き続けてきたせいじゃなかったのか」

もうやめてくれ——声にならなかった。

いくら待っても晴れの日のない七月、高台から見る芦《あし》の原《はら》は霧に覆われた空の下に、黒みがかった絨毯《じゅうたん》を広げていた。

小雨には届かず、霧というには大粒の水滴が漂っている。外は五分も立っていれば全身が湿り、タオルも一日干したところでほとんど乾かない。

明け方に眠い目をこすりながら二部屋の会計を済ませたあと、猛夫はベッド代わりのソファーでひと眠りした。午前九時、だましだまし使っているボイラーの叫びを遠くに聞いているところへ、古参のパートが入ってくる。おはようございます、のあとはこちらが返事をしなくても仕事に取りかかる毎日だ。掃除の指示を書き込んだホワイトボードを読み上げる声も、毎朝のこと。

――リネンセット三つ、ビール五本、十時までに終わらせて、あとは洗濯と。

ここから昼過ぎまでは里美が事務所に降りてくる。午後二時になれば、駒子がやってきて、里美と交代だ。これならば病院通いも出来るし、買物にも行ける。もうダンス教室に通っていると思えない理由は、里美の毎日の不機嫌だ。

いつの間にか出来上がった、三人体制だった。

その駒子も、以前のように掃除に走る体力はないと漏らすようになった。七十と聞けば、階段を駆け足で上ったり下りたりが怖いというのもうなずける。高血圧と糖尿の里美に倒れるほど無理はさせられず、かといって一切の仕事に触らせないというのは里美の自尊心が許さない。

いつからか里美は、猛夫と駒子の仲を疑うようになっていた。気がすぐれぬ日、するりと訊ねられたことがある。

駒ちゃんとは、どういう付き合いなの――

だから室蘭時代に世話になった人の――

その人って、誰なの――

俺を育ててくれた旅館の女将さんの親戚だって――

娘、って言ってなかったかい――

里美はそれ以上問い詰めることをしなかった。確信があるのかないのか、問い詰めて猛夫がおかしなぼろを出すことを望まなかった。もう、夫としても男としても猛夫は期待されていない。それよりは駒子を頼りにしているのだろう。

冷たいタオルで顔を拭《ぬぐ》った。タオルも着るものも、なんだか乾ききらない布の嫌なにおいがする。空気の入れ換えをしようにも、外のほうがはるかに湿気《しけ》っているのだから困る。

洗面器を台所の下に戻し、ふと壁に掛けた画用紙大の鏡を見た。充血した目はくぼみ、顔はもともとの色黒に血色の悪さが加わりなんとも形容しがたい色だった。頬が痩け、歯の具合も悪い。歯医者に行けば何本抜かれるか、想像するだけで尻込みだ。

最近、朝が来るたびに「疲れた」と思うことが増えた。廃材の城をどうにかこうにか保《も》たせて来たが、猛夫自身が日常に疲れを感じ始めている。支払いも極限まで落として、月に二十万円。リース会社もそれをよしとしていた。もう、元金は払い終えている。建物の老朽化もひどいので、そろそろ終わりにしたいと言えばそこで終わる。

毎朝のように猛夫を落ち込ませているのは、ある予感だった。

駒子が膝や腰の痛みに加えて、体調不良を訴えて休む日が増えていた。週に一度の休みはあるが、振り替えているうちに三か月休みなしで働かないと穴埋めが出来なくなっている。そんなことは気にせず、体を優先してほしいということは里美を通じて伝えているが、最近はひどく弱気であるという。

二階から、里美が降りてきた。眉を描いているしシャツとジーンズに着替えてもいるので、今日は体調もそう悪くはないのだろう。

「朝ご飯、食べて出かけるのかい」

「いらねえ、パチンコ屋でパンでも買って食う」

正直なことを言えば、甘いものの摂《と》りすぎで胃のあたりがしくしくと痛い。空《す》きっ腹に市販の胃腸薬を飲むが、さっぱり効かない。あんパンもクリームパンもいけないとなれば、コッペパンか。そんな、戦後じゃあるまいし。

「いや、なにか食うもんあれば、こっちで食べていくかな」

「わたしは昨日のご飯を温めて、納豆と味噌汁かな。それでいいなら」

里美との食事は、さっぱり旨《うま》くない。心底貧乏が染みついた里美にも、旨い飯というのはないのだろう。スーパーで買ってくるものは値引きのものばかり。果物も、今日明日で腐りそうなものばかりだった。少しはまともなものを買ってきたらどうなんだと文句を言えば、そんな金がどこにあるのかと返ってくる。

実際、誰と食べても、猛夫にとって旨い飯というのはなくなっていた。

「胃の調子が悪いから、納豆を食うと腹が張る。飯と味噌汁でいい」

あ、そう、と言うのみで、猛夫の体調を里美も気にしなくなっている。ありがたいといえばそうだし、がっかりするのも格好がつかない。

里美の用意した飯と味噌汁を腹に入れて、猛夫は外に出た。

ここから一日、家以外のところで暇を潰すのである。家で体を休めるとか、睡眠不足を補うとか、体調を整えるという発想はない。

事務所を出る際に、持ち手の付いた箱形の金庫から一万円札を三枚抜き取った。里美の視線が手元に注《そそ》がれていることにも気づいているが、ほぼ毎日のことだった。平たく数えても、半月で三十万は持ち出していた。増える日よりも溶かす日のほうが多い。一度はやめると宣言して毎日を海釣りに切り替えたものの、雨が降ったところでパチンコに戻ってしまい、長くは続かなかった。猛夫のパチンコ屋通いは、よく隣り合わせになる馴染《なじ》みに言わせると「不治の病」なのだそうだ。

不治の病ってことは、死んでも治らねえってことだよな。ひとりごちながらの信号待ち、ぼんやりしていたのか後ろの車にクラクションを鳴らされた。舌打ちをしながら発進したものの、なにを間違ったのかいつものパチンコ屋を通り過ぎていた。

どこへ行くということもなく真《ま》っ直《す》ぐ車を走らせてみた。実際に走ってみると、四つ角が来ても曲がらないというのはけっこう面白いものだった。意思がなくてもどこかにたどり着く予感は心地良い。太い川が蛇行する町は、道路も同じようにくねくねと曲がり続けた。

猛夫は角を曲がらずどこまで行けるか試してみることにした。

十分も走らぬうちに車はロータリーを見下ろす急な坂をらせんを描いて上がり、上りきったあとは傾斜も緩やかに真っ直ぐに下りてゆく。

突き当たりに、千代《ちよ》の浦《うら》海岸があった。

車を停めてしばらく黒い海を眺めた。空を覆う厚い霧の蓋《ふた》は、沖にはなさそうだ。猛夫の居る場所にだけいつも厚い蓋があるような、不思議な気持になる。胸から鳩尾《みぞおち》にかけてしくしくと収まらない鈍痛を抱え、沖まで出るにはどうしたらいいのかを考える。

駒子も自分も、年を取った。熱くお互いを欲した日々が嘘《うそ》のように凪《な》いだ。駒子の老いは、そのまま猛夫の老いでもある。近くにいるがゆえに、肩を抱くことも甘えることも、体の痛みを訴えて優しくしてもらうことも出来なかった。猛夫はいま、自分がどうしたいのかよくわからずにいた。体を厚い霧が覆っているみたいだ。霧は盆を過ぎても秋が来ても、晴れそうもないのだった。

行き止まりの海岸から、さてどちらへ曲がろう。猛夫は少し考えて、左側にある市営の墓場よりはと、右の高台を選んだ。

急な上り坂の途中、刑務所の門と塀の前を横目に見る。なにやら自分がここに厄介にならないこともひとつの運だったかと、笑ったところで内側の何かが一枚剝がれた。

ゆるい速度で閑静な住宅街を往《ゆ》く。街路樹も太く、大ぶりの枝が歩道を覆っていた。こんなところに住んでいるのは、この土地に長い地主か大きな会社の社長連中に違いない。猛夫の内側のささくれに、またおかしな卑屈《ひくつ》さが舞い戻ってくる。

坂を上りきると、今度は下り坂。昔は遊郭《ゆうかく》や金貸し、港の実権を握っていた者たちが住んでいたという旧市街だった。いまはもう、市内を見渡せる米町《よねまち》公園と厳島《いつくしま》神社くらいしか見るところもない、静かな地域だ。

いつかこんなところに住んで、毎日のんびり竿を振る生活が出来たら――

誰にも言ったことがないし、老後のことなど口に出したこともない。けれどいま、漠然と猛夫の脳裏を過るのは、十年後の自分だった。

もうひと旗と思う気持と、ひりつく心をパチンコ屋でなだめる毎日が、海の見える旧市街で交差する。猛夫はいま、どっちにも折れることのできない道を前に、立ち尽くしていた。

このまま終わるのか――

もう少し進むのか――

晴れることのない天蓋《てんがい》のような霧が町を覆うなか、車を降りて太い街路樹を数えるように辺りを歩いてみた。里美は、鳥原が死ぬ数日前まで店に立ち続けたことを「見事な職人」と称《たた》えた。里美が鳥原の思い出話をするたび猛夫は、いつまで経っても貧乏だったじゃねえか、と肚《はら》でつぶやいた。

貧乏だったが家族にはよい父、弟子たちにはよい師と惜しまれる。猛夫はいつも「それでいいのか」と問い返す。いい人、いいヤツ、いい先生。そんな呼び名を遺《のこ》して死ぬのが本当にいい人生なのかと問い始めると、出口などどこにもなさそうな迷路へと入ってゆく。

自分が揚げる「もう一旗」は、いったい何だろう。

坂の上をぶらぶらしていた猛夫の目に、「売家」の看板が飛び込んできた。

鉄製の門に勝手門もあり、門の隙間《すきま》から中を覗《のぞ》くとブロックを敷き詰めたエントランス、背の高い立派な玄関ドアがあった。南側には広い芝生があり、芝生を囲んでいるのは高い塀だった。

こんな家、誰が買うんだ。

敷地面積はざっと八百平米だ。二階建ての家は木々に囲まれており、外からはすべてが見えないようになっていた。

なんで、売ってんだ――

猛夫の興味はこんな家を手放す気になった家主のことや、広さや築年数、そして価格へと傾いてゆく。さぞ目の玉が飛び出るような金額を提示されるのだろうと思ったところで、それまで鳩尾に居座っていた痛みがすっと消えた。

「売家」の看板の下に書かれていた不動産屋の名前を頭にたたき込み、走って車に戻った。運転席に滑り込み、グローブボックスの奥に入れっぱなしになっていたボールペンを手で探る。指に触れたペンで、左手の甲に急いで書き込んだ。

「門脇《かどわき》不動産」

市内ではよく聞く社名だし、あちこちで看板を見る。もしかすると、という気持を止められなかった。願いは、手の届く金額であることと、なによりも敵がいないことだった。

家に戻り、事務所に顔も出さずに階段を駆け上がる。こんな気力がまだ自分に残っていることがただ楽しい。

電話帳で番号を確かめ、すぐに電話をかけた。

――はい、門脇不動産でございます。

品のいい受付嬢の声がする。いままで出会ったこともない、筋のいい会社だ。

「千代の浦海岸の坂を刑務所のほうに上がり切ったところにある売家のことで、ちょっと話を聞きたいんだけど。担当さんは、いるかい」

少々お待ちください、のあとによく聞くオルゴール音が流れ出した。一分近く待ったろうか、切れたときは文句のひとつも言おうかと構えていたところへ、低い男の声で「お待たせしました」と来た。

「宮浦《みやうら》の物件のことでの、お問い合わせでしょうか」

「あの辺を今日たまたま通りかかって見たんだけども、大きな家が売りに出ててな」

「刑務所の坂の上となると、当社では一番地の物件を取り扱っておりますので、おそらく」

「あそこ、いくらなのか、教えてくれないか」

「いくら、と申しますと、土地と上物《うわもの》すべて含めた現在の価格ということでございましょうか」

あたりまえだろう、という言葉を呑み込み「そうだ」と返した。

「上物があってもよろしいということでございますね」

あんな上等な家を壊すなんて、そんなことは考えていない。土地だけ買ってどうするんだ、とその念の押しかたに軽く苛立った。

「そうだ。家と土地、出来れば築年数と空き家になってからの期間も知りたい」

空き家の期間は五年と、思いのほか長かった。そんな長期間買い手がつかなかったことも驚きだったが、なにより猛夫を驚かせたのは担当がすぐに価格を言わなかったことだった。

「明日の朝からご内覧が可能です。まずは物件をご覧になられて、そのときに価格を含めて詳しいことをご説明申しあげたいと思います」

午前十時に物件前での待ち合わせを約束して、電話を切った。

買う買わないは別として、といういいわけを自分に許しながら、しかし手に入れられるのならばという思いが時間ごとに膨れ上がってゆく。

空っぽに近かった猛夫の内側が、期待で充満してゆくのがわかった。久しぶりの感覚だ。常識では届かぬところに手を伸ばす。猛夫の来《こ》し方《かた》はその連続だった。

それは現在がどんな景色だろうと、頭の中から全身に行き渡った気力が見せる夢だった。

内覧――

あの家が欲しい――

そこからまた拓けてゆく未来があるような気がして、猛夫の心が躍る。

いま、あの家が欲しい――

夏祭りや花火大会、盆のかき入れ時も終わったあとは、急に暇になった。毎度のことだが、疲労が色濃くなるのも九月あたりだ。

駒子と古参のパート一名、里美の三人でだいたいの仕事はまかなえる。昼と夜のパートが三人ずついた時期よりも、支払いが少ないぶん生活も落ち着いていた。

落ち着けば落ち着かなくなる。それが猛夫の性分だ。欲しいものが目の前に現れるといてもたってもいられないというその性分が、猛夫を今まで生かしてきた。

坂の上の家を内覧してから、一か月と少し経つ。

猛夫はどうしてもあの豪邸を手に入れたくて仕方なかった。門は鉄製で、全開すれば車がすれ違えるくらいの幅があった。御用聞きが使う勝手口とて、立派なドアだった。玄関前のエントランスにはざっと車が六台、余裕で駐車できるスペースがある。庭は圧巻で、隣接した家の窓からはこちらの敷地が見えないようになっていた。よく手入れされた松の木が青々とした葉を茂らせており、どんな曇り空の下でも、そこだけは光が降り注いでいるような、不思議な庭だ。

――こんな芝生の庭で、いったいなにをするんだ?

――以前のオーナー様は、ゴルフがご趣味だったそうです。芝生の手入れには今も業者を使っておりまして、それは当社が負担しております。

――それでも五年売れなかったってのが不思議だよな。

猛夫が不思議がると、担当が「まずは家の中をご覧ください」と言った。

建物の築年数は二十年。高台は地盤も良く、傷みもほとんど見られない。門も外構も、文句なしの贅沢《ぜいたく》ぶりで、いやが上にも気持は高まった。玄関扉は二重になっており、ドアの中には総ガラスの扉がある。どこのホテルだろうと思うくらいの重たいガラスを抜けると、事務室よりもはるかに広い玄関ホールがあった。左が応接室だという。

二十畳の洋室の壁は、目立たないが取っ手が付いており、おそるおそる開けると奥行き一メートルのひょろ長いスペースが現れた。

——いろいろな使い方が出来たようです。オーナー様のご友人が集って、ここでパーティーなどもされていたようで。この扉を開け放って、ギターやサックスの演奏会なども開かれていたと聞きます。

ホテル建築で壁紙がだいたいの価格かは知っているつもりだったが、このなんの変哲もない白いエンボス仕様の壁が、どれほど贅《ぜい》を尽くしたものかくらいは猛夫にもよくわかった。

玄関の左側が他人が出入りする場所で、右側には幅の広いらせんの階段があり、その下が来客用のトイレになっていた。その先に続く細めの廊下が、他人の侵入を拒んでいるような造りなのも気に入った。

しかし猛夫の心を最も躍らせたのは、リビングだった。

のびのびと、しかし心地よく暮らすには充分な広さだ。たっぷりとしたレースのカーテンを開けば窓が全面ガラスの壁になっており、昼間は中が見えないという。木製の引き戸をすべて開け放てば、次の間と繋がり、より視界が広がった。ドアを開ければ広い台所があり、裏口の横にはボイラーが設《しつら》えてあった。

——電気を止めておりますのでご覧いただけないのですが、引かれておりますレースの上からかかる本カーテンは上下の電動開閉式になっております。

風呂はひと坪半、洗い場も湯船も大きい。こんな広々とした家の奥にはまだ部屋があった。リビングを抜けると、もうそこからは他人は間違いなく入ってこない場所になる。廊下の壁はすべて収納式になっており、寝室には四畳半ものウオークインクローゼットがあった。

猛夫は、いちいち驚かないよう努めるのに必死で、出来るだけ価格をたずねるのを先延ばしする。喉から手が出るほど欲しくても、欲しい素振りは最小限だ。

ひととおり眺めたあとで、腕を組んだ。大きな窓のそばに立ち、どこか難癖つける箇所はないかと目ばかりくるくると動かすが、期待が邪魔をしてどこも良く思えてしまう。

――いかがでしょう、内側を眺めるとまたお気持も変化ございましたでしょうか。

まあな、とどちらでも取れるよう曖昧に返した。

――ご購入をご検討いただけるよう、祈っております。

うやうやしく頭を下げたその頭頂部に向けて、訊ねた。

――いくらだ。

――六千万でございます。

体を起こしてすぐに出てきた数字に、大きく満足しつつ失望した。そんな金はない。

――まあまあ、ってところかな。

猛夫はしかし、まったくそんな表情は浮かべなかった。二十年のうちに味わった苦いものが、ここは不快な顔をしろと指図する。五年も空き家だったのだから、言い値で買うつもりはまったくなかった。

――わかった。下げる気になったらいつでも言ってくれ。

担当の頬に「おや」という気配が浮かんだのを見逃さなかった。ここからはお互い肚の探り合いである。それぞれが痛み分け、あるいは猛夫が少し得をするところで終わらせるのだ。

日中はこっそりと近くに車を停めて、宮浦の家の周りを散歩することが増えた。坂を上ったり下りたり、近くのラーメン屋に立ち寄ったり、古い建物の残る神社の周りも歩いた。歩いて行ける場所に、街を作った旧家や寺社、名を成した人びとの実家が重要文化財として並んでいるのも気持がよかった。

この界隈《かいわい》に家を持ち、さて自分はなにを始めようかと思うだけでいてもたってもいられない。毎日、千代の浦へ魚釣りに出かけ、たまには米町界隈、厳島神社まで散歩をする。

坂の下にある旧家の建物は、古文書の展示やカフェギャラリーとして営業している。旧家に入ったときに、いいコーヒーの香りがするのが気に入って、何度か足を運んだ。ゆっくりと街の歴史的建造物の一角でコーヒーを飲んでいると、まるですべてのことがなにかの巡り合わせのように感じられる。壁には、額装された古い写真が等間隔に並んでいた。

秋の気配が、いっそう空を青くしていた日、猛夫は不意の雨のように思い浮かんだイメージに我ながら驚いた。

玄関脇にあったあの応接間を、絵画や写真のギャラリーにして貸し出すのはどうだ――

金持ちの道楽のような景色が頭いっぱいに広がる。駐車場はあるし、ギャラリーとして貸し出せば、さまざまな客が訪れるだろう。

顔の見える客が来る場所――

それが、猛夫の思い描いた次の目標となった。

後ろめたい男女を待つ商売から、今度は自分をより大きく見せたい人種が集う場所の提供へと心が動く。

窓はそのままでも遮光カーテンを下ろしてもいいだろう。それは展示物によって変わる。あの白い壁にぐるりとピクチャーレールを取り付け、高い天井からは四方に散らせるライトを取り付ける。そのくらいはいくらも掛からぬことだ。

今まで幾度となく廃材で建てられたホテルを改修し生きながらえてきた経験が、あの建物に住みながら出来る商売と初期投資をはじき出してゆく。

高台を散策するたびに、猛夫はこの街の住人になりたくて仕方なかった。当然パチンコ屋へ足を運ぶ回数も減った。自分の人生の、長い長いイントロを経て、やっと歌が始まったような気がするのだ。

次の計画を背中に隠して帰宅すれば、里美が警戒して無口になった。それでも猛夫の妄想は止まらない。「ギャラリー」という使い途《つかみち》と、そこのオーナーという立場は、あの場所に最もふさわしいのではないか。

いきなり画廊をやるのは絵画に疎い猛夫にはハードルが高い。けれども、あの場所で自分の作ったものを披露したい人間は必ずいるはずだ。

廃材で出来た城を二十年も守り続けてきたのだった。財というほどのものは生めなかったかもしれないが、学んだことはたくさんある。披露できない屋根裏や腐りかけた柱、一枚めくれば黴《かび》だらけの床、陽に照らされれば廃屋同然の客室にはもう、一銭もかけたくなかった。

宮浦の家の周りを散歩した日は、近所のラーメン屋で周辺の地価などを訊ねたりもした。ラーメン屋の店主は伯父から店を譲り受けた二代目で、生まれたときから宮浦に住んでいる人間よりは気さくな印象を受けた。

「このあたりに家を持ちたいんだけども、いい物件はないかねえ」

「お客さん、このあたりは地主も古いんだよ。相続で繋いできた土地と家を、手放すってのはよほどの理由があると思うがねえ」

「たまに、売りに出てるのは見るけどもなあ」

猛夫がにおわすと、店主の眉間にうっすらとした皺が寄った。

「そこの角をちょっと海側に行ったところにある大きな家、あれはどうかねえ」

店主が「ああ、あれね」と言って冷蔵庫からネギを取り出し刻み始めたので、それ以上会話は続かなかった。

家というよりは邸《やしき》と呼ぶにふさわしい住まいのことを、店主も知っているのだ。そして猛夫があの家を買うかもしれない客と気づいていてなにも言わない。

俺みたいな人間の手に渡るのが気に入らないのかもしれない。いや、そんな人間がラーメン屋のカウンターで地元の噂を欲していることに警戒しているのではないか。

そんなふうに思うと余計に愉快な気持になっていった。

海側に下りれば、目立たない場所にちいさな間口の喫茶店がある。猛夫はそこにも入ってみた。七十前後の穏やかそうなマスターが昼下がりに開店する店内でひとり、ジャズのレコードを聴きながら客を待っている。壁にかかったギターには誰のものかわからないサインが入っており、厚く埃《ほこり》が積もっていた。

二度、三度と顔を出すうち、少しは会話も出来るようになったので、思い切って訊ねてみる。

「このあたりに家を持ちたいと思って探してるんだけども、なかなかいい物件が出ないねえ」

マスターの顔が「あ、そうなの」とほころんだ。自分も、定年退職を機に地元に戻ってきて店を開いたのだという。

「この辺は、時間の流れがゆったりしているからねえ。目抜き通りは見る影もないけれども、それは歴史がそういう展開を選んだんだから仕方ないよね。それでも、土地の人間がその場所を大切に思っていれば、雑草の茂った空き地にはならないと思うんだよね」

子どもの頃から慣れ親しんだ景色の中で人生を終わらせたいなどという気障《きざ》な台詞《せりふ》を吐ける男は、東京に妻と子どもを残してひとりで道東に戻ったという。

「この景色を見せたら、妻も娘もすぐに東京に戻ってしまって。妻は僕と一緒に人生の最後を楽しめる気がしなかったんでしょう。まあ、みんなそれぞれ思い描く老後ってのは違いますね」

そう言って、コーヒーのおかわりをサービスしてくれた。

「いろいろ探してるけれども、この辺の人たちはなかなか自分の土地を売ったりはしないようだ。家は中古で構わないんだけどもね」

「中古ねえ」

マスターが次のレコードを探しながら「そうねえ」と二度呟いた。

店内に流れる音楽がジャズトリオからジャズボーカルに変わる。マスターはカウンターの隅にあるちいさな黒板に「ナンシー・ウィルソン」と書き込んだ。

いい声だった。自分もあの家のギャラリーで、いい音楽を聴いて過ごしたい。好みを優先すれば演歌かもしれないと思い、笑い出しそうになる。オーディオシステムはとびきりいいものを入れよう。いい音楽といい絵、あるいは写真。個展を開く側だって、少しでも環境のいい場所で作品を披露したいことだろう。

いい豆を仕入れ、客には旨いコーヒーをふるまおう。

そんな想像を駆け巡らせていると、瞬く間に時間が過ぎてゆく。猛夫の想像の中で、コーヒーを淹《い》れて運んで来るのはやはり駒子だった。ギャラリーのママは、穏やかな笑顔でのもてなしを知っている駒子しか思い浮かばなかった。

里美は、日々の飯の支度と家事。それ以外は好きなことをすればいい。社交ダンスを習っているときに感じた怒りは、猛夫に内緒で通っていたという事実のせいにした。今ならあれほど腹も立たないのではないか。

そして想像は枝葉を広げ、母のタミやきょうだいたちへと向けられる。やつらは猛夫がこんな家に住んでいると知ったらどう思うだろう——どうしたところで逃げることの出来ない人間関係の清算としても、誰も真似の出来ないことを成し遂げるのがいちばんだった。

ところでマスター、と切り出してみた。

「坂を上りきったところにある、大きな家。あそこはずいぶん前から空き家だって聞いたけど、立派なもんだねえ」

ここでも猛夫は眉間に薄い皺を見た。

「この辺りが好きでよく散歩しているんだけども、あんな家にいっぺん住んでみたいもんだなと思ったよ」

マスターはひとつ頷いて、前の住人が店の客だったと言った。

「週末になると必ず来てくれました。穏やかな人でね、ジャズの話でよく盛りあがりました」

ひとことずつゆっくり、嚙《か》むようにして言葉を放つ。視線は上がることなく、よい記憶ばかりでもないことが容易に伝わってくる。ぽつぽつと語られる住人の素性が、三曲目には明らかになっていった。

「先々代から続いた会社を駄目にしたことで、家族も友だちも彼から去って行ったんです」

破産した男は絶望の底で死を選んだ。首を括《くく》った場所は、猛夫が気に入ってやまない宮浦の家の応接間——事故物件と聞いて、猛夫の気持は秒を待たず決まった。この情報があれば、どのくらい買い叩けるだろう。もう、迷いが消えていっそ晴れ晴れとしていた。

九月二十六日早朝四時五十分、猛夫がその日最後の宿泊客の会計を終わらせた直後だった。床下からつよい震動が伝わり、建物全体がミシミシといやな音を立てて揺れた。一度座ったソファーから思わず立ち上がるが、足元がぐらついてとても歩けるような状況ではない。二階から、里美の悲鳴が聞こえる。階段を上ろうにも、斜めになって左右に歪《ゆが》む事務室から出られない。

テレビが棚から飛び出し、床に転がった。物が落ちる先に体を置かぬよう全身を縮めた足元に、ビデオデッキが飛んでくる。

巨大な人間が菓子箱を振って、その中に自分がいるようだった。

猛夫の肩に神棚に上げた米や塩が降ってくる。ミニキッチンのシンクで、昨夜飲んだコーヒーのカップが転がり躍る。次々と、なにが落下しているのかドスンドスンという音が響く。二階では変わらず、里美が叫んでいる。

いつ終わるとも知れない長い揺れ。いったい何分続いたのか。揺れが収まったところで、常夜灯が点滅して消えた。建物から電気を使うものが立てていた音がすべてなくなった。猛夫は手探りで懐中電灯を摑《つか》み、明かりを得た。

これまでも何度か地震にみまわれてきたが、補修をした箇所がすべて悲鳴を上げているのがわかった。揺れが収まったあとの建物が、いちどしんと静まりかえったあと、壁から天井から、みしみしと建材がこすれる音を立てる。

里美が二階から駆け下りてきた。懐中電灯の明かりの中にある猛夫の顔を見て、何の意味か首を横に振った。

夜が明け始めたところで、事務室ののぞき窓から外を見た。六室ある車庫のシャッターが二つ、天井から外れて地面に落ちていた。閉めていたシャッターが、すべてレールから外れてぶらぶらと揺れている。

ああ、と猛夫が短く呻《うめ》いた。背後では里美が電話を机に戻した。どれもこれも、コンセントが必要なものばかりで、停電のさなかでは役に立たない。

「客はぜんぶ帰ってる。よかった」

思わず口から出た本音に、ほっとした。

「上は、食器がぜんぶ飛び出して、簞笥《たんす》が倒れてる。テレビも転がって、足の踏み場もないよ」

里美の口調はいまにも笑い出しそうなくらい軽かった。

「こりゃあもう、直したところで使えそうもねえなあ」

「もう一軒建てるだけかかりそうだねえ」

猛夫は客室のバックヤードになっている長い廊下に出た。きなこをねじった菓子を思い出すくらい床が斜めに沈んでいる。二、三メートル歩いただけでめまいがした。掃除の出入りに使うドアは、鍵を掛けているはずなのに廊下側に開いている。閉めようにも、建物が歪んでしまっていて半分も戻らない。

客室への階段も気持の悪い音を立ててときどき沈んだ。客室の真ん中に、サイコロを振ったように冷蔵庫が転がっていた。

湯船の残り湯がほとんどこぼれ、開け放したままのトイレや客室に流れ込んでいた。じきに階下へと滲《し》みて落ちてゆくだろう。

失望は何度も味わってきた。もしかするとこれは絶望というものではないか。実際に目《ま》の当たりにすると、感情が死んだ。

震度は体感で六を超えている。地震の多い町ではあったが、今までよりもはるかに建物の被害が大きかった。

朝焼けのなか、外から建物を見てみた。ひょろ長い建物は湿原側に反り、倒壊寸前だ。もうひと揺れ来たら、どうなるかわからない。事務所のある住宅部分と客室のあいだには大きな亀裂が入り、壁材がぶら下がっていた。

猛夫の城は崩れた。

事務所に戻り里美とふたり、売り物の缶コーヒーを飲みながらぼんやりしていると、余震が何度も襲ってくる。そのたびに外ではぶら下がったシャッターがレールにぶつかりやかましい。どこに連絡がつくわけでもなく、ただ世界から取り残されながら廃材の城に閉じこもっていた。もうひと揺れ大きなのがきたら崩れた屋根の下敷きだろう。

それもいいんじゃないのかと思い始めたところで、ふるりと体が震えた。

玄関のほうから「社長、奥さん」と叫ぶ声がする。里美が事務所を飛び出した。ゆるゆると猛夫も出てゆく。閉まらなくなったドアの前で、駒子と里美が抱き合って泣いていた。

「無事でしたか、良かった。とんでもない揺れでした。前回よりひどい。ふたりとも無事で、良かった」

駒子が里美の背中をさすっている。猛夫を見てうんうんと頷く駒子がいる。

男ひとりのわがままで、家族よりも深い場所に引きずり込んだ女だった。子どもたちを真っ直ぐ育て、嫁に出してくれた。駒子がいなかったら、どうなっていたか。

猛夫の目からやっと涙が出てきた。冷えた頬に熱いものが流れ落ちてゆく。

「お互い、無事で良かったな。命あればなんとかなるべ」

金庫と帳簿類、書類のすべてを毛布に包み、衣類や身のまわりのものを段ボールに詰め、二台の車に分けて積み込んだ。

坂の下にある駒子のアパートの前に車を停め、猛夫は車内でラジオを聴き、里美は部屋で休むことになった。ガスコンロがあれば湯は沸かせる。駒子が車までカップ麺を持ってきてくれたときは、器の温かさにまた涙が出た。

「奥さん、お薬を飲ませました。少し横になるそうです」

駒子の部屋は比較的地盤のいいところだったらしく、瀬戸物がいくつか割れただけで済んだらしい。里美とふたりで駒子の部屋にいるのは、とても耐えられそうになかった。ラジオで災害情報を聴くから、といういいわけを里美は信じたようだ。

「これから、どうするかなあ」

カップ麺をすすりながら、誰に向かってでもなくつぶやくと、運転席の窓の横に立っている駒子が静かに「また自由になったんだよ、タケ」と言った。

久しぶりにタケと呼ばれて、社長の役から解かれた気になった。

「駒子、震度六だってよ。ふざけてるなあ。俺ぁまた文無しだ。今度はいったいどこに行くんだろうなあ」

「タケなら、どこでも行ける。お前は好きなところに行けばいいんだ」

「そう言われてもなあ」

堂々巡りの会話の中で、ぽつんとひと粒、脳の一箇所だけ雨に打たれたような刺激があった。

おや、とその刺激の在処《ありか》を探す。駒子がなにか言っているが、聞こえない。猛夫は必死でいま自分の脳裏に降ってきた刺激を追いかけた。

「タケ、どうした。タケ」

駒子に名前を呼ばれると、若い頃に戻った気がする。いつだったか、こんな気分は。ああ、と頷いた。室蘭の、防空壕《ぼうくうごう》から出てきたときそっくりだ。

艦砲射撃で町が死んだ日を思い出せば、なんと長い時間を生き延びてきたことか。猛夫は今日も自分の横に駒子がいることの不思議を思った。

無意識に追いかけていた脳の刺激が、今度は猛夫自身を揺らした。

「なんでもねえ」

「そうか、それならいい」

駒子が部屋に戻ってゆくのをドアミラーで見送り、カップに残っていた汁まで飲み干した。

いま猛夫の脳裏に映し出されているのは、宮浦の家だった。

猛夫は毛布の中から二冊の帳簿のうち一冊を引き抜き、運転席に戻って開いた。決して表には出てこない金が、里美の几帳面な数字で書き込まれてある。

現金収入、家族経営、建物はとっくの昔に減価償却ゼロ。資産のかけらもない、生きているだけで御の字のような日々で、里美とふたりで貯《た》めた金だった。

現金はすべて里美が管理している。小遣い銭を持ち出しては文句を言われながらやってきたが、裏側では里美が帳尻を合わせていた。

税理士も知らない金が、里美の懐にあるのだった。

帳簿に載っているだけで二千万あった。里美なら、載せていない金もあるはずだ。

これはもう、女房のへそくりという額ではないだろう。どうにかして、里美からこの金を引き出して――

そして――宮浦の物件を手に入れる。

ラジオから流れてくる災害情報で、太平洋側のほとんどの港に津波が来たことを知った。苫小《とまこ》牧《まい》の原油タンクから火が出て燃え上がったと聞いて、急いでガソリンスタンドへと走った。入るだけ入れておかねば、いつ手に入るか分からない。案の定どこのスタンドも車の長い列が出来ていた。

水を求めて給水所に行けば、ポリタンクを抱えた人間がここにも長蛇の列を作っている。駒子の部屋に水を運び、里美の様子を見た。思ったよりもしっかりしている。血圧もひどいことにはなっていないようだ。

タンクの水を受け取りながら、玄関先で里美が言った。

「タケちゃん、落ち着いたらどこか住めるところを探してちょうだい。ちいさな家ならなんとかなると思うから」

うん、と頷き車に戻る。金庫には当面のぶんしかないが、里美の懐には「ちいさな家」を買えるくらいの金があるのだった。

余震も収まり復旧に向けて町が動き出したところで、猛夫は事務所に戻り再び不動産屋の担当に連絡を入れた。建物はもう、いつ盗人《ぬすっと》が入ってもおかしくない状態になっている。ホテルの門にロープを張って、立ち入り禁止の札を下げたが気休めだろう。

「どうも、先日宮浦の物件を見せてもらった者です」

電話口ではこちらの商売のことも自分が受けた被害にも一切触れず、不動産屋が被《こうむ》った物件の状況などを訊ねてみる。

「販売物件も相当な被害だったんでしょうねぇ」

「ええ、事業所も昨日やっと動き始めました。まだ出てこられない社員もいます」

世間話などしている暇はないのだ、と言いたげなところへ、さっと用件を持ち出した。

「そんなときに何ですけど、宮浦の物件をもう一度見せてもらえませんかね」

担当が一瞬黙った。上客なのか冷やかしなのか、電話では判断がつかないに違いなかった。今日明日はちょっと、と肚をさぐられた。

「そちらのご都合がつかなければ、またそのうちってことで、じゃあ」

「このお電話、切らずに少々お待ちください」

最後まで聞かず、保留のオルゴール音楽がかかった。猛夫の目の前には廃業を余儀なくされたホテルの惨状が広がっていたが、手にした受話器の向こうにある沈黙を悪い間だとは思わなかった。一分ほど待ったところで、担当が「お待たせいたしました」と声を改めた。

「本日、一時間後ならば少しお時間を取ることが出来ますが。かまいませんか」

「今日、これからですか」

「いろいろと事情もございまして、今のところ一時間後にしか」

そんなわけあるか、と喉元まで出かかりながら、「かまいませんよ」と返す。手持ちの物件も被害を受けて、売り物になるまでには金も暇もかかるだろう。もしも宮浦に寝かせている物件が売れれば、会社にとっても悪い話ではないはずだった。

車に積んでいた荷物のおおかたを、一度駒子の部屋に降ろした。里美は不安そうな表情を隠さない。猛夫が意気揚々としているときは何を言っても無駄なのだ。下手なことを言えばまた怒鳴られると思うのか、駒子の陰に隠れている。

「ちょっと、住むところを見てくるから。サトのこと、よろしく頼む」

ふと、いまの言葉は駒子へなのか駒ちゃんへなのか、言った猛夫もわからなくなった。

「はい、ご心配なく。行ってらっしゃいませ」

駒子だけが冷静にいまを見守っていた。

ひたすら真っ直ぐ車を走らせた。角を一度も曲がらずに見つけた物件だった。釧網《せんもう》本線と並行して走っていると元の「新川理容室」の前を通る。大家の婆《ばあ》さんはもう生きてはいないだろうが、塗り替えられて新しい看板を掲げた美容室はまだ営業を再開出来ていないようだった。

約束の十分前に宮浦の邸の前に着いたのだが、担当は既に門を開けて敷地内で待っていた。うやうやしく頭を下げたのを見て、猛夫の勝算も上がる。

「こちらの都合で、急なことを申しあげまして。本日はご検討ありがとうございます」

猛夫は軽く挨拶をしたあと、建物の周りをぐるりと見て回った。地盤はいいようで、エントランスに亀裂は入っていない。門を開閉してみたが、渋くなっている箇所もなさそうだ。中に入ってみると、これもまた造りがいいのか、補修の必要な部分というのは見つけられない。ひとり唸りながら内覧のやり直しをしていたところ、先日とは明らかにずれた場所に移動しているボイラーが目に入った。

「ああ、ここもけっこう揺れたんですね」

「先ほどこちらに来て、まあここだけが」

細かく探せばいろいろ出て来るんでしょうが、と前置きして訊ねた。

「価格は先日と同じですかね」

「お客様のご予算も伺っておくように、と社長から言付《ことづ》かっておりますが」

担当が胸のあたりで親指だけを折り曲げて見せた。猛夫は「ううん」とうなだれた。里美がどれだけ隠しているかわからないが、今後の生活のことを思うと、丸腰にはなれない。

首を傾《かし》げながら、指を三本立ててみる。

応接間へ消えた担当が三分ほどして戻り、言った。

「現状のままで、ご希望の金額でとのことです」

無事に引っ越しを終えた日、町に初雪が降った。

厚い雲は、海側へ行くと更に重みを増すようだった。里美と駒子に家を見せたのは契約を終えた後のこと。里美に吐き出させた金は二千万、それ以上はどこを探してもないと言い張るので、猛夫も折れた。里美がこつこつ貯めた金をすべて吐き出して無一文になるわけがないのだ。深追いすると、却《かえ》っておかしなことになる。それが証拠に里美は、今まで使っていたもの、衣類、生活用品のほとんどを捨てた。

どうにか荷ほどきを終えたあと、三人で近所のラーメン屋へ行こうということになった。夜明けの早い町は日が暮れるのも早い。外はもうすっかり暗くなっている。欲しかった家を手に入れて、猛夫は有頂天だった。

税理士と共有の帳面上にある未払いの利息は、リース会社が内々に損金として処理することになった。建物の惨状を見れば今後の支払いは到底無理と判断したのと、なにより元金だけはどんなことをしても払い続けたことが大きかった。

廃材は廃材なりに、己の仕事をまっとうしたのだ。「新川観光」は営業休止の届け出をし、眠りについた。

地震のあと、娘たちからは駒子を通して連絡が入った。札幌へと越した春生は無事を聞いて「良かった」と切ったようだが、実生のほうは里美の様子が気になるらしく何度も電話が入った。住むところなら函館《はこだて》で探すという実生には、もう家を買ってあることを伝えた。土地を売った金で買ったという話を鵜呑《うの》みにするくらい、娘たちにとって商売は縁遠いものだった。そんなうまい話があれば、猛夫も知りたい。

小上がりにラーメンを運んで来た大将が、猛夫の顔を見て「おや」という表情を浮かべた。

「この時間には、珍しいですね。今日はご友人とですか」

「いや、家族と」

「そうでしたか、失礼」

大将にはどっちが女房に見えたろうか。猛夫は並んでラーメンをすするふたりの女を盗み見た。七十の駒子は、猛夫のために生きてきた二十数年ですっかり老いた。川湯《かわゆ》にいれば、もっと気楽な生活が出来たろう。

里美とて同じようなものだった。猛夫を夫にしたばかりに、理髪師の腕を捨てた。

俺はなにか、間違ったろうか——

ふと浮かんだ疑問を、急いで振り払った。夜中に会計の電話で目覚め、ふらつきながら起き上がる生活が終わったのだ。成り行きとはいえ、終《つい》の棲家《すみか》も手に入れた。あのままならどう逆立ちしたところで、手に入るはずのなかった家だ。

理髪職人を続けていれば——俺はうまく枯れることが出来たろうか。

いいや、と猛夫は首を横に振った。

今でもまだ、小樽の大会で時間切れとなってしまった日の夢を見る。後頭部の仕上がりは完璧なのに、なかなか前髪が決まらない。焦《あせ》るばかりで時間だけが過ぎてゆく夢だった。

牛乳瓶の底のような老眼鏡をかけて鋏《はさみ》を持っている自分が想像出来なかった。これでいい、これしかなかった。言いきかせる声が体の底に響いた。

「ふたりとも、疲れたべ。今日はゆっくり休んでくれ」

駒子がなにか言いたげに猛夫を見る。どうしたのかと訊ねた。

「申しわけないんですけど、家まで送ってもらえませんか」

横から里美が口を挟んだ。

「駒ちゃん、お願いだから泊まっていって。二階に大きな部屋がふたつあるの見たでしょう。あんな大きな家に、わたしを置いていかないで」

里美が両手を合わせて芝居めいた仕種《しぐさ》で泣きついた。駒子は苦笑いを浮かべ、「そういうわけには」と首を傾げた。

駒子の辞退に里美の頼みはいよいよ具体的になった。

「これはね、駒ちゃんの生活のことも考えてのことなの。もう七十だよ、ひとりでこの先どうやって暮らして行くの。今までずっと少ない給料で頑張ってくれたお返しだと思って、ここで一緒に暮らそう」

ラーメン屋の小上がりでする話でもないが、里美のまなざしは真剣だ。追々、荷物も運び込もうと言ってきかない。

「だって、これからどこで働いてどうやって暮らして行くの。わたしはそんなに薄情な人間じゃない」

言い切られてしまうと、猛夫も出る幕がなかった。

駒子のことは、この先も自分がなんとかしようと思っていたのだ。ギャラリーを整える段階で、駒子に声を掛けることは決めてある。しかし里美は駒子の明日からの生活を案じている。

「せっかくのお誘いに申しわけないんですけど、今日はちょっと疲れたので、自分の布団で休みたいんです。奥さんにそんなふうに言ってもらえて、わたしもがんばってきた甲斐《かい》がありました。ありがとうございます」

丼《どんぶり》に入るかと思うほど深く頭を下げて、駒子が微笑《ほほえ》んだ。

里美を家に置いて、駒子をホテルの坂下にあるアパートに送ることになった。

「こんな広い家にひとりで居るのは気持悪いから、早く帰ってきて。駒ちゃんも、疲れが取れたら迎えに行くから電話ちょうだいね」

里美に何度も礼を言い頭を下げて、駒子が車の助手席に座った。

千代の浦海岸から左に曲がるところを、猛夫はマリンパークの駐車場へと車を入れる。ひとことでは収まらぬ礼を言うためだった。

「駒子、すまんかったなあ」

「礼を言われるほどのことでもない」

で、と駒子が声を落とした。

「いったいどんなことをしてあの家を手に入れたんだ」

「どんなこともしてねえよ。地震の前からずっと目を付けてた物件だった。地震の被害で不動産屋も大変だったべ。だから、ちょっと安くなっただけだ」

駒子は猛夫の嘘を問いただすこともせずひとこと「そうか」と呟いた。

「里美に先を越されてしまったけども、俺はあの応接室でギャラリーを始めたいと思ってる。画家や写真家の個展に使ってもらおうと思うんだ」

「タケが芸術に興味あるなんてのは、初耳だな。いつ思いついたんだ」

「家の中を見せてもらったときだ」

事故物件であることは、不動産屋との間でも決して口にしなかった。気にせず買える人間のひとりが、猛夫だったというだけだ。いっそ知らなかったことにも出来る。本当に怖いのは、幽霊なんぞよりも生きている債権者だ。

里美に言えばまた大騒ぎになる。けれども、と思った。今後のこともあるし、駒子には言ってもいいのではないか。

「死人が出た家だって話は聞いた。安いのには、そういうこともあるんだろう。俺には知ったこっちゃないけどな」

死人、と駒子が訊ねる。ああ、と答えた。盛大なため息が車内にこもった。

「別に、たいしたことじゃあねえだろう。どんな家にだって病人や死人は出る」

「そういうことじゃあない。お前がそうやって買い叩いた家に、なんも知らないで住むことになった奥さんのことも少しは考えないと」

「里美は神経質だから、絶対に言わない」

「お前は、この期《ご》に及んでまだ女房に隠し事をするつもりか」

反論できない。

「タケ、お前がつまらんことで女房子どもを叩いたり暴れたりするのは、あの人たちに本当に申しわけなかったと思ってる。いつの間にかこんな年になって、新しい土地に行くのも億劫《おっくう》になってしまった。春生ちゃんと実生ちゃんがお嫁に行ったところで辞めなかったのは、自分でも失敗だったと思う」

「駒子、そう言うなや」

「いや、よく考えればわかったことだ」

駒子は今後のことは自分で考えると言ってきかなかった。

「駒子、お前が脳梗塞で倒れたとき、俺ぁ自分も死ぬかと思った。これで俺の運も尽きたと思ったんだ。死ぬ気で祈ったんだ、あんとき。俺の人生でいちばん怖い時間だった。今さらどこかに行くとか付き合いやめるとか、そんな話はしないでくれないか」

「タケ、わたしはもう、この長くてつまんない芝居に疲れてるんだ。お前はそんなことも知らないで、自分の欲に正直に生きてる。そろそろこの芝居から解放してくれないか」

返す言葉を考えるより先に、肚に怒りが溜《た》まってゆく。

「なんでだ、駒子。今さら俺を捨ててどこに行くってんだ。どっちが先に死ぬかわからん年になって、なんでこんな話をしなくちゃなんねえんだ」

長い沈黙に耐えきれず、廃屋となったホテルの前まで車を走らせた。街灯のひとつもない簡易舗装の道路脇に車を停める。昼間、ここから使えるものを運び出したことが、ずいぶんと遠い出来事のような気がする。

「俺たち、このひでぇ建物に使われ続けてようやく楽になれたんだ。この先は、やりたいことだけやって暮らしたい。お前から受けた恩も、目に見える形で返したい。祈ったって感謝したって、腹は膨れないしな」

「そんな恩はないよ。お陰でわたしも暮らしてこられた。けど正直なことを言えば、この先奥さんを大事にしてくれたほうが、なんぼかありがたい」

ここしばらく三人で同じ屋根の下にいて、少し疲れているのだと言われればつらかった。何食わぬ顔で過ごしているように見えたが、それは猛夫がそう見たかっただけなのだろう。

「明日は、ちょっと休ませてもらう。ここんところ睡眠不足で疲れてしまった。あんなに言ってくれた奥さんには悪いけども」

ライトを消せば、漆黒の夜だった。エンジンを切った闇の中で、猛夫は駒子を引き寄せた。明かりのない場所で抱いた肩は、想像よりずっと小さい。猛夫を包み込んでくれた体がこんなにも細く小さく、老いている。暗闇で感じ取る、駒子のかさついた頬や手の荒れ、白粉《おしろい》の匂いが消えた首筋は、すべて猛夫がその人生から奪ったものだった。

駒子の痩せた胸に頭をあずけ、泣いた。今度こそ、本当に捨てられるのかもしれない。駒子、駒子、と何度も名を呼んだ。そのたびにかさついた手が猛夫の頭を撫《な》でた。

猛夫の頭を胸に抱き、駒子がひとりごとのように話す。

「天涯孤独の貧乏人、学も運もねえ一生だ。いつどこで死んでも仕方ないと思ってた。親に売られ、男に死なれ、生きてく場所も失って、そのたびにお前が現れるのよなあ。最初はめんこい弟みたいに思ってたのに、なんでかなあ、弟なんかよりずっと可愛《かわい》くなってたなあ。泣いたら慰め怒ったら窘《たしな》めて、つかず離れずだったはずが、つくことも離れることも出来なくなってたとは。駒子にとっちゃあ、えらいしくじりだったなあ。お前が結婚しても、可愛い娘たちを見ても、なあんも羨《うらや》ましくはなかったぞ。お前の幸福は、わたしの幸福だったからなあ。お前に助けてくれと言われたときは、心底嬉しかった。頭の血管が詰まったときも、そのままあの世に行けばいいものを、もう一度お前に会いたくて戻ってきてしまった。目が覚めたとき、はっきりとわかったんだ。わたしは駒子だけども、お前にとって松乃家《まつのや》の女将さんでもあったんだって。女将さんなら、どうしたろうかと思いながらやってきた。ずっと、ずっとそうだった。泣くな、タケ」

駒子が頭をつよく抱き、猛夫の耳に心臓の音を響かせる。衣擦《きぬず》れと心臓の音に包まれ、猛夫も同じ音を駒子に返す。

「それでもよ、タケ。それでも、わたしは後悔してないんだわ。不思議でしょうがねえことだけども、後悔だけはしてないんだ。結局、ここに来てとうとう自分が女将さんにはなれなかったとわかっても、やっぱり後悔だけはしてないんだ。なんだかんだ言ったって、人の世だもんなあ」

駒子はそして、ふたりの関係を締めくくる。

「生きるってのは、つらいことばかりでもなかったぞ。なあタケ、お前もそうだったろう」

違う、駒子――

俺はそんなふうに思ったことは一度も――

お前をそんなふうに――

猛夫の思いは声にはならず、しかし駒子には確かに伝わった。皺だらけの手が猛夫の頭を撫でるとき、懐かしい香りが鼻先に舞い戻ってきた。カツが着物に焚《た》きしめていた匂いだ。

駒子――

なんだ、タケ――

俺は、駄目なヤツなのか――

そんなこたぁない、男だもん仕方ないんだ。タケ、そんなに思い詰めないで前だけ見ていろ、お前らしくもない――

俺はどうしたらいいんだ――

鼓動だけのやり取りが、闇に溶けていった。

駒子をアパートの前で降ろし、猛夫は宮浦の家に戻った。里美は疲れたのかシーツも敷かないベッドの上で、体に毛布を巻きつけ眠っている。

いつからか、自分の人生を試すことでしか生きている実感が得られなくなっていた。いつからというよりも、もともとそうした人間だったのではないかと思えば腑《ふ》に落ちることもあった。流されながら生きる体に心が抗《あらが》っていたのだとすれば、自分というものはいったいどこに在るのだろう。猛夫の問いは長く暗い。どこまでも暗い道を、ただ歩いてきただけではないのか。

男だもん、仕方ないんだ――

一日休ませてほしいという駒子の言葉を信じて、二日後にアパートを訪ねた。空室の表示を見ても、驚かなかった。心のどこかで、こんな別れを想像していた。
駒子、俺はもう捜さないぞ——
もう、捜さないからな——

＊

猛夫が八十のとき、平成が終わった。

毎日東京オリンピックの話題で賑やかなテレビ画面に、実生の住む函館の町が映る。白茶けた視界に目を凝らしながら、知った町にある観光の話題を聞く。いつか里美とふたりで訪ねた朝市が大きく映し出された。

里美は朝飯が終わってからずっと、寝室と風呂場を行ったり来たりしている。インシュリンの投与を終われば、次の食事の支度まで猛夫がやることはない。

「サト、今日は何を探してるんだ」

「実生のところのミミちゃんを預かってるのに、さっきからどこを捜してもいないの。かくれんぼは終わったって言ってるのに。怪我でもさせたら大変。タケちゃんも捜してちょうだい」

「わかった、あとでな」

里美が預かっているというミミはおそらくまだ小学校に上がる前なのだろう。実際のミミはもう中学生だし、吹奏楽部の部活が忙しい。実生は数か月に一度くらいずつ里美の様子を見にやってくるが、子どもたちが一緒ということはなくなった。

応接間をギャラリーにして貸し出す、という計画は住み始めてすぐ崩れた。前の住人が命を絶った場所ということは、猛夫が想像する以上に知れ渡っており、誰も好んで験《げん》の悪い場所で作品展など開こうという者はいなかったのである。

ホテルをたたんでから、里美がやけに余裕を見せていたのは、猛夫に黙って家賃収入を得られる物件を持っていたからだった。借金さえしなければ、ふたりでぎりぎり食べて行くくらいは出来ると自信満々の笑顔で言われてから十五年が経った。

毎日の掃除、洗濯、会計、パート管理がよほど身に応《こた》えたのか、そのどれもをしなくていい生活を夢見たのだという。里美らしいといえば里美らしい。

後先を考えない猛夫と、先々を考えるあまり倹約《けんやく》しか出来ない里美。よいコンビだ。

三日にあげず電話を寄こす実生とは対照的に、春生とは年に数回短い会話をする程度だった。宮浦の家を初めて見た春生の、冷ややかなひとことは忘れられない。

――残念な見栄のお城みたい。

分不相応と言いたいにしても、もっと柔らかな物言いがあるだろうに。それでも嫁に行った先で夫婦別れも起こさずに暮らしているのには、親としてはありがたいことだ。

画面に、オリンピックのロゴが大きく映し出された。猛夫の好みではなかった。

視界の端で里美が行ったり来たり、万歩計は進むだろうがこちらが落ち着かない。

「サト、心配すんな。ミミならあとで俺が捜しておくから」

少し座っていろと声をかけると、立ち止まった里美が怪訝《けげん》そうに言う。

「ミミって、誰」

認知症と診断されてから、もう十年。ずいぶんと進行した。

台所にうずくまり、何をしていいのかわからないと言って泣いていたときは愕然《がくぜん》とした。実生は電話での会話が成立しないと言って心配していたが、猛夫は実際に自分の目で見るまで信じられなかった。

認知症検査を受けているときの里美は、テレビドラマで見る記憶喪失患者のようだった。

――年齢を教えてください。

――四十五、くらいかな。

――ここがどこだかわかりますか。

――家かな、あれ、どこでしたっけ。

最初は冗談ではないかと思った。「なんちゃって」と言って笑ってくれないだろうかと、祈るような気持で見守った。しかし里美の答えはほとんどが間違いだった。

脳の断層写真を撮るからと何時間も待たされたあげく、告げられたのが「アルツハイマー型認知症」だった。断層写真で見る里美の脳は、頭蓋骨の内側に白い層があった。そこが萎縮している部分だと告げられても、まったくピンとこない。

童女に戻ってゆく妻との暮らしは、日々加速している。

娘の顔を見てもすぐには思い出せない。年に一度会うか会わないかの春生に至っては、名前も忘れているようだ。実生は忘れられるのが嫌なのか、しょっちゅう電話をかけてくる。猛夫がたまたま食料品の買い出しに出ていたとき、「パパは？」と訊かれた里美が迷いのない口調で「女とどっか行った」と答えたと聞いてがっかりした。

――認知症になったときに、その人の本質が出てくるらしいよ。人生でいちばん輝いていたときのことは、不思議と忘れないものなんだって。

猛夫が理由を言わずに家を空けていた頃のことだけは鮮明に覚えているのだとしたら、人間の一生なんてものはいったい何で出来ているのかと疑いたくなる。

毎朝里美の血糖値を測り、インシュリンを打ち、カロリーと塩分を控えた食事を摂《と》らせる。いくら食べてもすぐに「お腹空いた」と言う。食《く》い呆《ぼ》け、というやつらしい。

「タケちゃん、お腹空かない？」

「空いてない。用意できたらすぐ食わせるから、おとなしく待ってれ」

運動不足と情報の減少がよくないと聞けば、手を繋ぎ散歩に連れて行く。本を読むような生活をしてこなかったので、今さら読書もありえない。

唯一正気に戻ったと思えるのが、行くあてもなく車を走らせるドライブだった。一時間前後で着く場所に日替わりで出かけては、散歩をして帰ってくる。里美にとっては、窓を流れてゆく景色に時間を預けられるよいひとときらしかった。

里美の車を売り免許を返納したときはさすがに泣かれたが、それも十分後にはけろりと忘れてくれていたのが救いだった。

最近は、日帰りの温泉も難しくなっている。脱衣かごの番号も思い出せず、親切な人にロッカーに案内されても、脱いだ服が自分のものかどうか不安で着ることが出来ない。

猛夫は自分の座っていた場所に里美を座らせてテレビを指さし、しばらく見ているようにと告げた。

洗濯物も夫婦ふたりぶんだとそう量もない。三日分の下着やシャツ、タオル類をまとめて洗濯機に放り込み、洗剤を入れて回した。ここ数年、猛夫は自分が案外几帳面であったことに驚いてもいた。

首をぐるりと回し、ふと風呂場を見た。洗面器になにか黒いものが入っている。洗い忘れたものかと思い近づくと、汚物だった。

ぐっと感情を殺した。里美を呼んで、問いただす。

「サト、ここは便所じゃない。これは自分で片付けるんだぞ」

洗面器の中の汚物を見た里美は、首を横に振った。

「わたしこんなことしない。タケちゃんでしょう」

「俺がこんなことするわけないべ」

じゃあ誰なんだ、お前だろう、たいていの「ここにこんなものが」という諍《いさか》いは、堂々巡りに疲れたほうが片付けるのだったが、今日だけは、猛夫も我慢がならなかった。

とうとうこんなことまでという怒りと、情けなさで泣きたくなる。あまりに強情なので、つい里美の肩を正面から押した。後ろによろけた里美はうずくまり、幼女のように声をあげて泣き始めた。

――ここまで、と思ったときはすぐに施設の手配をしましょうね。

ケアワーカーの言葉が過らぬ日はない。それでもと踏ん張っているのは、この家でひとり寝起きする自分を思い描けないからだった。

泣きじゃくる妻をそのままにして、猛夫は汚物をトイレに流し、洗面器を力いっぱい洗った。

もう、嫌だ——

風呂場に自分の声が響いた。

勘弁してくれ——

洗面器を床にたたきつける。俺はいったい何をやってるんだ。答えはどこからも返ってこない。洗濯ものを干し終え、車に乗り込みラジオをつけた。パーソナリティの軽快な喋り、アシスタントの返し。自分の手からこぼれ落ちていったものがひとつひとつ胸を通り過ぎてゆく。

こんな日々から逃れるには、ただ放置すればいいのだという思いに襲われるとき、猛夫は急いで車に逃げ込んだ。低血糖を起こした里美は、しばらくぼんやりしたあと眠くなり、やがて昏睡《こんすい》する。

放置しておけば死ねる里美が、ただ羨ましかった。次に風呂場で汚物を見たとき、耐えられるだろうかと思うと、底のない不安が襲ってくる。

フロントガラスの前にキタキツネが現れた。しばらくのあいだ猛夫と目を合わせ、去ってゆく。庭の芝生も、半年放っておけば雑草だらけになる。キツネの棲《す》める場所が増えるだろう。

ふっと力が抜けた。車を降りると、体が軽くなっていた。

玄関から、里美を呼んだ。汚物のことも怒られたことも忘れて、喜んで出て来る。

ドライブに行くべ——

里美を助手席に乗せて、行き先も決めずに走り出した。横で天気がいいことを喜んでいる女房は、十年かけて見知らぬ女になってしまった。

運転をやめてくれと娘たちから再三言われているのだが、右から左へと聞き流し続けている。車を取り上げられたら、ふたりが行けるところはもうあの世しかない気がするのだ。

気づくと、山側へと向かっていた。もう何年も行くことのなかったホテル跡地をやり過ごし、更に内陸へと進んだ。いつか、駒子を思いながら通った道だ。峠を越えて、山間《やまあい》を走り、ただ駒子を思いながら走った道。

競技会に敗れた夢はよく見たが、ありがたいことに駒子の夢は見なかった。

里美が十五まで育った開拓小屋は、すり鉢の底で草に埋もれている。里美の記憶も刈りきれない雑草に覆われているのだろう。

いつか家族で来たことのある川湯の硫黄山《いおうざん》に、車を停めた。昔とは違う場所からガスが上がっている。噴気孔も、飽きれば場所を変えるらしい。

「おしっこ、おしっこ」を連呼する里美を連れて、駐車場横にあるレストハウスへと入った。里美が出てくるまで、女子トイレの近くで待っていることにも慣れた。

風がないのか、噴気孔から出たガスは真っ直ぐ空に向かって上ってゆく。平日の昼時、観光客もまばらだ。

人間、思ったようには死なないものらしいと気づいて、胃のあたりがしくしくと痛み出した。胃が痛み出すと、背中まで一緒に痛むので厄介だ。

贅沢《ぜいたく》と借金さえしなければ暮らせる、と里美は言った。たしかに暮らせたけれど、ありゃあ死んだような日々だったなと猛夫は思う。生きている実感が訪れたのは、里美の物忘れにはっきりとした病名が付いてからだ。あれから、死んだほうがましという言葉にときどき背中をさすられながら生きている。

なんだか、上手《うま》くいかないもんだなあ。

どうして俺は、こんなところにいるんだ。

なあ、誰か教えてくれないか。

俺、なんでこんなに年を取ってるんだ。

職人として最高と言われた手のひらを見た。わかりやすい線がくっきりと三本入っている。それ以外に面倒な線はない。あらかじめ決められた運命などどこにもない、腕一本で生きて行ける手だった。

ふらりと外に出た。後ろ髪を引かれることもなく、駐車場に停めた車に乗り込む。ためらいなく走り出した。

なにか得体の知れないものに誘われているようだ。

アクセルを踏んだ分だけ加速する。今さらだが、それがとても不思議に思えた。踏めば増す速度が可笑しかった。止まっているよりずっと面白いではないか。

これ以上は踏み込めないところまで踏み込むと、周りの景色が見えなくなった。

記憶にない速度で対向車が近づいてくる。一台、二台。バックミラーに白バイが映った。愉快でたまらなかった。

ふわりと車が浮いた。ああ、と安堵《あんど》する。

よし、これで――

猛夫は長い長い夢を見た。

生まれてから今日まで出会った人や見た景色、覚えていたこと忘れていたこと、なにもかもが自分の体から飛び出してゆくような錯覚。いや、と首を振る。錯覚じゃない。

視界の先に赤い町があった。本輪西《もとわにし》の八幡様から眺める町は、空も海もなにもかも真っ赤だ。

八幡様の境内《けいだい》から勢いをつけて駆け出した。港のほうへと駆けて駆けて、駅前まで出たところで呼吸を整える。旅館の隣には食堂がある。いつも優しくしてくれるカツがいる。

勢いよく入って行けば、猛夫に気づいたカツが「おや、来たね」と迎えてくれた。

「おばちゃん俺、腹へった」

「待っておいで、いま温かいご飯握ってあげるから」

食堂の椅子でカツの握り飯を待っていると、のっそりと暖簾《のれん》をくぐり角二《かくじ》が入ってきた。

「おう坊主、また来てたのか。そんなにここが好きなら、女将の息子になっちまえよ」

奥からカツが「本当さねえ」と返した。

「そのうち、もらいに行こうかと思ってるのさ。タミんところは次から次へと赤ん坊が増えて、ひとりくらいあたしがもらったってバチは当たらないだろう」

角二がコップ酒を傾けながら「おお、それがいい」と言えば、カツが喜んだ。

カツの握ってくれた飯は、塩がきいていて却《かえ》って甘い。いつまでも噛《か》んでいたい旨さだった。

「おばちゃん、俺のかあちゃんになってくれるの」

「ああ、お前が望めばかあちゃんにでもねえちゃんにでもなるよ。あたしはお前が大好きなんだ。可愛くて可愛くて、しょうがないのさ」

角二のコップに酒を注《つ》いでいるカツの横顔に、何度も呼びかけた。

おばちゃん――

おばちゃん――

俺も、おばちゃんが大好きなんだ。

肋骨《ろっこつ》三本――奇跡です、と医者が言った。

胸には圧迫のバンドが巻かれており起き上がるのも難儀だったが、「奇跡」というのはこういうときに遣う言葉だったのかと独りごちた。

頭のてっぺんからつま先まで薄切り肉のように写真を撮った結果、二箇所に大きな大動脈瘤《だいどうみゃくりゅう》が見つかった。胸部と腹部、うち胸部は六センチあるという。なるほど、パチンコ屋へ行っても三時間で我慢出来ない痛みに襲われるのはこいつのせいか。

――メスを入れるには、少々リスクの高い場所ではあります。当院では難しいので、別の病院をご紹介するかたちになります。

――手術しなかったら、この先どうなるんですか。

――血圧を上げないような投薬と生活を心がけていれば、急激なことは。

つまりは、年相応の食生活と健康管理を、というのだった。年相応という言葉の意味がいまひとつうまく呑《の》み込めないまま、猛夫は医者から紹介状を受け取った。

退院の際に付き添った春生からは、車はもう諦めるようにと告げられた。どうしてこんなことをしでかしたのか、という問いはなかった。自分も認知症を疑われているのかもしれないと考えると、それもいいかと思えてくる。

春生がタクシーの運転手に、肋骨が折れてるのでブレーキはゆっくりお願いします、と告げる。猛夫は娘の横顔を見た。鬢には白髪の筋がいくつも走り、目尻は下がり深い皺が何本も扇の骨を広げていた。

「春生、お前いくつになったんだ」

「五十四だよ」

「まだ剃刀持ってんのか」

「今は学校で教えてる。そろそろ引退です」

技術屋の引退か、と笑うとバンドの内側がずきりと痛む。

「いてぇなあ」

「あたりまえでしょう」

相変わらず、感情のこもらぬ声で春生が返した。

「シートベルトなんて昔はしたことなかったんだ。つまんねぇ癖ついちゃったもんだよなあ」

「勘弁してちょうだい」

「サトは、どうしてる」

「実生がみてる。久しぶりに話したけど、年を取るとみんな丸くなるみたいだ。タケちゃんは丸くなる前に死に損なっちゃったねえ」

「気持よかったなあ。いい夢みてたのになあ」

タクシーの後部座席で聞く話はすべて、猛夫にとっては初耳ばかりだ。里美が娘たちとどんな関係だったのかも、親きょうだいとの確執も、新川の親族への恨み言も。

認知症という診断が出たあと、里美は嬉々として娘たちに電話をかけたのだという。

わたし、認知症だったんだって——

病名がついて喜ぶくらい怖い毎日だったと聞いては、うなだれるしかない。下を向いても上を向いても、胸が痛んだ。

「実生が言うの。ぜんぶ忘れたママは、今まで見てきたどんなときよりもいい表情だって。棘《とげ》もひがみもなくなって、赤ちゃんみたいにいい顔をしてるって」

「やることなすこと、赤ん坊だからなあ」

「わたしがさっさと家から逃げたぶん、あの子がサトちゃんの愚痴のゴミ箱だった。認知症っていうのは、本来の性格や気性が出て来るものだとは聞いていたけど、サトちゃんはつるつるの赤ん坊みたいに素直になってたよ」

猛夫は喉元まで上がってくる塩辛いものを必死で堪《こら》えた。堪えるほどに、胸の痛みは増した。

胸と腹に出来た血管の瘤《こぶ》について、娘たちには言わないことに決めた。これ以上、自分たちの生活を制限されるのはまっぴらだった。

「実生が、サトちゃんを函館に連れて行きたいって。宮浦の家を処分して、函館に住みやすいところを探すのがいちばんだって。わたしも――」

「馬鹿言うなや。俺を抜きにしてそういう話はやめてくれ」

いまの自分に何を言う資格もないのは解《わか》っていたが、宮浦の家をどうのと娘のほうから言われたのでは猛夫の気持が収まらないのだった。

医者の話によれば、胸に出来た血管の瘤はある日突然破裂するのだという。前兆としてつよい痛みがあるはずだから、迷わず救急車を呼ぶようにと念を押された。

「とにかくまあ、しばらくはだいじょうぶだから。死に損なったからには、まだあいつと一緒にいろってことだからよ」

家に戻れば、里美がにこにこと玄関に迎えに出てきた。後ろで実生が難しい顔をしている。悪かったな、と告げるとほんの少し空気がやわらいだ。

今後のことをしっかり話したいと詰め寄る娘たちに、厭味《いやみ》なほど丁寧に礼を言い頭を下げた。

「馬鹿なことをして悪かった。ここから先は運転もしないし、サトと静かに暮らす。骨さえくっつけば元通りだ。本当にすまん」

今までさんざん苦労かけたので、せめてもの償いとしてそばにいてやりたい――

我ながら上出来の台詞と感心していると、あっさりと娘たちが泣いた。

翌日実生と春生は「手に余ったときは必ず言うように、そして月に一度はどちらかが様子を見に来る」という約束をして帰って行った。

娘たちの前で猛夫は、すっかり改心した好《よ》い父親を演じきった。あっさりと信じる娘たちは、きっとそれぞれに似合いの男と一緒にいるのだろう。猛夫にとっては実につまらぬ、話し相手にもならぬ男たちだ。

さて、と猛夫は台所に立ち米を洗った。炊飯器に入れ、スイッチを押す。里美は隣に立ち、猛夫の手元を見ている。

胸に巻いたバンドは何かと十分に一度訊ねるのには閉口したが、何度目かで筋肉トレーニングの道具と言ってみたところで、訊ねてくる回数が減った。里美には里美の時間が流れ、納得の回路も違うのだ。

家に余所《よそ》の人間が滞在していたにおいが残っている。居たのは自分の娘たちだと頭では解っている。においが持つ違和感は他者との距離でもあった。春生は相変わらず猛夫を「タケちゃん」と呼ぶ。実生は「パパ」だ。何十年もそう呼ばれてきたのだったが、パパと呼ばれれば無意識に父親を演じていた。タケちゃんと呼ばれれば、わずかに役柄も薄らぐのが不思議だ。

テラス窓を開けた。埃《ほこり》っぽい風が家の中の空気を混ぜ返す。気づけばいつも里美が後をついてきた。試しに台所へ行って水を一杯飲んでみる。やはり里美がついてきて、一緒に水を飲む。

ああ、と頷いた。硫黄山のトイレに置いて行かれた記憶が、微《かす》かにでも残っているのだ。かたときも離れまいとするのは、そのせいか。

「サト、安心しろ。俺は死に損なった。しばらくは死ねないんだ」

言いながら「はて」と思う。本当にそうだろうか。

胸と腹にある爆弾は、いつ破裂するかわからないのだった。彦太郎は肺を患い九十一で死んだが、タミはどこが悪いということもなく九十まで生き、老衰で逝った。猛夫は臨終には呼ばれず、まるで他人のような顔をして葬儀に出た。

一攫千金《いっかくせんきん》、どんでん返し、一発逆転。そんな夢を見続けた果てにあるものが、爆弾ふたつで、それもいつ爆発するのかわからないものだとは。明日かもしれないが十年後かもしれないと聞くと、もはやそれは使い果たされなかった「運」でしかないだろう。

運か――つぶやけばなんと軽い、頼りない言葉だった。

風の渦が部屋を一周して、窓辺に佇《たたず》む猛夫と里美に戻ってきた。脛《すね》を撫でて外へと出て行く。また新しい風が入り込んでくる。

日だまりに里美を座らせ、猛夫も横に腰を下ろした。

「寒くないか、サト」

「うん、寒くないよ」

童女に戻った里美の頭を撫でる。中途半端に伸びた髪がぺったりと小さな頭に貼り付いている。思い立って、久しぶりに理髪道具の入った段ボールを開けた。

猛夫はテラスに丸椅子を置き、里美の髪を切った。きれいにしてやるからな、と言う言葉に素直に喜んでいる里美は、陽光がまぶしいのか目を細めている。

櫛も鋏も、まるで自由には動いてくれなかったが、三十分もするとなんとか格好はついてきた。ドライヤーで短い毛を飛ばし、ブラシでブローをすれば後頭部も膨らんでまあまあの出来だ。鏡を見せると、どれだけ嬉しかったのか「いいねえ、いいねえ」と繰り返す。しきりに喜ぶ里美だったが、カット用のケープを外したあと、猛夫も驚くようなひとことを言った。

「じゃあ、今度はタケちゃんの番だよ」

今度は猛夫が丸椅子に座れと言う。仕方なく言うとおりにすると、台所で熱いタオルを絞って猛夫の頭を蒸らし始めた。癖が残っているときの短髪の手順だった。

毛を根元から立てて、うなじから櫛をあてて刈り上げてゆく。櫛の角度は間違っていないようで、何度もトライすることはない。耳を小指でおさえながら器用に耳まわりを整え、もみ上げから側頭部を切り揃《そろ》えている。

鏡を見なくても、頭頂部との段差がないのはよくわかった。里美が確認に入れる櫛に、引っかかる髪がない。

「お前よくひとりでぜんぶ出来たなあ。床屋の腕、残ってたのか」

「タケちゃん、なに言ってんの。わたしたちこれしかできないっしょ」

すっきりと言い放つ里美はいま、理髪師に戻っている。

覚えていることといないこと、里美の頭の中には変わらず白い空白があるはずだが、泣いて覚えた腕だけは残っている。神様もずいぶん粋《いき》なことをするものだ。

道具を仕舞い、炊き上がった飯をふたりで握った。海苔《のり》が見つからないので、塩を振ってホイルに包む。

「サト、ピクニックに行くべ」

知り合ったばかりの金のないころに覚えた言葉だ。

庭の枯れ芝に毛布を敷いた。座れば高い塀のお陰で隣家の屋根も見えず、ただ青と灰色が混じり合った春の空が広がっていた。

「胸に巻いてるの、なあに」、里美が訊ねた。

「筋肉を鍛える道具だ」

「タケちゃんは、偉いね」

毛布の上に腰をおろし、ふたり並んで座った。

ふと、この家を売るのはどうだろうかと考えた。金に換えて、娘たちも想像つかない場所へと引っ越すのだ。毎日、里美とふたりでピクニックだ。今度はちいさな家に住もう。手を伸ばせばすべてに届くような、ちいさな家がいい。

こっそりちいさな車も買って、のろのろとあちこちに出かけるのもいい。誰も知らない土地で里美とふたり、生きることだけを目標にして生きる。

いつ破裂するかわからない瘤を抱えた体そのものが、猛夫に許された最後の博打だった。手に惚《ほ》れず、振り込むこともせず、ツモりもしない麻雀《マージャン》だ。接待麻雀、という言葉が浮かんでひとり笑った。

そんなもの、打ったこともねえ――

「タケちゃん、なに面白いの」里美が顔をのぞき込んだ。

「なんもかんも、面白いや。サト、こんな人生でも、終わるときは終わると思ったら可笑しくなってきたのよ。お前はいろんなこと忘れて、そのうち俺のことも忘れるのかなあ」

「なに言ってんの。馬鹿じゃないの」

やけにはっきりとした口調なので、不思議に思い横を見た。童女の素直な目に、ほんの少し翳《かげ》りが戻っている。

「わたしがタケちゃんのことを忘れたら、どれだけ楽になると思ってんのさ」

里美の、つかの間の正気を見た。瞳はすぐに童女に戻ってしまい、これはただの言われ損ではないかと肩を小突けば、口をへの字にして拗《す》ねた。

「サトよ、俺はもうお前がなにを覚えていてなにを忘れてても、いいような気がする。お前のことは、俺が忘れなければいいいんだべ」

風がひとつふたりの間に滑り込んだ。

「なあサト、お互いこんな日が来るとは夢にも思わなかったな」

終わりの日を思いながら暮らすのは無意味だろう。アクセルを踏み続けた日の高揚感は忘れられないが、あばらの痛みも隣り合わせだ。結局、寿命が尽きるまでは死ねないと、観念した。

ホイルを半分解いた握り飯を差し出すと、里美が大きな口を開けた。今度はいったいいくつに戻っているのだろう。

猛夫は妻の口元におにぎりを寄せた。里美は受け取らず、笑いながらかぶりついた。いつか猛夫がやった冗談を覚えていたようだ。好きな時間を旅できる脳みそが羨ましい。

「お互いのことすっかり忘れて、毎日初めましてなんていうのも、悪くないよなあ。俺たちを見て、みんな笑うんだろうなあ。俺たちも、そいつらを見て馬鹿だなあって笑うんだ。俺たちのことなんも知らないくせに、こいつら馬鹿だなあって」

ひらひらと白い翅《はね》が視界に入ってきた。一匹の蝶《ちょう》が里美の髪にとまり、白い翅をぴたりと閉じた。蝶は自分の親を見ることもなく死んでゆく。

気づいたときは既にひとり。なんという自由だろう。

見れば、蝶よりも里美の髪の毛のほうがずっと白かった。頭に蝶を休ませ、ゆったりとした仕種で握り飯を食べ続ける妻を見る。

髪にとまった蝶が、里美の脳の白い部分を編んで作った髪飾りに見えた。

「サト、どこか行きたいところあるか」

「ずっとここにいたい」

蝶が髪を離れた。猛夫の祈りをのせた白い翅が見えなくなる。

風がひとつ吹いた。里美の髪を手ぐしで直してやる。

ありがとう、タケちゃん――

うん――

ありがとう、タケ――

初出　「アサヒ芸能」２０２３年10月12日号～２０２５年１月２・９日合併号
刊行にあたり大幅に加筆修正しました。
作中、今日では好ましくない表現がありますが、作品の時代背景を示すものであり、差別を肯定するものではありません。
なにとぞご理解のほどお願い申し上げます。

桜木 紫乃（さくらぎ・しの）

1965年北海道生まれ。2002年「雪虫」で第82回オール讀物新人賞受賞。13年『ラブレス』で第19回島清恋愛文学賞、『ホテルローヤル』で第149回直木三十五賞受賞。20年『家族じまい』で第15回中央公論文芸賞受賞。主な著作に『氷平線』『硝子の葦』『ブルース』『氷の轍』『緋の河』『孤蝶の城』『ヒロイン』『彼女たち』『谷から来た女』『青い絵本』等がある。

人生劇場《じんせいげきじょう》

2025年2月28日　初刷

著者　桜木《さくらぎ》紫《し》乃《の》

発行者　小宮英行

発行所　株式会社徳間書店

〒141-8202　東京都品川区上大崎3-1-1

目黒セントラルスクエア

電話　03-5403-4349（編集）

049-293-5521（販売）

振替　00140-0-44392

本文印刷所　本郷印刷株式会社

カバー印刷所　真生印刷株式会社

製本所　ナショナル製本協同組合

ISBN978-4-19-865973-8